LA LETTRE À KIRILENKO

Henri Coulonges est né en 1936. Son premier roman, Les Rives de l'Irrawaddy, *a été publié en 1975. Traduite en plus de quinze langues, sa deuxième œuvre,* L'Adieu à la femme sauvage, *a obtenu en 1979 le Prix R.T.L. et le Grand Prix du Roman de l'Académie française. En 1983, il publie* A l'approche d'un soir du monde, *en 1986* Les Frères moraves *(Prix des Quatre Jurys) et en 1989* La Lettre à Kirilenko *qui a obtenu le Prix Chateaubriand en 1990.*

Jeune officier de liaison rallié à la cause bolchevique, Maurice Pennetier arrive en janvier 1920 à Petrograd où il est chargé de veiller sur les intérêts français sous séquestre. Le froid, les épidémies, la famine ont décimé une population qui tente de vivre de façon précaire dans un climat de terreur. Dans le décor obsédant de cette ville frappée à mort, des péripéties inattendues vont peu à peu ébranler les convictions de Maurice et modifier son comportement. Tour à tour la découverte d'un Asile de France à la dérive où trente vieillards oubliés de tous s'efforcent de subsister; puis la rencontre d'une cantatrice de l'ex-théâtre Marienski qui fait appel à lui car, bien que protégée par le grand Chaliapine, elle se sent victime de menaces dont elle ne comprend pas la raison; l'amitié enfin pour deux compatriotes syndicalistes dont il apprendra bientôt la mystérieuse disparition.
Cherchant contre l'avis de tous à élucider cette dernière affaire, il affronte le chef de la Tchéka locale, Kirilenko, personnage occulte et redouté, et se trouve dès lors entraîné dans un vertigineux labyrinthe en compagnie d'Elena, l'émouvante cantatrice qui a peut-être surpris un secret trop lourd pour elle.
Alors que tout les séparait, il se crée entre eux une étrange histoire d'amour, exaltée par la perception grandissante du danger qui les entoure. Mais n'est-il pas trop tard pour Maurice, la partie n'est-elle pas faussée, et la dernière arme dont il dispose – dérisoire comme un jouet d'enfant – lui suffira-t-elle?
Avec *La Lettre à Kirilenko,* Henri Coulonges nous donne un de ces grands romans où, emportés par le tourbillon de l'Histoire, luttent des personnages que l'on ne peut oublier.

Paru dans Le Livre de Poche :

L'ADIEU À LA FEMME SAUVAGE.
LES RIVES DE L'IRRAWADDY.
À L'APPROCHE D'UN SOIR DU MONDE.
LES FRÈRES MORAVES.

HENRI COULONGES

La Lettre à Kirilenko

STOCK

Je partis pour l'ombre des forêts du Trégor, vers le Nord lointain, et mon arrivée y fut mélancolique.

Alexandre POUCHKINE,
Eugène Onéguine.

On ne sait pas s'il touche terre
La neige l'a couvert de perles
Et couronné de roses blanches.

Alexandre BLOK, *Les Douze.*

I

1

Il s'arrêta et s'appuya quelques instants sur le parapet du quai. La luminosité de l'air lui permettait de voir avec précision les deux sphinx accroupis qui encadraient sur l'autre rive l'austère portique de l'Académie. Il se souvenait d'avoir par jeu enfourché l'un d'eux lors de sa brève étape sur la route de Moscou. C'était Aubertin qui l'accompagnait. Tous deux avaient encore dans l'oreille les cris défaitistes des paysans aux abords des gares et les commentaires indignés des officiers de la Mission française devant ce pacifisme intolérable. C'était quand ? Octobre 1916 ? Trois ans et quatre mois déjà... Le visage de son jeune camarade de promotion se superposa un instant à la glace plombée de la Néva. « Demande donc au sphinx ce qui nous attend », avait lancé Aubertin de son intonation chantante. Ce qui les attendait... Il serra son bonnet de fourrure contre ses oreilles. Où retentissait-elle désormais, la voix ensoleillée de son camarade d'alors ? Dans quel climat parcouru d'alizés et d'odeurs de garrigue ? Il n'avait plus jamais eu de nouvelles de lui.

Le froid du granit transperça ses gants à tel point qu'il abandonna sa position de vigie solitaire et, remontant d'un geste vif le col de sa capote, se dirigea vers l'ancien Sénat. Des traînées de gel parcouraient le vaste espace de l'esplanade et se rejoignaient plus loin sous la façade de l'Amirauté, enchâssant le massif bâtiment dans un écrin de glace miroitante et moirée. Du côté opposé à celui où il se trouvait, une horde de chiens errants entourait comme une garde exténuée un grand lévrier blanc qui vacillait de faiblesse. De quel palais, se demanda-t-il, de quel endroit privilégié avait-il été chassé par la famine, condamné à errer dans les rues désertes comme un animal de légende déjà marqué par la mort...

« C'te canaille rouge, entendit-il soudain crier une voix éraillée. C'te canaille rouge, j'vais te dire c'qu'elle amène avec elle : l'Antéchrist ! T'entends ? L'Antéchrist... »

Cela venait de l'arche reliant le Sénat au Synode – les noms des édifices lui remontaient à la mémoire à mesure qu'il se rappelait la visite des monuments de la ville qu'on leur avait imposée en dépit de leur fatigue.

« L'Antéchrist ! reprit la voix. L'Antéchrist qu'ils ont amené avec eux ! Un prince qu'a grand empire... »

Curieux, il s'approcha. Accroupie sur un tas de haillons, le dos contre la voûte, tenant une branche de sapin à la main comme un sceptre dérisoire, une femme sans âge marmottait des paroles indistinctes en une mélopée à la fois rageuse et geignarde. Dès qu'elle l'aperçut elle se mit brusquement en fureur, fouailla l'air de sa branche, puis chercha de ses bras squelettiques à lui agripper les bottes. Il fit un bond en arrière et s'éloigna précipitamment, poursuivi par les imprécations qui retentissaient dans l'air glacé sans que leur intensité décrût. Dans son trouble il faillit heurter un groupe de paysannes engoncées dans des capes informes qui, courbées sous des ballots, progressaient péniblement vers la cathédrale au milieu des fondrières et des immondices à demi recouvertes de neige. Le petit groupe paraissait avoir erré si longtemps par les forêts et les villages qu'il ressemblait à la horde de chiens faméliques qui longeait les murs de l'Amirauté. « L'Antéchrist avec la canaille rouge, continuait derrière lui à glapir la mendiante, t'entends, l'Antéchrist... » Parvenu au coin du boulevard, il se retourna. Quelque chose semblait remuer dans l'ombre et il sentit son cœur battre la chamade. « Bon Dieu, je n'ai pas eu aussi peur depuis l'attaque de Jitomir », se dit-il.

D'une démarche mal assurée il remonta la Potchtamtskaïa jusqu'à l'adresse indiquée par Mlle Morel. Ce n'était certes pas la vue de l'immeuble qui pouvait le réconforter. Enduit d'un crépi grisâtre strié de traces de ruissellement, percé sur cinq étages d'étroites fenêtres cintrées, il donnait l'impression d'être aussi sinistre que la voix de sa directrice la veille au téléphone. Dès qu'il eut frappé à la petite porte basse, un discret bruit de pas se fit entendre, comme si l'on surveillait son arrivée.

« Monsieur Pennetier? » entendit-il demander.

Son patronyme résonna de façon plus étrange encore dans cette rue hostile et déserte que les malédictions de la folle quelques instants plus tôt.

« C'est moi », répondit-il.

La porte s'entrouvrit et un vieillard passa la tête pour le dévisager. Il eut une expression incrédule.

« C'est bien vous le nouveau consul? » interrogea-t-il.

Maurice hésita.

« En quelque sorte...

– Alors venez. C'est pas qu'il fasse plus chaud

dedans que dehors, mais il faudrait pas qu'il fasse moins. »

Il l'invita à pénétrer dans une pièce voûtée aux murs suintants d'humidité.

« Vous excuserez mon hésitation, mais vous n'avez vraiment pas la tête de l'emploi !

– Il n'y a pas d'offense, dit Maurice.

– En tout cas, Mademoiselle vous attend en haut, si vous voulez bien me suivre... Attention à la marche, beaucoup de vos prédécesseurs ne l'ont pas vue et se sont retrouvés dans une position peu officielle, je veux dire, indigne d'un consul ! »

BLANCHISSERIE, BUANDERIE, EMPOIS, était-il inscrit au-dessus du couloir dallé dans lequel ils s'engagèrent. Son guide était vêtu d'une redingote d'un autre âge, aux manches lustrées, dont le revers était à tel point couvert de pellicules que Maurice eut soudain envie de l'épousseter furtivement. Puis ils empruntèrent un étroit escalier de bois et s'immobilisèrent devant une porte du premier étage. Avant même que le vieil homme eût appelé, celle-ci s'ouvrit et une longue silhouette maigre s'inscrivit dans l'embrasure comme si elle l'attendait avec une impatience mal déguisée. Maurice chercha son guide des yeux mais il s'était effacé telle une ombre.

« Mademoiselle Morel, j'imagine », dit-il.

Pour toute réponse elle esquissa une petite révérence empreinte de réserve et de timidité. Lui-même s'inclina gauchement. « Une révérence... à moi... », pensa-t-il avec étonnement. Sans doute était-ce ainsi que l'on accueillait jadis un personnage aussi considérable.

« Vous êtes bien le consul ? demanda-t-elle pourtant après l'avoir dévisagé.

– Pas officiellement, grommela-t-il en se passant la main sur son menton mal rasé. J'ai simplement le mandat de m'occuper des biens français sous séquestre à Petrograd.

– J'avais compris que vous veniez nous aider », fit-elle d'un ton déçu.

Maurice fouilla dans sa poche.

« Nous verrons, mais voici d'abord mon mandat, signé du commissaire du peuple aux Affaires étrangères.

– Oh! Vous savez... je vous crois! De toute façon, quelques tampons de plus ou de moins, alors que j'espérais... »

Elle saisit tout de même le papier. Les mots « service diplomatique » parurent la rassurer quelque peu.

« Vous êtes consul *in partibus*, en quelque sorte », suggéra Mlle Morel comme si elle voulait se raccrocher à quelque chose.

Il eut un sourire entendu.

« Comment appelez-vous cela, *in partibus?* Eh bien, oui, si cela peut vous satisfaire... Cela me permettra en tout cas de prendre à cœur toutes vos difficultés... Vous voyez d'ailleurs que je n'ai pas tardé à venir : vous êtes ma première visite depuis mon arrivée hier. Je sais que vous vous sentez... comment exprimer cela... abandonnés. »

Elle hocha la tête d'un air accablé.

« C'est peu dire », murmura-t-elle.

Il regarda autour de lui. La pièce était si exiguë qu'il se demanda où il allait déposer sa vieille capote militaire.

« Gardez surtout votre manteau, le prévint-elle comme si elle avait deviné sa préoccupation. Je ne quitte jamais le mien... Il fait très froid dès qu'on reste sur place, vous savez. Bien plus froid qu'à Moscou. »

Par crainte de demeurer en face d'elle sans

pouvoir faire un mouvement, il refusa d'un geste la chaise qu'elle lui proposait.

« Mais... j'espère bien que vous allez me faire visiter la bâtisse ! »

Elle se détendit un peu.

« Vous avez plus d'ardeur que mes pensionnaires ! Les faire bouger, même de force, est la seule méthode que j'aie trouvée pour combattre le froid. Je les oblige à se promener sans cesse dans les couloirs, et même à faire un peu d'exercice en commun deux fois par jour. Sans cela on les retrouve le matin endormis pour toujours. »

Il la fixa sans répondre.

« C'est arrivé seize fois en deux ans, vous comprenez.

– Vous voulez dire... »

Elle acquiesça d'un air las.

« Mais combien avez-vous de pensionnaires ?

– Trente-quatre. On a été jusqu'à cinquante, mais ces deux hivers ont été terribles. L'an dernier le thermomètre est descendu à moins quarante et la réserve de bois qu'avait constituée mon prédécesseur n'a pas suffi. On a dû scier tous les meubles d'en bas, et malgré cela... »

Elle réprima une moue douloureuse.

« Ils seraient peut-être morts de toute façon, remarquez, surtout avec l'épidémie de typhus. Mais pas comme ça. Pas de froid comme s'ils avaient été en pleine rue.

– Enfin, vous avez droit à un contingent de bois !

– Ça, pour ce qui est d'avoir droit... L'hiver dernier on aurait dû recevoir un sajène de bois, l'équivalent d'une douzaine de stères, mais rien ne nous est parvenu. Songez qu'il se brûlait autrefois à Piter une moyenne de deux sajènes de bois par an et par tête ! »

Elle soupira.

« Et je ne vous parle pas de la nourriture, ajouta-t-elle. En fait, cela fait un an que nous survivons. Pourtant nous faisons partie des services de santé de la ville. Mais que voulez-vous ? Nous sommes sans doute trop de l'ancien monde pour intéresser les nouveaux maîtres. Que voulez-vous qu'ils fassent de trente-quatre vieillards français qui n'ont plus nulle part où aller ? En quoi cela peut-il intéresser un homme comme... comment s'appelle-t-il déjà, le président du Soviet, celui dont tout le monde prétend qu'il est tout-puissant ici ?

– Le camarade Zinoviev.

– En quoi cela peut-il l'intéresser, je vous le demande ? »

À voir ainsi son profil émacié se découper sur la lumière livide de la cour, elle semblait presque sanctifiée par les privations et il chercha des yeux le crucifix ou les images pieuses qui devaient être le prolongement naturel d'un maintien si ascétique. Peut-être les avait-elle retirés avant son arrivée pour ne pas risquer de le mécontenter. Seules quelques photographies épinglées au-dessus de son bureau – dont celle d'une classe de filles réunie autour d'elle – contribuait à apporter une touche personnelle à cette pièce dépouillée jusqu'à la pauvreté.

« Vous parliez de votre prédécesseur, reprit-il.

– Auparavant, j'étais répétitrice de français en ville. Plusieurs pensionnaires me connaissaient et ils m'ont appelée à l'aide lorsque M. Quinon est reparti avec l'ambassade... À ce propos, poursuivit-elle, ils souhaitent que vous veniez les voir. C'est pour cela que vous n'en avez rencontré aucun dans les couloirs, excepté M. Le Hocq. Je me suis permis de leur demander de se rassembler pour vous écouter. »

Il se montra étonné et vaguement contrarié.

« Ce n'était peut-être pas la chose à faire! Ils pourraient peut-être me manifester de l'hostilité, et j'aurais aimé pouvoir régler auparavant avec vous certains problèmes concernant l'asile...

– Je préfère que vous n'utilisiez pas le mot d'asile...

– C'est pourtant son nom officiel. " Asile de France "... Disons alors : l'établissement.

– Nous, nous l'appelons : la maison, ou affectueusement la " poste " en diminutif du nom de la rue – ou peut-être parce qu'on ne reçoit jamais de lettres. Quoi qu'il en soit, je ne pouvais leur dissimuler votre visite ni leur refuser l'occasion de vous rencontrer. Ils ont si peu de distractions...

– Je ne suis pas une distraction, mademoiselle Morel », répliqua-t-il sèchement.

Elle eut conscience de s'être montrée maladroite.

« J'ai voulu dire qu'ils avaient besoin qu'on leur parle... Ce n'est pas tant de l'hostilité qu'ils vous manifesteront que de l'angoisse. Ils ont si peur de l'avenir, à supposer que ce mot ait encore un sens pour eux. Et, de toute façon, insista-t-elle comme si l'argument était cette fois imparable, en l'honneur de votre venue ils ont démoli un coffre de l'ancienne buanderie.

– Qu'ai-je donc à faire avec le coffre de la buanderie?

– Enfin... pour faire du feu », lui répondit-elle d'un ton surpris.

Serrés en groupe frileux autour de la *bourjouïka* de faïence qui peinait à réchauffer la pièce, ils le regardèrent entrer en faisant aussi peu de bruit qu'une classe le jour de la visite du proviseur, et parurent néanmoins fort déçus de sa piètre apparence. Mal à l'aise, Maurice se tourna vers Mlle Morel, pensant qu'elle allait le présenter, mais elle était déjà partie s'asseoir au fond de la pièce comme si tout cela ne la concernait pas.

Avisant un petit sapin encore orné de maigres guirlandes, il s'efforça pourtant de rompre le pesant silence.

« Tiens, vous avez fêté Noël...

– Si on appelle ça fêter », grogna quelqu'un.

Un petit homme sec se leva alors en qui il reconnut son guide de tout à l'heure.

« Monsieur le consul, commença ce dernier sans que Maurice jugeât cette fois nécessaire de démentir, nous sommes bien honorés de vous accueillir. De grandes personnalités françaises sont venues visiter l'asile de France, monsieur le consul. Avant vous il y a eu M. Félix Faure, M. Loubet, M. Poincaré, même que M. Poincaré a glissé dans le couloir et s'est retrouvé les quatre fers en l'air devant M. l'ambassadeur. Quant à M. Loubet, quelle foule il y avait pour le voir passer sur la perspective Nevski ! Les gens acclamaient, criaient " Vive la France ! " Et maintenant, la France, ici, au train où vont les choses, ce ne sera bientôt plus que nous. »

Il exhala une sorte de soupir et Maurice eut l'impression qu'il chancelait.

« Si on s'asseyait tous les deux ? suggéra-t-il.

– Je parle mieux debout, monsieur le consul... J'ai été debout toute ma vie. Je m'appelle Désiré Le Hocq, j'ai soixante-dix ans. J'étais chef de rang au restaurant Dominique sur la perspective Nevski, l'un des meilleurs de la place, et j'allais passer chef de salle quand tout cela nous est tombé dessus. J'ai reçu tous les grands-ducs, monsieur le consul, le grand-duc Pierre, le grand-duc Michel, paix à leur âme, et je vous promets que ce n'étaient pas les plus désagréables à recevoir...

– Ce n'est peut-être pas nécessaire que tu insistes devant Monsieur sur la qualité de ton ex-clientèle, le coupa son voisin d'un ton bourru. Il est là pour qu'on ait du bois, non? Pas pour savoir à qui tu servais des ortolans!

– Tu oublies qu'il y avait aussi du bortsch! »

Soulagé que le monologue soit interrompu, Maurice s'adressa au dernier qui avait parlé.

« Et vous, que faisiez-vous?

– Je m'appelle Monsieur Jaulmes, dit une voix nasillarde. Je dirigeais une fabrique de galoches à l'usine Tréougolmik.

– Et vous? demanda-t-il à son voisin.

– Moi, monsieur le consul, je suis comme l'ami Le Hocq. Je m'appelle Louis Passerat. J'ai accompli toute ma carrière à l'hôtel National, l'excellent établissement de Moscou, avant de devenir ici premier maître d'hôtel au Club anglais.

– Là où tout le gratin jouait au whist, précisa Le Hocq d'un ton nostalgique.

– Désiré tu n'as donc pas encore compris qui est ce monsieur! s'exclama Mlle Morel.

– Ça se voit, pourtant, marmonna quelqu'un.

– Écoutez-moi, dit Mlle Morel en venant cette fois le rejoindre. Nous sommes plus de trente, et si nous commençons à raconter nos vies on en a pour la journée! Si vous voulez mon avis, ce n'est pas comme ça qu'on obtiendra du bois de chauffage. Je vous conseille donc d'abréger un peu.

– Mais alors, pourquoi on a fait du feu si c'est pas pour parler? s'inquiéta une voix grêle au milieu de l'assistance. Pourquoi on brûle nos derniers meubles, Alice, si c'est pas pour causer un peu? T'inquiète pas, on va pas raconter nos vies, on se les connaît trop les unes les autres, mais pour une fois qu'on avait un étranger parmi nous...

– Ce que je voudrais justement te faire comprendre, c'est que M. le consul n'est pas un étranger, mais un officiel français qui vient nous aider... N'est-ce pas, c'est comme ça que je peux présenter les choses? » demanda-t-elle avec inquiétude à Maurice.

Une vieille dame s'agita au second rang.

« Quoi, la Mission française est revenue! s'exclama-t-elle d'une voix flûtée. L'ambassadeur est revenu! L'empire est restauré. Oh! Je savais bien que tout cela n'était qu'un cauchemar et que notre Nicky reviendrait! Merci, mon Dieu, poursuivit-elle en joignant les mains. Ces monstres ont été rejetés à la mer.

– Édith! s'écria Mlle Morel d'un ton sévère. Vous vous plaignez pourtant assez du froid! Voulez-vous que nous soyons tous pénalisés parce que vous tenez ces discours? Les temps ont changé, Édith! Vous n'avez peut-être pas saisi que M. Pennetier n'a pas tout à fait la vision des choses qu'avait M. l'ambassadeur Noulens ou M. l'ambassadeur Paléologue? »

La vieille dame demeura interdite.

« Il n'est pas bolchevik, au moins? » demanda-t-elle faiblement.

Embarrassée, Mlle Morel demeura silencieuse.

« Quoi, reprit Mme Lepage d'une voix étranglée, je sais qu'on n'a ni bois ni charbon, mais on a sa fierté, non, Alice? On va tout de même pas recevoir... ici... l'un des assassins de Sa Majesté impériale... des... des petites... Vous auriez dû me prévenir, Alice. Je serais restée là-haut. Je préfère crever de froid mais que ce monsieur s'en aille. »

Un brouhaha indistinct suivit l'intervention de la vieille dame. Mlle Morel se pencha vers Maurice.

« Mme Lepage avait le brevet de modiste de Sa Majesté la tsarine, lui souffla-t-elle à mi-voix. Il ne faut pas lui en vouloir...

– Je ne suis pas là pour avoir des réactions personnelles, dit Maurice impatienté, mais pour essayer de vous chauffer et de vous nourrir !

– Surtout nous chauffer, insista M. Jaulmes. À nos âges, on ne mange plus guère et un peu de gruau suffirait, si encore on était sûrs d'en avoir. Mais le froid... oh ! le froid, on s'y habitue jamais.

– Pour la nourriture, vous avez droit à votre *paiok*, répondit Maurice, et ceux et celles d'entre vous qui ont travaillé en usine ont droit au supplément de travailleurs manuels.

– Nous, dans le clan français on n'était pas tellement ouvriers, faut bien le constater, reprit une voix. On était plutôt maîtres d'hôtel, coiffeurs comme M. Jaulmes, tailleurs... Ou bien professeurs, ou écuyers comme Dandeleau...

– Pardon, Louis, il y en avait des ouvriers ! Ceux de chez Rallet et Brocard, comme Émile qui nous joue toujours les prolétaires. Où est-ce que t'es, Émile ? Pour une fois qu'on a besoin de toi. »

Il n'y eut pas de réponse.

« Émile n'est pas là, mais moi je veux parler, proposa quelqu'un.

– Oui, Raymond, venez donc », l'encouragea Mlle Morel.

Un homme qui s'appuyait sur une canne s'approcha lentement en claudiquant et vint s'installer au premier rang. Bien que Mlle Morel lui avançât une chaise, il tint lui aussi à rester debout.

« Monsieur, moi je m'appelle Raymond Richard, commença-t-il d'une voix sourde. J'étais le fabricant des cartes postales Richard, les plus vendues à Saint-Pétersbourg jusqu'aux événements. Pour vous prouver que je ne suis pas un homme du passé, apprenez que les légendes de mes dernières cartes étaient surchargées de la mention PETROGRAD pour cacher l'ancienne mention. Pourtant, monsieur, qui que vous soyez, bolchevik, menchevik, social-révolutionnaire, anarchiste ou je ne sais quoi d'autre parmi ces mouvements qui ont bouleversé nos vies et conduit cette malheureuse ville à la ruine, je voudrais que vous sachiez la chose suivante, que peut-être mes vieux camarades d'ici auraient oublié de vous rappeler : tous autant que nous sommes, nous avons vu ici nos coffres ouverts, nos économies d'une vie envolées, nos logements réquisitionnés. Que serait-il advenu de nous sans cet ancien hospice qui est devenu notre dernière maison... Nous y entamons maintenant notre troisième hiver, et chacun semble plus dur que le précédent. Celui-ci est le premier qui nous oblige à dormir tout habillés en nous serrant les uns contre les autres. Comme des bêtes, monsieur! De toute façon nous n'avons même plus de linge de rechange. Ce qu'on porte sur nous, c'est tout ce que nous possédons. Faut dire que quelquefois on empile plusieurs chemises l'une sur l'autre, et l'ami Le Hocq, par exemple, il met souvent sa robe de chambre sur sa redingote, et sa chapka sur son bonnet de nuit... »

Il y eut quelques rires étouffés, vite réprimés dès qu'il prit un ton plus grave.

« Je voudrais ajouter ceci. Écoute-moi, Édith, tu seras d'accord avec moi, je pense... La plupart d'entre nous ont passé leur vie à Pétersbourg et n'ont plus de famille ailleurs. Pétersbourg est notre ville et, s'il nous fallait la quitter, ce serait pour aller où? Dans les baraquements des émigrés, boulevard Jourdan? Je ne veux même pas y penser. Non, quelles que soient les privations à subir et les sacrifices à consentir, nous ne partirons plus. Nous sommes abandonnés sur cette épave qui a été emportée – permettez à un vieux marin qui avait sa propre yole sur la Néva de vous le dire – par un raz de marée où elle a failli sombrer. Eh bien, puisque vous êtes du côté des autorités, il faut que vous souteniez Mlle Morel, dont le dévouement a été apprécié par tous, à... à nous... nous sauver... »

Il semblait avoir du mal à venir à bout de son petit discours et s'assit timidement pendant que ses camarades lui donnaient des tapes amicales dans le dos.

« Un raz de marée? Vous avez été surtout pris par une lame de fond, répondit Maurice. Celle qui a entraîné un peuple tout entier vers la liberté et la fierté. Nulle part n'avait été tentée une expérience d'une telle ampleur, et cela ne pouvait se passer sans convulsions, blessures ou spolations. D'autant que beaucoup de nos compatriotes, à l'abri derrière le blocus, attisaient sournoisement la guerre civile qu'ils avaient eux-mêmes fomentée! Il est certes fâcheux qu'une génération doive être parfois sacrifiée pour donner sa liberté et sa dignité à la suivante, mais pensez que le monde entier a les yeux fixés sur nous. La Russie est le seul pays qui ait renversé le pouvoir des exploiteurs, et c'est pourquoi ils se sont coalisés pour nous étrangler et nous affamer!

– Faites-nous parvenir quelques *pouds* de sucre et de semoule, on en a soupé des phrases creuses! » lança au fond de la salle un personnage au visage taillé à coups de serpe.

– Bien envoyé, Dandeleau!

– On ne peut pas faire confiance à quelqu'un qui n'est même pas rasé! Et regardez comment il est habillé pour un consul! »

Un bruit confus accueillit cette dernière invective. Maurice croisa le regard soucieux de Mlle Morel. « Je vous l'avais bien dit », eut-il envie de lui souffler.

« Je vous assure que je m'efforcerai d'améliorer votre sort, poursuivit-il néanmoins. Je veillerai à ce que vous bénéficiiez des bienfaits de la société égalitaire qui vous attend désormais. Pour la nourriture, le bureau d'approvisionnement vous versera la totalité du ravitaillement auquel vous avez droit...

– Ils n'ont plus rien, répliqua Mlle Morel d'une voix découragée. Ils prétendent que c'est Wrangel qui garde tous les stocks de vivres et que tant qu'on ne l'aura pas battu... »

Il eut un geste d'humeur.

« Wrangel a bon dos. Je ferai en tout cas ce que je pourrai, et ne croyez pas malgré les apparences que c'est une phrase en l'air !

– Ce n'est pas la peine de revenir ! cria quelqu'un.

– Crois pas qu'on soit tous du même avis », entendit-il à côté de lui.

Il tourna la tête. Un petit homme l'avait rejoint près de la porte.

« Ah ! Bien, voilà Émile, dit le maître d'hôtel du National.

– Oui, crois pas qu'on soit tous du même bord, ici, camarade, reprit l'homme. Moi, je suis de ton côté, foi d'escargot de rempart !

– Foi de quoi ? demanda Maurice.

– D'ancien communard, si tu préfères ! Ce qui n'empêche pas d'être bon copain avec certains – par exemple l'écuyer, là-bas, qui mettait jadis les petits princes à cheval, hein, Dandeleau, et qui maintenant voudrait que tu tires ta révérence... Je suis de ceux qui ont défendu les rues de Paris dans le XIXe arrondissement jusqu'à la fin, sous les ordres de Ferré. J'en ai pris pour dix ans de Nouvelle-Calédonie, au bout de six je me faisais la belle. À la suite de quelles aventures je suis arrivé ici, à Piter, je ne te le raconterai pas...

– Il est passé par le Mexique », dit une voix.

Les yeux fixés sur le chiffon sale qui entourait le cou décharné du vieil homme, Maurice l'entendait à peine.

« Oh ! Un communard, un vrai... », murmura-t-il.

Pour lui ils avaient toujours été des créatures un peu mythiques dont les camarades se contaient les exploits pour raviver la flamme au cours des réunions de préau qui s'enlisaient, ou encore au petit matin, au moment du bouclage de *La Vie ouvrière* ou de *La Guerre sociale*, afin de ranimer les énergies défaillantes. Et c'était à Petrograd qu'il faisait la connaissance de l'un d'eux... Il le prit à l'écart.

« D'abord je vais t'inscrire d'office au groupe communiste français que je suis venu fonder ici. Tu seras ma première adhésion, mon porte-drapeau ! Et puis il faut que je prévienne Moscou. Tu ne peux pas imaginer le culte qu'ils portent aux communards. Quelle aubaine pour eux ! Ils vont sûrement te proposer de venir ! »

Émile marqua une hésitation.

« C'est que... je ne veux pas te faire du tort, mon gars, mais ils t'ont pas attendu. »

Les autres s'étaient rapprochés et Maurice surprit quelques mimiques sarcastiques dans le dos du vieil homme. L'imprimeur tapa sur le sol avec sa canne pour imposer le silence.

« Raconte-lui donc l'aubaine, Émile !

– J'y suis bel et bien allé, à Moscou..., commença-t-il sur un ton réticent. C'était l'été dernier et bien sûr j'ai tout de suite fait partie du groupe communiste français de là-bas; j'habitais pas loin de l'ancien hôtel de P'tit Louis... Ça, pour me balader ils m'ont baladé. Et que j't'embrasse des marmots, et que j'te visite des usines, et que j'te chante " Le temps des cerises " aux fêtes de komsomols, et que j't'assiste à des meetings... Et voilà qu'à l'un d'eux, tu sais pas ce que j'entends, mon gars, et pour le coup j'en avais des tintements dans les esgourdes : on vantait la solidarité entre travailleurs français et allemands! Devant moi! Alors là, mon sang de vieux patriote n'a fait qu'un tour, et je hurle : " Moi, j'ai fait 70 avant 71! " Et puis, comme ils comprenaient pas, j'ai ajouté : " Mon fils a été gazé sur la Somme! Les Boches il faut les exterminer jusqu'au dernier, pas plus, mais pas moins! " Ah là là! Qu'est-ce que j'avais pas dit! Ce scandale! Manquement grave à l'Internationale des prolétaires! Un petit teigneux a tout de suite pris la parole et, son index braqué sur moi, a exigé en gigotant de la crête mon exclusion immédiate. Ça a été voté sur l'heure, et quant à moi : retour à Piter par le premier train. Voilà l'aubaine, mon gars. Remarque, j'étais pas fâché, c'est pas mon genre d'être trimbalé comme un personnage de cirque. Mais tu vois que ton idée, camarade, elle a un peu pris l'eau.

– Comment s'appelait celui qui t'a exclu? demanda Maurice un peu confus.

– J'sais plus. Quittait pas sa pipe. Quelque chose comme Guitaut, je crois.

– Guilbeaux?

– Oui, c'est ça, le camarade Guilbeaux. Mais je dois dire pour ta défense, toi le jeunot, que t'étais pas dans le groupe quand ça s'est passé.

– Je pense bien! À l'époque je combattais dans le Sud contre Petlioura, Denikine et autres. »

La vieille modiste sortit de son mutisme.

« Denikine ? Le général blanc ? Oh ! Denikine, répéta-t-elle d'une voix extasiée.

– Mais tais-toi donc, Édith, fit Le Hocq.

– En attendant, oublie le camarade Guilbeaux et laisse-moi t'embrasser, vieux frère, dit Maurice.

– Comme tu veux, mon gars », marmotta Émile d'un ton accommodant.

Maurice effleura de ses lèvres la joue mal rasée dont émanait une odeur âcre.

« Tu vois, Mimi, t'as encore plus de succès ici qu'à Moscou, lança le maître d'hôtel du Club anglais.

– C'était pas difficile », grogna-t-il.

Les autres se levaient dans un bruit de chaises déplacées tandis que Mme Lepage restait assise.

« À quoi ça a servi, cette visite, Alice, demanda-t-elle d'une voix plaintive, autrement qu'à avoir un peu chaud pendant quelques instants ? »

Mlle Morel lui prit le bras.

« Eh bien, c'est déjà ça, Édith ! s'efforça-t-elle de dire avec entrain. Vous vous lamentez toujours d'avoir les doigts gourds, approchez-les de la bourjouïka, c'est mieux que les mitaines !

– Tout ça ne me rendra pas ma Grande Morskaïa, Alice. Si tu savais le bel atelier que j'avais...

– Mais je le sais, enfin, Édith ! À qui croyez-vous que vous parlez ?

– Pardon, ma petite fille », murmura-t-elle, toute penaude.

Hésitant à la saluer, Maurice s'était avancé, mais la vieille dame se tournait ostensiblement vers Mlle Morel.

« Si tu me dis de me réchauffer les mains, c'est qu'on peut rester ici jusqu'au déjeuner, Alice ?

– Vous pouvez rester autant que vous voulez,

Édith, mais vous savez bien que le lundi il n'y a qu'un peu de gruau à cinq heures. »

La vieille dame agita ses doigts comme pour vérifier leur souplesse.

« Eh bien, je vais faire ma couture avant, pour une fois que je me sens les mains agiles ! Avec une petite chaleur comme ça, je pourrais presque broder comme autrefois...

– Dès le dégel, tu t'y remettras, ma poule », lança Émile d'un ton encourageant.

Elle lui adressa un regard sévère.

« Je t'ai déjà interdit de m'appeler comme ça ! » dit-elle.

*

La chape de froid retomba sur Maurice dès qu'il fut dans le corridor. Il l'arpenta à grandes enjambées et ne ralentit que lorsqu'il s'aperçut au claquement sonore de ses talons que Mlle Morel devait presque courir pour le suivre.

« Je savais bien que c'était une visite prématurée, s'exclama-t-il d'un ton mécontent. Je ne pouvais que les décevoir ! »

Après quelques pas en silence, il se retourna vers elle :

« Et puis qu'est-ce que c'est que cette histoire ? Ils sont vraiment serrés les uns contre les autres comme dans une étable ? »

Sans répondre, elle s'arrêta et ouvrit la porte la plus proche. Il entrevit une petite pièce entièrement nue, à l'exception d'une cuvette de fer-blanc et d'un réchaud hors d'usage posés à même le plancher.

« La première année ils avaient chacun une chambre comme celle-ci, expliqua-t-elle. C'était avant qu'on ne me demande de venir. Puis la plupart des lits ont été réquisitionnés par l'armée, et l'année suivante nous avons dû héberger tous ceux qui étaient chassés de leurs domiciles. Avec des châlits récupérés à l'ancien hôpital français, j'ai pu alors meubler une salle commune... »

Elle referma la porte.

« Ça n'a pas toujours été comme ça, ajouta-t-elle. Jusqu'au départ de M. l'ambassadeur Noulens, l'Asile de France était vraiment une enclave confortable, presque chaleureuse... À chaque 14 Juillet, il y avait une petite fête qui réunissait tous nos compatriotes de la ville, et c'est d'ailleurs ainsi que je suis venue pour la première fois. »

Ils reprirent leur marche le long du corridor.

« Toute cette partie du bâtiment fonctionnait comme une sorte de pension pour les Français âgés de la ville, surtout des hommes, qui allaient passer l'hiver en Crimée ou sur la Côte d'Azur. Ils étaient très attachés à l'établissement et aimaient à y séjourner chaque année à la belle saison. Ceux qui ont pu partir avant le blocus se sont d'ailleurs juré de revenir un jour ! Ils ont bien souvent déposé ici la plus grande partie de leurs affaires dans des malles... »

Maurice s'arrêta.

« Quoi, certains vous ont laissé leurs vêtements ? »

Elle se troubla.

« Au grenier, oui. Mais, bien entendu, cela ne nous appartient pas.

– Conduisez-moi donc là-haut », lui ordonna-t-il.

Elle le regarda avec incompréhension.

« Mais puisque je vous dis que c'est un dépôt et que... Enfin nous n'avons pas le droit ! Même les affaires des morts, nous n'y touchons pas. Et puis, de toute façon, nous ne pouvons pas ouvrir les malles !

– Je vous signerai l'ordre de réquisition.

– Je ne vous parle pas de réquisition, je vous parle de serrures !

– Pour ça, faites-moi confiance, *grajdanka*, dit-il avec un rire bref. De Kiev à Odessa, j'en ai fait sauter quelques-unes. »

Elle leva vivement la tête vers lui.

« " Grajdanka " ? Citoyenne ? Ah non, je vous en prie !

– Si des gens sont partis en laissant leurs biens derrière eux, reprit-il d'un ton vif, c'est qu'ils croyaient que la Révolution allait s'effondrer, non ? Qu'ils allaient rentrer dans un pays comme avant ! Et nous, avec ce genre de gens, on prendrait des gants ?

– Ce n'est pas là la question, répondit Alice Morel avec fermeté. Ils nous ont déposé leurs meubles et leurs malles parce que pour eux l'Asile de France était leur maison et qu'ils nous faisaient confiance. Ils ne songeaient pas une seconde que l'on toucherait à leurs affaires, et ce n'est d'ailleurs jamais venu à l'idée d'aucun des pensionnaires !

– Vous les avez entendus, pourtant : ils ont eu leurs coffres de banques ouverts, leurs maisons réquisitionnées, ils n'ont plus rien... »

Les traits d'Alice Morel se durcirent et il remarqua que sa main crispée sur la rampe d'escalier tremblait légèrement.

« Ce sont les exactions des Rouges, que je sache, et nous n'avons pas l'intention de nous inspirer de leurs méthodes !

– Mais, rouge ou pas, je ne veux que votre bien, bon sang ! s'exclama Maurice. Encore une fois, vous les avez entendus, ils n'ont aucun linge de rechange depuis des années... Lorsque j'ai embrassé le vieux communard, j'ai eu un haut-le-cœur tant il puait, et pour plusieurs autres ce n'est guère mieux! Ce que nous trouverons dans les malles ne sortira pas de cette maison et pourra toutes et tous vous habiller. Et d'ailleurs, il y a ceux qui sont morts.

– Ceux qui sont morts, répéta-t-elle comme si elle n'en croyait pas ses oreilles. Mais ils ont des héritiers! J'ai conservé tous les registres de succession. Et puis... vous imaginez Mme Lepage portant du linge qui n'est pas le sien!

– Elle s'y fera.

– J'exige un ordre de réquisition.

– Je vous l'ai promis, je le signerai, ainsi qu'un séquestre pour les biens des défunts. Il me faudra aussi un registre vierge pour l'inventaire. »

Il eut l'impression que leurs voix résonnaient si fort dans l'escalier que les pensionnaires pourraient s'en effrayer.

« Remontons dans votre bureau, je vous prie », proposa-t-il.

Sans un mot, elle le précéda d'un air maussade, effleurant la volée de marches de sa longue et austère robe noire. Un rayon de soleil avait légèrement réchauffé la pièce qui paraissait moins triste que tout à l'heure. Il s'assit et la vit fouiller dans l'armoire, sans doute pour chercher le registre qu'il lui avait réclamé pour l'inventaire. Désireux de faire retomber la tension entre eux, il avisa soudain l'une des photographies qu'elle avait accrochées au-dessus de son bureau.

« Qui est cette jolie jeune fille en face de moi? » demanda-t-il en s'efforçant de prendre un ton aimable.

Elle sursauta.

« Qui... quelle jeune fille?

– Mais... là, devant moi, dans ce cadre... »

Elle jeta un coup d'œil sur la photo – moins pour la regarder, lui sembla-t-il, que pour s'assurer qu'il ne s'en approchait pas.

« Une élève à moi, dit-elle brièvement.

– Ah! C'est vrai, vous étiez professeur... Vous enseigniez quoi, à propos?

– Notre langue, répondit-elle après une hésitation. Comme cela se faisait dans les familles de la bonne société.

– Langue de classe », murmura-t-il.

Elle leva la tête.

« Comment? »

Il eut un geste évasif.

« Donnez-moi donc votre registre.

– Pas avant que j'aie votre ordre de réquisition! dit-elle. Et puis ça va prendre des heures et des heures...

– Ça prendra le temps qu'il faudra pour que vous ayez du linge propre et des vêtements chauds. C'est pourtant simple, non? On croirait que je veux vous maltraiter! »

Il détacha un feuillet, puis sortit son stylographe et écrivit quelques lignes qu'il signa.

« Voici. »

Elle le prit avec réticence comme s'il lui brûlait les mains.

« Je veux un tampon! exigea-t-elle.

– Vous voyez bien que je n'en ai pas. Je ne me promène pas avec un bureau portatif!

– Je ne sais pas comment c'était à Moscou, mais cela n'existe pas ici, un ordre sans tampon! Il en faut même deux ou trois : ça prouve qu'il a circulé et qu'il n'a pas été pris sans mûre réflexion. »

Maurice la regarda. Il n'y avait pas trace d'ironie dans son propos.

« Donnez-le-moi, soupira-t-il. Je le ferai viser par la section administrative du soviet de Petrograd.

– J'ai aussi trouvé dans un autre cahier la liste de ceux qui sont morts à l'Asile de France depuis le 1er janvier 1914. Pour certains, comme je vous le disais, il y a des noms de notaires et d'héritiers...

– Nous n'en tiendrons pas compte, puisqu'il y a réquisition », répliqua-t-il sèchement.

Alors qu'elle se retournait pour replacer le dossier dans l'armoire, le regard de Maurice tomba de nouveau sur la photographie qu'il avait devant lui. Bien qu'il s'en défendît, il avait du mal depuis qu'il l'avait remarquée à se détacher de ce cliché pâli. C'était une très jeune fille en robe blanche, sans chapeau, avec un nœud dans les cheveux, le visage lointain et comme désincarné, ses yeux fixés sur un point précis bien au-delà de l'objectif du photographe. Derrière elle on distinguait un bosquet entouré d'une barrière. « Une petite de bonne famille, pensa-t-il avec une vague amertume. Ça n'aura jamais été pour moi. »

Il devina que sa muette contemplation indisposait Mlle Morel, mais se sentait désormais résolu à braver sa réprobation et même à la provoquer.

« Dites-moi... elle était bonne élève? demanda-t-il d'un ton dégagé.

– Vraiment, qu'est-ce que ça peut vous faire! répliqua-t-elle avec vivacité.

– C'est que... ça ne doit pas être facile pour une jeune Russe d'apprendre notre langue... »

Elle haussa les épaules.

« Certaines y arrivent très bien, mais avec elle je n'ai pas dû être assez patiente, dit-elle pensivement. Elle était trop remuante pour rester longtemps assise. »

C'était comme si ces phrases lui avaient échappé et qu'elle ne pouvait soudain s'opposer au reflux de ses souvenirs. Elle ferma un instant les yeux, puis un sourire fugace éclaira son visage.

« Elle a dû pourtant faire bien des vœux pour que je m'en aille! Elle adorait faire des vœux. Vous savez ce qu'elle avait trouvé pour qu'ils se réalisent? »

Il fit signe que non.

« Elle essayait... de déposer du sel sur la queue des oiseaux. »

Interloqué, il la regarda; comme elle paraissait sérieuse, il s'efforça de plaisanter.

« Parce que mettre du sel sur la queue des oiseaux permet de réaliser un vœu? Je pourrais peut-être essayer!

– Je suis certaine qu'elle l'aura essayé jusqu'à la fin, son petit système », dit-elle.

Sa voix s'était altérée.

« Parce qu'elle est morte? » s'exclama-t-il.

Elle ne répondit pas. À travers l'entrebâillement de la porte de l'armoire, il aperçut un petit ours en peluche qui semblait avoir perdu son rembourrage. Elle suivit son regard.

« Je n'ai plus d'elle que ce jouet, cette photographie, et un cahier de ses devoirs », murmura-t-elle.

Il vit qu'elle avait les yeux pleins de larmes. Il se leva et elle parut lui savoir gré de la laisser seule.

« De toute façon, on ne trouve plus de sel nulle part, dit-il. Quant aux oiseaux, avec un froid pareil... »

Elle s'apprêtait à le suivre pour le reconduire, mais il lui fit signe que ce n'était pas nécessaire.

2

La porte était monumentale et la façade si grandiose qu'il en resta quelque peu interdit. Avec difficulté il poussa le lourd vantail, traversa une cour emplie d'amas de neige sale et pénétra dans un large vestibule éclairé d'une lumière blafarde.

« Victor ! appela-t-il. Victor Lvovitch ! »

Sa voix retentit de façon lugubre dans la cage d'escalier. Il regarda autour de lui. Aucun message de bienvenue ne l'attendait sur la lourde console dorée qui était l'unique ornement du vestibule. « Victor », appela-t-il à nouveau d'une voix un peu étouffée par la déception. Il hésita, puis se décida à chercher un endroit plus confortable que la marche sur laquelle il s'était assis. Il avait déjà visité les hôtels particuliers de l'Arbat où habitaient Sadoul et Guilbeaux, mais aucun n'était aussi vaste que celui-ci. Il se souvenait surtout de la première fois où il s'était rendu chez Sadoul dans l'Oboukhov Pereoulok. Le soleil jouait ce jour-là si gaiement dans les pièces avec les rideaux et les passementeries encadrant les hautes fenêtres, l'or terni des reliures luisait avec tant d'harmonie dans la pénombre de la bibliothèque, et le parquet sentait encore si bon la cire qu'il avait compris en une seule et brève sensation ce qu'était la douceur de vivre dans ce quartier de l'Arbat que ses camarades russes évoquaient toujours avec tant de ressentiment ! Cette impression ne risquait pas de se reproduire ici, se dit-il en s'arrêtant net sur le seuil : la pièce était saccagée comme si un escadron de cosaques avait campé là tout l'hiver. Les boiseries qui couraient jusqu'à mi-hauteur avaient été arrachées, laissant apparaître un crépi moucheté de taches de moisissure et parsemé de clous rouillés ; n'étant plus fixée à la base, la tenture qui recouvrait le haut des murs pendait désormais en lourds plis humides aux bordures effrangées. Sans doute pour faire de la place, les meubles avaient été regroupés autour d'un imposant piano à queue remisé dans un coin. Machinalement il souleva le couvercle du clavier et tapota quelques notes, mais leur son grelottant le fit tressaillir dans le silence.

À côté du piano étaient posés sur un guéridon des carafons auxquels étaient accrochées par de minces chaînettes des plaquettes de métal noirci où l'on pouvait encore noter des mentions encourageantes : KUMMEL, KIRSCH, GENIÈVRE, VODKA. Il secoua les flacons ; mais ils étaient vides, aussi vides que les rues, aussi vides que ce fichu palais qui respirait la tristesse jusque dans ces carafes qu'il eut soudain envie de fracasser contre le mur dégradé. Une glace lui renvoya alors l'image aux traits creusés, blême et mal rasée, qui lui sembla provenir des nauséeuses profondeurs d'une geôle oubliée. Mais que faisait Victor, bon sang ! Il n'avait donc pas reçu la lettre de Stassova ! Un feuillet manuscrit à côté de l'appareil de téléphone l'attira subitement. « Le voilà, son message », se dit-il en le saisissant fébrilement. « *Petrograd, le 2.1.1920,* lut-il. *Par suite de l'épuisement de la réserve de carburant la lampe Pigeon ne pourra être utilisée chaque soir que de 7 heures à 8 heures. Pour le bureau :*

Youri Glazov. » Un tampon officialisait le document.

Maurice soupira, replaça le papier à l'endroit où il l'avait trouvé, puis se laissa pesamment tomber dans un fauteuil. Le froid était de plus en plus vif et il luttait contre l'envie de s'assoupir. Pour la première fois depuis de longs mois, il avait faim. L'espace livide qu'il devinait derrière les vitres paraissait envahir la pièce et le plancher, lui semblait-il, se recouvrait peu à peu de neige. « J'ai repris trop tôt après ma blessure, pensa-t-il dans une demi-conscience. Ils vont buter sur mon corps gelé comme sur ces carcasses de chevaux que l'on trouve au long des rues. »

Comme pour l'assurer que tel était bien le sort que d'aucuns lui souhaitaient, il sentit tout à coup dans son dos une présence si hostile qu'il sortit de son hébétude et se retourna vivement. Portraituré dans une tunique blanche aux épaulettes chamarrées, avec une expression tellement courroucée qu'il paraissait vouloir s'échapper de son lourd cadre doré, un imposant personnage lui intimait de vider les lieux sur-le-champ. Maurice se força à se lever et s'approcha pour lire le cartouche.

Colonel Prince Mikhaïl Andréiévitch OBOROJANKINE
Chevalier de Saint-Georges
Aide de camp de Sa Majesté l'Impératrice Maria Féodorovna
Commandant le 2e escadron de cosaques de l'escorte de S.M.
Commandant le régiment de grenadiers à cheval de la garde
1817-1904

Il ne put s'empêcher de rire tout seul, ce qui le tira définitivement de son engourdissement. « Le gaillard m'en voudrait de m'asseoir dans son fauteuil que ça ne m'étonnerait pas, se dit-il en le défiant du regard. N'est-ce pas, c'est ça qui te défrise, vieille canaille ! Tu m'aurais fait rosser pour moins que ça. »

Du fond de la pièce lui répondit un bruit furtif. Maurice fit volte-face et de stupeur faillit reculer dans le cadre, à dangereuse portée de l'épée d'apparat de l'aide de camp. Quelqu'un se tenait derrière le piano – un homme bien réel celui-là, en dépit de son immobilité. Il portait une longue blouse, une paire de bottes montant jusqu'aux genoux, et son visage était mangé par une barbe hirsute de chemineau de la Volga.

« Qui... qui êtes-vous ? » bredouilla Maurice.

Conscient du ridicule de sa demande, il la réitéra en russe. Mais l'homme ne bougea pas davantage, aussi statique et impassible que le portrait était vivant, et néanmoins muré dans une haine qui semblait aussi affirmée que celle du modèle du tableau.

« Sais-tu quand reviennent les autres ? » insista Maurice.

Il n'obtint pas de réponse. Au moment de quitter la pièce, Maurice aperçut la silhouette qui s'éloignait lentement à travers le dédale des meubles abandonnés, et il crut bon de l'apostropher en lui montrant le cadre d'un geste narquois.

« L'ancien proprio, camarade ? Il t'en a fait baver, le vieux, pas vrai ? »

Il eut la sensation que sa voix sonnait aussi faux que le piano. De l'autre côté de la pièce l'homme tressaillit comme s'il était réveillé en plein songe, leva la tête, puis, paraissant englober dans le même dégoût le salon saccagé et l'intrusion abhorrée des nouveaux occupants, cracha par terre dans sa direction.

« Quand il a plu, il pleuvra », grommela-t-il.

Attentif au son des pas qui diminuait, Maurice demeura quelques instants immobile dans le silence. Seul se faisait entendre un lointain bruit de ruissellement. Apportant enfin une note de gaieté, les rayons d'une tardive éclaircie vinrent illuminer sur la cheminée les personnages de bronze doré qui ornaient une pendule. Ne sachant trop que faire pour ne plus s'assoupir, il vint l'examiner de près.

« Elle représente *Le Temps protégeant le sommeil de l'Amour* », dit-on derrière lui.

Maurice tressaillit, puis se retourna. Coiffé d'un gros bonnet en poil de mouton blanc, étrangement vêtu d'une vareuse fourrée de cavalier et d'un pantalon civil, un homme s'avançait à sa rencontre. D'une serviette fatiguée, il tira une liasse de journaux qu'il posa sur le piano.

« Tu remarqueras qu'il y a une phrase latine gravée sur le socle, poursuivit-il. *Horas non numero, nisi serenas.*" Je n'indique que les heures heureuses. " Eh bien, tu peux le constater : elle est arrêtée. »

Il ponctua sa phrase d'un petit rire, avant d'ajouter comme pour lui-même : « Et va trouver un horloger en ce moment. »

L'humour était si rare chez les hommes d'appareil que Maurice s'en trouva tout déconcerté. Conscient de son embarras, le nouvel arrivant l'étreignit avec une maladresse un peu bourrue.

« Victor Lvovitch Kibaltchiche, plus connu à Paris sous le nom de Victor Serge, se présenta-t-il de façon un peu emphatique. Tu ne m'en veux pas trop d'être en retard ?

– Je craignais simplement que tu n'aies pas reçu la lettre de Stassova...

– Je l'ai bien reçue, mais Stassova ignore sans doute que l'on me fait travailler à Smolny presque toute la journée et que j'arrive rarement ici avant 6 heures !

– Ça ne fait rien, camarade. J'ai d'ailleurs eu de la visite pour passer le temps...

– De la visite? s'étonna Victor Serge. Ah! Je vois ce que tu veux dire! C'est l'ancien *dvornik* de la maison qui continue à habiter une sorte d'isba au fond du jardin. Je sais qu'il erre dans les pièces dès qu'il croit qu'il n'y a personne... Ce devrait être l'heure à laquelle jadis il apportait le samovar ou veillait sur le feu dans la cheminée! Il nous en veut, paraît-il, depuis qu'il a appris que son maître avait été fusillé, poursuivit-il en baissant la voix.

– Le fils du camarade aide de camp? demanda Maurice en désignant négligemment le personnage encadré dans sa grande tenue.

– Je n'en sais trop rien, à vrai dire... Nous ne sommes logés ici que depuis peu et ma femme veut déjà retourner à l'Astoria qui a l'immense avantage d'être chauffé. Ici, comme tu peux le voir, pour alimenter le poêle d'une unique pièce, on en est déjà à arracher les boiseries... Mais qu'importe, ajouta-t-il d'un ton plus amical. Quelle joie cela me fait de parler français! »

Il le dévisagea avec un regard attentif derrière ses petites lunettes cerclées de fer, puis vint s'asseoir à côté de lui.

« Je ne suis pas très sûr de t'avoir jamais rencontré à Paris, dit-il.

– Si, je me souviens maintenant en te revoyant, répliqua Maurice. Ce devait être vers 1911 ou 1912, lors d'une conférence organisée par la section socialiste du XIVe à la salle Cambon, rue du Château. Tu étais tout seul, je crois bien, et moi avec Tchitcherine. Tu avais pris la parole. »

Victor Serge hocha la tête.

« Cela me revient. Je crois même que je m'étais empoigné avec un menchevik qui n'appréciait pas trop les thèses anarchistes! Curieux que Tchitcherine ne m'en ait jamais reparlé... Mais qui aurait pu deviner à cette époque qu'il allait devenir commissaire aux Affaires étrangères, dit-il comme pour lui-même. Stassova m'a écrit que vous êtes fort liés ?

– Il habitait rue Severo dans le XIVe, et moi rue des Plantes... C'est Alméras qui nous a présentés et nous avons voisiné à partir de cette époque. Son influence a beaucoup compté pour moi, surtout lors de ma défection de la Mission française... Il me le rappelle d'ailleurs souvent : " Dire que tu es condamné à mort dans ton pays à cause de moi ! "

– Et cet ami si proche, tu veux néanmoins le quitter ? »

Maurice scruta son interlocuteur. Était-ce déjà le moment des confidences ? En dépit de la barbe noire et fournie qui lui durcissait le visage, il avait une physionomie franche qui lui inspirait confiance.

« Nous nous étions déjà quittés en mai dernier... Après une année au Métropole dans son service, passée à écrire des radiogrammes destinés à la France, je voulais changer un peu d'air... C'était certes intéressant, mais je me sentais déjà un peu las des tensions à l'intérieur du groupe. Lorsque je suis parti, mon idée était de former d'autres groupes communistes français à Kiev et Odessa, et de tenter de faire passer de la propagande révolutionnaire à bord des bâtiments de la flotte française en mer Noire. Mais dès août j'ai dû remonter vers Kiev avec une colonne de l'Armée rouge, avec Petlioura aux fesses ! J'ai même dû apprendre à manipuler des explosifs pour couper les ponts derrière nous. Pour couronner le tout j'ai été blessé près de Jitomir et immobilisé près de deux mois dans un trou d'Ukraine par ma convalescence.

Quand je suis rentré à Moscou début octobre je me suis vite rendu compte que le groupe était plus que jamais écartelé entre Sadoul et Guilbeaux. C'était devenu un vrai panier de crabes ! Et moi je n'avais guère envie de prendre parti. J'avais pourtant fini par me rapprocher de Guilbeaux pour des questions d'hébergement, lorsqu'un beau matin j'apprends, peu avant Noël, qu'il venait de s'inscrire à la Tchéka...

– Ah bon ?

– La Tchéka, dont j'ai vu en Ukraine à quel point elle nous faisait détester de la population... Dis-moi, le dvornik n'écoute pas aux portes ?

– Ah ça, si j'apprends que celui-là est bolchevik, ce serait vraiment un chef-d'œuvre du bureau propagande !

– Personne ne lui avait rien demandé, à Guilbeaux. Et dans quel but s'est-il inscrit, tu ne devineras jamais ? Dans celui d'interroger les anciens membres de la Mission militaire française restés piégés à Moscou – et dont plusieurs avaient forcément été mes camarades. C'en était trop ! Je m'en suis ouvert à Tchitcherine qui a aussitôt songé à moi pour s'occuper des anciens biens français à Petrograd, dont personne ne se préoccupait depuis le départ de l'ambassadeur Noulens. J'ai alors proposé de former un groupe français susceptible d'équilibrer ici celui de Moscou, ce qui a été accepté. Mais pour obtenir un logement, camarade, il me faut aussi justifier une fonction officielle ! D'où la lettre que tu as reçue...

– Dans laquelle la conseillère auprès du Komintern pour les affaires occidentales, Hélène Stassova, me demande de t'engager comme traducteur aux Éditions de la IIIe Internationale, c'est bien cela ?

– Je ne voulais pas être nommé sans ton accord.

Je ne sais même pas si tu as besoin de quelqu'un pour t'assister; je ne veux pas non plus qu'on te force la main. Il n'en reste pas moins vrai que, si je n'ai pas ton accord, je suis obligé de repartir pour Moscou, ce qui me chagrinerait beaucoup pour les raisons que je viens de t'expliquer! Encore un mot pour savoir qui tu engages : je parle russe, ukrainien, italien et allemand. Avant la guerre je m'étais présenté à Normale et je serais prof à l'heure qu'il est, si tout cela n'était pas arrivé. »

La pénombre était maintenant tombée et Maurice ne voyait plus de son interlocuteur que son visage attentif, à peine visible dans la clarté blafarde de la fenêtre enneigée, qui se pencha vers lui lorsqu'il eut achevé.

« Tu me demandes si j'ai besoin de toi! s'exclama Victor Serge. Tu vas comprendre quand je vais t'énumérer ce que j'ai à faire. Comme tu le sais, je m'occupe quasiment seul des Éditions de la IIIe Internationale et j'organise aussi peu à peu les archives du Komintern. Seul encore, et mes nuits durant, je traduis en français les Œuvres de Lénine et de Trotski. Seul toujours, j'assure autant que je le peux la réception des camarades syndicalistes et les délégués étrangers de l'Internationale qui arrivent jusqu'à nous en dépit du blocus, en utilisant nos réseaux. Il m'en faudrait donc cinq comme toi! Quel boulot on abattrait, d'autant que je sens qu'on s'entendrait bien! Malheureusement... »

Il laissa sa phrase en suspens. Maurice le considéra avec inquiétude.

« Je ne suis pas seul à décider, reprit-il. Pour t'avouer la vérité, je ne peux rien décider *du tout*.

– Ce qui signifie que le camarade Zinoviev a son mot à dire dans ma nomination?

– Et comment! Te rends-tu compte de ce que

représente Zinoviev dans les provinces du Nord? De Mourmansk à Vologda, il n'y a pas un agent, pas un fonctionnaire qui n'ait été nommé personnellement par lui. Je ne nie pas que c'était nécessaire : il lui fallait asseoir l'autorité des bolcheviks dans une ville et une région encore proches de l'ancien régime, mais il faut reconnaître qu'il n'a guère délégué son autorité. En ce qui me concerne, je suis d'autant moins libre d'engager quelqu'un que je dois me faire pardonner la tare de ne pas être bolchevik : on me le fait assez sentir!

– Mais j'ai été proposé par la camarade Stassova et...

– Justement, interrompit Victor. Pas plus Zinoviev que son entourage n'apprécient beaucoup Stassova. En fait, toute personne susceptible de vouloir s'ouvrir vers l'extérieur, que ce soit Rakovski, Stassova ou Gorki, est traitée avec suspicion. Mon problème est de ne pas m'inscrire trop ostensiblement dans cette dernière catégorie, car mes jours à Smolny seraient alors comptés. Même ces journaux de la presse parisienne, que je viens de recevoir de l'un de nos contacts à Reval et que j'ai passé la nuit à dépouiller, je ne les ai pas apportés à Smolny.

– Tu penses que je devrais demander directement à Zinoviev son accord? »

Victor Serge réfléchit.

« Si je peux te donner un conseil, le mieux serait de l'aborder après le déjeuner, lorsqu'il quitte l'Astoria pour Smolny. Plus cela se passera au grand jour et moins il se montrera... disons, méfiant. S'il te donne son accord je donne bien entendu le mien aussitôt et, comme tu peux le constater, ce n'est pas le travail qui nous manquera! Pour t'évoquer le genre de difficulté auquel je me heurte dans mes rapports avec... ce que j'appelle l'extérieur, dit-il en désignant la liasse de journaux, j'aimerais d'ailleurs que tu jettes un coup d'œil sur ce fatras. Tu verras, c'est très instructif. »

Maurice remarqua en effet que plusieurs des feuillets étaient sabrés de grands traits rouges. Il eut un mouvement de refus presque involontaire.

« Je ne me sens guère de vocation à lire la presse bourgeoise parisienne, s'exclama-t-il. Te rends-tu compte que je n'ai pas ouvert *L'Humanité* depuis près de deux ans, et tu voudrais que je me plonge là-dedans !

– Ce serait pourtant utile si nous devons travailler ensemble, répondit-il avec un peu d'humeur. Ces canards sont si truffés de calomnies contre nous que j'ai l'impression de me trouver devant une véritable campagne orchestrée. J'ai d'ailleurs eu cet après-midi à ce sujet un entretien téléphonique avec ton ami Tchitcherine. Je lui ai suggéré que le service de propagande à Moscou s'en occupe. On ne peut tout de même pas laisser se colporter tant de racontars ! Écoute-moi ça. »

D'un geste vif il prit le journal en haut de la pile et le déplia avec autant d'aisance que s'il avait été dans le métro parisien. C'était *Le Matin,* nota Maurice.

« Attends que je cherche... Ah ! " De source informée nous apprenons que les délégués étrangers au congrès de la IIIe Internationale qui aura lieu cet été à Petrograd et à Moscou auront le tour du crâne mesuré. Les bolcheviks tiennent à les soumettre à cette formalité pour jauger leur degré d'intelligence. "

– On ne va pas s'abaisser à répondre à ce genre de sornettes !

– Mieux encore... Cette fois dans *L'Écho de Paris* : " Le soviet de la ville de Toula a décidé d'ériger sur la grand-place de la ville une statue de Judas Iscariote. " Pas mal, non ? Et ça : " Hier, jour de Noël, l'église de la Résurrection à Moscou a été profanée par les cavaliers d'un régiment de gardes à cheval qui ont piétiné les iconostases déposées sur le seuil. "

– Tout est de cette encre ?

– Non, il y a plus grave, assura-t-il d'un ton soucieux. Attends que je retrouve, c'était dans *Le Petit Parisien*.

– Tu crois vraiment...

– Où est-ce, déjà..., s'impatienta-t-il. Voilà. " LES FILLES DU TSAR RECONNUES DANS L'OURAL. Selon un témoin digne de foi, les grandes-duchesses n'auraient pas été massacrées à Ekaterinbourg, mais seraient actuellement séquestrées dans l'est du pays, dans un état physique déplorable après avoir été torturées et violées par leurs geôliers. À la suite de ces révélations, une nouvelle vague de protestations contre le sort réservé à la famille impériale déferle sur le Kremlin. " Et c'est vrai, ajouta-t-il en repliant la feuille; Tchitcherine s'est plaint au téléphone d'avoir toutes les chancelleries sur le dos à cause de cette rumeur.

– Ce n'est pas à toi de réagir, ni même à lui ! Ou, alors, qu'il se borne à rappeler aux diplomates ce qui s'est passé. À leur dire la vérité... »

Victor Serge esquissa un mince sourire.

« " La vérité, l'âpre vérité ", comme disait Danton... C'est bien ce que je lui ai conseillé. Tu sais ce qu'il m'a rétorqué ? " Ils ne la croiraient pas. " »

Maurice ne put dissimuler son étonnement.

« Quoi, les petites n'auraient pas été tuées cette fameuse nuit avec leurs parents et leur frère ? »

Son interlocuteur eut un geste évasif.

« Je ne sais que ce que tout le monde sait », dit-il.

Maurice haussa les épaules.

« Ce n'est pas que je m'intéresse aux Romanov, tu penses bien! Mais il me semble qu'il faudrait répondre à chaque canard de ce genre par un communiqué approprié!

– Comment veux-tu... Il y faudrait tout un service, et un étage entier de l'Astoria n'y suffirait pas... Songe que je ne t'ai pas lu le centième de ce que nous avons reçu depuis un mois des seuls quotidiens parisiens, et je t'en laisse imaginer le contenu!

– Ce que je ne comprends pas dans l'histoire, c'est ta surprise. Tout cela ne vise qu'à propager l'idée du bolchevik le couteau entre les dents – l'idée même que cherche à répandre Clemenceau dans chacun de ses discours. Qu'y a-t-il là de surprenant? Donner cette idée de nous a toujours été le but de la réaction! Tiens... Quand je lis par exemple dans le *Journal*... Je tombe dessus... " Émeutes à Petrograd pour un saucisson de rat ", je trouve qu'il faudrait faire envoyer immédiatement par le service de propagande un radiogramme sur le ravitaillement dans la ville, en annonçant qu'il y a une nette amélioration! Qu'est-ce qu'ils font donc au Métropole? Ils roupillent?

– Fais voir ça », interrompit Victor Serge.

Maurice lui tendit l'article par-dessus le piano encombré de journaux entrouverts.

« Un particulier ayant fabriqué de façon artisanale des saucissons de rat et les ayant mis en vente à la sauvette pour la somme de cent roubles, des échauffourées ont eu lieu sur la perspective Nevski entre citoyens désireux d'acquérir les précieux comestibles », lut Victor Serge à mi-voix.

Il reposa le journal en faisant la moue.

« Pour une fois, ce n'est pas entièrement faux, soupira-t-il. Le gouverneur Iegorov m'a confirmé l'incident. Tu sais, tu risques d'être déçu et l'air que tu vas trouver à Piter n'est pas forcément plus limpide que celui de là-bas... Je me demande même si tu as vraiment raison de quitter Moscou. Là-bas tu es tout de même membre d'un groupe structuré – peut-être désuni, mais qui te protège, que tu le veuilles ou non, comme te protège Tchitcherine. Ici, au contraire, tu vas avancer en terrain découvert, tu auras tout à faire en première ligne... Et tu entendras parfois parler de drôles de choses, ajouta-t-il.

– C'est une mise en garde ? »

Victor Serge pinça les lèvres.

« En quelque sorte.

– Je ne suis pas aveugle, tu sais. Pour te citer un exemple, je me suis rendu ce matin à l'Asile de France pour l'affaire du séquestre. Je t'assure que la situation y est plutôt préoccupante.

– On m'a pourtant dit qu'il y avait là-bas une femme énergique ? »

Maurice hocha la tête.

« C'est exact, mais que peut-elle faire avec trente vieillards qu'on laisse crever de froid et de faim ? Eh bien, moi, j'ai l'impression que je pourrai les aider, ne serait-ce que pour qu'ils ne nous considèrent pas comme des monstres... Pour la première fois j'ai le sentiment peut-être un peu naïf de pouvoir être de quelque utilité sur un point précis, alors qu'à Moscou je n'étais qu'un rouage anonyme de la bureaucratie. »

Son interlocuteur ne répondit pas. Le lointain bruit de ruissellement avait cessé et un demi-jour blême ne leur permettait plus de se distinguer. Émergeant à peine de l'ombre dans sa vareuse immaculée, le vieux barine en prenait une allure de spectre flottant dans l'espace, et la pièce autour d'eux s'était comme agrandie aux dimensions d'un vaste grenier obscur et abandonné. Victor Serge se leva alors, appuya sur un commutateur, et une ampoule éclaira brusquement le salon d'une lumière trop crue.

« On ne peut pas avoir d'électricité en même temps que les tramways, expliqua-t-il. Quand ils s'arrêtent, on nous la redonne. »

Comme s'il n'attendait que cette occasion, il sortit d'un air mystérieux une lettre de sa poche.

« Tu sais ce que c'est? Une demande de visa provenant du grand journaliste Albert Londres qui voulait faire un reportage chez nous pour *Excelsior.* Eh bien, cette demande revient tout juste de Moscou avec la mention : REFUSÉ. Et tu remarqueras, avec le cachet du Bureau politique! C'est donc monté jusque-là! Cela ne m'étonne pas, car j'ai appris qu'Ilitch et Lounatcharski ne voulaient pas entendre parler d'envoyés spéciaux. À mon sens c'est une erreur et je crois que je devrais en faire part à Zinoviev. Le refus que nous opposons à toutes les demandes de visa de journalistes les prévient contre nous et les pousse à raconter n'importe quoi. S'il ne tenait qu'à moi, je ne les exaspérerais pas en leur claquant la porte au nez. Songe qu'il y a trente quotidiens à Paris... *Le Petit Parisien* est le plus lu des journaux du monde entier, paraît-il. Eh bien, il faudrait – dans une certaine mesure – jouer leur jeu. Nous accueillerions leurs reporters comme nous le faisons pour les camarades sympathisants, nous les accompagnerions pour leur faciliter leur travail, et peut-être pourrions-nous alors espérer quelques témoignages positifs en retour...

– Mais enfin tu rêves! s'exclama Maurice. Ce que tu appelles la grande presse a des commanditaires et un public qui se recrutent parmi nos ennemis les plus acharnés! Et tu veux que ces journaux se conduisent à notre égard de façon impartiale? Tu connais pire que des bailleurs de fonds floués? Ils nous asphyxient derrière ce blocus pour se venger de leurs louis d'or envolés, et toi tu souhaiterais obtenir d'eux des commentaires bienveillants!

– Je ne cherche rien. Ce sont eux qui assiègent notre porte. Et cela se comprend... Regarde, toi, par exemple. Avec ton menton bleu et ta vieille *choube,* tu représentes une vraie mine d'or pour un reporter! Des Français revenus vivants du Sud avec l'Armée rouge, il ne doit pas y en avoir tellement! Suppose que tu donnes une interview, comme ils disent maintenant. Eh bien, tout en racontant ton odyssée, tu décrirais tout naturellement la puissance de l'Armée rouge ainsi que la hardiesse de création de la Russie socialiste... Tu redirais à cette occasion à ce représentant de la classe ennemie que ce n'est pas le communisme qui a plongé cet immense empire déjà rongé de l'intérieur dans une épuisante guerre de six ans; que ce n'est pas non plus le communisme qui lui a infligé ces multiples expéditions de mercenaires, ce blocus impitoyable... Oh! Je ne demande pas la lune! Simplement quelques articles dans la presse bourgeoise rappelant ces vérités premières... exempts de malveillance en un mot et... qui sait? peut-être même favorables à ce que nous tentons de créer. Tu imagines quelle audience aurait au moment de l'ouverture du congrès une série d'articles sur nos grands desseins? »

À mesure qu'il développait son monologue, la voix du petit homme s'animait avec d'imprévisibles dérapages d'adolescent en train de muer, retrouvant peu à peu les accents véhéments qui jadis étaient les siens à la tribune de la salle Cambon.

« Mais tu as raison, je rêve, admit-il après un

silence. REFUSÉ. Pourtant il y avait une belle opportunité à saisir, on ne m'en fera pas démordre.

– En attendant, ôte ça de ma vue, demanda Maurice en désignant les journaux. Je me connais, très vite je lirais en douce ce qui se donne au Parisiana ou à l'Eldorado et ça me donnerait du vague à l'âme, ou bien l'envie de boire un Viandox dans une brasserie comme celle de l'avenue d'Italie où on allait quelquefois avec les Russes... Comment s'appelait-elle, déjà ?

– Le Canon de Tolbiac, non ?

– Le Canon de Tolbiac », confirma-t-il d'une voix sourde.

Ils se regardèrent, soudain liés par la même connivence.

« Je devine ce que tu ressens, dit Victor Serge.

– Ce doit être cette entrevue avec le camarade président qui me pèse d'avance, grommela Maurice. À ce propos... »

Il se caressa le menton d'un air embarrassé.

« Les pensionnaires de l'Asile de France ont trouvé que je n'avais pas une tête de consul... Toi, tu me parles de menton bleu... Tu n'aurais pas un rasoir à me prêter par hasard ? On a volé le mien dans le train de Moscou, et impossible de m'en procurer un depuis ! »

Pour la première fois, Victor Serge éclata de rire.

« Alors là, mon petit vieux ! Tu serais Grichka lui-même que tu ne pourrais t'en procurer un.

– Grichka ?

– Zinoviev. C'est son diminutif. Eh bien, j'ignore pourquoi, mais il est impossible de trouver un rasoir dans tout Petrograd actuellement. Ça et bien d'autres choses, d'ailleurs. Ça n'a pas d'importance... Tu porteras la barbe comme beaucoup d'entre nous, et cela te donnera un parfait visage de jeune révolutionnaire bolchevik.

– Zinoviev n'a pas de barbe, que je sache!

– Téléphone-moi tout de même dès que tu l'auras vu, demanda-t-il en redevenant sérieux. Inutile de donner de nom. Dis-moi simplement : ça s'est bien passé.

– Et si... ça se passe mal?

– Fais-toi conduire à la gare au plus vite. »

Maurice leva la tête. Son interlocuteur s'était reculé dans un coin d'ombre et, avec cette unique et misérable ampoule, il ne put voir s'il se moquait de lui.

3

Le trottoir qui longeait l'ancien palace semblait être l'un des rares endroits de la ville à avoir été déblayé, mais le sol y paraissait si glissant qu'il avança précautionneusement en se tenant d'une main au mur. Devant l'entrée principale stationnait une longue et fastueuse limousine d'avant guerre – plus longue et plus fastueuse encore, se dit-il, que celles dont il brocardait jadis les propriétaires dans *L'Insurgé du XIV*e – noms à l'appui, l'un de ses camarades ayant pu mettre la main sur le carnet de commandes de l'un des plus célèbres carrossiers de Levallois. Un sentiment de curiosité venu de la lecture assidue de *L'Auto* (qu'il achetait jadis entre *Clarté* et *L'Humanité* avec l'impression de commettre un léger délit idéologique) l'amena à s'écarter du mur pour la contempler. Son interminable capot était recouvert d'une lourde couverture de feutre molletonné, comme l'étaient autrefois à Moscou les petits chevaux des traîneaux à l'arrêt devant le Grand Théâtre, et il en souleva un pan pour examiner le motif de la calandre. C'était bien ce qu'il pensait : une Delaunay-Belleville 1913.

« *Ne trogaï!* » cria-t-on derrière son dos.

Plus qu'un ordre, c'était un hurlement de garde-chiourme à glacer le sang. Il se retourna et vit le chauffeur brandir une manivelle dans sa direction. La moutarde lui monta au nez.

« Non, mais ça ne va pas, camarade! » s'écria-t-il en russe.

Mal lui en prit. Massif dans sa houppelande, le chauffeur s'approcha de lui en vociférant des invectives et en le menaçant de son outil avec une telle impétuosité que Maurice dut faire un saut de côté pour l'esquiver et chuta lourdement sur le trottoir gelé. Étourdi par le choc, il chercha avec peine à se remettre debout et fut aidé par un passant qui vint le soutenir.

« Mais qu'est-ce qui s'est passé, qu'est-ce qui s'est passé? » demanda-t-il.

L'autre le regarda ahuri et Maurice s'aperçut que dans son trouble il avait parlé en français.

« *Spassibo* », dit-il au passant qui l'avait relevé.

Celui-ci s'éloigna et Maurice resta quelques instants debout, titubant, avant de retrouver avec peine son équilibre. Dans une sorte de brouillard, il devinait à quelques pas de lui le dos épais du chauffeur penché sur le capot de la limousine qui, sans se préoccuper de lui, remettait soigneusement en place les plis de la couverture.

« Botter les fesses à ce butor », pensa-t-il.

Il hésitait pourtant. Que se passerait-il après... Un nouveau pugilat? Une retraite précipitée vers l'entrée de l'hôtel pour éviter une agression? Cette automobile devait appartenir à quelqu'un d'important pour que le chauffeur affichât autant d'arrogance et de certitude d'impunité. S'en prendre à lui serait déclencher un esclandre, et que deviendrait alors son intention d'aborder discrètement Zinoviev?

En se frottant les reins, il se dirigea vers la porte-tambour. Sommairement fixée, l'inscription PREMIÈRE MAISON DES SOVIETS permettait de découvrir en dessous l'ancienne plaque de cuivre HÔTEL ASTORIA. Dès la porte franchie, une entêtante odeur de tabac le prit à la gorge. Affalé devant l'entrée en plein courant d'air, son fusil entre les jambes et un papyros pendant à ses lèvres, un soldat l'interpella.

« *Propousk?* » demanda-t-il en tendant une main maculée d'encre à tampon.

Irrité par sa mésaventure avec le chauffeur, Maurice ne maîtrisa pas cette fois son exaspération et sortit son mandat de mauvaise grâce.

« Écoute-moi, lança-t-il au soldat, ça fait déjà la seconde fois de la journée. Pour entrer, pour sortir... Comme j'habite ici, t'aurais intérêt à te souvenir de moi, camarade. Je ne tiens pas à faire antichambre chaque fois. »

L'autre secoua la tête.

« Propousk », répéta-t-il avec entêtement.

Maurice lui agita le mandat sous le nez.

« Et ça, ça s'appelle comment?

– C'est pas ce qu'on te demande, camarade, mais ton laissez-passer », expliqua aimablement un petit homme courtaud qui entrait en même temps que lui.

Il fouilla ses poches sans trouver le document qui lui avait été remis la veille. Le soldat le considérait d'un œil indifférent.

« Eh bien, téléphone à l'intérieur, face de rat! hurla soudain Maurice. Je ne vais pas rester ici à me geler les miches parce que tu fais du zèle! »

Témoin de l'altercation, le petit homme qui l'avait dépassé revint en arrière, s'approcha du soldat et lui glissa quelques mots à l'oreille. Le soldat prit alors le mandat des mains de Maurice, s'assura longuement de la conformité de la photographie, puis le laissa passer comme à regret.

« Quand je pense qu'il y en a qui sont sur le front polonais », grogna Maurice.

Dès qu'il fut entré, des tintements de couverts et une plaisante odeur de soupe aux choux apaisèrent quelque peu son irritation. Il s'avança et découvrit en contrebas de quelques marches ce qui avait dû être naguère la luxueuse salle à manger de l'hôtel. Sa décoration baroque formait un surprenant contraste avec les rustiques marmites de fonte qui trônaient aux deux extrémités d'une longue table recouverte de toile cirée. Sous les vasques de marbre et les lustres à pendeloques une foule se pressait, avide de remplir tour à tour assiettes, bols, écuelles et récipients divers dans une bousculade telle que le précieux liquide tachait déjà l'épais tapis en de nombreux endroits.

Peu désireux d'entrer dans la mêlée, il demeura en haut des marches à attendre, appuyé à une colonne, que l'affluence fût moins dense. Il lui semblait que l'on chuchotait autour de lui et cela contribuait à le mettre mal à l'aisc. Soudain un homme à cheveux blancs vint à sa rencontre.

« Tu es celui qui vient former ici le groupe communiste français, n'est-ce pas? s'enquit-il d'un ton affable en le fixant de ses yeux clairs sous des sourcils charbonneux. Je suis Mikaïlov, le maire de Petrograd. Content de t'accueillir dans ma cité, camarade. J'ai été averti de ton arrivée par Tchitcherine qui est un ami et je ferai tout pour te rendre le séjour agréable. Maintenant tu devrais aller te servir sans plus tarder, sans quoi ils ne t'en laisseront pas une goutte. »

Maurice n'eut pas le temps de répondre aux propos de bienvenue de son interlocuteur que celui-ci tournait déjà les talons et disparaissait dans la cohue. Comme pour lui donner raison, des cris de dépit se firent entendre au départ d'une marmite vide et il en fut vaguement offusqué.

« Camarade, j'ai vu le moment où il n'allait rien rester pour toi, alors j'ai pris les devants. »

C'était le petit homme de l'entrée qui lui apportait cette fois une assiette fumante de gruau. Par crainte de le vexer, Maurice l'accepta.

« Pechkov, responsable des mouvements de véhicules militaires et des transports de troupe, se présenta-t-il. J'ai vu que le camarade Mikaïlov t'a salué. Tu viens d'arriver ? »

Il acquiesça d'un air maussade.

« Merci pour ton aide de tout à l'heure. Bien entendu, l'instant d'après j'ai retrouvé mon billet de logement au fond de ma poche.

– J'ai vu que tu avais le sang chaud avec ce malheureux soldat !

– J'arrive du Sud, c'est peut-être pour ça. Quand on a vu ce que j'ai vu, on a envie d'envoyer en première ligne ce genre d'embusqués. »

Pechkov le considéra avec la déférence dévolue aux gens du front.

« N'oublie tout de même pas de t'inscrire pour ta carte de repas. Crois-moi, ça vaut la peine, c'est ici le seul endroit avec la cantine de Smolny où tu ne crèveras pas de faim.

– Je ne m'intéresse guère à la nourriture, camarade. Depuis ma blessure, je souffre d'anorexie. J'ai perdu sept kilos.

– Dans un sens, t'as bien de la chance de pas penser à ton lard à rattraper... Moi je ne pense qu'à ça, au contraire, et je ne suis pas le seul. Il paraît qu'en ville on nous prend pour des nantis. Le monde renversé ! »

Pechkov partit d'un gros rire auquel Maurice, la bouche pleine de bouillie, ne put s'associer que par une grimace contrainte.

« Ce n'est pas pour me déplaire, en un sens, reprit Pechkov. On en a assez bavé, pas vrai ! Tel que tu me vois, j'ai passé quatre ans de forteresse à Shusselbourg, et je trouve que j'ai mérité de jouer un peu au bourgeois à mon tour, d'avoir une automobile à ma disposition, de fumer de bons cigares, de prendre des bains chauds et de contempler la Moïka derrière de jolis rideaux !

– À propos, saurais-tu par hasard où les nantis que nous sommes pourraient trouver un rasoir ? » interrompit Maurice.

Pechkov le dévisagea.

« Ça, faut dire, pour toi ce serait pas du luxe.

– J'avais un rasoir à Moscou mais on me l'a volé dans le train ! Depuis que je suis arrivé j'en cherche un partout. Au magasin central de l'administration de la Kazanskaïa on m'a ri au nez. Chez le fourrier de l'armée, pareil. Je pensais qu'ici... »

Pechkov exprima par un geste son impuissance.

« Toi, on voit vraiment que t'es pas de Piter !

– Ça s'entend donc tant que ça ? demanda-t-il ironiquement.

– C'est pas de ton accent que je veux parler ! Je m'en doute que t'es français, et pourtant tu parles drôlement bien le russe...

– Après plus de deux ans ici, plus autant d'études, c'est la moindre des choses...

– T'es sans doute venu ici pour préparer... quelque chose comme la conférence du Komintern, ce serait pas ça ? Bon, je n'insiste pas. Mais je vais quand même te faire une confidence : ce que tu peux trouver ici, c'est du savon à barbe.

– La belle affaire, si je n'ai pas de rasoir !

– Prends ce qu'on t'offre, tu n'auras plus à le chercher après ; surtout que c'est la *dejournaïa* du cinquième qui le distribue. Des camarades m'ont assuré qu'elle méritait l'ascension.

– Ça tombe bien, c'est mon étage.

– Veinard ! Au troisième, on n'est pas gâté comme ça. »

Soudain lassé de l'entrain un peu trivial de Pechkov, Maurice amorça un repli vers l'escalier, mais ce dernier le suivit.

« J'ai bien une idée pour ton rasoir, mais faudrait que t'aies un peu de sous... On raconte qu'il y a un vieux Kirghize qui vend le produit de ses rapines au 18 de la Siennaïa. Je t'ai rien dit, hein... Faudra que tu lâches dans les cinq cents roubles... si c'est pas plus.

– Cinq cents roubles pour un rasoir !

– Eh bien ! Reste donc comme tu es. Ça aura au moins l'avantage qu'on te prendra pas pour un nanti... Tu sais ce que les gens crachent sur mes portières, moi, quand ils me voient passer en auto ? " *Khamovor* ! " Voleur et mufle ! On les a délivrés de l'oppression tsariste, et voilà comme ils vous remercient !

– J'ai peut-être une explication, camarade Pechkov, maugréa-t-il en montrant la porte du vestibule. Regarde la limousine devant l'entrée. Eh bien, son chauffeur s'est conduit avec moi comme un malotru. Merde, on n'a pas fait la révolution pour supporter cette morgue et se faire insulter de la sorte ! Si ses collègues agissent de la même façon, je comprends la réaction des gens de la rue ! Ce n'est pas ta voiture, par hasard, que tu lui dises un mot à ce mal élevé ? »

Pechkov le fixa avec les yeux ronds.

« Je n'ai pas une automobile de cette taille ! C'est celle de Grichka, ajouta-t-il en baissant la voix. On prétend qu'elle appartenait au Romanov.

– Oh! Grichka, bredouilla Maurice décontenancé. Tu veux dire...

– Qu'il devrait pas tarder, répéta Pechkov en consultant sa montre. Quant au chauffeur, en tant que chef des déplacements, je peux lui toucher un mot, si tu veux. C'est vrai que ces gens se croient quelquefois aussi importants que ceux qu'ils conduisent. Moi-même...

– N'en fais rien », coupa vivement Maurice.

Une rumeur s'élevait de l'autre côté de la vaste pièce. Heureux de la diversion, Maurice regarda dans cette direction. Précédé de deux gardes, un homme au visage léonin sous une chevelure abondante et désordonnée venait de déboucher de l'escalier. Comme si on avait déroulé devant lui un tapis rouge, se forma spontanément dans la foule un étroit sillon qu'il parcourut lentement, saluant de droite et de gauche avec de petits gestes bénisseurs et une jovialité qui lui sembla singulièrement affectée lorsqu'il la compara avec la simplicité de Tchitcherine. À son côté, Pechkov paraissait frappé d'immobilité comme une statue de sel, à l'image d'une assistance devenue étrangement figée. La foule n'avait d'yeux, en effet, que pour le puissant personnage qui s'avançait et, s'arrêtant parfois pour répondre à un solliciteur, gagnait lentement la sortie de l'hôtel. Maurice se demanda si Victor Serge avait raison et si c'était vraiment le lieu et l'heure pour tenter à son tour d'attirer son attention. Sans doute, entouré par tant de flagornerie, Zinoviev ne se soucierait-il pas de quelqu'un d'aussi piètre apparence revendiquant une tâche si subalterne, et accepterait-il sa nomination avec dédain ou détachement. Cependant, à mesure qu'approchait le président du Soviet, Maurice se sentait la gorge nouée et craignait de ne pouvoir articuler un mot lorsqu'il se trouverait en sa présence. Abandonnant Pechkov, il se glissa au premier rang, puis les jambes tremblantes empiéta sur le passage. Surpris, Zinoviev se tourna vers lui.

« Camarade président, j'arrive de Moscou pour former ici un groupe communiste français et je tenais dès le début de ma mission à vous rencontrer afin de vous assurer de mon indéfectible fidélité », lança-t-il d'une traite.

Zinoviev l'écoutait, les sourcils froncés.

« Heureux de faire ta connaissance, *frantsouski tovaritch*, dit-il néanmoins sur un ton aimable, avant de reprendre aussitôt un air méfiant. Tu as un mandat?

– Voici, camarade président. »

Il sentait peser autour de lui un grand silence lorsqu'il lui remit le document.

« " La division centrale du groupe communiste français, lut Zinoviev à mi-voix, mandate le camarade PENNETIER Maurice à l'effet de constituer à Petrograd une division française auprès du parti communiste russe et prie toutes les autorités de l'aider activement dans l'accomplissement de cette tâche. Moscou, le 10 janvier 1920. Signé : Henri Guilbeaux. " »

Le visage soudain fermé, il lui tendit le papier.

« J'espère que tu ne vas pas m'apporter ici les tensions et les rivalités du groupe français de Moscou, nous n'en avons nul besoin! s'écria-t-il brutalement. Si tu crées un groupe à Piter, je veux qu'il soit irréprochable! Comme le groupe hongrois, par exemple.

– J'y veillerai personnellement, camarade président. »

Il se sentit dévisagé par deux petits yeux soupçonneux.

« Et... quelle sera ta fonction officielle?

– Vous avez dû recevoir une lettre du camarade

Tchitcherine auprès de qui je travaillais, camarade président. Il vous suggérait de me nommer traducteur auprès des Éditions de la IIIe Internationale, mais il est évident que je devais me présenter à vous auparavant. »

Zinoviev s'empourpra légèrement.

« Qu'est-ce que c'est que cette histoire? Je n'ai rien reçu de lui! s'exclama-t-il. Viens avec moi. »

Maurice eut l'impression que la foule s'écartait de lui comme d'un pestiféré. Serré de près par quelques porte-serviettes, il emboîta le pas de Zinoviev jusqu'au vestibule, avant d'être entraîné à sa suite vers le recoin proche de la porte, où se tenait un groupe de soldats. Ceux-ci se levèrent comme s'ils voyaient apparaître Vladimir Ilitch en personne, puis, sur un signe qu'il leur adressa, quittèrent leur réduit. Il y avait parmi eux celui qui l'avait si mal accueilli et Maurice savoura fugitivement cette réparation apportée à sa considération : quelle importance aurait-il désormais à ses yeux pour avoir eu l'insigne honneur de se trouver seul en face de Zinoviev! Celui-ci ne prit même pas la peine de s'asseoir. De près, il paraissait plus bouffi mais aussi plus jeune que sur les photographies.

« Qui t'envoie? questionna-t-il vivement.

– Mais... le camarade Tchitcherine, camarade président, après en avoir référé au Bureau politique. Il lui fallait en effet un Français à Petrograd, car il désire un rapport sur le séquestre des biens français dans la ville. Il a alors pensé qu'à l'approche du congrès, je pourrais mettre ma connaissance des langues à la disposition des Éditions de l'Internationale. Je pense que vous avez dû en être informé, mais la fonction à laquelle je postule est sans doute trop modeste pour que vous vous en rappeliez. J'insiste sur le fait que je n'ai pas été nommé, camarade président. J'ai simplement reçu l'ordre de me présenter à vous, ici ou à Smolny. Victor Serge que j'ai rencontré hier a estimé qu'ici serait préférable – et le plus tôt possible. »

Zinoviev l'écoutait sans mot dire tout en jouant impatiemment avec les cordons de soie qui lui servaient de cravate. Maurice resta un instant fasciné par son menton rasé de frais, rond et poli comme un galet, puis eut l'intuition qu'il fallait sans plus attendre jouer son va-tout.

« Si vous ne voulez pas de moi, je me ferai affecter au front polonais, camarade, reprit-il d'une voix lasse. J'ai déjà été blessé une fois, mais ma convalescence est achevée et je suis prêt à servir de nouveau. »

À l'évocation de sa blessure, les yeux scrutateurs du président du Soviet se radoucirent.

« Oh! tu as combattu! s'exclama-t-il.

– J'ai fait sauter quelques ponts devant Petlioura avec la colonne Arkhanadzé », répondit modestement Maurice.

Zinoviev hocha la tête.

« Tu viens de la Mission militaire française? demanda-t-il.

– J'ai fait défection dès que cela a été possible.

– Sais-tu que la France a été le seul pays dont la Mission militaire nous ait laissé des hommes?

– Je le sais, camarade président, et c'est pour moi un grand motif d'orgueil. »

Zinoviev l'observa un instant en silence. Pour la première fois, il semblait bienveillant. « Je crois que je vais pouvoir téléphoner à Victor », se dit Maurice. Une exaltante sensation de soulagement le submergeait.

« Combien parles-tu de langues?

– Quatre... »

Il s'apprêtait à les énumérer en comptant sur ses doigts lorsque Zinoviev l'interrompit.

« Peu importe, après tout, tu t'arrangeras toujours avec Victor Lvovitch qui en parle lui-même plusieurs. Dis-lui que tu as mon accord. Je sais qu'il a un certain nombre d'idées... Il a eu raison de te conseiller de te présenter à moi de la sorte. Ainsi les choses sont claires. »

Sans même le saluer, il tourna brusquement les talons. Maurice le vit sortir, coiffer son bonnet de fourrure et avancer vers la Delaunay-Belleville dont le chauffeur lui tenait la porte avec déférence.

« Tiens, j'aurais dû l'accompagner pour que ce malappris me voie en train de lui parler », pensa-t-il.

Au cinquième étage sa chambre se trouvait au bout d'un long corridor dont il avait appris depuis deux jours à connaître le parcours compliqué. Elle avait dû être à l'origine spacieuse et confortable mais on l'avait séparée en deux dans le sens de la longueur par une grossière cloison de planches qui ne montait même pas jusqu'au plafond, et devant laquelle d'élégants petits meubles de marqueterie rangés à la file paraissaient en pénitence comme dans un entrepôt. De l'autre côté provenait le cliquetis d'une machine à écrire, parfois ponctué d'une exclamation irritée – et cela faisait deux jours que cela durait. L'homme à la machine occupait ce qui avait été l'autre partie de la pièce; arrivé le premier sur les lieux, il avait eu le droit à la salle de bains. Maurice aurait bien échangé ses meubles anciens contre la précieuse baignoire – autrement dit, sa moitié de chambre contre la sienne, mais quelque chose dans le débit heurté de la frappe de son voisin lui laissa penser qu'il ne devait pas être homme avec qui on pouvait s'accommoder facilement.

Le téléphone était posé sur l'une des petites tables. Il souleva le combiné, mais ne perçut aucune tonalité. Nerveusement il le tapota, puis le secoua, mais son geste n'eut d'autre résultat que de suspendre le crépitement de la machine derrière la cloison. Le voisin devait être furieux d'être dérangé – ou peut-être se préparait-il à écouter la conversation. En désespoir de cause, Maurice appuya sur une poire située à côté de l'appareil et entendit presque aussitôt un pas léger dans le couloir. On frappa discrètement et une jeune femme apparut, un trousseau de clés à la main.

« Je voudrais téléphoner et je ne suis pas branché au réseau.

– Tu es titulaire de cette chambre, camarade ? » demanda-t-elle avec indifférence.

Il lui tendit son bon de logement et, comme tous les amateurs de laissez-passer et autres documents officiels qu'il avait rencontrés depuis le début de la journée, elle le lut à mi-voix en remuant les lèvres. Pechkov avait raison : elle était fort avenante, avec ses joues pleines et ses fossettes de jeune paysanne.

« Chambre 518 A, murmura-t-elle. Je vais voir. »

Elle s'approcha, décrocha et porta l'écouteur à son oreille, si attentive au moindre indice de bon fonctionnement que ses traits se crispèrent.

« Ce n'est pas relié, conclut-elle.

– Le 518 B est relié, lui ?

– Oui.

– C'est fâcheux que je ne le sois pas, camarade dejournaïa. Je dois téléphoner. Une communication officielle.

– En ville ? »

Il hésita et scruta son visage redevenu inexpressif.

« Oui.

– Il faut que j'aille demander...

– Dis-leur que le 518 A doit être relié comme l'est le 518 B. »

La jeune fille acquiesça d'un geste puis sans bruit quitta la chambre. Écoutant ses pas décroître, il essayait de penser à ce qu'il allait dire à Victor Serge lorsque la machine se remit en marche, plus trépidante encore que tout à l'heure. Il cogna d'abord doucement, puis à coups redoublés. Comme cela ne servait à rien, il sortit dans le couloir pour frapper à la porte, ce qui n'eut guère plus d'effet. Excédé, il se décida à ouvrir leur fenêtre commune pour lui crier de cesser enfin ce tapage.

La bouffée d'air glacé qu'il respira le fit presque suffoquer et lorsqu'il vint s'accoter à la balustrade de la fenêtre un faible coup de vent projeta sur le plancher de la chambre un peu de neige pulvérulente. Il avait l'impression que là-bas les îles s'étaient mises à dériver et que le dôme de Saint-Isaac était bien plus léger que lorsqu'on le voyait d'en bas – au point qu'il se sentit prêt à s'élever à sa suite au-dessus de la ville vers les nuées livides qui, vers le nord, reflétaient les eaux marécageuses du delta. D'ici, la ville semblait soudain apaisée, hors du temps, insensible à sa propre détresse, cristallisée en un ordre immuable, et de chaque côté de l'immense fleuve gris l'alignement des palais ressemblait à un convoi de vaisseaux appareillant pour l'infini.

Puis il se pencha et vit des silhouettes qui, écrasées de fardeaux, avançaient lentement sur la glace entre les fondrières et les amas de neige sale. Ainsi, deux niveaux de la cité s'ignoraient et n'avaient plus rien de commun l'un avec l'autre. À l'ampleur visionnaire du décor, aux façades altières et aux sveltes colonnades, s'opposait le cloaque où des milliers d'êtres tentaient de survivre, affamés, harassés, près de s'écrouler dans la neige comme sur un champ de bataille. Et il eut soudain envie de les ramener à la surface de la vie, de les pousser malgré eux dans le grand vent de la mer, de leur faire comprendre qu'ils devaient à présent abandonner leur attitude frileuse pour affronter l'histoire sous son vaste ciel. Et pourtant, à quelques pas des orgueilleuses statues qui se détachaient du fronton du Manège des Gardes, des vieillards se blottissaient les uns contre les autres entre les murs suintants d'un asile oublié. Comment tant de beauté peut-elle masquer tant de détresse ? pensa-t-il. Je n'avais rien éprouvé de tel à Moscou. Comment cette ville va-t-elle...

« Mais enfin, vous êtes fou ! entendit-il tout à coup glapir derrière lui. Ouvrir par moins vingt ! À travers la cloison j'en ai les doigts qui gèlent sur les touches ! »

Il se retourna et se trouva face aux visages courroucés de la dejournaïa et de l'homme à la machine, qui l'avait suivie.

« On essaie de faire un peu de feu, renchérit la jeune fille, et voilà que dans mon dos vous ouvrez !

– Je ferme, voilà, je ferme, s'écria-t-il hâtivement, cherchant en vain un mensonge pour justifier un acte si déraisonnable. Tu as pu t'occuper de mon téléphone ?

– Il faut appeler de la cabine d'étage, répondit-elle de mauvaise grâce.

– Je te suis. »

Il passa devant son voisin sans même le regarder.

« J'en ai rêvé, moi, dans la fournaise des combats, à des coups de froid comme ça ! » lança-t-il avec superbe dès qu'il fut sorti de la chambre.

L'autre demeura interdit, sans que Maurice sût si c'était de stupeur ou d'indignation.

Ce n'était pas une cabine comme elle l'avait annoncé, mais un simple renfoncement sur le palier. Au-dessus du poste de téléphone était encore suspendu un panneau de lampes témoins qui rappelait les prestations et agréments qu'offrait jadis l'établissement. 17 *Jardin d'hiver*, lut-il. 18 *Bar fumoir*, 19 *Coiffeur pour dames*. C'était écrit en français. Peut-être, se dit-il, les riches clientes de l'hôtel passaient-elles par ici avant de descendre essayer leurs chapeaux chez Mme Lepage. Il décrocha.

« Oui, c'est officiel, répondit-il. Bien, j'attends. »

La fille s'était installée à côté de lui sur une chaise, comme pour l'empêcher de sortir de son réduit, et tournait vers lui son visage nu et rond. Il lui sembla qu'elle ne cherchait pas particulièrement à le surveiller, mais que c'était là son endroit, la chaise où elle devait passer ses journées, face à ce panneau dont les lumières ne clignotaient plus. Sa place stable dans le grand bouleversement en cours.

« Vous restez là toute la journée ? questionna-t-il pour meubler l'attente.

– Aux premiers temps de la guerre, il y avait un vieil amiral qui avait le même rôle que le mien, et la même chaise, fit-elle remarquer comme s'il était inconvenant de mésestimer sa fonction. Ça ne faisait déjà plus hôtel : c'était le quartier de l'état major blanc. La différence avec moi, c'est que lui portait un uniforme et une casquette dorée et qu'on l'appelait amiral directeur d'étage.

– Eh bien, dites donc ! » marmonna-t-il distraitement, les yeux rivés sur la sonnerie de cuivre. Bon sang, l'autre allait arriver à Smolny et il aurait vraiment voulu joindre Victor auparavant.

« Quand ils ont attaqué, les bolcheviks l'ont tiré comme un lapin, l'amiral directeur d'étage. Il s'est traîné jusqu'à l'escalier. On voit encore des traces de sang », précisa-t-elle en désignant sur le tapis une traînée sombre à peine visible.

Sa lourde poitrine se soulevait encore d'émotion à l'évocation de ces tragiques événements. Maurice tentait de déceler des taches de sang lorsque la sonnerie grésilla enfin.

« C'est toi? commença-t-il en français. C'est moi. Ça ne s'est pas mal passé. Tu avais raison, ma blessure a fait le meilleur effet. Oui... Mais, dès que tu veux! Après-demain matin, à Smolny? Tu n'auras pas d'accréditation officielle avant? Oh! Après tout, cela me laisse la journée pour me rendre présentable... Oui, j'ai une adresse de rasoir. J'ai aussi repensé à cette idée d'inviter des reporters au congrès de juillet... Oui. Salut, camarade. Tu devines combien je suis content de travailler avec toi. »

Il raccrocha. Sur la chaise de l'amiral, la dejournaïa s'étirait comme après une tension trop forte. Elle paraissait déçue de n'avoir rien compris de la conversation.

« J'ai appris que tu avais du savon à barbe à distribuer? » demanda-t-il d'un ton dégagé.

Elle secoua la tête.

« J'en ai une réserve, mais je ne la donnerai que demain, répliqua-t-elle d'un air buté.

– Ça tombe bien! C'est demain que j'aurai mon rasoir. »

Penché sur la jeune femme, il eut soudain envie d'effleurer ses seins mais n'en fit rien. Ça n'aurait guère de sens, se dit-il. À supposer que sur une telle invite elle acceptât de quitter son siège, ses clés et sa réserve de savon à barbe, ce serait pour aller où ? Il ne se voyait pas l'entreprendre dans le fracas de la machine à écrire, et puis ce n'était peut-être pas le moment de se faire de nouveau remarquer.

Vaguement contrarié par son manque de hardiesse, il regagna sa chambre à pas comptés, pressentant soudain que, pour ce qui était des caresses comme des sentiments, ces mois à venir allaient être à l'image de l'emprise du gel sur cette ville exsangue.

« Camarade ! », appela la fille du haut de l'escalier

Il se retourna. Elle accourait vers lui. Non, c'était trop beau.

« On vous convoque au bureau en bas », cria-t-elle.

L'inquiétude le fit pâlir. Pourvu que Zinoviev n'ai pas changé d'avis. Il alla à sa rencontre.

« Tu sais pour quelle raison ?

– Ils ne m'ont pas dit. »

Elle avait un air légèrement désapprobateur.

À peine Maurice eut-il atteint le rez-de-chaussée qu'il entendit des éclats de voix confus dans lesquels il crut déceler un discordant mélange de russe et de français. La salle à manger était déserte, mais un attroupement s'était formé à l'entrée du hall. Les gardes avaient quitté leur poste et entouraient deux hommes dont l'aspect dissemblable n'en dissimulait pas moins un état commun d'extrême agitation. Le soldat qui barrait auparavant l'entrée, sa baïonnette entre ses jambes, pointait désormais son arme de façon menaçante sur le ventre rebondi du plus âgé des deux. Un peu à l'écart, statiques et silencieux, deux géants blonds paraissaient suivre la scène avec réprobation.

Alors qu'il s'avançait sans comprendre ce qui arrivait, un personnage à casquette se détacha du groupe et le rejoignit.

« C'est bien toi le camarade français du cinquième étage? s'enquit-il en le dévisageant.

– Oui, acquiesça prudemment Maurice. En mission officielle.

– *Tout le monde* est officiel ici. Justement, est-ce que tu ne pourrais pas nous traduire *officielle-*

ment ce que racontent tes deux compatriotes? » demanda-t-il d'un ton patelin.

Sans lui répondre ni paraître se préoccuper de la présence des soldats, Maurice s'approcha.

« Salut, camarades, dit-il en français sans hausser la voix. Qu'est-ce qui se passe? Peut-on faire quelque chose pour vous?

– Quelque chose pour nous, répéta le plus âgé avant de réaliser. Oh! Un Français, Lucien! s'exclama-t-il. Alors ça, tu tombes bien, mon pote. Dommage qu'on t'ait pas vu au moment du déjeuner – enfin ce qu'ils appellent le déjeuner. Nous sommes deux syndicalistes qui écrivons dans la presse socialiste, et on arrive juste de Paris après dix jours de train pour un voyage d'étude et d'information avant le IIe Congrès. D'après notre programme, on doit prendre le train pour Moscou tout à l'heure, et à Smolny ils nous ont réservé une automobile pour nous conduire à la gare, qui est paraît-il au diable Vauvert. L'ennui, poursuivit-il en s'échauffant, c'est que ces emplâtres ont promis la même torpédo aux citoyens derrière nous, vise les deux balèzes, et que le chauffeur ne veut rien savoir pour nous emmener tous ensemble. Je voudrais donc que tu expliques à ces bolcheviks de mes deux à qui nous avons déjà donné notre propousk que, s'ils ne nous transportent pas à la gare tout de suite, on va rater le train, et que si on le rate, ils vont en entendre parler du père Norbert!

– Tu pourrais pas mettre un bémol, non? lui souffla Maurice pour le calmer.

– Alors, tu traduis? demanda le personnage à couvre-chef avec nervosité.

– Qui es-tu, camarade?

– Le directeur de la Première Maison des soviets », répondit-il sans même dire son nom.

D'un ton volontairement flegmatique, Maurice obtempéra.

« Les deux camarades français désirent qu'on les conduise en automobile à la gare car ils ont leur train à prendre pour Moscou. Ils sont en voyage d'étude et Smolny leur a délivré un bon pour ce trajet.

– Explique-leur que ce véhicule est réservé aux deux autres passagers qui ne font pas tant de tapage et se montrent bien plus patients.

– Évidemment, puisque *eux* s'en vont, d'après ce que je comprends ! dit Maurice. Où est le conducteur ?

– Suis là, grommela de mauvaise grâce un garçon un peu malingre qui se tenait jusque-là à l'écart.

– Peut-être est-il possible d'accompagner ces deux premiers passagers à la gare, suggéra Maurice conciliant, et ensuite de revenir ici chercher les deux autres camarades. »

D'un geste sans équivoque l'autre refusa.

« J'ai un bon pour un seul voyage, j'en ferai pas un deuxième. C'est pas toi qui me trouveras du carburant !

– Alors, emmène-les tous les quatre ! Un devant, et ils peuvent bien se serrer à trois derrière...

– Pas question, protesta le petit chauffeur. Deux avec leurs sacs, pas plus.

– Qu'est-ce qu'il raconte, c'te gueule d'empeigne ? demanda le plus âgé des deux Français.

– T'énerve pas comme ça, Norbert, dit l'autre avec une retenue inattendue. Oublie tout de même pas qu'on est du même bord...

– Quand je vois ça, j'ai peine à le croire », répliqua son compagnon.

Essayant de garder son calme, Maurice s'adressa aux deux colosses.

« Vous avez entendu? Vous pourriez peut-être vous occuper des deux camarades français? Ils viennent pour la première fois. Il faut qu'ils gardent une bonne impression de ce pays.

Avec un ensemble parfait ils secouèrent la tête avec incompréhension.

« Ce sont des Lettons, expliqua le directeur. Ils ne parlent pas russe.

– Et puis, de toute façon, dit le chauffeur d'un ton hargneux, c'est moi qui décide qui je conduis dans mon auto et qui je conduis pas.

– Ce n'est pas toi, c'est Pechkov, rectifia Maurice en se souvenant subitement avec espoir de son interlocuteur du déjeuner. Le camarade Pechkov est-il là?

– Non, il est parti au dépôt de pneus de Volkova, répondit le directeur.

– Ça a assez duré, on s'en va », décida brusquement le chauffeur en se dirigeant vers la porte de sortie.

Sans un mot ses deux passagers lui emboîtèrent le pas. Maurice les vit disparaître dans le tourniquet, aussitôt suivis comme dans un jeu de pantomime par les gardes et le soldats à la baïonnette qui se replaça en travers de l'entrée. Les Français se retrouvèrent seuls avec le directeur qui, apparemment soulagé que l'incident se fût terminé sans autre conséquence, les salua de la tête avant de s'éclipser à son tour. On entendit une automobile démarrer, puis s'éloigner.

« Merde, merde et merde! s'écria le plus jeune en frappant violemment la paume de son poing fermé. Et ils ont fait la révolution pour ça! Et ils nous font faire dix jours de train pour subir ça! »

Ce fut cette fois au plus âgé des deux hommes de tenter, la voix traînante, de calmer son compagnon.

« Allez, Lucien, on en a vu d'autres depuis la gare de l'Est, non? Et on est finalement arrivés, pas vrai? Pense à tout ce chemin...

– Justement. »

Sous les yeux du garde, Maurice fit quelques pas, les mains derrière le dos.

« À quelle heure part le train? s'enquit-il soudain en revenant vers eux.

– Vers cinq heures, et on nous a recommandé d'être là avant.

– Écoutez, j'attends mon affectation et j'ai donc un peu de temps devant moi... Le plus simple, c'est que je vous accompagne tous les deux en tramway. »

Il avait repéré la veille une station derrière Saint-Isaac, au coin de l'ancien ministère de la Guerre. Ployant sous le poids des sacs, le trio descendit lentement le long de la cathédrale qui dressait au-dessus de l'esplanade enneigée les hautes colonnes sombres de ses péristyles.

« Oh! Je me souviendrai de toi, camarade, assura le plus âgé tout en marchant. C'est ça la fraternité, le plus beau mot que je connaisse... S'entraider comme dans les rues du temps de la Sociale... T'as la reconnaissance de Norbert Stivard, petit, et il la donne pas à n'importe qui!

– Bon sang, t'as vu ces fondrières? Même chez toi à Nœud-les-Mines les rues sont mieux tenues!

– T'es de Nœux-les-Mines? interrogea Maurice. Il y a un club de boxe, non? Vous n'avez pas eu un champion olympique il y a quelques années?

– Et comment qu'il y a un Boxing-Club, c'est moi qui le dirige!

– Il a été champion de la Ligue du Nord en

mi-lourds, le père Stivard, renchérit Lucien Lutry.

– Ça, c'est vrai que sur un ring j'étais pas commode ! J'avais une bonne frappe, mais je me méfiais des officiels qui me volaient toujours aux points. À cause de ça, je préférais envoyer le marchand de sable à mes adversaires avant que l'arbitre ou un autre cravaté vienne imaginer une quelconque plaisanterie. Faut reconnaître qu'après une de mes droites, l'autre savait souvent plus très bien où j'habitait. »

Ils s'esclaffèrent.

« T'aurais dû en faire profiter ce petit chauffeur ! fit Lucien. Mais qu'est-ce que t'as ? demanda-t-il en voyant soudain Maurice laisser retomber son sac.

– Tu m'excuseras, mais je ne suis pas si vaillant que toi ! En principe j'ai le droit de ne rien porter. Blessure de guerre, camarade.

– Oh ! Mais fallait le dire ! Donne, je peux m'en coltiner un de plus, au point où j'en suis... »

Essoufflé, Maurice s'exécuta sans protester.

« Ce qu'il nous aurait fallu comme porteur, c'est un des Lettons de tout à l'heure. T'as vu ces montagnes !

– Quand je pense qu'ils doivent être maintenant à la gare, soupira Norbert. Saleté de chauffeur, quand même...

– Moi aussi, j'en veux à la corporation des conducteurs ! s'exclama Maurice. Pas plus tard que tout à l'heure, je me suis étalé parce que l'un d'eux qui se croyait aussi puissant que son maître me cherchait des crosses.

– Maître... Chauffeur... J'en reviens à ce qu'on disait tout à l'heure : fallait venir ici pour savoir que ça existait encore, s'étonna Lucien.

– Voilà pour te remettre les idées en place », grogna Maurice.

De nouveau ils s'arrêtèrent. Minuscules face à l'énorme temple désolé, quelques silhouettes en pelisse usée s'efforçaient maladroitement, pelle en main, de dégager la chaussée. Il y avait même une femme en chapeau qui balayait la neige déposée sur les rails.

« Vise un peu les bourgeois! s'exclama Lucien en recalant les sacs sur son épaule. Ça te fait pas chaud au cœur, Norbert?

– Ça, voir les mains blanches des dames se couvrir d'ampoules, ça valait certainement le voyage, répondit ce dernier d'un ton sarcastique.

– À propos de voyage, quand êtes-vous arrivés?

– Hier. Dix jours de chemin de fer depuis la gare de l'Est, via Berlin et Tallin, ça commençait à bien faire.

– Je peux t'annoncer que nos réseaux ont parfaitement fonctionné, précisa Norbert. Quand je vois comment bolcheviks et cheminots sont comme cul et chemise en Allemagne, j'imagine déjà la renaissance du groupe Spartakus!

– Tu oublies que c'est pas uniquement des mots de passe qu'on glissait aux chefs de gare, lança Lucien.

– Parle moins fort », intima Maurice.

Norbert le regarda d'un air surpris.

« Pourquoi? On est à bon port, non, c'est le principal!

– Sûrement, dit Maurice. Et vous restez jusqu'à quand?

– Ça dépendra du blocus!

– Et du programme qu'on nous prépare à Moscou, ajouta Lucien. Il faudrait qu'on soit revenus en France pour le congrès de la SFIO. Parce qu'on est parmi ceux qui veulent une scission. Les autres nous reprochent de vouloir déserter la vieille maison pour créer une section communiste, mais nous on pense que c'est le moment, aussi on a voulu aller voir sur place.

– Ça se décide quand ?

– En fin d'année, mais les camarades veulent connaître auparavant ce qu'il en est ici, c'est normal, non ? dit Norbert.

– Bien sûr, mais je vous préviens qu'ils ont plutôt tendance à considérer ici les socialistes comme des renégats qui ne les aident qu'en paroles... Donc, exprimez-le bien, que vous êtes pour la scission... Et qui s'occupe de vous à Moscou ?

Soudain suspicieux, Stivard se tourna vers le maigre petit Lutry.

« On peut l'affranchir, Lucien ? »

Blessé par cette restriction, Maurice eut un geste d'humeur.

« Je m'en fous, après tout.

– Pardonne-moi, mais on nous a tant fait de recommandations. Toi-même à l'instant tu me reprochais de parler trop fort.

– Juste, convint Maurice. Et tenez : j'aurais dû le faire plus tôt. »

Il sortit malaisément de la poche intérieure de sa capote le mandat signé de Guilbeaux. Stivard et Lutry l'examinèrent avec attention.

« Tu es né en 92 ! s'étonna Lutry. Tu fais pas tes vingt-huit berges ! On a l'air d'avoir le même âge.

– Crois pas qu'on n'ait pas eu confiance, assura Norbert d'un ton confus.

– C'est tout le contraire, on te remercie tellement d'être là avec nous, renchérit maladroitement Lucien. Tu nous vois, nous deux Norbert, seuls dans cette ville inconnue à nous chamailler sur le chemin à suivre ?

– Pour répondre à ta question, c'est la camarade Stassova qui est notre correspondante côté russe et

Bob Petit côté français. Un vieux copain de toujours : on habitera chez lui et il veillera sur nous, au moins dans les premiers temps.

– C'est bien parti, à ce que je vois!

– Tu veux qu'on leur transmette un message de ta part?

– Pas la peine, j'arrive moi-même de Moscou, vous savez. Ce qui me fait plaisir, c'est que vous repreniez du poil de la bête! ajouta-t-il pour changer de sujet.

– On va en avoir besoin, s'exclama Lutry, regardez ce qui nous attend. »

Devant les colonnes de l'ancien ministère, une petite foule silencieuse stationnait à la halte du tramway. La plupart des gens étaient vêtus de capes informes d'où dépassaient de vieux journaux avec lesquels ils tentaient de se protéger du vent glacé, et qui semblaient les isoler davantage encore dans leur apathie et leur dénuement. La seule marque d'animation dans ce groupe morne et transi provenait d'une bande d'enfants braillards qui s'amusaient à se pousser sur les rails comme s'ils s'apprêtaient à prendre la rame d'assaut. Ils ressemblaient aux enfants faméliques que Maurice avait vus vendre des graines de tournesol aux passants sous les murailles du Kitaï Gorod. Bientôt se firent entendre des ferraillements et des grincements stridents ponctués de coups de clochette impératifs.

« Tiens, rouge comme à Lyon, constata Lutry à l'arrivée du tram. Je me rappelle, quand j'avais l'âge de ces gosses, mon rêve était d'être wattman!

– T'es de Lyon? interrogea Maurice.

– Quand je pense qu'on a réussi, un Lyonnais et

un gars du Nord, à tenir le coup ensemble pendant dix jours... Mais qu'est-ce qu'ils font, ces petits imbéciles? Ils vont finir sous les roues!

– Ça s'est déjà produit. Les gens disent que ces bandes sont la plaie de la ville. Maintenant, restez avec moi! »

La foule avait brusquement perdu son impassibilité et se ruait sur la rame déjà comble. Brandissant sa carte officielle, il s'efforça de monter sur la marche en s'accrochant à la portière. Pressé de toutes parts, il parvint à ses fins en jouant des coudes, puis chercha des yeux dans la mêlée ses deux compatriotes.

« Norbert, appela-t-il. Tu es là, Norbert?

– Je suis là, cria Stivard qui, bien que gêné par le poids de son sac, s'était hissé à son tour. Mais où est le petit, où est le petit?

– Il a dû monter par l'autre porte! »

Poussés par les nouveaux arrivants, ils se retrouvèrent comprimés dans le couloir central. Déjà la rame redémarrait. En se penchant Maurice vit défiler les premiers immeubles de la perspective Nevski, puis reconnut l'angle de la Morskaïa où il y eut un nouvel arrêt. Plusieurs personnes descendirent ainsi que la plupart des enfants qui en se bousculant s'échappèrent vers l'arche de l'état-major, et tous deux purent trouver une banquette. Aussitôt Norbert regarda autour de lui.

« Lulu, cria-t-il. T'es là, Lulu? »

Sa voix anxieuse résonna au milieu d'une foule muette et accablée. Sous les couvre-chefs de misère mouillés de neige fondue, chacun des regards baissés paraissait muré dans sa solitude; et les voyageurs ne semblaient sortir de leur prostration que pour surveiller le contenu des sacs et des balluchons que chacun serrait contre soi comme si cela avait été son unique et ultime possession. Puis, lors d'un nouveau démarrage de la rame, il y eut alors un remous et, tenant lui aussi son sac à deux mains comme l'eût fait un vieil habitué de la ligne, Lutry apparut dans le couloir.

« Non, mais t'es fou de crier comme ça, chuchota-t-il lorsqu'il eut rejoint Norbert. Où tu te crois ? On n'est pas à Paname ! »

Stivard prit un air penaud, puis esquissa un geste vers la vitre embuée derrière laquelle erraient des silhouettes indécises.

« J'te voyais plus, petit », balbutia-t-il à mi-voix.

Ponctuée de grincements stridents et de tintements étouffés de la clochette, entrecoupée de brusques secousses qui les jetaient les uns contre les autres, la marche du tram semblait le long de l'interminable trajectoire une avancée lente et cahotique vers un lieu qui reculait toujours à mesure que défilait l'obsédante succession des murs décrépis et des vitrines aveugles. Ils avaient quitté le quartier de la Morskaïa et la chaussée était désormais si défoncée que Maurice se demanda comment les rails pouvaient encore se faufiler entre les ornières. À travers la fenêtre, il n'apercevait que des façades béantes aux vitrines fêlées et des palissades luisantes sur lesquelles des lambeaux d'affiches politiques achevaient de se décoller.

« La colle prend pas quand il gèle, grommela Norbert. Tout militant du Nord sait ça. »

Maurice hocha pensivement la tête et se replongea dans sa morose contemplation. Autour de lui tout avait en effet un tel air de misère et de désolation qu'il eut le sentiment que le coup porté à la ville avait été cette fois mortel et que, contrairement à la Belle au bois dormant, aucun prince charmant fût-il bolchevik ne la réveillerait jamais.

Parfois l'une des boutiques laissait entrevoir quelque marchandise qui, comme fossilisée sous des essaims de mouches mortes, dénuée de toute couleur, n'était plus réduite qu'à une forme familière – miche de pain, saucisson, sac de grain – prête à tomber en poussière au premier contact.

« Ça, faut dire, c'est pas les Champs-Élysées, remarqua Lucien.

– Tu ne sais donc pas, petit, que le commerce est idéologiquement incompatible avec le communisme ? objecta Norbert comme s'il était piqué au vif. On ne t'a pas assez dit qu'il faut garder le contrôle des denrées de première nécessité pour mieux décourager les spéculateurs ? Un homme qui a touché la main au camarade Zinoviev devrait quand même savoir ça !

– Vous avez vu Zinoviev ? interrogea Maurice.

– Comme je te vois. Il était aussi proche de moi que tu l'es. Je te dis, il m'a même touché la main. Un homme qu'est tout-puissant de Mourmansk à la Néva, tu te rends compte !

– Quand les camarades vont apprendre ça ! s'exclama Lucien.

Son intonation était devenue narquoise, mais Norbert ne parut pas s'en apercevoir.

« Et toi, tu l'as vu ? demanda-t-il à Maurice.

– Bien sûr. »

Une assurance si taciturne impressionna Norbert.

« Dire qu'on sait même pas ce que tu fais ici, regretta-t-il comme s'il admettait d'avance qu'il puisse ne pas répondre.

– Il n'y a pas de mystère. Je suis venu travailler aux Éditions de la IIIe Internationale.

– Avec Victor Serge ?

– Par exemple, répondit-il prudemment. Ensuite, je voudrais aussi former un groupe communiste français. Ce n'est pas normal qu'il y ait un groupe à Moscou et pas ici. Enfin je dois m'occuper des intérêts des Français qui sont encore à Petrograd. »

Norbert fit la moue.

« Je ne vois pas pourquoi tu perds ton temps avec eux. C'est quoi, ceux qui restent ? D'anciens larbins, des gouvernantes d'aristos, des marchands de luxe qui planquaient leur fric à l'étranger et qui jouaient les Blancs gagnants, hein !

– Je te signale tout de même qu'on a réquisitionné et pillé leurs appartements, leurs magasins et le contenu de leurs coffres...

– On va quand même pas pleurer sur leur sort », intervint Lucien.

Maurice prit une expression désabusée.

« Tu crois qu'il y a encore grand monde dans ce pays pour pleurer sur les malheurs de qui que ce soit ?

– Et la fraternité ! s'indigna Norbert. Mais enfin tu es communiste ou quoi ? Qu'est-ce que tu en fais, de la fraternité ?

– *Moïa seledka !* » s'écria soudainement une femme non loin d'eux.

Il y eut une bousculade au milieu du tramway.

« Qu'est-ce qu'elle veut ? demanda Norbert en se penchant sur Maurice.

– " Mon hareng " », traduisit-il.

Il se retourna et vit une femme qui s'agitait, le visage convulsé. Elle avait plongé la main dans son sac et en retira comme une pièce à conviction, à l'intention des passagers, une tête de hareng tranchée d'où s'égouttait encore un peu de sang rosâtre.

« Je l'avais encore à l'arrêt de la Morskaïa, gémit-elle. Il était bien gras. Je l'avais échangé contre tout mon paiok. »

Ses épaules étaient soulevées de sanglots étouffés. Autour d'elle, les passagers évitaient de se regarder. Comme pour secouer cette indifférence, elle se leva brusquement et agrippa son voisin avec vigueur. Celui-ci commença par protester avec véhémence, puis pour l'apaiser se résolut à ouvrir la besace qu'il portait en bandoulière. Lorsqu'elle l'eut fouillée sans retrouver l'objet du délit, il maugréa quelque chose que Lutry ne comprit pas.

« Qu'est-ce qu'il a dit?

– " C'est une époque où il faut surtout pas laisser un hareng dépasser d'un sac " », traduisit à nouveau Maurice.

La tête baissée, la femme semblait prostrée dans une sorte d'accablement.

« Ce que je ne comprends pas, c'est que la Néva doit en être pleine, de poissons! fit remarquer Lucien.

– C'est le même problème que pour les boutiques, expliqua Maurice. Les petites pêcheries d'autrefois n'ont plus le droit d'opérer. Il faudrait que l'État puisse contrôler la pêche dans sa totalité, ce qu'aucune organisation officielle n'est en mesure de faire.

– Camarade, tu aurais un peu mauvais esprit que ça ne m'étonnerait pas », lâcha soudain Norbert.

Maurice releva vivement la tête.

« Écoute, ça fait déjà deux fois que tu me hérisses le poil, rétorqua-t-il aussitôt, et c'est deux fois de trop. D'autant que tu n'as aucun droit de supposer quoi que ce soit de ce genre... Toi, tu donnes quelques mois à la cause. Moi, déjà trois ans de ma vie, une grave blessure et la certitude de ne jamais rentrer dans le pays où tu retournes dans quelques semaines. Tu pourras les revoir, toi, les

Grands Boulevards, et le mur des Fédérés, et la rue des Plantes où j'habitais. Moi, comme les autres transfuges de la Mission militaire, je suis condamné à mort pour désertion, au cas où tu ne le saurais pas. Alors, les leçons des autres, tu sais, j'estime que je n'en ai pas tellement à recevoir. »

Norbert blêmit.

« Excuse-moi, camarade, bredouilla-t-il. Je ne voulais vraiment pas... Pas plus que tout à l'heure je ne mettais en doute...

– C'est encore heureux !

– Pourquoi tu le cherches alors qu'il se montre si amical ? reprocha Lucien à Norbert.

– Ce n'est rien, ce n'est rien, interrompit précipitamment Maurice. Ne faisons pas une affaire d'une simple réaction d'humeur. C'est peut-être le fait de parler du pays qui m'a... Je n'en parle plus jamais, vous savez, sauf en quelques occasions, reprit-il d'une voix sourde. Alors forcément, parfois ça me prend là. »

Lucien opina silencieusement. Surgi de la brume, un groupe de chevaux cabrés se détacha soudain sur une façade d'un rouge assourdi, comme un vestige de la ville légendaire d'autrefois, puis le tramway continua sa course ferraillante. Norbert s'était enfermé dans un mutisme boudeur. Bientôt, de l'autre côté d'une vaste place, la lourde façade de la gare émergea du brouillard. La pendule marquait deux heures de l'après-midi.

Dès que le tram fut arrêté, ils s'en extirpèrent malaisément et descendirent sur la butée de neige qui servait de trottoir le long de la voie.

« Quand même, dit Norbert un peu haletant lorsqu'il eut posé son sac. Faut voir les choses... C'était gratuit.

– Notez ce genre de détail sur un cahier, recommanda Maurice tout heureux de la diversion. Sans quoi, dans deux mois vous aurez tout oublié !

– T'inquiète pas, le rassura Lucien. J'ai cinq ou six carnets qui ne demandent qu'à être remplis. Ça fait un an que j'apprends le russe pour préparer ce voyage, et je suis sûr que les camarades m'en diront plus qu'à ceux qui ne le parlent pas.

– C'est sûr, admit Maurice en saisissant la poignée du sac de Norbert pour l'aider à gagner la gare. Et où paraîtra la relation de votre voyage ?

– Dans *L'Humanité* pour moi et dans *La Vie ouvrière* pour Lucien. Tiens, où est-il donc passé ? »

Inquiet, Maurice le chercha des yeux. À quelques pas de là, Lutry regardait pensivement le tram s'éloigner.

« Je n'imaginais tout de même pas que la disparition des boutiques puisse autant changer une ville, dit-il lorsqu'il les eut rejoints. Là aussi, il faudra peut-être l'écrire...

– Écoute, demanda Maurice d'un ton ferme. La presse bourgeoise est suffisamment bourrée d'attaques contre le régime bolchevik pour qu'on n'aille pas en rajouter en lui donnant de nouvelles armes contre nous. On vous a appelés pour être positifs, non ?

– Bien sûr, approuva Norbert en laissant tomber son sac sur le terre-plein. Et puis, qu'est-ce que tu racontes, Lulu ? Il y a encore des marchandises dans cette ville, il suffit de se promener ! Tiens ! regarde devant toi... »

Maurice leva les yeux. Appuyées contre le mur de la gare, mal protégées de la neige mouillée qui tombait par un ressaut de la façade, quelques paysannes engoncées dans leur longue *roubacka* avaient déposé à terre ce qui paraissait – tant elles y veillaient avec attention – toute leur richesse. Le plus proche des étalages, put-il détailler, présentait ainsi sur de vieux sacs de jute quelques couennes de lard toutes jaunies, cinq ou six morceaux de sucre (du moins l'imagina-t-il, chacun étant empaqueté dans du papier), une pâle motte de saindoux, une jarre de haricots secs et enfin – inestimable trésor, même du temps d'Odessa – un petit pot de miel. La paysanne présentait aussi à part, sur un chiffon, un fragile assortiment de trois verres de lampe et d'un verre de montre. Ce fut ce dernier qui attira son attention.

« Tiens, tu me donnes une idée, souffla-t-il à Norbert. Ça fait huit jours que je protège mon oignon avec un mouchoir. Combien ? » demanda-t-il en s'approchant.

Elle le dévisagea comme si elle ne comprenait pas. De son regard abattu émanait un immense étonnement que quiconque pût s'intéresser à elle et à son humble éventaire. Sans attendre sa réponse et voulant juger de près si le verre s'adaptait à sa montre, Maurice s'accroupit et s'en saisit délicatement. À ce moment un vacarme s'éleva derrière lui et il crut percevoir une exclamation de Norbert. D'un geste brusque, elle lui arracha le verre et le replaça prestement dans son chiffon.

« Mais... », protesta-t-il.

Il fut alors violemment heurté dans le dos, se sentit pris dans une bousculade et, sans avoir eu le temps de se redresser, discerna soudain à quelques centimètres de lui les bottes d'un cavalier. Non des *valenki* de feutre comme lui-même en portait, mais de vraies bottes de cuir, longues et galbées, brillantes, arrogantes, et qui enserraient de leurs éperons agressifs le corps bien nourri, bien pansé, d'un vrai cheval – pas l'une de ces haridelles exténuées comme l'on en voyait encore à Moscou avant la famine. « Ils ne les ont donc pas tous mangés ! » pensa-t-il alors qu'avec peine il tentait de se remettre debout.

Les cavaliers étaient une dizaine à avoir encerclé le petit groupe des paysannes. Avec une brutalité inouïe ils les repoussèrent contre le mur de la gare. « Réquisition ! Réquisition ! *Davaï! Davaï' !* » hurlaient-ils. Leurs lourdes chapkas de fourrure les faisaient ressembler aux grenadiers à cheval de l'ancienne armée dont ils avaient l'aspect massif et implacable. Ils se mirent à piétiner ce que les femmes n'avaient pu dissimuler, paraissant s'acharner sur celle que Maurice avait questionnée. Il hésita un instant avant d'intervenir : après tout il avait sur lui son mandat et sa carte du parti, mais il envisagea brusquement sa situation si l'on rapportait l'incident au gouverneur Iegorov ou, pire, à Zinoviev lui-même; il n'apparaîtrait plus alors que comme un fauteur de troubles venu spécialement de Moscou pour mettre ce dernier dans l'embarras. Il chercha ses camarades mais, séparé d'eux par le rideau mouvant des chevaux, ne put qu'entrevoir la malheureuse paysanne projetée à terre dans la cohue ainsi que les paturons des montures tout enduits du miel répandu. Puis il reçut un coup sur la tête et demeura étourdi; lorsqu'il reprit ses esprits, il se retrouva agenouillé dans la neige à vomir un liquide amer.

« Allez, viens, Maurice, s'entendit-il murmurer à l'oreille. C'est pas une affaire pour nous. »

Il sentit qu'on l'aidait à se relever.

« Où est ma casquette ? s'inquiéta-t-il d'un ton plaintif. Oh ! Ils n'ont quand même pas écrasé ma casquette...

– Non, non, je l'ai ! Tiens, je te la remets sur la tête...

– Vous êtes là ? Vous êtes là tous les deux ? Vous avez tous les sacs ?

– Mais oui, Maurice. Allez, on va prendre ce train. »

Il fit quelques pas chancelants, puis se retourna et resta médusé. Les paysannes comme les cavaliers avaient disparu. Il n'y avait même pas d'attroupement. Seuls des lambeaux d'étoffe dans la boue piétinée lui prouvaient qu'il n'avait pas rêvé.

« Qu'est-ce qui s'est passé ? demanda-t-il. Je suis resté combien de temps comme ça ?

– Mais le temps qu'on sache où tu étais, le temps qu'ils s'en aillent, répondit Norbert. Allez viens, mais viens donc ! »

Ils gagnèrent la gare sans parler.

« C'était une rafle ou je ne m'y connais pas, finit-il par dire comme si le mot lui brûlait la langue. Hein, c'était bien une rafle ?

– Ça y ressemblait, en tout cas, admit Lucien.

– Vous comprenez donc pas qu'elles avaient pas le droit d'en faire, du petit commerce ! se récria Norbert. Si on tolère ça, dès le lendemain la ville ne sera plus qu'un vaste marché aux puces !

– Bon, c'est pas le tout, dit Maurice d'un ton plus assuré. Essayons de trouver votre quai. »

Sous la verrière de la gare régnait une morne cohue. Il eut l'impression que les gens qui étaient parqués ici, paysans à bonnet à poil ou femmes portant sur les jambes des chiffons retenus par un savant tressage de ficelles attendaient déjà depuis des heures au milieu de leurs ballots disparates. En dépit des courants d'air glacés une odeur âcre et tenace de suint, de peau de mouton et de corps mal tenus se dégageait de la foule. On ne voyait ni wagons ni locomotives et seul un peu à l'écart un train était formé, gardé par des miliciens en armes.

Quelques ouvriers roulaient d'énormes bobines de câble. Ils les suivirent, puis s'arrêtèrent devant une ardoise manuscrite pendue à un pilier.

« Impossible de déchiffrer leurs fichus caractères, maugréa Norbert.

– Attends. Vychnii Volotchek, Ostachkovo, Tver, Klin, Moscou, lut tout haut Maurice. Ce serait donc celui-là... Il n'y a pas de mention d'heure de départ.

– Ça, on est habitués, depuis dix jours! s'exclama Norbert.

– Si seulement on tombait sur les deux Lettons », dit Lucien.

Maurice s'efforça d'aviser un contrôleur.

« Je me demande si ce n'est pas un convoi uniquement militaire, remarqua-t-il. Les wagons semblent bien vides et le quai gardé plutôt deux fois qu'une...

– Restez là, les gars, je vais aux nouvelles, proposa Lucien. Faut que je travaille un peu mon russe sur le terrain. »

Ils le virent s'éloigner le long du quai.

« On t'a donné un jeunot à chaperonner, dis donc », fit Maurice.

Stivard hocha la tête avec une sorte de bienveillance bourrue.

« De la bonne graine... Remarque, on ne lui fera pas prendre des vessies pour des lanternes.

– Qu'est-ce que tu entends par là?

– Un peu fouineur, tu vois, voulant aller à la source. Un peu indépendant pendant le voyage, sous prétexte qu'il ânonnait trois mots d'allemand et six de russe. Mais ne t'inquiète pas, je serai là pour le guider et le réconforter. Moi, le doute n'est plus de mon âge, tu devines bien. »

Maurice le regarda.

« Ce qui est en revanche de mon âge, poursuivit Norbert, c'est la fatigue. Toutes ces journées de train m'ont déjà usé. Il y a des moments où je me demande même si deux mois de voyage ce n'est pas trop. J'ai ma Germaine à la maison qui attend comme Pénélope, tu comprends. Elle a beau savoir que les camarades attendent eux aussi ce que je vais leur raconter pour se faire leur opinion, c'est long pour elle. D'autant que je suis près d'être grand-père... J'espérais la nouvelle d'un jour à l'autre quand je suis parti, et je ne sais même pas si la naissance a eu lieu. Et puis j'ai mon club de boxe ! Quand je ne suis pas là, les gars ne s'entraînent pas, ou alors ils boivent et se tapent dessus pour de vrai. Au fond, ce voyage ne tombait pas très bien..., ajouta-t-il comme à regret. Mais qu'est-ce que j'aurais pas fait pour voir et écouter Lénine ! Hein, c'est l'occasion d'une vie... »

Lucien surgit à l'improviste de derrière le fourgon de queue.

« Tu avais raison, on nous raccroche à un convoi militaire, annonça-t-il. Devant nous il y a des wagons-plates-formes transportant des automitrailleuses. On ne risque guère de faire des excès de vitesse !

– Tu as pu savoir l'heure du départ ? demanda Stivard.

– *Sekriet*, m'a-t-on affirmé. Mais je ne me suis pas laissé intimider et j'ai baragouiné avec un cheminot qui m'a confirmé que ce serait vers cinq heures.

– Tu vois ce que je te disais, murmura Norbert. Un vrai petit Rouletabille !

– Ce qui est tout de même curieux, c'est que le

train soit si vide, reprit Lutry. Enfin, d'ici cinq heures...

– Je crains de ne pas pouvoir rester jusqu'à cette heure-là, camarades, déclara Maurice. J'espère que vous ne garderez pas un trop mauvais souvenir de ce premier jour...

– Ça, faut le reconnaître, t'as été chouette, répondit Norbert. Et sans rancune, hein ?

– Tu plaisantes ! s'exclama Maurice.

– On y serait encore, à attendre une auto », renchérit Lucien.

Ils restèrent quelques instants à se regarder, vaguement mal à l'aise.

« Bon, eh bien, s'il y en a pour un bout de temps, on va s'organiser notre petit campement, pas vrai, Lulu ? proposa Norbert d'un air maussade.

– Vous entendez ? » intervint tout à coup Maurice.

Des chants résonnaient sous la verrière. Presque aussitôt les quais furent submergés par une foule bruyante de plusieurs centaines de personnes. Un détachement de soldats était entouré d'un groupe au moins égal de civils qui brandissaient des bannières et des drapeaux rouges. « À Varsovie ! hurlaient-ils. Dehors, les Polaks ! »

« Les mêmes qui criaient " Paix avec l'Allemagne " », grogna un vieil homme près d'eux.

Il semblait être le seul à formuler une pensée aussi subversive. Les visages autour d'eux leur paraissaient en effet fort différents de ceux qu'ils avaient croisés jusqu'alors – ouverts, empreints d'ardeur et d'allégresse. Mais où étaient-ils donc tout au long de cette journée ? s'interrogea Maurice. Juché sur des épaules militaires, un chanteur entonna à son tour un hymne martial dont il comprit difficilement les paroles. Sans doute une partie du train était-elle réservée au corps de troupe car le groupe les dépassa, les laissant tous trois un peu étourdis, comme échoués sur une grève après le reflux.

« En tout cas je préfère ces visages-là à ceux du tramway! s'écria Lucien. Ça vous a tout de suite une autre allure!

– Oui, ça m'a ragaillardi! renchérit Norbert.

– Je suis content moi aussi que vous ayez vu cela. C'est l'état d'esprit que j'ai tant apprécié dans le Sud avant ma blessure, quand on se reconnaissait autant à l'expression d'énergie et de ferveur qu'on avait sur le visage qu'au " *svoï* " qu'on se lançait pour s'identifier! T'as de la chance, petit, reprit-il en s'adressant à Lucien. Tu vas vivre une expérience unique. N'écoute pas les mauvaises langues, les aigris, les revanchards. Tu assistes à une ère nouvelle et tu as la double chance de pouvoir témoigner à ton retour de tout ce que tu auras vécu!

– Fallait que ce soit dit, ajouta Norbert. Allez, camarade, maintenant on peut s'embrasser. Et ça m'étonnerait bien qu'on se revoie pas, avec tous ces voyages qu'on nous prépare. »

Ils s'étreignirent sans un mot.

« Tiens, fit Norbert. J'en ai apporté quelques-uns pour les camarades. »

Maurice sentit qu'il épinglait un insigne sur le revers de sa vareuse. Il l'examina – c'était un gant de boxe émaillé avec les initiales NMBC.

« Nœux-les-Mines Boxing Club », expliqua Norbert avec fierté.

La gorge serrée, Maurice lui tapa sur l'épaule, puis tourna brusquement les talons et sortit de la gare à grands pas. Un vent glacé soufflait sur la place; un bref instant, alors qu'il enfonçait sa casquette fourrée sur ses oreilles, il revit le visage de la paysanne puis le chassa vivement de sa pensée. Revenir à l'hôtel, maintenant, et sans plus tarder. Pourvu qu'il n'y ait pas de contrordre concernant son affectation. Même si c'était la petite dejournaïa qui devait l'apporter en personne au 518 A.

4

ARC-BOUTÉ contre le vent il essayait depuis le début de cette interminable rue de protéger son visage des aiguilles du grésil qui lui brûlaient les joues comme des pointes de feu. Un instant, lorsqu'il déboucha sur le petit canal – étaient-ce les tourbillons de neige, le brouillard glacé ou le cours sinueux des berges qui faussaient les perspectives – il se sentit perdu dans un monde flottant où il ne retrouvait plus ses sensations ni ses repères, et pour reprendre sa respiration dut s'agripper à une balustrade dont les fines volutes ne semblaient offrir qu'un appui bien précaire. Les mains mordues par le froid du métal malgré ses gants, il s'apprêtait à poursuivre son chemin lorsqu'il aperçut une silhouette le long du quai. Le dos rond, paraissant transi sous une peau de bique serrée à la taille comme celle de ces vagabonds de la Volga que l'on voyait sur les estampes populaires, un homme marchait vers lui.

« Ho ! » appela Maurice.

Au son de sa voix le passant s'immobilisa et, lorsqu'il découvrit Maurice contre la balustrade du pont, eut un moment de frayeur.

« N'aie pas peur, camarade. Mais on m'a parlé d'une échoppe près d'ici où on peut trouver des rasoirs, des verres de montre, des choses comme ça...

– Une... une échoppe ? bredouilla l'homme. Mais il n'y a plus rien d'ouvert, rien... Essayez peut-être vers la Sadovaïa...

– Où est-ce ?

– Plus loin... », dit-il avec un geste évasif.

Brusquement, il lui tourna le dos et pressa le pas à mesure qu'il s'éloignait comme s'il avait le diable à ses trousses.

Indécis et désorienté, Maurice finit par aboutir au coin d'une large rue. Les boutiques qui devaient jadis l'animer étaient désormais obstruées par des palissades, ce qui lui donnait un aspect plus désolé et plus sordide encore que celui de la perspective Nevski entrevue par les fenêtres du tramway. Non loin de lui, une planche s'était détachée et battait avec bruit ; il eut l'impression que subsistait encore là quelque vie grelottante et traquée et s'approcha. Passant sa tête dans l'interstice il se trouva face aux yeux vitreux d'un chien raidi par le gel qui le fixaient. Il se rejeta en arrière et le cœur battant dut faire quelques pas avant que ne se dissipe cette vision. Dans un ultime sursaut pour échapper à la famine, l'animal avait dû chercher dans cette boutique les aliments qu'il avait coutume d'y trouver et maintenant, momifié, le pelage recouvert d'une myriade de mouches mortes, il semblait protéger à jamais l'éventaire disparu.

Comme il arrivait sur la Siennaïa, un lointain tapage éclata dans le silence. Des coups métalliques résonnaient, entrecoupés de cris et de clameurs. Il s'avança et comprit rapidement ce qui se passait. Une bande d'enfants semblables à ceux qu'il avait remarqués la veille à la station tapait à grands coups sur le flanc d'un tramway stationné devant la halle aux foins, s'acharnant comme s'ils voulaient le renverser. Le tram était vide mais les enfants étaient si excités par leur besogne de démolition qu'il préféra ne pas se trouver sur leur chemin. Renonçant à sa quête d'une improbable échoppe, il fit volte-face et revint vers le canal.

C'est au moment où il regagnait la berge qu'il les entendit pour la seconde fois – sans doute l'avaient-ils dépassé en suivant parallèlement une autre rue. Ils avaient dû inventer un nouveau jeu car leur exaltation était montée d'un ton. « *Totienka!* hurlaient-ils, *totienka!* » Il fronça les sourcils sans comprendre. « Petite tante »? La violence de leurs cris démentait la familiarité du terme. Il pressa le pas mais, parvenu à l'endroit où il avait tout à l'heure interrogé le vagabond, dut s'arrêter, à l'abri du mur d'angle.

La bande avait cette fois immobilisé une passante et la coinçait contre le parapet du pont. Ils étaient sept ou huit que Maurice pouvait observer de sa cachette, dont pas un ne devait avoir plus de douze ans. Brièvement, il crut que le turbulent petit groupe voulait vendre des graines de tournesol comme il l'avait vu faire à Moscou sous les murailles du Kitaï Gorod, mais la femme se débattait avec tant d'énergie que ce devait être autre chose. Vêtue d'une longue pelisse, elle donnait plutôt l'impression d'être un grand animal de chasse face à une meute acharnée à sa perte. Il cherchait dans sa poche une pièce de monnaie pour tenter de calmer les enfants lorsqu'elle poussa un cri perçant et recula brusquement, comme si une arme la menaçait. « Davaï! » hurlaient-ils. Il s'aperçut alors qu'au milieu de la mêlée l'un des enfants la ceinturait pendant qu'un autre s'efforçait, tel un jeune chiot, d'arracher la bande de fourrure au bas de la pelisse. « Davaï! » entendit Maurice à nouveau. « Donne. » C'était l'ordre que criaient l'autre jour les miliciens à la paysanne de la gare avant de saccager son éventaire, et il se rendit compte qu'une même lâcheté le paralysait. Son attitude lui fit soudain horreur et sans réfléchir davantage, il s'élança hors de son abri.

« *Grajdanka!* » s'écria-t-il.

Il franchit le plus vite qu'il put la trentaine de mètres qui le séparaient du lieu de l'affrontement, saisit par les cheveux le premier enfant qu'il trouva sur son chemin et le tira violemment en arrière, puis lança son pied au hasard pour tenter d'atteindre celui qui déchirait la pelisse. Une plainte lui répondit et Maurice sentit qu'un petit corps efflanqué s'affaissait à ses pieds cependant qu'une fulgurante douleur lui transperçait la main malgré l'épaisseur du cuir. Il entendit alors la femme crier de nouveau et s'aperçut qu'un autre des enfants – celui-ci semblait plus âgé et même vieux avant l'âge – brandissait une boîte de carton entrouverte à quelques centimètres de son fin profil au nez retroussé. Elle avait les yeux exorbités et son visage était rejeté en arrière dans une attitude de vive répulsion.

Du revers de la main, il frappa brutalement le bras en guenilles qui tenait la boîte. Celle-ci échappa à son détenteur, tomba dans la neige et un nuage de poux s'en échappa. Leur propre arme parut les effrayer à tel point qu'au bref cri de ralliement de l'un d'eux, ils s'enfuirent aussitôt en direction de la Sadovaïa. Affolée, la femme s'était elle aussi mise à courir le long du canal dans la neige piétinée par la rixe, traînant derrière elle le bas déchiré de sa pelisse. Il hésita un bref instant, puis se précipita sur le quai à sa suite et la rejoignit au coin de la longue rue. Elle était courbée devant le fût d'un réverbère comme si elle allait vomir.

« Des... des poux, bégaya-t-elle. Vous avez vu

ça? De gros poux blancs grouillant par centaines et qu'il menaçait de déverser sur moi, ce monstre. Il y en avait un autre qui me bloquait les jambes et j'ai cru qu'il voulait prendre mes bottes. Oh! Dieu... Dieu. Jamais je n'avais eu aussi peur depuis le jour de mes dix ans, quand j'ai cru passer sous un traîneau. »

Elle s'efforçait de reprendre son souffle et un nuage de buée sortait de sa bouche chaque fois qu'elle expirait.

« Remettez-vous, dit-il d'un ton apaisant. Ils sont repartis vers la Siennaïa.

– On m'en avait pourtant assez parlé de ces *bezprizornye,* ces bandes de gosses abandonnés, mais je n'avais jamais imaginé me trouver sur leur chemin! Des poux. Ce sont les poux qui apportent le typhus, non? Tout ça parce que je n'avais pas cinquante kopecks sur moi à leur donner.

– Moi, j'en ai un qui a pris ma main pour un bifteck », dit-il avec une grimace de douleur en ôtant son gant.

Des marques de dents étaient en effet inscrites visiblement dans le gras de sa main.

« Oh! les misérables, ils vous ont mordu! s'exclama-t-elle. Quand je pense que c'est à cause de moi. Je ne saurai jamais assez vous remercier d'être intervenu. C'était très courageux de votre part, surtout à une époque où les gens ne se préoccupent des autres que pour leur marcher dessus. Que serais-je devenue sans vous, oui, que serais-je devenue? Ils m'auraient aussi bien laissée pieds nus dans la neige pour me voler mes bottes. »

Encore sous le coup de l'émotion, elle parlait sans discontinuer. Des cris lointains l'interrompirent soudain.

« Ils reviennent! » s'écria-t-elle.

Maurice prêta l'oreille.

« Au contraire, ils s'éloignent. Écoutez... Pour m'assurer que vous serez tranquille, je vais vous accompagner quelques instants. Par où allez-vous ? »

D'un doigt hésitant, elle indiqua la direction de l'église de l'Assomption, puis se ravisant, montra celle du canal.

« Ne vous donnez pas cette peine ! Le canal Catherine et la Kazanskaïa, c'est un trajet que je fais tous les jours, croyez-moi. C'est la première fois qu'il m'arrive quelque chose. »

Elle se baissa et d'un geste brutal arracha la bande de fourrure au bas de sa pelisse.

« Plongez votre main dans la neige, vous aurez moins mal, dit-elle. Ce qu'il faudrait, c'est du baume. Oui, si on pouvait seulement trouver un peu de baume d'avant guerre...

– Ne vous inquiétez donc pas pour moi. J'ai connu pire, vous savez. »

Elle réprima une brève crispation de lèvres.

« Ça, nous avons tous connu pire », répéta-t-elle d'une voix sourde.

Maurice se tourna vers elle. Son menton un peu lourd et ses yeux cernés démentaient ce que son petit nez et la fraîcheur de ses joues pouvaient avoir de juvénile. Oui, elle devait faire plus jeune que son âge, et il vit sans plaisir qu'elle était plus grande que lui. Sans doute était-ce l'effet de ses belles bottes à talons qu'elle avait tant craint de se voir retirer.

« J'ai une idée, dit-elle. Venez, je crois savoir où trouver du désinfectant. »

Il secoua la tête.

« Je ne suis guère présentable, maugréa-t-il en tirant sa barbe hirsute. Lorsque je suis tombé sur vous à l'angle du quai, je revenais à la Sadovaïa où l'on avait prétendu que je pourrais peut-être acheter dans une échoppe... un rasoir, figurez-vous.

– Vous avez sans doute cru que c'était encore la Sadovaïa d'autrefois!

– Je ne pense pas...

– C'était si animé! Des centaines de boutiques achalandées, partout des petites *drojki* au trot endiablé, avec des cochers en houppelande coiffés d'une sorte de tromblon orné d'un turban. Pour un kopeck de plus ils vous bénissaient... »

Elle le dévisagea.

« Vous êtes français, n'est-ce pas? » demanda-t-elle à brûle-pourpoint.

Il haussa les épaules sans répondre.

« N'y voyez pas de critique sur votre élocution, vous parlez un excellent russe. Mais moi, vous savez, je... je reconnais bien les accents. Et je peux vous parler en français, si vous le désirez. Je n'ai aucun mérite, tout ce qui comptait ici s'exprimait en français, vous savez, *avant.* »

Elle avait prononcé le dernier mot dans sa langue à lui, et de façon si nostalgique qu'il en fut irrité. « Au coin de la passerelle, je l'abandonne », se dit-il.

« Vous êtes professeur, non? questionna-t-elle. Si vous portiez de petites lunettes, vous ressembleriez à un professeur...

– Vous n'êtes pas si loin : j'ai failli l'être, à un moment de ma vie.

– Officier, alors? Il y avait beaucoup d'officiers en ville. Peut-être aviez-vous connu des amis que mon mari et moi avions à la Mission militaire française. Peut-être aussi vous cachez-vous derrière votre barbe pour échapper à ceux qui vous recherchent? »

Un peu embarrassé, Maurice se mit à rire.

« Vous avez décidément trop d'imagination, grajdanka. »

Elle le toisa avec désapprobation.

« Grajdanka! Citoyenne. Est-ce vraiment le lieu pour appeler une femme ainsi? »

Comme si elle lui faisait visiter son domaine, elle eut un ample geste qui épousa la courbe harmonieuse de l'étroit canal, la gracieuse passerelle, la balustre ourlée de neige qui surplombait le quai et les grandes façades blêmes derrière les arbres noirs. Un charme si prenant et si suranné à la fois en émanait qu'il se crut un instant emporté avec elle par le traîneau tintinnabulant qu'elle venait d'évoquer.

« J'aurais pu vous appeler par votre prénom, comme cela ces gosses auraient cru que je venais délivrer une amie ou une parente... Mais il se trouve que je l'ignorais. »

Une petite moue lui fronça joliment le nez.

« Si vous devez un jour me porter à nouveau secours, je m'appelle Elena. »

Alors qu'ils marchaient en silence le long du quai, il eut la sensation que des yeux soupçonneux le suivaient, derrière les fenêtres sans rideaux, et que des langues médisantes étaient prêtes à colporter dans tout Smolny que le Français affecté aux Éditions du Komintern s'affichait, à peine arrivé, au côté d'une bourgeoise opulente portant bottes et fourrure. Comme si elle devinait ce qu'il pensait, elle le regarda du coin de l'œil.

« Vous voulez que je fasse soigner votre main? proposa-t-elle.

– Non, et il va falloir que je vous quitte, répondit-il avec brusquerie. Je devrais déjà être à mon travail...

– À votre aise, répliqua-t-elle comme si elle n'était pas dupe. Vous m'avez secourue, je voulais vous aider à mon tour, d'autant que ce ne m'était pas très difficile. »

Elle marchait le front baissé, sans mot dire, au point qu'il craignit de l'avoir froissée.

« D'ailleurs, moi aussi je devrais être à mon travail. Heureusement, j'y suis presque. »

Il manifesta sa surprise : il ne voyait derrière elle, au débouché de cette longue vue, que la façade arrière d'un imposant bâtiment.

« Mais... n'est-ce pas le théâtre?

– Le meilleur opéra de toutes les Russies, vous voulez dire! C'est ici qu'ont été créés tous les opéras de Tchaïkovski, sauf *Onéguine.* Mon idée était de demander au barbier des artistes de s'occuper de vous. »

Il ne parut pas comprendre.

« Pourquoi voulez-vous qu'il accepte de s'occuper de moi? Je ne suis pas artiste!

– Il le fera si je le lui demande, affirma-t-elle.

– Ah! Vous travaillez au salon de coiffure! »

Elle éclata d'un petit rire cristallin.

« Le seul rapport que j'aie jamais eu avec la profession a été de chanter le rôle de Rosine dans *Le Barbier de Séville.*

– J'y suis, fit-il. Vous êtes comédienne!

– Le Marienski est un théâtre de danse et d'opéra, vous ai-je dit. Je suis cantatrice. »

Il demeura interdit.

« J'aurais dû m'en douter, avec votre joli manteau...

– Si je vous racontais que j'allais à mon travail lorsque vous m'avez tirée des griffes des *bezprizornye,* c'est que je me rendais à une répétition. »

Du coin de l'œil elle consulta une horloge à l'angle de la place.

« Et, en dépit de tout ce qui s'est passé, je suis

presque à l'heure », murmura-t-elle avec satisfaction.

Elle l'entraînait maintenant le long du théâtre comme s'il n'avait jamais parlé de la quitter, et il ne put rien faire d'autre que de lui emboîter le pas. De petits groupes stationnaient devant le vaste péristyle de la façade. Au moment où elle arriva sous les colonnes, deux jeunes gens – un garçon et une fille –, qui parurent à Maurice faméliques jusqu'à la transparence, l'abordèrent furtivement.

« Elena Alexandrovna, les entendit-il murmurer. Pouvez-vous... »

Malgré leur attitude suppliante, elle les repoussa avec une rudesse qui venant d'elle le surprit. Au regard que les jeunes gens lancèrent à Maurice, celui-ci eut le sentiment qu'ils pensaient que son rôle était de la surveiller et ils n'insistèrent pas. Au moment où elle allait pénétrer dans le théâtre, il la retint par le bras et elle se retourna.

« Vous me trouvez dure avec eux, c'est cela? Mais ils cherchaient des billets... Que voulez-vous que je fasse?

– Quoi? Ils ne peuvent pas assister aux représentations? Je croyais que si on maintenait les théâtres ouverts en dépit de tout, c'était justement pour que tout le monde puisse y aller!

– Tout le monde? Les salles sont pleines, oui. Mais qui les remplit, et comment on les remplit, ça, c'est un autre problème! Ainsi nous sommes réservés demain pour l'Armée rouge et après-demain pour les komsomols de la région de Pavlovsk. Pendant ce temps-là, on refoule ces jeunes qui sont prêts à échanger leur maigre paiok contre une place et qui pourraient former notre vrai public. Bon, alors, vous vous décidez? » ajouta-t-elle avec une impatience inattendue.

La vitre de la porte lui renvoya cette image de

lui-même qui l'avait déjà effrayé chez Victor Serge. Je ne peux tout de même pas me rendre à Smolny comme cela, songea Maurice.

« Je vous suis », grommela-t-il.

Dès qu'ils furent entrés sous le vaste vestibule du théâtre, elle se dirigea vers une sorte de cabine vitrée où se tenait un huissier. Il remarqua la bouillotte que celui-ci tenait à la main pendant qu'elle lui parlait à l'oreille. Il se sentit observé à la dérobée, puis il le vit saisir un cornet de téléphone et prononcer quelques mots.

« Voilà, je me suis arrangée, dit-elle en revenant vers lui. Ledovski, le barbier, a tout ce qu'il vous faut, et même paraît-il de quoi vous soigner la main. En tout cas, il va faire de vous le plus beau Français qu'on ait vu en ville depuis le danseur Jacques d'Amboise.

– Ce ne sera pas du luxe », admit-il.

Ils traversèrent le vestibule jusqu'à la porte capitonnée de velours rouge devant laquelle elle s'arrêta.

« Pour la soirée des komsomols, je dispose d'une place que je peux vous céder, proposa-t-elle. Si cela vous tente d'oublier la réalité pendant quelques heures...

– Écoutez, ce n'est pas de refus pour le barbier, mais pour la représentation... Non, je suis désolé, il m'est impossible de me rendre libre. Proposez-la donc à l'un d'eux, suggéra-t-il en désignant l'une des fenêtres embuées derrière lesquelles des silhouettes continuaient à attendre dans le froid.

– Je n'en ai pas le droit. Eh bien, peut-être nous faut-il alors nous quitter... Je ne vous remercierai jamais assez de ce que vous avez fait. »

Elle esquissa un geste de la main, puis tourna les talons. Cela se passa si rapidement qu'il en resta interdit. Il se borna à la suivre du regard alors qu'elle s'éloignait, comme si elle avait hâte, elle aussi, d'oublier la réalité et de rejoindre son univers de féerie. Elle disparut derrière une porte à deux battants.

Le vieil huissier vint à sa rencontre. Il portait encore au revers de sa redingote les lettres T.M. et les aigles impériales brodées d'or. Maurice eut soudain l'impression qu'il le considérait avec une sorte de dédain.

« Si Monsieur veut bien m'accompagner », dit-il.

Maurice s'apprêtait à le suivre lorsqu'il aperçut au mur de discrets placards qui annonçaient les spectacles à venir.

« Un instant », demanda-t-il en s'approchant.

« 20, 22, 24, 26 janvier 1920, lut-il : *La Jeune Fille de Pskov*, opéra en 3 actes et 6 tableaux de Nikolaï Andréiévitch Rimski-Korsakov. Distribution :

« Tsar Ivan Vassilievitch, dit " Le Terrible " (basse) : Fédor Chaliapine.

« Prince Youri Ivanovitch Tokmakov (basse) : Vassili Baltacha.

« Michaël Andréiévitch Toucha (ténor) : Ivan Rumnev.

« Princesse Olga Iourievna Tokmakov (soprano) : Elena Gheranova. »

« Chaliapine ! s'exclama-t-il. Elle chante avec Chaliapine ! »

L'huissier l'attendait à quelques pas. Il le rejoignit.

« Cette dame, c'est bien la camarade Gheranova ?

– C'était en effet *Madame* Gheranova », répondit le vieil homme de sa voix distante en prononçant le mot en français.

Maurice fut à la fois médusé et flatté. Il avait longé le canal Catherine avec la partenaire de Chaliapine! La voix qui avait répondu à la sienne se mêlait aussi à celle de Chaliapine face à des publics enthousiastes!

« *Madame* m'a prié de vous conduire au salon de coiffure, insista l'huissier.

– Je te suis, camarade. »

Le vieil homme eut un haut-le-corps, puis le précéda en silence le long d'un couloir mal éclairé au bout duquel il frappa à une porte.

« Ledovski! » appela-t-il.

Personne ne répondit.

« Installez-vous, je vais le chercher », dit-il en s'effaçant.

Maurice entra dans la petite pièce. Provenant d'une étroite fenêtre, une lumière blême l'éclairait parcimonieusement. Les murs étaient entièrement recouverts de perruques, postiches et barbes de toutes formes et de toutes coulcurs, dont chacune portait une inscription manuscrite. « Devoyod, *Robert le Diable*, lut-il sur la plus proche. Chaliapine, *La Roussalka.* » Mal à l'aise devant cet amoncellement de longs poils ternes ressemblant à des étoupes, dont les inscriptions semblaient les reliefs de quelque ancien festin, il s'assit avec précaution sur un tabouret. Comme s'il n'attendait que cela, un petit homme sans âge fit son apparition, poussant devant lui une table roulante sur laquelle se trouvaient un broc, un plat à barbe en fer-blanc et quelques ustensiles à manche de corne. Avec une célérité et une prestesse de magicien, il fit apparaître au bout de ses doigts un rasoir à lame incurvée.

« Je vous rase la barbe ou je vous la taille? »

interrogea-t-il en affûtant sa lame à petits coups répétés.

Maurice hésita. Si chez les Français du groupe de Moscou on donnait dans le glabre, à l'Astoria la mode semblait plutôt être – hormis Zinoviev – au bouc à la Trotski.

« Cela dépend, répliqua-t-il d'une voix embarrassée. En fait, ce que j'avais demandé à Madame Gheranova... c'était... de pouvoir acheter un rasoir comme le vôtre.

– Mais c'est une propriété de l'État! se récria le barbier. Je pourrais être inquiété pour bien moins que cela! »

Il faisait jouer la lame dans ses mains, contemplant ses reflets avec la même attention que s'il s'était agi des joyaux de la couronne impériale.

« Je pensais que vous en aviez peut-être un autre au fond d'un tiroir dont vous ne vous serviez plus. J'en aurais donné... Je ne sais pas, moi, jusqu'à cinq cents roubles. »

N'obtenant pas de réponse, Maurice se retourna et s'aperçut que tout en continuant à aiguiser sa lame le barbier paraissait communiquer avec quelqu'un de l'autre côté du rideau. En dépit du froid qui régnait dans le salon de coiffure, il se sentit en sueur. Quelle naïveté! Il s'était laissé entraîner dans un traquenard par cette dame trop bien mise. Ayant deviné qui il était – ce n'était guère difficile – elle l'avait attiré ici au milieu de ces défroques dérisoires, à la merci de la lame de ce gnome qui allait l'égorger! Saisi d'une panique irraisonnée, il se leva brusquement, manquant renverser la table, et en deux enjambées gagna la porte.

« Je... J'ai oublié mon écharpe au guichet », expliqua-t-il en ouvrant sur le corridor.

Le barbier lui jeta un regard interloqué.

« Vous ne risquez pas de la retrouver ! » s'exclama-t-il.

Il avait la serviette pliée sur son bras, et cette attitude ne sembla pas à Maurice être celle d'un meurtrier.

« Je me souviens, je l'ai oubliée chez moi, dit-il d'un ton penaud en revenant occuper son siège. Bon, eh bien, puisqu'il faut se décider, rasez-moi donc la barbe. »

Le petit homme lui fit signe de se pencher en arrière et commença sans un mot à lui savonner les joues. Dans sa position Maurice pouvait lire les nombreuses affiches fixées au mur au-dessus des postiches : Pauline Viardot, Devoyod, la Patti, Chaliapine comptaient parmi les têtes d'affiche. Lorsqu'il remarqua que celui de la grajdanka Gheranova ne figurait sur aucune d'elles, il ne fut pas loin, à sa grande surprise, de ressentir une réelle déception.

« Vous voici meilleure mine, constata le barbier en le frictionnant avec une serviette immaculée. Et passez-vous cela sur la main », ajouta-t-il en lui tendant un pot d'onguent.

La senteur du linge frais rappela à Maurice celle des serviettes du bain public d'Odessa. C'était bien l'odeur la plus agréable qu'il eût respirée depuis des semaines. Il se leva, chercha des yeux une glace, mais il n'y en avait aucune à proximité. Maladroitement, il fouilla de sa main libre dans ses poches pour retrouver la pièce de dix roubles qu'il avait voulu donner aux enfants pour leur faire lâcher leur victime. Lorsqu'il la lui tendit le barbier jugea sans doute la somme négligeable de la part de quelqu'un qui pouvait sacrifier autant pour un rasoir, car il ne marmonna qu'un « spasibo » sans chaleur. Effleurant machinalement son menton devenu aussi lisse que celui de Zinoviev, Maurice regagna la sortie.

Il remontait déjà le corridor lorsqu'il entendit, amorti par le capiton des murs, un piano qui jouait au loin. Il s'arrêta car la mélodie lui remémorait quelque chose. Oui, c'était cela : le petit thème primesautier et nostalgique à la fois qu'Arkhanadzé jouait souvent à Odessa (il disait que c'était le seul qu'il pouvait jouer sans partition) les soirs de calme – les rares soirs sans alerte, sans comité, sans visite aux prisonniers français. Au même moment, le grincement d'un battant le fit tressaillir et la mélodie lui parvint cette fois distinctement, évocatrice de glissades dans la neige au son des grelots. Dans l'embrasure d'une porte une jeune fille lui apparut alors, vêtue d'un tutu de danse et portant un sac sur ses épaules grêles.

À le voir ainsi surgir de la pénombre du couloir, elle réprima un mouvement de recul puis demeura pétrifiée, les pieds en équerre, les yeux s'agrandissant pour le dévisager. Elle était si maigre que les salières à la base de son cou ressemblaient dans la pénombre, pensa-t-il, aux cavités que l'érosion creuse dans le corps frêle des statues aux piliers des églises.

« Comme s'il ne faisait pas assez froid », bredouilla-t-il.

Elle eut pour répondre une brève expression effarouchée, puis d'une démarche déhanchée de danseuse fit volte-face et referma la porte, étouffant à nouveau le son du piano qui avait accompagné en fragile contrepoint son évanescente apparition. Avant de reprendre sa marche dans le couloir, il resta un instant songeur, puis franchit le seuil de la porte capitonnée et, alors qu'il croyait se retrouver dans le vestibule, fut surpris de buter sur une rangée de fauteuils.

Des appliques latérales en petit nombre éclairaient le vaste théâtre d'une faible lumière. Désorienté, hésitant en dépit de sa méprise à s'en retourner sur-le-champ, Maurice demeura debout dans l'allée face au rideau baissé, et fit des yeux le tour de la salle. Quelques dizaines de spectateurs étaient disséminés à bonne distance les uns des autres, comme s'ils ne tenaient pas à frayer ensemble. Il se souvint de la dernière fois où il s'était trouvé dans un théâtre de cette importance. C'était à Moscou lors du premier Congrès panrusse des soviets qui se tenait au Bolchoï. Quelle effervescence dans la salle bondée, quelle flamme et quels espoirs entretenus chez les orateurs ! Et de la part des auditeurs, quelle attention et quelles ovation ! Il s'apprêtait à sortir lorsque le son d'instruments que l'on accordait s'éleva de la fosse d'orchestre, alors qu'une silhouette chenue se dressait derrière le pupitre. Presque aussitôt le rideau se leva et, espérant qu'il y avait peut-être là une possibilité de la revoir sans qu'elle pût l'apercevoir en retour, il s'assit, saisi de curiosité, sur un fauteuil du dernier rang.

Le décor était déjà monté pour le lendemain : un portique seigneurial donnant sur une place de village le jour du marché. La porte du château avait dû servir à des opéras d'une autre époque car on y lisait encore distinctement l'inscription CERCLE DES OFFICIERS. En revanche, il ne manquait pas une enseigne d'auberge ni un éventaire chargé de victuailles. Cela lui parut bizarre de revoir des jambons, des salades et des fruits. Il se remémora le couple de l'extérieur, presque heureux qu'ils ne fussent pas dans la salle. Au même moment, Elena entra en scène, habillée comme lors de leur rencontre.

Peut-être parce qu'elle avait ôté sa toque elle paraissait moins grande sur les planches que dans la rue et il en fut secrètement satisfait. Les cheveux à demi dénoués, elle semblait presque hors d'haleine comme si elle venait de subir l'attaque des enfants. Sans cérémonie, elle s'avança vers la fosse.

« J'aimerais encore un moment pour me chauffer la voix, *maestro*, demanda-t-elle en s'avançant.

– Prenez tout le temps que vous voulez, mon petit, répondit le chef en se plongeant dans la partition. On va profiter de la présence de Fédor Ivanovitch pour filer les deuxième et troisième actes. On sautera le passage du chœur pour attaquer directement avec la nourrice. »

Elle disparut dans les coulisses où Maurice l'entendit faire des vocalises. Quelques instants plus tard elle réapparaissait, suivie cette fois d'une dame qui, pour autant qu'il pût en juger de si loin, avait l'âge d'être sa mère.

« Je vous demanderai de me donner les départs, maestro. Je ne sais pas pourquoi, je ne me sens guère sûre de moi aujourd'hui.

– Vous n'aurez qu'à me regarder, répondit-il avec bienveillance. Si vous n'êtes pas en train, ne gaspillez pas votre souffle sur ce passage un peu long, ne forcez pas dans l'aigu, prenez vos notes de transition par en dessus. Quant à vous, Natalia Mikhaïlovna, continua-t-il en s'adressant à la compagne d'Elena, soyez consolatrice et chaleureuse, si cela peut encore exister. Messieurs... »

Il leva sa baguette. La voix qui s'éleva après quelques accords ressemblait bien peu à celle qui s'était adressée à lui le long du canal, et il fut pendant ces premières mesures si attentif à reconnaître les inflexions et les accents d'Elena qu'il en oublia le sens de ce qu'elle chantait : il avait toutefois compris qu'elle annonçait l'arrivée du cruel tsar Ivan dans la ville de Pskov lorsqu'un claquement retentit, aussi sec qu'un coup de feu tiré par les troupes du tsar. Le chef venait de taper violemment sa baguette contre le pupitre.

« Ce vibrato serré et grelottant, Elena Alexandrovna! s'écria-t-il. Où te crois-tu? En Bulgarie? »

Elena parut se recroqueviller sous l'algarade, recula de quelques pas, et Maurice ne put désormais distinguer d'elle, de la place où il se trouvait, qu'une silhouette immobile perdue dans l'ombre des coulisses.

« Où est le chœur? demanda le chef du même ton irascible.

– Aux travaux de déblaiement de la Gorokhovaïa, maestro, répliqua placidement la nourrice.

– Et qui va m'annoncer l'arrivée du tsar, alors?

– Vous avez dit qu'on sauterait le passage, lança quelqu'un de la fosse.

– Oh! c'est vrai. Allez, Elena Alexandrovna, je vous brusque, mais ce n'est pas grave! Vous avez un bel aigu mon petit, mais vous me semblez un peu essoufflée aujourd'hui.

– Maestro, je vous ai expliqué que... commença-t-elle en s'avançant vers la rampe.

– Alors *piano* sur le souffle, *douchka*, interrompit-il familièrement. Comme je vous l'ai suggéré, servez-vous de votre voix de tête pour bien chanter les notes de passage à l'octave supérieur.

– Où est donc ce bougre de Tokmakov ? s'enquit soudain une voix grave. Comment veux-tu que je chante mon duo si Tokmakov n'est pas là pour m'accueillir dignement? »

Vêtue d'une ample cape qui l'épaississait encore, une silhouette imposante venait d'apparaître. Un frémissement se fit sentir dans la salle clairsemée.

« Je ne sais pas, Fédia, répondit le chef sans s'émouvoir. Peut-être est-il lui aussi en train de déneiger les rues?

– Au lieu de morigéner cette petite, tu ferais mieux de t'occuper de ce que ta distribution soit présente sur scène!

– Appelez-moi le régisseur, exigea le chef sans qu'on sût trop à qui il s'adressait.

– J'arrive, Fédia, j'arrive! s'éleva une voix profonde venant des coulisses. Mille excuses, Boris Maximovitch, mais pour la première fois au cours de ma longue carrière de sociétaire au Marienski, j'ai dû attendre pour passer chez le barbier. Attendre, moi, après trente ans de maison! Il parait qu'il y avait un fou avant moi qui regardait le rasoir comme si Ledovski allait l'égorger sur l'heure. Vous ne voyez pas qui ça peut être? »

– Les temps sont cruels pour tout le monde, dit Chaliapine avec ironie. Bien. Maintenant que tu es rasé de frais sous ton postiche, Vassili Pavlovitch, retournons sous le fouet des Tartares. Ce ne devait guère être une époque plus agréable qu'aujourd'hui. »

Il vint se placer devant la haute porte de la demeure seigneuriale.

« *J'entre, ou je n'entre pas?* » lança-t-il avec une intonation débonnaire, comme s'il hésitait à franchir le seuil.

Le claquement impérieux de la baguette retentit une nouvelle fois. Furieux, Chaliapine se tourna vers le chef.

« Bon sang, mais tu as bouffé du lion,

aujourd'hui, Boris Maximovitch! Qu'est-ce qui ne va pas encore?

– Je suis désolé, Fédia, mais c'est la phrase d'attaque de ton rôle et je crois qu'il faut que dès l'abord tu te montres brutal et violent, sans quoi il n'y aura pas d'effet de contraste avec la grâce et la miséricorde dont tu fais preuve par la suite...

– Écoute, je l'ai chanté plus de trois cents fois, ce rôle, alors tu ne vas pas m'emmerder! J'ai réfléchi, je dois me montrer dès le départ enclin à la pitié.

– Comme tu veux, mais je te ferai remarquer que, lorsque je t'avais dirigé à Londres dans cet ouvrage, tu m'avais expliqué qu'il fallait attaquer le rôle avec force pour qu'il prenne toute sa cohérence. »

Chaliapine s'était arrêté devant le chef.

« C'est vrai, Boris, reconnut-il en s'adoucissant. Tu te souviens quand on le donnait à Drury Lane? Et ce souper sur le Strand après la première... Ces huîtres, cette sole de Douvres... Je pourrais encore te réciter le menu. Comment s'appelait ce restaurant, déjà?

– Fédia, interrompit son partenaire. Je n'ai mangé depuis deux jours qu'un peu de gruau et je ne saurais entendre un mot de plus.

– Bon, je recommence », soupira Chaliapine.

Il reprit sa place devant la porte du boyard.

« *J'entre, ou je n'entre pas?* » tonna-t-il.

Durant ces répliques échangées entre les trois hommes comme si le livret n'avait été qu'une occasion pour se raconter des souvenirs et des anecdotes, Elena n'était pas intervenue : elle était restée comme absente dans un coin de la scène. Maintenant qu'ils travaillaient à nouveau leurs rôles et que s'élevait avec majesté la voix du grand chanteur, elle retrouva les expressions et les gestes que Maurice lui connaissait : cette façon de relever ses cheveux ou de croiser les mains comme si elle redoutait quelque chose lui était déjà familière. S'obligeant quelques instants à la quitter des yeux, il se concentra alors sur l'envoûtante présence de Chaliapine, Ce n'était pas dans un théâtre, si grand fût-il, qu'il aurait fallu l'écouter, mais quelque part sous l'immensité du ciel! Sa voix aurait pu alors transporter la foule par sa puissance et son souffle, comme le faisait l'autre jour le ténor à l'intention des volontaires en partance pour le front. C'était la Russie éternelle qu'il évoquait, celle des cosaques, des boyards arrogants et des starets hallucinés – mais aussi celle des rondes de jeunes filles au printemps et des calmes chevauchées tout au long des grands fleuves. Puis Elena revint près de lui. À côté de sa haute stature, elle paraissait presque menue et sa voix avait pris une douceur craintive. Leur duo fut malencontreusement perturbé par un petit ténor qui avait une tête de moins qu'Elena et une voix aussi grêle que sa silhouette. « Voilà à quoi nous devions ressembler tout à l'heure », pensa Maurice avec irritation. Pour aggraver les choses, le ténor appelait Elena « mon aurore radieuse » et autres gracieusetés de ce genre; Maurice se sentit agacé de voir combien elle répondait avec animation et avec quel naturel elle mimait la passion. Il leva les yeux vers l'horloge au-dessus de la scène : une heure déjà qu'il était là. « *Vie de liberté, vie d'amour, accueille-nous* », chantait maintenant Elena à son fluet partenaire. « Je m'en vais, il y a des limites à tout », se dit Maurice. Au moment où il se levait dans la pénombre, Chaliapine réapparut sur scène; il émanait de sa présence tant de force et de grandeur que Maurice se rassit aussitôt.

Sa pensée vagabonda pourtant tout au long du monologue. Le chanteur arpentait lourdement la scène ; le rythme de ses pas et les intonations de sa voix évoquaient la fatigue, l'errance, la croisade solitaire d'un chevalier en armure et les reflets d'une lumière froide et hostile sur l'airain d'un heaume. « *Je ne parviens pas à oublier la gamine* », répéta-t-il à plusieurs reprises comme si une fissure s'élargissait dans le métal de l'armure, et cette phrase le toucha. À mesure que le géant se voûtait sous le poids d'une douleur indicible, Maurice crut comprendre que la « gamine » était la mère de cette Olga qu'interprétait Elena. Lorsqu'il se tut, toute musique cessa également ; Chaliapine demeura debout devant Elena tête baissée et, comme liés par leur commun secret, ils parurent l'un et l'autre figés dans une bulle d'éternité. Mais voilà que le petit ténor rappliquait, c'était le genre à s'accrocher à sa dulcinée, à ne jamais céder ni renoncer. Il n'avait donc pas surpris leurs regards ! Entendu leur silence habité ! Maintenant il l'appelait avec des accent de brame dans les bois, et elle obéissait à cet avorton, la malheureuse ! Elle s'échappait en courant, et un coup de feu retentissait, il tressaillit – c'était le premier depuis l'échauffourée où il avait été blessé. Dans un coin du large plateau, Elena s'était doucement affaissée.

À la voir ainsi étendue, les mains recroquevillées sur sa blessure, son beau profil rejeté en arrière et (sans même le recul qu'auraient pu apporter les costumes de scène), penché sur elle le dos massif de son partenaire secoué de sanglots, Maurice eut le sentiment qu'elle venait d'être une fois encore agressée, et il réprima l'envie de bondir sur le plateau pour être comme tout à l'heure à ses côtés afin de la défendre et de la réconforter. « Tu peux te moquer du petit ténor, s'avoua-t-il. Tu ne la connaissais pas il y a deux heures et tu te conduis déjà comme lui. » Il se força à se raisonner. En dépit de son talent, Elena était l'une de ces bourgeoises en compagnie de qui, dans sa position, il ne pouvait se permettre de se montrer. Il y aurait bien d'autres femmes à rencontrer. Il repensa à celles qu'il avait connues depuis son arrivée en Russie. Cela avait commencé à Moscou par les gouvernantes françaises employées dans les bonnes familles qui, avides de nouvelles fraîches et de fringantes moustaches, se précipitaient sur les officiers de la Mission militaire dès leur arrivée; elles lui avaient aisément permis de se dessiner une carte du Tendre (comme disait le lettré Aubertin) dans les riches hôtels particuliers de l'Arbat. Lorsque était survenue la révolution – les « événements », disaient pudiquement ses anciennes maîtresses quand arrivait l'heure du rapatriement –, il s'était replié sans passion excessive sur deux ou trois secrétaires du Métropole. Seule la délicieuse Nadedja qui officiait dans l'antichambre de Tchitcherine, tout éprise de rigueur bolchevique, n'avait jamais voulu s'abandonner. Et enfin, à Odessa, ces belles Bessarabiennes que ses camarades à Moscou lui enviaient tellement, comme si ce n'étaient qu'orgies au bord de la mer Noire entre les bains Langeron et le café Franconi. « Revenir un jour dans le Sud », se promit-il.

Il sentit le regard désapprobateur de l'un de ses fantomatiques voisins : il avait dû parler tout haut. La baguette soudain suspendue au bout de son bras, semblable à quelque pluvier aux ailes déployées planant sur un paysage de désastre, le vieux chef laissa doucement s'éteindre à la fois le chant et la musique. Il y eut quelques applaudissements timides, puis Elena se releva vivement, chassant d'un geste prosaïque les poussières de sa robe froissée.

« Eh bien, c'était parfait, Fédia, félicita le chef. Aussi bien qu'à Drury Lane ! Tu n'étais que mélancolie et miséricorde, après t'être montré d'abord impitoyable et cruel. Quant à toi, Ivan Serguéiévitch, je n'ai pas voulu te troubler, mais j'ai trouvé que tu manquais un peu de vaillance dans le timbre.

– C'est ma faute, intervint Elena. Je n'étais pas à mon affaire, aussi je comprends son absence de flamme !

– C'est moi qui ai troublé tout le monde en parlant de nourriture », expliqua Chaliapine d'un ton sarcastique.

Il avait sorti un gros oignon d'or de sa poche qu'il consulta ostensiblement.

« C'est l'heure où les perquisitionneurs viennent chez moi emprunter ce qu'ils parviennent encore à trouver ! Je préfère être là pour les accueillir, cela me permet parfois de limiter les dégâts...

– Allez, Fédia, je ne vais tout de même pas te plaindre, répliqua le vieux chef sur un ton plein d'amertume.

– Que tu me plaignes ou non, je te dis à demain, Boris Maximovitch », lança Chaliapine avec superbe en disparaissant en coulisses.

Du dernier rang des fauteuils, Maurice n'avait cessé de suivre Elena et à aucun moment ne l'avait vue se préoccuper de savoir s'il se trouvait ou non dans la salle. À la fois soulagé et vaguement déçu par cette indifférence, il se joignit aux spectateurs qui, en petit nombre, gagnaient la sortie. Pour la plupart d'un âge avancé, ils ne parlaient guère, comme perdus dans leurs souvenirs.

Le portier était encore dans sa guérite. Le col de sa capote déjà relevé pour affronter les courants d'air du péristyle, Maurice s'apprêtait à quitter le théâtre comme un conspirateur lorsqu'il s'entendit héler.

« *Monsieur! Monsieur!* » appelait-on en français.

Il songea à se diriger précipitamment vers la porte-tambour, mais fut incapable de faire un pas. Après un nouvel appel, il dut se retourner. Elle se tenait au milieu d'un groupe parmi lequel il reconnut le petit ténor et, lui sembla-t-il, la nourrice et le boyard qui le regardaient de loin avec curiosité. « Voilà ce que c'est de ne pas avoir filé avant la répétition », se dit-il. Elle s'était détachée de ses partenaires et venait à sa rencontre.

« Mais quel cachottier! Vous étiez donc dans la salle? Comme c'est gentil d'être resté!

– Vous n'avez pas votre... les chanteurs n'ont donc pas une porte de sortie réservée? » bredouilla-t-il.

Dans son trouble il s'était adressé à elle en français.

« Depuis l'attaque de Yudenitch en octobre dernier, il n'y a plus d'*entrée des artistes*, répondit-elle avec un accent si infime qu'il rendait sa voix plus mélodieuse encore. Elle a été remplacée par un nid de... Comment appelez-vous ça ? Ta-ra-ta-ta-ta...

– Mitrailleuses?

– C'est ça, mitrailleuses. Mais vous êtes beau comme tout maintenant! Je croyais que vous vous étiez enfui de chez le barbier, ajouta-t-elle en baissant la voix.

– Il agitait tellement son rasoir dans tous les sens qu'il m'a fait une peur bleue! Vous voyez que je ne suis pas toujours aussi intrépide que tout à l'heure. »

Elle esquissa un bref sourire qui la rajeunit.

« Cela m'a été pénible de vous voir mourir, reprit-il. Je veux dire... vous voir glisser à terre, à la fin. Cela me rappelait... ces fichus gosses. »

Il ébaucha un geste dans la direction du canal.

« Figurez-vous que j'ai raconté l'histoire à tout le théâtre, poursuivit-elle d'un ton allègre. J'en tremblais encore en arrivant. Fédia ! appela-t-elle. Fédia, le voici, mon sauveteur ! »

Avant qu'il ait eu le temps de répondre, une lourde main s'abattit sur son épaule.

« *Eh bien mon cherr, quel courrage !* » entendit Maurice.

Engoncé dans une lourde pelisse qui le rendait encore plus massif que sur scène, le chanteur le dépassait d'une tête, mais son visage paraissait de près bien plus détendu que lorsqu'il avait le rôle du tsar à défendre.

« J'ai eu la chance d'arriver au bon moment, c'est tout...

– Si tu avais vu les centaines de poux qui grouillaient dans cette boîte, Fédia ! Je me demande d'ailleurs si je ne t'en ai pas passé un ou deux quand tu étais penché sur moi », dit-elle d'une voix enjouée.

Chaliapine éclata d'un rire tonitruant, puis devint immédiatement grave, avec une mobilité d'expression qui étonna Maurice.

« Ces enfants sont en effet connus pour être de vrais petits fauves, prêts à tout pour quelques kopecks... Cela ne me surprend pas, *chérrie* – il prononça le mot en français –, qu'après une telle frayeur tu aies eu un peu de vibrato dans l'aigu. Tu aurais dû en faire part à Boris Maximovitch, il se serait montré moins tatillon. »

Il se tourna de nouveau vers Maurice.

« J'aime beaucoup votre pays, savez-vous. J'y ai souvent résidé, surtout sur la Riviera. Mais quand reverrai-je désormais mon cher cap Martin... », ajouta-t-il d'un ton nostalgique.

Maurice avait le sentiment que tout en parlant le chanteur le regardait avec une certaine perplexité, se demandant sans doute à qui il avait affaire. Se sentant plus à l'aise depuis son passage chez le barbier, il pensa qu'il pourrait peut-être profiter de l'occasion pour tenter discrètement de se situer – ne serait-ce qu'à l'intention d'Elena.

« J'arrive d'Odessa, et je peux vous assurer que vous étiez l'idole de tous ceux du Sud. J'avais un ami qui ne cessait de passer *Doubinouchka* sur son Pathéphone. »

Chaliapine hocha la tête comme s'il avait saisi l'allusion.

« Ah! *Doubinouchka,* cette vieille chanson ouvrière... Je l'avais à mon répertoire dès 1905, figurez-vous. Je l'avais chantée au cours d'un concert gratuit à Kiev devant les ouvriers en grève. »

Elena marqua quelque impatience.

« Eh oui, *ma bonne amie,* j'étais socialiste à l'époque. Gorki m'avait convaincu... Je l'avais connu en 1901, il était venu m'écouter au théâtre de la Foire, à Nijni-Novgorod où je chantais *Une vie pour le tsar*! Après la représentation, nous étions allés manger tous les deux ces petits pâtés de viande qu'on appelait des palmènes... Il faut dire que les socialistes avaient alors deux vertus que j'estime plus que les autres : la sincérité et la simplicité, reprit-il après un silence; et qu'on ne parlait pas encore de bolcheviks. »

Un autre groupe attendait le chanteur près de la sortie et l'entoura dès qu'il s'approcha de la porte.

Maurice crut d'abord qu'il s'agissait d'admirateurs, mais il l'entendit tout à coup répondre avec véhémence avant de les quitter sur un geste brusque et coléreux.

« Qu'est-ce qu'ils te voulaient, Fédia ? s'inquiéta Elena lorsqu'ils se retrouvèrent tous trois sur le parvis.

– Parce qu'il est le directeur du soviet de ce malheureux théâtre, ce bâtard prétend me dicter ce que je dois chanter ! On veut en haut lieu, paraît-il, réécrire tous les livrets d'opéras à l'aune des temps nouveaux. On m'annonce que *Tosca* va devenir *Dans le combat pour la Commune*, et que *Les Huguenots* vont être transposés pendant la Révolution décembriste. »

« Il faudra que je raconte cela à Victor Serge, songea Maurice. Ça vaut presque l'histoire de la statue de Judas à Toula. »

« Quand je pense que j'ai eu à ma table Rimski-Korsakov, Borodine et Balakirev, soupira le chanteur, et qu'il faudrait maintenant frayer avec des Bakaïev, des Koukline et des Kirilenko...

– Koukline ? s'enquit Maurice.

– Eh bien, justement, c'est ce monsieur qui veut refaire l'histoire de la musique ! Mais moi, si on entrave ma liberté, si on m'impose des fétiches ou des idoles que je suis obligé d'adorer bien qu'ils me donnent la nausée, je vais finir par foutre le camp d'ici !

– Ne crie pas comme cela, Fédia, je t'en prie », supplia Elena.

La voix emportée du chanteur devait en effet résonner de façade en façade, et derrière chaque fenêtre obscure Maurice imagina un auditeur tapi dans l'ombre ; mais il ne semblait nullement s'en soucier.

« Oh ! Je ne les supporte plus avec leurs grands

fronts, leurs pince-nez et leurs barbes en pointe ! Figurez-vous que leurs sbires se sont attaqués la nuit dernière à ma vieille bonne Pélagie avec à peine moins de sauvagerie que ces malheureux gamins à la charmante personne d'Elena Alexandrovna ! " Servante de *bourjouï* ", lui criaient-ils en lui tirant les jupes. La pauvre femme est au lit à se remettre. Tout cela parce que je vis un peu mieux que tout ce beau monde. »

Un attelage l'attendait en effet à l'écart le long du trottoir de la perspective Ismaïlovski. D'un geste pensif il flatta l'encolure du cheval pimpant sous sa couverture, puis s'adressa à Elena qui, comme en scène, semblait toute frêle à son côté.

« Je vais te déposer chez toi », lui dit-il.

Cette proposition lui sembla en effet naturelle et elle fit un pas vers le traîneau. Maurice s'apprêtait à la saluer lorsque à sa grande surprise elle s'arrêta tout net.

« Je te remercie, Fédia, mais l'Offitsierskaïa est à deux pas et je préfère marcher. »

Chaliapine glissa vers Maurice un regard oblique, comme s'il prenait soudain conscience de ce que l'incident de la matinée pourrait avoir des prolongements qu'il n'avait pas prévus. Puis avec une surprenante agilité, il grimpa dans le traîneau dont les ressorts grincèrent sous le poids, et d'un geste un peu théâtral se drapa dans ses couvertures.

« En tout cas, ne t'inquiète pas, lui chuchota-t-il en s'inclinant sur elle. Tant que je suis là... »

D'un air paterne, il se tourna alors vers lui. « Regardez comme je suis beau joueur », semblait-il lui faire remarquer.

« Eh bien, *mon cherr*, escortez-la jusqu'à bon port, dit-il. Elle en a assez eu pour aujourd'hui. »

ELENA suivit du regard le traîneau qui tourna au coin de la place du théâtre.

« Il a beau se plaindre, murmura-t-elle, il a peut-être la dernière maison organisée de cette malheureuse ville, et y vit encore fort bien...

– On ne peut pas dire en tout cas qu'il n'a pas son franc-parler! »

Elle leva les mains d'un geste fataliste.

« Oh! Il ne lui arrivera rien tant qu'ils auront besoin de lui davantage qu'il n'aura besoin d'eux. Je peux continuer à vous parler en français?

– Et comment! »

Un courant d'air la fit frissonner et elle se rapprocha à pas hésitants en direction du théâtre, comme si elle voulait soudain revenir s'y abriter. Il la suivit avec un sentiment d'irréalité qui se mêlait, à mesure qu'il avançait en silence à son côté, à de la contrariété. C'était absurde de se retrouver ainsi seul avec elle sur cette place éventée. Pourquoi avoir attendu la fin de la répétition, aussi! Et elle, ne comprenait-elle donc pas que rien de tout cela ne pouvait durer, qu'elle parlât russe ou français?

« Pourquoi n'êtes-vous pas partie avec lui? s'exclama-t-il sur un ton de reproche. En ce moment, vous seriez en train de glisser bien au chaud dans la neige, enroulée dans vos couvertures... »

Elle le regarda.

« Pour avoir plus froid encore après? La pièce que j'habite est une vraie glacière... Oh! Il pouvait le dire, Boris Maximovitch, que mon aigu était grelottant!

– En plus, il ne savait pas ce qui vous était arrivé... Moi je trouve au contraire que vous avez si bien chanté que cela m'a réchauffé le cœur. »

Elle lui adressa un sourire triste.

« C'est gentil de votre part, très gentil même, mais je sais bien que ce n'est pas vrai. Et vous? Tout ce temps que vous avez pris sur votre travail pour assister à la répétition.

Il sentit qu'elle était certes touchée qu'il soit resté, mais néanmoins quelque peu étonnée.

« C'est la première fois que vous écoutiez de l'opéra?

– Oui. Je me souviens que ma grand-mère m'avait emmené une fois au théâtre de Limoges voir *Là-haut*, une opérette. À Limoges on recevait des troupes venant de Paris. Au-dessus de l'affiche il y avait toujours inscrit " Immense succès ". Même quand il ne venait personne. »

Elle sourit de nouveau. Leurs pas résonnaient maintenant dans l'étroit passage protégé des chutes de neige qui longeait le théâtre.

« Je n'ai pas tout saisi, avoua-t-il. Étiez-vous la fille du boyard ou celle d'Ivan le Terrible?

– Vous ne pouviez pas comprendre sans le premier acte que nous avons répété hier, lorsque Fédia n'était pas là! Je suis en effet la fille du tsar. Il a été jadis amoureux de ma mère, et plus que cela, comme vous voyez.

– Ah! fit-il. La gamine... »

Était-ce l'obscurité qui tombait, mais il avait

moins que tout à l'heure la crainte d'être surpris en sa compagnie.

« En attendant Chaliapine a raison, reprit-il. Le jour où vous vous faites attaquer par les *bezprizornye*, il faut qu'on s'occupe de vous jusqu'à la fin de la journée. Vous n'allez pas rentrer maintenant seule dans votre chambre !

– Et où voulez-vous que j'aille ?

– Eh bien, je ne sais pas, moi... dans quelque *pivnaïa...* »

Il s'entendait parler comme si c'était un autre que lui-même qui proposait cette invitation. Elle esquissa un geste circulaire comme une sorte de constat désolé.

« Mais où, mon pauvre ami ? Vous vous croyez sur les boulevards ?

– Vous savez, je n'y suis pas revenu depuis 1916. Comment s'appelaient donc ces petits restaurants de poisson si particuliers à Petrograd, paraît-il ?

– Oh ! les *traktiri...* Ils sont tous fermés. La Néva regorge sûrement de poisson, mais on a interdit la pêche privée, alors...

– J'ai entendu dire en tout cas que l'on pouvait boire du kvass à la Maison des arts, sur la Moïka. »

Elle allongea le pas comme si elle ne voulait pas en entendre parler.

« J'y suis allée une fois cet automne et l'on ne m'y reprendra plus ! C'est une ancienne banque dont ils n'ont même pas songé à balayer le sol. Les ampoules pendent au bout des fils. Le parquet est encore jonché de papiers, d'inventaires, de chemises, de quittances. Figurez-vous que j'y ai même trouvé une facture de mon ancienne modiste !

– Mme Lepage. »

Elle s'arrêta net.

« Oui, Mme Lepage ! Comment le savez-vous ? Votre mère allait chez elle ? »

Il haussa les épaules.

« Je l'ai rencontrée à l'Asile de France et elle m'a raconté qu'elle avait pour clientèle tout ce qui comptait dans la ville. Je ne m'avançais donc pas beaucoup...

– Mais qu'alliez-vous donc faire à l'Asile de France ? Visiter des parents ?

– Vous tenez absolument à me donner une famille !

– Oh non... Moins vous aurez de proches dans cette ville mieux ce sera. Vos malheureux compatriotes ! Piégés ici par une révolution qui n'est pas la leur, et qui leur a néanmoins tout pris. »

Maurice se sentit de nouveau agacé par son ton compatissant, mais il avait aussi le sentiment qu'il ne lui fallait pas tenter d'éclairer cette zone indécise qui pour quelques instants encore les reliait davantage qu'elle ne les séparait. La précarité de leur relation, son impossibilité à pouvoir la prolonger lui serrèrent pourtant la gorge. « Tout cela aura duré si peu, si peu, pensa-t-il ; et j'aurais dû l'écourter encore davantage. »

Elle le regarda du coin de l'œil.

« Qu'est-ce que vous marmonnez dans votre barbe ?

– Vous êtes pourtant bien placée pour savoir que je suis rasé de frais ! À ce propos vous pourriez suggérer à Lebovski de placer une affiche de vous dans son salon.

– Lebovski fait partie du soviet du théâtre, répondit Elena. Il ne fait donc pas partie de mes relations. »

Elle marchait d'un pas tranquille comme si elle cherchait elle aussi à faire durer leur promenade et à retarder le moment où ils allaient devoir se quitter – cette fois pour de bon.

« Si je me rendais à l'Asile de France, c'était pour remplir des inventaires, reprit-il sans donner davantage de précisions.

– Sans doute avez-vous rencontré la directrice?

– Mlle Morel? Oui, bien sûr. Il est difficile d'aller dans la maison sans la voir, n'est-ce pas... Pourquoi, vous la connaissez?

– Je pense bien! Elle était jusqu'à la guerre professeur de français à Smolny, quand c'était encore une institution respectable et non un repaire de bolcheviks; à ce titre, toutes les jeunes filles de la bonne société ont bénéficié de son enseignement à un moment ou à un autre. Tout le monde parlait français, vous savez, sur la Millinaïa ou dans l'Arbat. Relisez entre autres les dialogues de certains de nos grands classiques, la moitié est dans votre langue! Alice Morel avait même été quelque temps répétitrice de français de l'une des grandes-duchesses, ajouta-t-elle.

– Ah bon? s'étonna-t-il.

– La grande-duchesse Maria, je crois. En tout cas, elle me l'a appris à moi, ce qui a eu une importance considérable sur ma carrière. Pour lui montrer que je m'en souvenais, je suis d'ailleurs allée chanter une ou deux fois pour ses pensionnaires. Ils me demandaient de vieux airs comme " Plaisir d'amour " ou la " Chanson de Magali " de Mireille. Ils étaient si content de m'entendre en français qu'ils reprenaient en chœur et rajeunissaient à vue d'œil. Certains avaient pourtant écouté Pauline Viardot!

– Si vous chantez aussi bien le français que vous le parlez, je les comprends! »

Elle parut flattée du compliment.

« C'est que je me sens toujours à l'aise lorsque je

chante dans votre langue. Songez que ma vocation m'est venue à quatorze ans en écoutant un cylindre de Nellie Melba dans le trio final du *Faust* de Gounod ! Elle avait une voix qui allait du si bémol au fa. " Anges purs, anges ra-di-eux ", chantonna-t-elle à voix presque basse. Ce que j'ai pu pleurer en écoutant cela... »

Elle regardait vers le ciel comme si elle suivait vraiment les légions d'anges voletant dans le couchant.

« Ensuite, l'un de mes premiers rôles a été celui d'une esclave dans *Thaïs* de Massenet, à l'opéra de Kiev ; et c'est à Monte-Carlo, dans le *Don Quichotte* du même Massenet, que j'ai rencontré pour la première fois en 1910 Fédor Chaliapine qui chantait le rôle titre. Mais je vous embête...

– La partenaire de Chaliapine chante pour moi tout seul dans cette rue déserte, et vous voudriez que ça m'embête ? »

Elle ne répondit pas.

« Vous avez de la chance de chanter avec lui sur scène, non ?

– C'est vrai qu'il a tout : le souffle, la clarté et l'homogénéité du timbre dans la tessiture grave, l'aisance dans l'aigu, la présence sur scène... C'est ici que j'habite, s'interrompit-elle brusquement en lui montrant l'entrée d'un immeuble. Et là encore c'est grâce à lui. »

Elle s'était réfugiée dans l'embrasure de la haute porte sévère, comme pour le dissuader d'aller au-delà.

« Sans son appui, jamais je n'aurais pu trouver une pièce dans cet appartement si près du théâtre ! C'est celui d'un ancien sénateur... Bien, ajouta-t-elle, vous vous êtes parfaitement acquitté de la mission qu'il vous avait confiée.

– Vous n'étiez donc pas là avant ? demanda-t-il pour tenter de gagner du temps.

– Autrefois je demeurais dans l'île Vassiliev avec mon mari.

– Je ne savais pas que vous étiez mariée...

– Je suis seule maintenant, précisa-t-elle sans émotion apparente.

– Il est mort ? »

Maurice s'en voulut tout aussitôt d'une question si abrupte.

« Il est de ceux dont on n'a plus de nouvelles..., répondit-elle d'une voix sourde. Mais nous étions déjà séparés quand il a disparu. »

Il n'insista pas – à quoi cela aurait-il servi, d'ailleurs : elle s'était déjà reculée dans la pénombre lorsqu'un ultime rayon de lumière cristalline se glissa dans le prolongement de l'Offitsierskaïa pour venir la débusquer comme au fond d'une niche de statue, modelant avec douceur les hauts méplats de son visage et ciselant le contour de son petit nez rosi de froid. Un rire nerveux échappa à Maurice. Comme elle le fixait sans comprendre, il lui désigna la porte close.

« Et vous, vous trouvez qu'il faut le dire avec violence ou avec douceur ?

– Quoi donc ?

– “ *J'entre, ou je n'entre pas ?* ” »

Elle demeura un instant interloquée.

« C'est tout résolu. Vous n'entrez pas. »

Il soupira.

« Pas de pivnaïa, pas de traktir, pas de Maison des arts, je me retrouve dans la rue, et vous à geler là-haut... Quelle soirée ! Et que faire maintenant pour la sauver ?

– Je ne vois qu'une chose : me dire gentiment au revoir.

– Si je prends votre main, je vous préviens, je ne la lâche plus. »

Elle ne put s'empêcher de rire – gaiement, cette fois.

« Je vous autorise simplement à vous exclamer avec une tendre sollicitude, comme Rodolphe au premier acte de *La Bohême* : “ *Que gelida manina* : cette petite main glacée ”...

– J'irais bien jusqu'à la réchauffer... », murmura-t-il.

Visiblement sur ses gardes, elle le dévisagea d'un air hésitant.

« Et si je vous préparais cette décoction qu'on s'obstine par habitude, manque d'imagination, dérision, ce que vous voudrez, à appeler du thé ? proposa-t-elle avec un entrain inattendu. Je n'ai malheureusement rien d'autre à vous offrir, car j'ai fini ma ration ce matin. Après, vous partirez, promettez-le-moi.

– Je vous promets. Et je suis ravi de boire quelque chose de chaud.

– Attendez d'avoir bu ! Chacun ici a sa recette. La mienne est à base de paille bouillie et de fanes de carottes séchées.

– Va pour les carottes », dit-il.

Au moment où elle tournait la clé, l'idée l'effleura brusquement qu'elle était peut-être une provocatrice et qu'on l'avait placée à dessein sur sa route pour l'éprouver. Cela lui sembla tout aussitôt absurde; au moment d'entrer, il risqua néanmoins un coup d'œil en arrière : la longue rue enneigée était déserte.

L'appartement du sénateur occupait le premier étage au-dessus de l'entresol. Lorsqu'elle eut poussé la porte, elle lui fit signe de garder le silence et le précéda à tâtons à travers un vestibule qui lui sembla vaste comme une galerie, puis le long d'un étroit corridor sur lequel s'ouvraient les portes des chambres. Il se remémora un instant les couloirs qu'il avait arpentés depuis son arrivée à Petrograd. Celui de l'Astoria aux tournants inattendus, troublé par le fracas des machines à écrire et malgré tout égayé par la présence de la dejournaïa dans son réduit; celui, clair et glacé, de l'Asile de France où il entendait encore le froufrou de la longue jupe de Mlle Morel glissant sur le sol dallé; celui du Marienski enfin, tapissé de velours rouge et râpé comme dans un cabaret minable, où d'évanescentes danseuses apparaissaient au son lointain d'un piano mélancolique devant l'officine d'un barbier contrefait.

« Ce devait être la chambre du fils aîné, chuchota-t-elle en le faisant entrer dans une pièce à haut plafond. On dirait qu'il vient de partir. »

Elle alluma une lampe à pétrole. Les murs étaient recouverts de photographies d'automobiles et de chars d'assaut; elle n'avait en effet rien changé à cet environnement de jeune homme.

« Ce jeune homme avait du goût pour la mécanique, constata Maurice.

– Attention à votre tête », le prévint-elle.

Rendant tout déplacement dans la pièce fort malcommode, un long tuyau de fer-blanc la traversait en diagonale pour aboutir à un petit poêle de faïence disproportionné.

« Quelle installation! s'exclama-t-il.

– Elle date de l'époque où le directeur du soviet du théâtre nous avait affirmé que les artistes de la troupe auraient droit chaque mois à quelques paniers de bûches...

– Si j'en juge par la température, vous attendez toujours!

– Oh ! On n'attend même plus le bois, dit-elle d'un ton résigné, mais la paperasserie qui permettra un jour d'en obtenir. En fait, ce sont eux qui espèrent qu'on se décourage. Moi qui détestais jadis allumer le feu ! Maintenant je saurai. »

Comme s'il ne devait rester que quelques instants, Maurice choisit la chaise la plus inconfortable et laissa son regard errer autour de lui. Près du lit d'Elena des cartes étaient étalées sur un guéridon pour une patience, et seul un gramophone posé à même le plancher rappelait son métier de musicienne. Elle préparait la décoction avec de petits gestes précis et mesurés de ménagère qui auraient pris tout leur poids de quiétude et de confort s'il n'avait fait un tel froid dans la pièce. Lorsque la bouilloire chanta, elle remplit une tasse du pâle liquide, y ajouta un morceau de sucre grand comme la moitié d'un ongle qu'elle sortit précautionneusement d'un sac de papier et la lui tendit. Maurice but, mais ne put s'empêcher de faire la grimace.

« Au moins c'est chaud », reconnut-il en affectant un ton guilleret.

Avec prévenance elle se leva pour lui prendre la tasse des mains, et dans ce mouvement trébucha contre le guéridon. Il la vit alors vaciller, chercher à se rattraper au tuyau du poêle puis s'affaisser lentement sur le tapis et heurter le pavillon du gramophone. Il se précipita et s'agenouilla près d'elle. Toujours vêtue de son lourd manteau, elle demeurait étendue sans mouvement, les yeux révulsés, de grands cercles noirs dévorant ses joues livides. Il remarqua que quelques glaçons étaient encore accrochés à son chignon défait et les lui retira, puis voulut l'aider à se redresser.

« Elena, s'écria-t-il en la secouant. Elena ! »

Les cartes à jouer s'étaient éparpillées autour

d'elle. Il lui tapota la joue et essaya avec la cuiller d'introduire un peu de liquide chaud entre ses dents serrées. Elle finit par tousser et ses lèvres remuèrent sans qu'elle puisse proférer un son.

« J'ai froid, balbutia-t-elle.

– Essayez de vous étendre, je vais vous couvrir avec ce dessus-de-lit. »

Elle lui lança un regard éperdu comme si elle ne le reconnaissait pas.

« Du sucre, réclama-t-elle dans un souffle.

– Je vais aller en chercher à l'As... Je veux dire chez moi.

– Dans la boîte », chuchota-t-elle.

Il souleva le couvercle et découvrit trois petits paquets tout préparés. Chacun contenait un minuscule morceau semblable à celui qu'elle avait mis dans sa tasse. Il les lui glissa tous les trois dans la bouche. Elle ne chercha même pas à les croquer, mais les laissa fondre, puis aspira lentement comme si elle revenait à l'air libre. Il parut rassuré.

« Ça a l'air d'aller mieux. Vous reprenez des couleurs.

– Pardon de vous avoir donné... ce spectacle... Tourner de l'œil à peine arrivée...

– Il faudrait que vous mangiez encore quelque chose. »

Elle secoua la tête.

« Je n'ai plus rien, j'ai fini ma ration ce matin. Vous comprenez, il fallait que je recouvre un peu d'énergie avant la répétition. »

Sa voix était encore fragile et comme assourdie.

« L'autre jour, c'est moi qui ai failli... me trouver dans votre position, reprit-elle après un silence. Alors que Ivan Serguéiévitch, mon amant d'opéra, m'appelait " ma reine des nuits " tout en lorgnant sur le repas factice du tsar, j'ai vu tout à coup son visage devenir aussi blanc qu'un pain de Pâques ! Il a eu une faiblesse et c'est Fédia qui a dû le soutenir et le raccompagner en coulisses. Quant à moi, je sens qu'à tout moment un gouffre peut s'ouvrir sous mes pas.

– Et vous, Chaliapine ne vous vient donc pas en aide ? s'étonna Maurice.

– Oh ! Si... Sans lui, je ne serais plus là. Mais il a une famille à sa charge, et il est de plus en plus mal vu... Je ne peux tout de même pas lui demander secours chaque jour. Là, j'attendais de ne plus rien avoir pour l'appeler à la rescousse.

– Je vais aller vous chercher de quoi vous ravitailler, au moins ce soir », dit-il en se levant.

Elle le retint du geste.

« Vous ne pouvez rien faire, vous n'avez que votre paiok comme tout le monde, et il n'est pas question que vous vous priviez pour moi ! Il n'y a que ceux qui ont une situation officielle qui peuvent obtenir quelque chose !

– Je sais bien...

– Mais vous devinez bien que, si vous aviez une situation officielle, vous ne seriez pas chez moi. »

Il eut une moue fugitive. Elle traversa la pièce pour s'asseoir dans un fauteuil près de la fenêtre, puis serrant les épingles dans sa bouche s'appliqua à rattacher son chignon.

« Il y a tout de même une chose que je ne parviens pas à comprendre. Une artiste comme vous, chantant sur une prestigieuse scène de l'État, titulaire des plus grands rôles... Je ne peux croire que vous soyez à ce point démunie de tout. Car de deux choses l'une : ou bien on arrêtait le théâtre, ou bien on le gardait en dépit de ce qui se passait. Mais à partir du moment où l'on avait opté pour la deuxième solution, il fallait donner aux artistes le moyen de l'exercer! »

Elle leva vivement la tête.

« Vous n'y êtes pas! Vous savez ce qu'un nommé Rakhya, qui occupe je ne sais quel poste haut placé au commissariat à l'Éducation, a sorti l'autre jour à Fédia? " À vrai dire, vous, les acteurs, on devrait vous supprimer car vous parvenez à attendrir le cœur des révolutionnaires qui devrait être dur comme de l'acier. Le talent c'est l'inégalité. Il ne peut être toléré. " Voilà ce qu'ils pensent, tous ceux qui se gobergent à l'Astoria ou à Smolny! J'espère que vous n'aurez jamais à les rencontrer, mais vous verrez qu'ils s'expriment tous comme ce Rakhya. »

Maurice se sentit pâlir. « Quand elle va apprendre que je suis parmi ceux qui se gobergent, comme elle dit. Ceux qui boivent du vrai thé... »

« Elena, commença-t-il.

– Soyez gentil, interrompit-elle, donnez-moi donc cette cape de velours qui est sur le fauteuil. »

Elle lui désignait ce qu'il avait pris pour un dessus-de-lit. Au fond satisfait de la diversion, il se leva aussitôt.

« Vous l'avez portée sur scène? demanda-t-il.

– C'est ma cape dans le rôle d'Emma de *La Khovantchina*. Je l'avais apportée ici pour la repriser. »

Elle quitta son fauteuil et vint s'allonger sur le lit, puis, immobile comme une gisante, laissa Maurice la recouvrir des lourds plis brodés.

« Certaines fois, je reste comme cela pendant des heures, poursuivit-elle. J'ai l'impression d'être si légère que je songe que mes traces ne se verront même plus dans la neige. Dire qu'en 1911 on m'a refusé le rôle de Sophie pour la première à Hambourg du nouvel opéra de Strauss, *Le Chevalier à la rose*, parce qu'on me trouvait trop grosse! Quand on m'a finalement préféré Élisabeth Schumann, je n'en ai pas dormi pendant des nuits...

– Ne parlez pas trop, coupa-t-il. Vous êtes encore très pâle.

– J'étais une bonne chanteuse, vous savez. Mais c'est un métier où il faut être bienveillante avec soi-même. On ne peut pas se faire tout le temps violence... »

Maurice croisait et décroisait nerveusement les jambes.

« Cela plairait à Fédia, remarquez, de me voir jeûner. Non, je plaisante, bien entendu. Il m'a souvent répété avant les événements que je mangeais trop; il voulait que je sois comme la princesse de la mer de *Sadko*, diaphane et insaisissable telle une algue. Mais je n'avais jamais pu me discipliner. Quand je pense qu'un soir avant la guerre, au restaurant Cuba, j'ai commandé une poire importée de France qui valait dix roubles-or! Comme cela, par coquetterie... Si on m'avait prédit qu'un jour j'en serais à penser tellement au sucre et au beurre que j'en oublierais Mozart et Moussorgski!

– Je vais vous laisser dormir, murmura-t-il en se levant.

– C'est parce que je suis si souvent seule à ne parler à personne que je deviens volubile dès que j'ai une visite, expliqua-t-elle.

– Parce que vous en avez beaucoup, de visites? »

Elle haussa les épaules.

« Des visites... Tout dépend du sens qu'on donne à ce mot! Mais qui parle encore d'amour dans cette ville, de toute façon? Si vous aviez vu ce qu'elle était autrefois! Maintenant il fait trop froid dans les intérieurs, et les gens ne se déshabillent même plus pour dormir. D'ailleurs les hommes sont devenus impuissants. Quant aux femmes, elles n'ont même plus leurs... »

Elle s'interrompit et il lui sembla qu'un peu de rougeur lui montait au front. Maurice se sentait si mal à l'aise qu'un lourd silence s'installa entre eux.

« On entendrait un verre tinter en Finlande, chuchota-t-elle comme pour elle-même.

– Pourquoi en Finlande? interrogea-t-il, étonné.

– C'est une expression qu'on utilise par ici quand *un ange passe* dans la conversation, comme vous dites en France.

– C'est... c'est joli, bredouilla-t-il.

– Peut-être, mais croyez bien que cela perd tout charme lorsqu'on se demande si on la verra jamais, la Finlande. Ou la France. Ou n'importe quel pays au-delà de ce fichu delta. Lorsqu'on songe avec angoisse que le blocus pourrait vous obliger à rester à jamais ici, piégé dans ce trou à rats.

– Ça y est, vous recommencez! » lui reprocha-t-il.

Elle ramassa pensivement les cartes tombées sur le sol.

« Vous ne savez pas ce que c'est que d'être entouré de gens que l'écroulement du vieux monde a ensorcelés, continua-t-elle d'une voix douloureuse. Ne prencz pas cette tête-là : c'est le mot. Les bolcheviks ne dominent plus qu'un peuple de fantômes que la terreur a anesthésié. Comment voir les choses autrement quand on est lucide? Nous n'avons plus la possibilité de nous chauffer, de nous nourrir, de nous soigner. Songez que depuis trois ans la ville a perdu la moitié de sa population et que bientôt le froid, le typhus et la famine décimeront le reste; la ville ne sera plus alors qu'un immense décor vide sur lequel planeront les oiseaux de mer. »

Elle repoussa les plis de la cape et s'assit sur le rebord de son lit.

« Mais je ne veux pas que vous gardiez de moi le souvenir de quelqu'un qui remâche l'amertume et la rancœur. Je voudrais que vous sachiez au contraire que par votre seule présence, par l'aide que vous m'avez apportée, la patience que vous avez manifestée pendant la répétition, puis ici à me réconforter et à m'écouter, vous avez brisé la morne succession des jours glacés, oui, ensoleillé cette journée... Vous reviendrez? s'inquiéta-t-elle brusquement.

– Elena... Il faudrait absolument que vous sachiez que...

– Qui sait si au milieu de ce désastre, reprit-elle hâtivement comme si elle voulait une fois de plus l'empêcher de s'exprimer, nous ne pourrions pas... oui, sans rien connaître l'un de l'autre... nous réfugier dans une bulle d'oubli... d'oubli de ce qui nous entoure... et pourquoi pas, une bulle de bonheur! J'en ai faim et soif, plus encore que de beurre et de sucre. On ne peut pas chanter sans effusion et sans bonheur!

– Vous m'avez dit que l'amour avait disparu de cette ville! Alors, le bonheur...

– Cela vaut-il encore la peine de chanter dans ces conditions... C'est ce que vous vous demandez, n'est-ce pas? Cela a-t-il encore un sens de préserver un peu de beauté au milieu des rafles, des purges, des exécutions sommaires, du meurtre légalisé?

– Elena, laissez-moi à mon tour parler... du moins vous poser une question. Lorsqu'en octobre dernier Yudenitch est arrivé sous les murs de Petrograd en menaçant de ne pas laisser pierre sur pierre de la ville pour la punir d'avoir accueilli Lénine, vous avez tout de même dû être contente que l'Armée rouge arrive juste à temps! Non? »

Elle se retourna d'un seul mouvement.

« D'abord Yudenitch n'a rien dit de tel! C'est encore l'un des mensonges de leur propagande! Quant à l'annonce de son attaque sur Pétersbourg, si vous tenez à le savoir, mon cœur a palpité d'excitation et d'espoir dès que j'ai appris la nouvelle, comme il n'avait jamais battu pour aucun homme! J'aurais tout donné pour qu'il gagne – et j'ai déjà beaucoup donné : les Blancs ont en effet canonné sans trop de raison, uniquement parce qu'elle était sur la ligne de feu, la maison des bords de la Néva où mon mari Oleg et moi avions été si heureux jadis. Mais enfin cela m'importait peu à côté du fol espoir de Yudenitch reprenant Pétersbourg. Parce que c'était l'écroulement des bolcheviks et que, cela, nous en rêvions tous... »

Elle avait une voix à la fois véhémente et désenchantée qu'il ne lui avait pas encore entendue et qui, sans qu'il sût trop pourquoi l'exaspéra, alors que l'instant d'avant il était encore prêt à tout lui pardonner.

« Je ne vous comprends pas, ajouta-t-il. Ce retour des Blancs, c'était le retour de tous ces rapaces, ces oppresseurs dont l'obscurantisme et la cupidité avaient rendu la dictature du prolétariat inévitable! Savez-vous qu'il y avait déjà à Reval une bourse qui achetait et vendait les immeubles de Petrograd?

– Ça m'est bien égal, ce qu'ils pouvaient vendre ou acheter! Ces immeubles, ils les auraient sauvés... Regardez dans quel état ils sont, maintenant! En ce moment il y aurait à nouveau l'animation de naguère, on pourrait trouver de quoi se nourrir, se vêtir, se chauffer, se procurer du fil, des aiguilles, des médicaments contre la grippe ou la migraine... On serait sortis de ce cauchemar de rafles et de purges, on serait à l'heure actuelle débarrassés de ces inconscients qui s'imaginent pouvoir imposer le socialisme en fusillant les gens dans les caves... Ce monde où la Tchéka est partout présente, où des personnages comme Zinoviev, Kirilenko ou Bakaïev tissent leurs forfaits dans la pénombre des geôles, où l'on apprend que des centaines de prisonniers graciés par Lénine sont exécutés la nuit précédant l'arrivée du décret dans notre malheureuse ville...

– Qu'est-ce que c'est que cette histoire?

– Eh bien, informez-vous, si vous le pouvez, et ne faites pas cette tête! Pardon d'être une si mauvaise... comment m'appeliez-vous, ce matin?

– Je ne sais plus, répliqua-t-il sèchement.

– Grajdanka. Eh bien! Citoyenne de cet État-là, non merci; plutôt mourir de faim. »

Elle avait ouvert l'armoire et rangeait la tasse qu'elle lui avait offerte.

« D'ailleurs, Yudenitch aurait dû gagner, reprit-elle. Le drame pour nous, c'est que Trotski avait installé des canons sur les arrières de ses propres troupes pour les empêcher de se replier.

– L'Armée rouge poussée par ses propres armes! s'indigna-t-il. Ça, c'est le bouquet. J'ai combattu dans ses rangs, vous comprenez, et je ne peux accepter ce genre de...

– *Quoi?* » fit-elle.

Elle avait presque crié. La colère de Maurice tomba aussitôt.

« Je croyais que vous aviez deviné, murmura-t-il d'un ton presque attristé. J'habite cet Astoria que vous semblez tant abhorrer, lui et ses résidents. »

Elle resta pétrifiée.

« Je ne vous crois pas, finit-elle par répondre

d'un air égaré. Vous n'avez rien de... Vous ne ressemblez pas à l'un d'entre eux. Vous êtes généreux, chevaleresque... Vous disiez tout à l'heure que mon chant vous avait réchauffé le cœur... Est-ce un langage de bolchevik ? Et, d'abord, comment un Français pourrait-il avoir de telles responsabilités au sein du parti bolchevik... »

De nervosité il laissa tomber ses gants, puis les ramassa.

« Tout cela est ma faute, soupira-t-il. Je savais que ça finirait comme cela. Je n'aurais jamais dû accepter de me rendre chez cet affreux gnome de barbier.

– En tout cas, c'est bien la preuve que vous ne vivez pas à l'Astoria ! À l'Astoria n'importe qui peut trouver de quoi se raser. Il n'y a que les Rouges importants qui y vivent, et vous pensez qu'ils ont tout ce qu'il leur faut !

– Ne croyez pas ça. On y mange moins bien que vous ne le pensez. La seule chose que j'apprécie dans cette grande baraque est qu'on n'y a pas trop froid. Quant à l'importance que vous m'accordez... j'en ai peut-être juste assez pour vous apporter subrepticement un peu de vrai thé et de sucre. »

Sans répondre elle secoua la tête, puis s'approcha de la fenêtre.

« Enfin, ne réagissez pas ainsi. Je ne suis pas un monstre ! s'écria-t-il comme pour briser son silence. Je n'ai pas de sang sur les mains. Je m'occupe du séquestre des biens français, vous ai-je expliqué ; Mlle Morel pourra vous le confirmer !

– Partez, dit-elle doucement. Allez-vous-en. »

Il resta immobile. Il le savait bien qu'un moment de cette journée passerait par cette injonction. Mais il ne pouvait s'y résoudre. Pas comme ça. Pas avec ce chignon défait pour dernière vision d'elle.

« Le seul sang que j'aie jamais versé, c'est le mien! Et croyez-le ou non, c'était pour une belle et noble cause! Vous oubliez un peu vite ce qu'il y avait d'absolutisme et de barbarie dans ce régime que nous avons renversé! D'ailleurs, sauf dans cette vieille ville réactionnaire qu'est Petrograd, vous ne trouverez personne pour le regretter! »

Parvenu à la porte, il se retourna. Elle se tenait debout près du guéridon sans le regarder, et un pan de sa jupe soulevé par le pavillon du gramophone découvrait unc cheville si blanche et si fine qu'il eut envie de se précipiter à ses pieds pour faire retomber l'étoffe ou pour se faire pardonner.

« Vous savez, moi aussi, je me suis réjoui de notre rencontre, reprit-il. Je vous ai admirée tout à l'heure quand vous étiez sur scène. Pour vous revoir, j'étais presque décidé à vous mentir, ce qui aurait d'ailleurs été inutile, puisque Mlle Morel vous aurait de toute façon révélé qui j'étais; mais enfin j'étais prêt à le faire, ainsi qu'à vous déposer quelques vivres en cachette, pris sur ma ration, pour que vous n'ayez plus de défaillance... Mais cette histoire de canon, cette fois c'est trop!

– Puisque je vous ai dit que je l'ai *vu*, répéta-t-elle d'une voix têtue.

– Si vous avez vu cela, c'cst que vous avez des hallucinations!

– Oui, sans doute la faim, c'est bien connu...

– Oh! Je n'ai que faire de votre ironie! J'ai bien remarqué comment vous haussiez les épaules lorsque je parlais des vivres que je pourrais vous apporter! Plutôt crever que d'accepter quoi que ce soit d'un Rouge, n'est-ce pas? Plutôt tourner de l'œil que d'accepter le sucre empoisonné du camarade Pennetier ! Eh bien, crevez, grajdanka, crevez donc ! Vous voulez que j'ajoute quoi ? Si j'avais su comment allaient tourner les choses, je ne serais même pas intervenu ce matin, car ces poux, vous les méritiez !

– C'est vraiment mieux que vous partiez », dit-elle doucement.

D'un coup de pied furieux, il heurta le tuyau dans un dérisoire fracas de ferblanterie.

« Quand je pense qu'il y a cinq minutes je voulais le réparer ! Maintenant j'aimerais tout casser, ici ! Sous vos airs de vierge plaintive, vous n'êtes qu'un bloc de rancœur et d'aveuglement ! Vous ne comprenez rien à ce qui se passe, et à vous plaindre ainsi sans cesse vous n'avez même pas la dignité des vieillards de l'Asile de France ! »

Si encore elle lui avait répondu, ou – mieux encore – l'avait poursuivi tout au long du couloir en lui lançant des imprécations comme l'avait fait la vieille mendiante, il aurait pu revenir en arrière, réagir, s'expliquer, attendre que sa propre colère retombât au fil des mots... Mais elle le laissait partir dans l'indifférence, muette, absente comme elle l'était sur la scène, absorbée par son jeu de patience comme s'il n'y avait plus que cela au monde qui pût l'intéresser – leur rencontre déjà oubliée, enfouie sous la neige des jours, ne méritant même pas de servir au beau titre de souvenir... Une bouffée de haine froide lui monta au visage comme à Odessa lorsqu'il s'était un jour colleté avec un marin français qui lui avait déchiré son tract sous ses yeux ; aussitôt suivie d'un sentiment d'échec sans espoir et sans recours, et de l'immense regret de n'avoir pas trouvé le moyen de rester ni eu les gestes pour effacer ce qu'il venait de dire sous l'empire du dépit et de la colère – et il se retrouva dans la rue tout tremblant, bredouillant des mots incohérents, sans même se souvenir d'avoir retraversé l'appartement ou redescendu l'escalier.

II

5

« T'ES pas fatigué, Émile? » demanda Maurice en se penchant.

On avait calé le vieil anarchiste sur un fauteuil spécialement apporté du jardin de Tauride.

« Y avait si longtemps qu' j'voulais l'voir et l'écouter c't'Ilitch! » répondit-il.

Il sourit de sa bouche édentée.

« L'imprimeur d'cartes postales, il avait pas les mêmes raisons que moi de t'nir, hein? Pauv'gars.

– Pense pas à lui, Émile! C'est toi qui représentes le groupe aujourd'hui. T'as jamais été plus beau depuis le jour de ta communion.

– C'te p'tite arpète d'Édith, décidément, c't'une fée.

Cela faisait deux jours qu'Édith Lepage le pomponnait tout en lui murmurant à l'oreille qu'il ne méritait pas un tel traitement – du moins pas pour cette occasion-*là*. Lavé, rasé, parfumé, habillé d'une veste de drap à laquelle était encore attachée (elle s'en était aperçue à temps) l'adresse d'un teinturier de la Grande Morskaïa, il semblait presque gêné de se sentir si propre.

« Où est not' bannière? demanda-t-il à Maurice.

– Elle est là, Émile. Tu n'auras qu'à l'agiter au moment où Zinoviev passera.

– Qui c'est? C'lui qu'j'attends, c'est Ilitch.

– Je sais, Émile. Mais le camarade Zinoviev viendra te saluer. Il salue les représentants des groupes, c'est dans son programme.

– En tout cas, j'veux pas saluer l'Guilbeaux, hein! Dis donc, ils jactent quoi autour de nous!

– Comment veux-tu que je te réponde. Écoute plutôt la liste des langues représentées aujourd'hui : kalmouk, yakoute, karapalkak, komi, tchouvache, abkhaz, kirghiz, turkmène, azeri, et je t'en passe des dizaines.

– Je les changerais bien cont' un peu d'français d' France, avoua Émile.

– C'est vrai que je ne sais pas où ils sont, nos compatriotes! s'étonna Maurice. Peut-être au buffet des délégués.

– J'espère qu'ils en laisseront pour ma p'tite arpète! J' lui ai promis du caviar, à Édith, et aux autres de l'oie rôtie. T'as planqué l'sac?

– Te fais pas prendre quand même! Ça la ficherait mal pour le groupe. Déjà qu'on n'est pas beaucoup... »

Émile haussa les épaules.

« T'inquiète pas, ils y verront qu'du feu, ils sont trop occupés à bâfrer. »

Il regarda à la dérobée Maurice debout à son côté.

« Toi aussi t'es fringué comme un prince! Un rien flambard pour un bolcho, ton costard, mais, bon... avec cette chaleur! D'où est-ce qu'il vient! »

Maurice entrouvrit la veste.

« " Sandouchi, Pera-Constantinople ", lut-il. Il appartenait à un parfumeur qui venait chaque été à Piter. La dernière fois que je me suis sapé comme ça, c'est quand j'étais témoin au mariage de mon frère, en 1912.

– Quand même, t'as eu le nez creux d'faire ouvrir les malles! L'Alice voulait pas, hein?

– Elle a changé d'avis depuis...

– Et ton canotier! Pourquoi qu't'as pas mis ton canotier? Tu ressemblais à un vrai barine quand t'l'as essayé hier!

– Parce quand même, murmura Maurice. Oh! Mais je crois que les voilà. »

De l'arrière du château d'eau provenaient des bruits de moteurs, bientôt recouverts par une houle d'acclamations. Débarquant groupe après groupe de la noria des camions pétaradants qui les amenaient de Smolny, la foule des délégués s'avançait maintenant sous le soleil entre deux rangs de komsomols enthousiastes qui brandissaient des bannières et des calicots à la gloire de la IIIe Internationale et du IIe Congrès. Vêtus de leurs costumes nationaux, ils passèrent sans s'arrêter devant l'enceinte où se pressaient les représentants des groupes communistes nationaux plus sobrement mis, puis en une joyeuse bousculade entrèrent de plain-pied dans la salle des Colonnes. Certains paraissaient ahuris, d'autres en proie à une exaltation qui les poussait à applaudir la foule qui les acclamait. La façade du palais avait été fraîchement recrépie en un jaune vif et gai qui semblait refléter l'allégresse générale. Peu après un convoi de limousines à fanion s'immobilisa le long du péristyle. Entouré comme à son habitude de trois ou quatre porte-serviettes au visage fermé, du gros Bakaïev et de Victor Serge plus blafard que jamais, Zinoviev venait d'arriver. Étrangement habillé d'une redingote noire agrémentée d'une lavallière, il commença à se faire présenter par Victor les émissaires des groupes communistes nationaux.

Lorsqu'il passa devant Émile, il marmotta quelques mots.

« " Salut, l'ancien ", traduisit Victor Serge.

– Qui c'est ? s'enquit Émile.

– Voyons, je t'ai expliqué, le camarade président de l'Internationale communiste, souffla Maurice. Il ne peut pas quitter son fauteuil, expliqua-t-il à Zinoviev comme pour l'excuser.

– On ne peut pas dire que le représentant de ton groupe soit l'avenir du parti, lança ce dernier à Maurice.

– Il en est en tout cas la mémoire et la gloire, rétorqua Maurice d'un ton grandiloquent. C'est un ancien communard...

– Ah ! C'est donc lui ! » s'exclama Zinoviev.

Sans un mot il s'inclina et lui donna l'accolade. Émile rosit de plaisir.

« Est-ce que Lénine pourra me faire la même chose ? » s'inquiéta-t-il.

Victor Serge éclata de rire et Maurice le vit traduire la requête du vieil *escargot de rempart* à l'oreille de Zinoviev qui eut une moue incrédule.

« On lui fera la commission, assura ce dernier en le quittant.

– Si Ilitch m'embrasse sur la joue, assura Émile, j't'assure que ma p'tite arpète d'Édith, elle est pas près de m'débarbouiller de nouveau. Il va le faire, tu crois ?

– Écoute, j'espère, mais être embrassé par Zinoviev, ce n'est déjà pas si mal...

– J' m'en fous, moi, d' ce Zinoviev. Mais Lénine, tâche de lui demander, p'tit. Pour moi, y aura pas d'aut'occasion, t'sais. »

Quittant un instant le cortège officiel, Victor s'attarda avec Maurice.

« Sadoul et Guilbeaux sont arrivés, lui annonça-t-il à mi voix. Chacun de leur côté, bien sûr. Je te les envoie ?

– Pas Guilbeaux, surtout ! Émile nous ferait une attaque.

Le fauteuil de ce dernier vacilla soudain sous la poussée des délégués qui voulaient entrer tous ensemble dans le palais à la suite de Zinoviev, et il lui serra la main comme un enfant inquiet.

« Aide-moi, dit Maurice à Victor. Ils vont me le faire chavirer. »

À deux ils le transportèrent le long d'un mur de l'immense salle. Malgré la lumière du jour qui entrait à flots par double rangée d'arcades surmontées d'œils-de-bœuf, les lustres étaient allumés *a giorno*. La foule était maintenant très dense et plus encore que dans l'enclos des représentants des groupes, il lui sembla que l'on parlait une grande variété de langues et de dialectes. Non loin de lui, un grand Hindou longiligne et maigre à faire peur s'entretenait avec une sculpturale Anglaise qui paraissait nue sous sa robe légère.

« Mate la bergère, fit Émile, l'œil brillant.

– Je ne supporte pas ces femmes parfumées au patchouli et à l'opopanax », lança soudain en français une voix grêle et nasillarde.

Maurice leva la tête. Non loin de lui Sadoul dominait la cohue avec sa superbe habituelle.

« Déjà à Kiev, tu avais l'odorat délicat », rétorqua-t-il à son compatriote.

Celui-ci se retourna vivement.

« Oh ! Mais te voilà enfin ! Cela fait une demi-heure que je te cherche ! »

Les deux hommes se rejoignirent et se saluèrent sans réelle chaleur.

« Fichtre ! s'exclama Sadoul en l'examinant de la tête aux pieds. Un vrai gandin ! Il ne te manque que le panama !

– Tu connais le camarade Émile Husson? lui demanda Maurice.

– C'est vous que ce crétin de Guilbeaux a renvoyé?

– Lui-même, acquiesça Émile.

– Eh bien, l'ancêtre, je suis bien content de vous voir assister à cette grande journée, dit Sadoul tout en s'inclinant.

– Ancêt' toi-même, hé! » maugréa Émile.

Un peu surpris, Sadoul se redressa et se tourna vers Maurice.

« Je remarque que tu n'es pas beaucoup venu me voir, lors de ton passage à Moscou...

– J'étais convalescent, comme tu sais. Pour être franc, pas faraud.

– Tu préférais aussi ne pas te mouiller dans la guerre des clans!

– C'est vrai que voir des communistes français s'entre-déchirer me rendait encore plus malade que Tchitcherine ou Stassova. Quand on a eu les hordes de Petlioura aux fesses, on trouve cela encore plus dérisoire! »

Sadoul soupira.

« Tant que tu ne m'en rends pas responsable...

– J'ai préféré prendre du champ avant d'accuser qui que ce soit... Et encore si : je t'assure que je ne donnerai pas l'accolade à Guilbeaux. J'apprends qu'il travaille pour la Tchéka!

– Figure-toi qu'il en est à interroger des membres de l'ancienne Mission militaire dont nous faisions partie, toi et moi, lui confia Sadoul avec indignation. Il tourmentait l'autre jour un vieil ingénieur français ayant participé au chantier du Transsibérien, et tu sais – je l'ai appris par la dactylographe – ce que l'autre lui a répondu? " Moi, jeune homme, je me considère comme un bienfaiteur de la Russie et, à tout prendre, je préfère être à ma place qu'à la vôtre. "Ce n'est pas de la dignité, ça?

– Je trouve que c'est surtout triste pour Guilbeaux », dit Maurice.

Émile le tira par la manche.

« Quand vient Ilitch?

– Vous entendrez les vivats avant de le voir, grand-père!

– Oh! Mais y m'embête, çui-là! » marmotta Émile.

Sadoul ne put s'empêcher de sourire.

« À ce propos, tu sais que j'ai dîné avec lui au Kremlin, pas plus tard que la semaine dernière », raconta-t-il à Maurice

Émile le considéra, bouche bée.

« Quoi, Lénine... T'étais seul avec lui?

– On était quatre : ma femme, Kroupskaïa, lui et moi. Eh bien, tu ne devineras jamais ce qu'il m'a demandé : si on avait fini de percer le boulevard Raspail! Il adore évoquer ses années à Paris, avec noms de théâtres et de restaurants, petites adresses... Tu sais que c'était un sacré luron, côté jupons, ajouta-t-il en baissant la voix. Et je t'assure qu'à Moscou il y en a qui ne s'embêtent pas! J'ai connu des amis à qui il n'a jamais parlé politique... L'ennui c'est qu'il méprise la France. Il ne la croit pas capable de mener à nouveau une révolution.

– Y va m'embrasser? demanda Émile.

– Je l'espère bien, dit Sadoul distraitement.

– Ma banderole! s'écria soudain le vieil homme. La banderole du groupe. J'ai dû la laisser tomber pendant qu'vous m'baladiez.

– Tu la retrouveras, promit Maurice.

– Heureusement que j'ai l'sac pour faucher l'caviar au buffet!

– Crie-le plus fort, lui chuchota Maurice à l'oreille.

– Qu'est-ce qu'il raconte ? s'inquiéta Sadoul.

– Rien », dit Maurice.

De fraîches jeunes filles passaient entre les groupes en proposant des verres de kvass et l'une d'elles lui rappela la petite dejournaïa des premiers jours de son arrivée. Les délégués se montraient aussi à l'aise sous les stucs et les lustres du plafond qu'ils l'étaient il y a peu sous les lumignons des préaux et les chandelles des caves clandestines. Derrière les hautes fenêtres, les frondaisons incitaient à la flânerie, et la ville s'épanouissait dans une splendeur alanguie si éloignée de tout ce qu'il y avait connu au cours de l'effroyable hiver qu'il éprouva une pénible sensation de rêve éveillé : Piter ressemblait à une femme trop fardée cherchant dans la gloire du bref été à faire oublier sous de dérisoires cache-misère de longs mois d'épreuves et de décrépitude. Plus que jamais il eut l'impression que durant toute la durée du congrès, tant ici qu'à Moscou, les délégués seraient ainsi maintenus en vase clos, totalement éloignés des préoccupations de la population.

« Ça me fait penser aux membres du Comité de salut public de l'an III, qui dans Paris affamé mangeaient leur pot-au-feu tous les jours », fit-il soudain remarquer.

Sadoul parut surpris.

« Regarde-les, poursuivit-il avec une soudaine amertume, ils se nourrissent de caviar et d'oie, admirent des tilleuls centenaires à travers les fenêtres d'un palais, mais crois-tu qu'il y en aura un, un seul, pour rendre compte de ce que la population a enduré ? Peut-être Bakaïev, ajouta-t-il en manière de plaisanterie. On jurerait qu'il a maigri depuis quelque temps et il a en tout cas l'air de beaucoup s'agiter depuis cinq minutes.

– Bakaïev ! s'exclama Sadoul. Mais c'est un

homme qui ferait ricaner les poules, comme dirait Ilitch. En revanche... »

Profitant de ce qu'Émile semblait un instant s'assoupir dans son fauteuil, il attira Maurice à l'écart.

« En revanche, j'ai le sentiment que celui qui le manœuvre dans la coulisse ne fait rire personne, murmura-t-il. Tu as déjà entendu parler de... de qui je veux parler ?

– Celui qui a succédé en fait à Volodarski, l'ancien chef de la Tchéka, après son assassinat ? s'enquit prudemment Maurice. Eh bien... si tu veux mon opinion, c'est comme dans la Mafia sicilienne... Toujours un pour dissimuler celui qui est derrière, et encore un dans l'ombre de ces deux-là pour écouter ce qui se trame. Tu comprends que je n'ai pas trop envie de m'y frotter...

– On raconte en tout cas à Moscou que notre homme a la pleine confiance de Zinoviev, qui serait d'ailleurs le seul à le rencontrer...

– On prétend surtout ici que c'est son âme damnée, souffla Maurice en regardant autour de lui. On entend de drôles de choses, tu sais... Surtout depuis quelque temps.

– De quoi vous entendez parler ? demanda Émile en se redressant brusquement.

– Oh ! Mais on ne dort que d'un œil, grand-père ! lança Sadoul.

– Écoute plutôt ce qui se passe là-bas », recommanda Maurice en se penchant sur le vieil homme.

Issue d'un coin de l'immense salle, une rumeur s'enflait en effet peu à peu, bientôt suivie d'applaudissements nourris. Un remous fit tanguer de nouveau le fauteuil que Maurice dut protéger de la bousculade. Non loin d'eux, quelques bruyants

Tcherkesses vêtus de vestes brodées commencèrent à pousser des cris d'allégresse en désignant quelqu'un dans la foule. Suivant leurs regards, Maurice aperçut alors Lénine de profil qui se frayait lentement un chemin au milieu des délégués. À mesure qu'il avançait, un sillon se créait spontanément devant lui, qu'il s'employait à combler avec de petits gestes aimables, comme s'il trouvait dans la ferveur et le contact de cette foule la source d'énergie qui lui était nécessaire.

« Tiens, regarde-le donc, Émile », lui dit-il en l'aidant à se redresser.

Le regard écarquillé, le vieux communard se leva avec peine. Léger tel un sarment desséché, sentant à plein nez le benjoin dont Édith Lepage, explorant sans doute ses derniers trésors, l'avait aspergé le matin même, il laissait passer entre ses lèvres entrouvertes comme un râle d'émotion.

« J'le vois », chevrota-t-il.

Vêtu de son fameux veston d'émigré, Lénine avançait vers eux. Une fois de plus – était-ce ses pommettes de Kalmouk, son regard enjoué et même gai, ou la mobilité de ses traits –, Maurice constata combien il ressemblait peu à ses innombrables photographies.

« Appelle-le, appelle-le, qu'y m'voie », supplia Émile.

Maurice hésita à l'entraîner dans le sillage des Tcherkesses vers les remous du premier rang.

« Attendons, tu risques de tomber, ce sera plus calme tout à l'heure », lui suggéra-t-il d'un ton apaisant.

L'expression de déception du vieil homme lui serra le cœur.

« Oh! non, ne fais pas cette tête-là. D'ailleurs, regarde, il ne donne l'accolade à personne!

– C'qu'était fait était plus à faire », grommela Émile d'une petite voix.

Maurice remarqua qu'au seuil de la salle des séances Zinoviev s'était retourné, paraissant impatient devant la lenteur de la progression de Lénine et vaguement contrarié par son triomphe, comme si l'autre le lui volait. Puis les deux hommes se rejoignirent et disparurent ensemble, suivis par un flot de délégués qui se précipitèrent à leur suite.

« M'étonne pas qu'il ait du succès avec les femmes, marmonna Maurice d'un ton songeur. Tu te souviens, le jour du premier congrès panrusse, ajouta-t-il en saisissant le bras de Sadoul, lorsqu'une excitée...

– *Frantsuze*? l'interrogea un petit maigre à barbe noire qui portait une blouse serrée à la taille.

– Excuse-moi, camarade », s'exclama Maurice en le lâchant.

Mortifié que Sadoul l'ait quitté sans un mot, il chercha des yeux dans la cohue sa haute silhouette. « Il aura repéré quelqu'un de plus important que moi », pensa-t-il sans illusion. La foule se dirigeait maintenant vers la salle des séances, bruissante de conversations, de rires, de plaisanteries qui montraient à l'évidence l'excitation des délégués à l'idée d'écouter le premier grand discours de leur idole. Maurice et Émile suivirent calmement le mouvement.

« J'ai demandé à Victor Serge de nous réserver deux places près de la tribune, comme ça tu le verras bien, dit Maurice. Mais je dois auparavant aller revoir Pechkov pour qu'il s'occupe de ton retour. »

Émile parut soudain anxieux.

« Quoi, tu s'ras pas là après?

– Tu sais bien qu'après la séance j'accompagne

les délégués à la gare ! Tu auras donc pour toi tout seul une automobile qui te ramènera à l'Asile de France. Mais regarde plutôt la salle, au lieu de t'inquiéter : c'est celle de l'ancienne Douma. Ta place, je la vois d'ici. »

Victor avait bien fait les choses. Son siège, au deuxième rang, était désigné par une étiquette sur laquelle Émile se pencha, lisant lentement le texte à voix haute.

IIe Congrès de la IIIe Internationale
Délégué représentant le groupe communiste français
de Petrograd :

HUSSON Émile

Membre du Parti bolchevique
de la République socialiste fédérative des soviets russes
Héros de la Commune de Paris.

« C'est loin tout ça », conclut Émile en se laissant tomber sur le fauteuil.

Les rangs des délégués se remplissaient rapidement. Pour l'heure seuls étaient présents à la tribune Tsourioupa, avec sa barbe blanche, et Lounartcharski, le lorgnon en bataille.

« Je te quitte un moment, je reviens avant l'ouverture de la séance, annonça Maurice dès qu'il vit Émile installé.

– Si tu m'promets d'être là pour mes p'tites emplettes...

– Tes petites emplettes ? Ah ! Au buffet ! Eh bien... j'essaierai de te couvrir, mais ça m'étonnerait que tu aies besoin de moi », lui lança-t-il en clignant de l'œil.

Il sortit par une porte de côté, puis traversa en courant le parvis maintenant déserté. Une trentaine de camions ornés de pavillons et d'oriflammes, comme une escadre sous grand pavois, étaient parqués devant le château d'eau, et au milieu des chauffeurs en casquette de toile un petit homme rougeaud paraissait s'agiter beaucoup. Maurice se précipita à sa rencontre.

« Lev Igorovitch ! Cela fait deux jours que je te cours après, camarade !

– Où voulais-tu que je sois ? rétorqua Pechkov d'un air mécontent. Pendant que certains roucoulent avec les huiles, il faut bien que d'autres pataugent dans le cambouis !

– Tu sais très bien que je ne figure pas parmi les orateurs, répliqua vivement Maurice. Dis-moi... je suis venu te rappeler de faire conduire à l'Asile de France, après la séance d'ouverture, le vieux Français dont je t'ai parlé à l'Astoria. »

Pechkov leva les bras au ciel.

« Oh ! Alors, celui-là il tombe bien ! Il n'a qu'à prendre les camions comme tout le monde !

– Je t'ai déjà expliqué qu'il a quatre-vingt-onze ans, qu'à cause de son état de santé il était le seul des délégués à ne pas se rendre à Moscou et qu'il devait être raccompagné en automobile à l'Asile de France. »

Pechkov eut un geste d'impatience.

« Écoute, j'ai cinq cents personnes à transporter, des véhicules en rade dans tous les coins, et je ne fais pas de porte à porte !

– Mais enfin tu m'avais promis ! s'énerva Maurice.

– Peut-être, mais hier était un autre jour, camarade.

Il s'approcha d'un téléphone de campagne dont

il tourna rageusement la manivelle avant de reposer le combiné d'un air dégoûté.

« Incroyable! Avec un propousk trafiqué, les komsomols de Kulpino m'ont subtilisé deux camions pour les ramener dans leur trou perdu. Comme si ça ne suffisait pas, j'en ai deux autres en panne à la Préobrajenskaïa dont les conducteurs cherchent dans tout Piter des courroies de transmission. Je pourrais ramener tout le monde à la gare si je réquisitionnais les deux trams qui sont en réserve à la Sadovaïa, mais je ne peux joindre le dépôt au téléphone. »

Soudain son visage se figea et ses yeux se fixèrent sur Maurice.

« Tiens donc, fit-il. Donnant, donnant. Je réserve une automobile pour ton vieux pote, mais toi, également en auto, tu files à la Sadovaïa et tu m'expédies ces fichus trams.

Sans plus attendre, il griffonna un ordre de réquisition qu'il lui tendit. Interloqué, Maurice le regarda.

« Tu oublies que la séance d'ouverture va commencer!

– Il faudrait savoir ce que tu veux! Je te ramène ton représentant en carrosse particulier, mais toi tu me viens en aide. »

Maurice prit un air attristé.

« Excuse-moi, mais j'ai déjà donné cinq ans de ma vie – cinq ans, tu entends! –, abandonné ma famille, versé mon sang, appris ma condamnation à mort dans mon propre pays, tout cela pour voir et écouter Vladimir Ilitch aujourd'hui 19 juillet 1920 en ce lieu, dans cette atmosphère. Et parce que tu as oublié une promesse que tu m'avais faite, il faudrait que je rate cela?

– À ton aise », grogna Pechkov en lui tournant le dos.

Au moment de se plonger sous l'un des capots ouverts, il revint vers lui.

« Depuis l'assiette de soupe des premiers jours, j'ai pourtant prouvé que je te voulais du bien, non? Tu n'en as pas pour plus d'une demi-heure aller et retour! Comme tu sais, Zinoviev doit présenter Lénine, et tu seras largement revenu à temps pour le début de son intervention. »

Maurice soupira.

« Et que dois-je faire, arrivé au dépôt? interrogea-t-il de mauvaise grâce.

– Je te l'ai dit, il y a deux rames en réserve et deux conducteurs prévus à cet effet. Tu m'envoies tout ce matériel dare-dare à la caserne des Sapeurs par la Bolchaïa, la Nevski et la Zaamvenskaïa. Boltsev! » appela-t-il.

Une antique et massive 23 CV Renault, semblable à celles que Maurice voyait au garage de l'avenue du Maine lorsqu'il travaillait à *L'Insurgé du XIVe*, s'avança en hoquetant.

« C'est la même qui ramènera ton camarade chez lui », dit-il.

Maurice ne répondit pas. En dépit de ses souvenirs de *L'Insurgé*, il s'installa à l'arrière, à la barine. Au moins cela lui éviterait-il de parler au chauffeur.

« S'il y a un problème, ajouta Pechkov en se penchant à la portière, appelle la salle de permanence au 173-1, j'y serai... Et puis, ne fais pas cette tête. »

Maurice vit par la vitre arrière s'éloigner la façade du palais vers laquelle se pressaient les derniers groupes de délégués. L'auto longea lentement la caserne des gardes où il se souvenait d'avoir occupé une pièce pendant quelques jours avant son installation à Smolny, puis zigzagua entre les nids-de-poule et les ornières de la Voskressenskaïa. Surchauffé, l'intérieur sentait le moisi et la sueur du petit chauffeur.

« Dépêche-toi un peu, lança Maurice. Je voudrais revenir à temps pour écouter les discours.

– Ce ne sont pas eux qui me remplaceront mon matériel », grommela-t-il.

Dans les sous-bois du jardin d'Été les passants profitaient en flânant de la douceur de l'air, paraissant indifférents aux festivités du palais comme si la longue grille du parc les avait isolés des allées et venues – et des préoccupations – des délégués. L'automobile était seule à circuler dans les rues désertes et les gens la regardaient passer de façon à la fois goguenarde et hostile. Maurice se dit qu'elle était pour eux ce *khamovor* dont lui avait parlé pour la première fois Pechkov. Peu habitué à se faire voiturer, il se sentit mal à l'aise et se rencogna autant qu'il put dans le fond à l'abri des regards. Ce fut pire au coin de la Sadovaïa : un coup violent fut porté à la carrosserie.

« *Mudak!* » cria le chauffeur qui stoppa net et ouvrit la portière.

Maurice tressaillit. Au ton de sa voix davantage qu'à l'injure proférée, il venait de reconnaître le chauffeur qui avait refusé six mois plus tôt de conduire Stivard et Lutry. Il l'observa. C'était bien sous la lourde casquette le même profil chafouin et revêche.

« Laisse, camarade, coupa-t-il d'un ton sec. Je viens de t'expliquer que j'étais pressé. »

Continuant à proférer des imprécations, le chauffeur démarra brutalement en direction de la Sadovaïa. Alors qu'ils passaient devant le Gostinny Dvor, des rats, sans doute enhardis par la chaleur, traversèrent soudain la chaussée sous leurs roues, comme s'il y avait encore des marchandises dans la halle.

« Ils ont bonne mémoire », ricana le chauffeur.

Devant l'église de l'Assomption les trams étaient alignés, aussi rouillés que des coques de caboteurs échoués dans quelque arrière-port. Le chauffeur s'arrêta le long d'un appentis de planches qui jouxtait le chevet de l'église. Maurice descendit, s'en approcha et entra. Il régnait là aussi une touffeur de serre. Un numéro des *Izvestia de Petrograd* à demi déplié sur ses genoux, un homme était assoupi sur sa chaise devant un registre ouvert et un téléphone de campagne. Maurice le frappa sans ménagement sur l'épaule.

« Finie la sieste, camarade. Deux des tramways en surnombre doivent être envoyés sur-le-champ perspective Voskressenski.

L'autre se dressa, l'air hagard, comme s'il s'était brusquement réveillé.

« Ouais... Quoi? Et qui va me les conduire?

– Le camarade Pechkov m'a dit qu'il avait réquisitionné deux conducteurs.

– Mais ils sont là-bas depuis six heures ce matin avec les camions! »

D'un doigt maculé de boue il désigna une ligne de son registre.

« Vérifie toi-même, camarade... " 19 juillet 1920; 6 heures : Conducteur IAKOVLEV, dépôt sapeurs. Conducteur PANFILOV, dépôt sapeurs... " Tu vois bien... À propos, t'es d'où comme accent? »

Maurice décrocha le combiné avec nervosité.

« Attends, tu vas l'entendre, mon accent!

– Inutile, camarade, rétorqua l'homme en ramassant le journal tombé à terre. Ça fait un mois que le bureau des transmissions doit venir le réparer.

– C'est vrai, j'oubliais. »

En sortant de la guérite, d'énervement Maurice frappa du poing sur le flanc de l'un des trams immobilisés (Lénine lui-même, lui avait raconté Tchitcherine, s'était un jour emporté pour une histoire de téléphone). Le bruit de ferraille le fit sauter comme s'il résonnait à travers les brumes de sa mémoire. Ce n'était pas loin d'ici, après tout, qu'il l'avait entendu pour la première fois – plus sonore encore dans le silence glacé de l'hiver que maintenant. C'était là-bas, au coin de la Gorokhovaïa. Sans réfléchir, il fit quelques pas dans cette direction, puis le souvenir du chien gelé lui revint. Hormis les yeux – qui donc lui avait dit que les rats ne touchaient pas aux yeux ? –, le cadavre devait être à présent dévoré par les rongeurs. En dépit de la chaleur, il frissonna.

« Où peut-on trouver un téléphone dans le coin ? » demanda-t-il au chauffeur lorsqu'il eut regagné la voiture.

Celui-ci réfléchit.

« Le plus proche d'ici, ce serait au Théâtre académique. »

Il le regarda.

« Tu veux parler du Marienski ? »

Le chauffeur acquiesça. Maurice fit la moue.

« Ça ne me va pas.

– C'est pourtant à une minute en auto, camarade... Sans cela, il faut repartir d'où l'on vient. »

Silencieux, Maurice tapota sur la portière. Mieux valait décidément encourir à distance le courroux de Pechkov. Interrogateur, le chauffeur se retourna.

« Eh bien, vas-y, puisque c'est toi qui as eu l'idée », grogna Maurice d'un ton maussade.

Déserte, écrasée de soleil, la place devant le théâtre paraissait plus étendue que lorsqu'il l'avait découverte sous la neige. Faisant semblant de chercher un papier dans ses poches pour se donner une contenance, il attendit un moment pour voir si des gens entraient ou sortaient du massif bâtiment, mais aucun groupe ne stationnait plus sous le portique – la tiédeur de l'air l'aurait cette fois pourtant permis. Il s'efforça de traverser sans hâte le terre-plein et pénétra dans le théâtre.

L'huissier n'était pas dans sa cabine vitrée, ce qui ne le surprit pas, tant le nombre des appariteurs qu'il avait remarqués depuis deux jours à Smolny et au palais de Tauride lui avait paru élevé et laissait supposer de nouvelles affectations. Il entra, décrocha le téléphone et demanda le numéro à la *telephonistka*. Pechkov grogna un « allô » exaspéré.

« Lev Igorovitch? répondit Maurice d'un ton égal. Les conducteurs Iakovlev et Panfilov que tu m'envoies chercher sont en fait chez toi depuis 6 heures du matin, réquisitionnés paraît-il sur ton ordre, malgré ce que tu m'avais raconté. Tu m'écoutes, camarade? De toute façon les trams qui sont ici risqueraient de faire mauvaise impression sur les délégués... Oui, des épaves hors d'usage, camarade. J'espère pour toi que je n'ai rien perdu du discours de Vladimir Ilitch, parce qu'alors tu n'aurais pas trop de toute la forêt d'Ozerki à transporter cet hiver à l'Asile de France pour payer ta dette! »

Sans laisser à Pechkov le temps de répondre, il raccrocha puis, juché sur le tabouret de l'huissier, resta quelques instants pensif. Posé devant lui sur un pupitre à pan incliné se trouvait un cahier grisâtre. « Registre des présences », lut-il. Il l'ouvrit, commença à le feuilleter, et le nom d'Elena Gheranova lui sauta au visage comme s'il n'y avait que lui pour remplir la page sur laquelle il était tombé : ce soir-là, 19 février – il y avait donc cinq mois jour pour jour –, elle avait chanté le rôle d'Olga dans *La Jeune Fille de Pskov*. Il referma vivement le registre avec une sensation de gâchis et de désespoir. C'était donc de cette place, par ces vitres biseautées à travers lesquelles jouait la lumière du soleil que le vieil homme la voyait traverser le vestibule à sa sortie du théâtre...

Repoussant lentement le tabouret, il se leva et quitta le réduit. Sur le mur opposé était accrochée une grande photographie de Maxime Gorki. Il s'approcha et apprit que l'écrivain devait prononcer le 30 juillet une conférence intitulée « Les lieux de l'enfance ». De part et d'autre de la photographie, comme la première fois qu'il était venu, des placards manuscrits annonçaient les prochains spectacles. « 22-26-29 juillet : LE BARBIER DE SÉVILLE. *Almaviva :* Igor Rumnev. *Docteur Bartolo :* Nikolaï Stavets. *Don Basilio :* Fédor Chaliapine. *Rosine :* Irina Aparkinova. 27 juillet, le 1er, 4 et 8 août : LA KHOVANTCHINA. *Prince Khovanski :* Vassili Baltacha. *Dosiféi :* Fédor Chaliapine. *Martha :* Valentina Spretova. *Emma :* Galina Zbrueva. »

Les spectacles prévus se succédaient ainsi jusqu'à la mi-septembre. Oubliant totalement la voiture qui l'attendait, Maurice lut attentivement les distributions. Bien que le nom de Chaliapine fût cité à trois reprises comme s'il demeurait la pierre angulaire des spectacles à venir, son nom à elle n'apparaissait nulle part, même dans le rôle d'Emma de *La Khovantchina* dont il se souvenait pourtant (à cause du manteau de scène) qu'elle l'avait chanté à plusieurs reprises. Songeur, il s'appuya contre la main courante. Qui donc pourrait lui expliquer pourquoi elle n'était plus mentionnée sur les programmes? Il s'en voulut tout aussitôt de s'alarmer ainsi : sans doute était-elle partie en tournée... *Le Barbier de Séville*, relut-il. Et pourquoi, en l'absence de l'huissier, n'irait-il pas demander ce qu'il en était à un autre barbier – celui qu'il connaissait? Il se dirigea vers le salon de coiffure, puis rebroussa chemin, conscient que cette démarche ne pouvait qu'être maladroite : quel que fût son camp, le barbier se méfierait de lui; et, à supposer qu'il fît part à Elena de sa visite, elle penserait que Maurice voulait lui transmettre un message ou la prévenir d'un danger, ce qui ne manquerait pas de l'inquiéter. Mieux valait donc s'abstenir. Il maudit intérieurement Pechkov dont les erreurs d'organisation l'avaient obligé à revenir sur un territoire qu'il avait si soigneusement évité depuis six mois. Elena. Qu'était-elle devenue, sacrebleu! Ce gouffre qu'elle avait évoqué lors de leur dernière conversation s'était-il ouvert sous ses pas? Il se reprocha de nouveau de se sentir anxieux.

Il retourna sur la place. L'automobile l'attendait au coin de la perspective Ismaïlovki, à l'endroit où se trouvait quelques mois plus tôt l'attelage de Chaliapine. Il le revit stationné dans la lumière hivernale avec la précision trouble des rêves proches de l'aube, au point qu'il lui sembla entendre le trot du cheval qui s'éloignait. Il hésita, puis s'approcha du chauffeur.

« Attends-moi encore un petit moment.

– Je croyais que tu étais pressé, camarade! Que tu voulais écouter Lénine...

– Il y a un réel problème avec ces tramways et je cherche à le résoudre », dit-il avec irritation.

Comme il revenait vers le théâtre, il sentit le regard de l'autre qui le suivait.

Sous la lumière dure et diaphane, la dégradation des façades de l'Offitsierskaïa était encore plus visible que lorsque la pénombre et la neige en brouillaient le monotone alignement. Les façades dont le crépi s'effritait par plaques entières lui donnaient l'impression de marcher au milieu d'un décor factice prêt à s'écrouler à tout moment. Il ne reconnut pas la maison et dut revenir sur ses pas pour tenter de la retrouver. Il ne gardait qu'un souvenir flou de la façade de l'immeuble, aussi s'arrêta-t-il sans trop de certitude devant une porte en retrait qui lui rappela le renfoncement où elle s'était un instant immobilisée avant de rentrer chez elle. Était-ce bien cette poignée de cuivre verdi qu'elle avait saisie tout en lui parlant de sa voix égale et lasse : Était-ce ce heurtoir à tête de lion qui luisait à côté de son visage translucide dans le jour tombant? Perplexe, il leva les yeux vers les étages. Au premier l'une des fenêtres de l'appartement s'ouvrait béante et il aperçut sur le mur du fond, lumineuse dans la pénombre, une glace qui reflétait la lumière de l'extérieur. Il essaya de se souvenir.

Y avait-il une glace dans la chambre d'Elena? Non, il en était presque certain. Comment aurait-il pu échapper à sa propre image renvoyée par un miroir, dans une pièce où elle lui aurait semblé si incongrue? La suspension qu'il entrevoyait au plafond était pourtant semblable à celle qu'il avait alors remarquée. Les fenêtres voisines étaient fermées et il ne décelait nulle silhouette derrière les vitres. Appeler? Et si elle apparaissait et reculait aussitôt à sa vue, effarouchée sans doute, mécontente certainement – tant sa haine du Rouge avait dû aveugler le souvenir qu'elle avait de leur rencontre... Et peut-être après tout, dissimulée derrière les rideaux, l'observait-elle sans le reconnaître, se demandant qui était ce personnage en élégant costume clair posté devant sa porte, imaginant même peut-être qu'il s'agissait d'un policier attaché à sa surveillance et à sa perte... Les mots qu'avait prononcés Chaliapine lui revinrent en mémoire. « Ne t'inquiète pas. Tant que je suis là... »

Et si elle s'était évanouie comme elle l'avait fait chez elle? Ou pire encore... Cette pensée le glaça : si elle ne s'était pas relevée d'une nouvelle défaillance? Oui, si elle était morte de faim, comme tant d'autres, et si sa voix ne devait plus s'élever, dans le souvenir de ceux qui l'avaient admirée et aimée, que comme un chant ultime, obsédant, d'adieu et de remords?... Ce n'était pas possible, la nouvelle aurait circulé dans la ville... N'y tenant plus, il traversa la rue et pénétra d'un pas vif dans l'immeuble.

L'escalier était éclairé par de petites fenêtres qui devaient donner sur une cour encaissée, car il y faisait très sombre. Dès qu'il fut parvenu au premier étage, il reconnut la porte vert foncé de l'appartement du sénateur.

Tout lui revint. Cette façon qu'avait eue Elena de rejeter sa tête en arrière après avoir sorti sa clé, comme si l'idée de gagner sa chambre en compagnie d'un homme l'effrayait soudain. Ce faisant, elle lui avait masqué la sonnette, et maintenant il ne pouvait même plus savoir si la marque claire qu'il pouvait détailler au-dessus du bouton existait déjà à ce moment-là. Il l'examina. On aurait dit qu'une liste de locataires avait récemment été retirée. Mais il se sentit incapable d'appuyer sur la sonnette. La crainte de la rencontrer – alors que, par sa faute à lui, tout s'était terminé si mal – l'emportait sur l'envie de savoir ce qu'elle était devenue et le pétrifiait complètement. Le cœur battant, sa main crispée sur la rampe, il demeura tapi dans l'ombre. Le silence qui régnait derrière la porte le renvoyait à l'absence de son nom tout à l'heure sur les affiches. Il soupira, puis redescendit lentement.

Il était à peine arrivé au bas des marches que quelqu'un pénétra à son tour dans l'immeuble. C'était une dame pâle et menue qui venait vers lui. Malgré la chaleur, elle gardait frileusement serrés autour d'elle les pans d'un ample châle à franges, et parut toute saisie lorsque, sans trop réfléchir, il lui adressa la parole.

« Grajdanka Gheranova ? demanda-t-il sur le ton le plus aimable en s'inclinant légèrement.

– Mais... ce n'est pas moi ! s'exclama-t-elle avec un mouvement de recul.

– Je le sais... Mais je voulais juste savoir si elle vivait encore ici », demanda Maurice.

Elle lui adressa un regard méfiant.

« Je suis la seule personne de l'ancien immeuble qui n'ait pas été déplacée, dit-elle d'un ton contraint. Je ne connais pas les nouveaux habitants.

– C'est une personne qui chantait... qui chante au théâtre Marienski, expliqua-t-il. Elle habitait au premier, chez l'ancien sénateur. »

Elle ramena brusquement contre elle les pans de son châle.

« Quelqu'un qui chante... en ce moment ! Mais alors cette dame doit être folle, mon pauvre monsieur... »

Il y avait dans son ton autant de violence désenchantée que dans les vaticinations de la mendiante, le jour de son arrivée. Déjà elle lui avait tourné le dos et il l'entendit monter lentement, s'arrêtant marche après marche, pour vérifier sans doute s'il était encorc là. Une fois dans la rue, il se surprit à presser le pas, comme s'il avait hâte d'échapper à ces tristes façades et de retrouver le soleil qui entrait à flots dans la salle des Colonnes du palais de Tauride.

QUELQUES délégués commençaient déjà à sortir de la salle des séances et se rassemblaient sur le terre-plein tout en conversant de façon animée. Devant le château d'eau, des légions de komsomols brandissant des pancartes où étaient inscrits les noms de leurs provinces d'origine s'efforçaient de les guider vers les camions.

« Quoi! s'exclama Maurice. La séance est déjà terminée!

– Faut croire, grommela le chauffeur.

– Arrête-moi devant la caserne des gardes. »

Il bondit au dehors de la voiture et entra sans frapper dans la salle de permanence.

« Lev Igorovitch, espèce de... », commença-t-il.

Il s'interrompit aussitôt : Pechkov était absent. Seule une tenace odeur de vrai tabac indiquait qu'il n'avait pas dû quitter le local depuis bien longtemps. Il avait d'ailleurs laissé le registre « Déplacements des véhicules officiels » ouvert à la date du 19 juillet. Maurice étouffa un juron. Une erreur de noms sur cette page, et voilà que tout ce qu'il tentait d'oublier depuis six mois lui sautait au visage. La sonnerie du téléphone grésilla.

« Pechkov! » hurla-t-il par la porte ouverte.

Devant son ton irascible, des délégués qui passaient au-dehors se retournèrent.

« Le camarade Pechkov est descendu au sous-sol il y a cinq minutes, lui signala un komsomol qui guidait le groupe. Veux-tu que j'aille le chercher ? »

Le jeune homme paraissait si affable que Maurice se radoucit. La sonnerie du téléphone s'était tue.

« La séance d'ouverture est terminée, je suppose ? s'enquit-il avec résignation.

– Oui, cela a été plus bref que ce que nous pensions... Le camarade Zinoviev a dit quelques mots de présentation, puis Lénine a parlé pendant une heure et demie. Il nous a raconté la prise d'Arkhangelsk sur les Anglais, il a énuméré tous nos succès. Pour la Pologne, il s'est montré énergique et confiant. C'est... c'est le plus beau jour de ma vie », ajouta-t-il avec un accent d'exaltation dans la voix.

Maurice hocha tristement la tête.

« Tu as vécu un grand moment dont tu te souviendras toujours, camarade, lui dit-il en lui tapant sur l'épaule.

– Un flambeau nous a été transmis ! lança le jeune homme d'un ton martial. À présent notre tâche continue, et mon groupe m'attend ! »

Maurice le suivit un instant des yeux tandis qu'il regagnait le camion, puis se dirigea vers le parvis. Les délégués sortaient maintenant par centaines de la salle des séances. Tout autour de lui les conversations étaient animées, les bourrades appuyées, et l'allégresse si perceptible qu'il se sentit exclu de la joie générale Tout en cherchant Émile des yeux, il se demanda s'il devait aborder de nouveau Sadoul dans le cas où il le reverrait. Il lui en voulait de s'être éclipsé, mais sentait en même temps que sa faconde pourrait en quelque manière le réconforter. Une main se posa alors sur son épaule. Il se retourna. C'était Victor, dont la défroque mi-civile, mi-militaire et les traits fatigués montraient assez qu'il était sur le pont depuis plusieurs jours.

« Bon sang, où étais-tu? s'inquiéta-t-il. Je t'ai cherché partout!

– Imagine-toi que le camarade Pechkov m'a requis pour une histoire de transport.

– Comment cela... Aujourd'hui?

– Ne cherche pas à comprendre... Dis-moi plutôt où est mon vieil Husson.

– Ne m'en parle pas! Il avait trop chaud dans la salle des séances, il s'est assoupi, puis en se réveillant il s'est étouffé. Il ne savait plus trop où il était et il a commencé à s'agiter, à appeler tout haut " sa p'tite arpète ", enfin, tu vois le tableau. Même Ilitch a dû s'en rendre compte. On a dû le reconduire à l'Asile de France dans la voiture du maire de Petrograd. »

Maurice le regarda avec consternation.

« Mais alors... il faut que j'aille tout de suite prendre de ses nouvelles!

– J'ai téléphoné à la citoyenne Morel. Elle me dit qu'il dort comme un enfant. Tu risquerais de le réveiller.

– Lui qui détestait tant le froid, cet hiver! Il aurait pourtant dû être bien, aujourd'hui...

– Il s'en remettra, tu sais. Trop d'émotions, sans doute. »

Il faisait si doux que l'air était plein de moucherons. On entendit au loin vers le fleuve des rires et des bruits de voix.

« Quelle belle journée, apprécia Victor. Le couronnement d'un bolchevisme partout triomphant. Quel dommage que cet âne bâté t'ait fait rater ça. »

Maurice hochait la tête en silence lorsqu'une haute silhouette voûtée émergea d'un péristyle. L'homme passa devant eux en parlant tout seul, comme s'il ruminait des bribes de discours.

« Gorki était présent ! s'exclama-t-il avec surprise. Je croyais que Zinoviev et lui ne se parlaient plus.

– Il était même à la tribune. Il est venu à cause d'Ilitch, tu penses !

– Et... son grand ami Chaliapine était là aussi...

– Chaliapine ! Pourquoi veux-tu ? Il n'est pas bolchevik, que je sache.

– Gorki non plus !

– Gorki, c'est Gorki et l'avoir à son côté n'est certainement pas pour déplaire à Ilitch.

– Mais quoi, tu avais des places de concert à réclamer à Chaliapine ? Je peux t'en procurer...

– Non, ce n'est pas cela, maugréa Maurice d'un ton évasif.

– En ce cas, à tout à l'heure, à la gare. »

Victor s'éclipsa, laissant Maurice mécontent contre lui-même. Qu'est-ce qui lui avait pris de mettre la conversation sur Chaliapine ? C'était absurde. Dans le cas, en effet, improbable où le chanteur serait venu assister à la séance inaugurale, qu'aurait-il pu lui demander concernant... Il crut entendre sa réponse ironique : « Ah ! Ça, *mon cherr*, vous devriez davantage veiller sur vos conquêtes ! » Il haussa les épaules. En attendant, la chasser de son esprit, sacrebleu. Ce ne devait pas être si difficile... Faire comme si cette demi-journée du 20 janvier 1920 n'avait pas existé.

« Mon porteur de bagages s'est remplumé, on dirait ! »

Cette voix. Il fit volte-face et marqua un mouvement de stupeur.

« Norbert! Mais t'es encore là!

– Penses-tu, fiston, c'est son fantôme. »

Paraissant mal à l'aise dans sa vareuse trop chaude pour la saison, Stivard se dandinait devant lui en épongeant son front tout en sueur.

« J'avais compris que tu ne devais rester que deux mois! s'exclama Maurice.

– Hé oui, mais finalement ça a traîné jusqu'à aujourd'hui.

– Ton petit-fils a dû naître depuis longtemps... »

Stivard eut un geste résigné.

« J'espère bien, qu'il est né, ce môme!

– Je parle d'un garçon, comme cela; mais c'est peut-être une fille! non?

– Je me suis imaginé moi aussi que c'était un garçon, répondit Norbert avec lassitude. À vrai dire, à l'heure qu'il est, je n'en sais toujours rien. J'espérais qu'un camarade français me l'apprendrait, mais jusqu'à maintenant il n'y a pas eu de message...

– Et Lutry? Il va bien, le petit Lutry? Il se prend toujours pour le wattman? »

Stivard lui jeta un regard excédé.

« Ce n'est pas pour le wattman qu'il se prend, soupira-t-il. C'est pour Rouletabille. »

Maurice demeura interdit.

« Quoi, il t'aurait causé des ennuis?

– Parle pas si fort! Tu vois bien qu'on intéresse. »

Devant le ton contraint du vieux syndicaliste, Maurice jeta un coup d'œil circulaire. Il y avait encore du monde sur le parvis, mais manifestement personne ne les écoutait.

« Toi, j'ai l'impression que ce qu'il te faudrait, c'est retrouver Paname au plus tôt... », lui lança-t-il en riant.

Norbert esquissa une moue brève.

« Ça ne devrait pas tarder, maintenant.

– En attendant, ne perds pas trop de temps pour revenir à la gare, lui recommanda Maurice en lui désignant les groupes de délégués qui regagnaient les camions. Ça sera toujours plus facile pour toi que la dernière fois. »

Stivard secoua la tête.

« Nous, on va bien dans une gare, mais c'est pas la leur.

– Comment cela? *Tout le monde* rentre à Moscou, sauf moi qui dois écrire mon rapport. Je peux te le dire : j'ai participé au programme.

– Eh bien, fiston, figure-toi que nous deux, Lucien et moi, on a eu droit à une variante, annonça Stivard avec une gouaille qui lui parut un peu forcée. On file plein nord par la gare de Finlande, destination Mourmansk.

– Mourmansk! Mais qu'est-ce que c'est que cette histoire! Tu en as touché un mot à Sadoul?

– Qu'est-ce que Sadoul a à voir avec ça? grogna Stivard. Je ne l'ai pas rencontré de tout mon voyage. »

Maurice le regarda.

« Et Lucien, où est-il? J'aimerais le voir.

– Écoute, camarade, répliqua-t-il avec une impatience soudaine. J'ai sans doute l'air comme ça d'être sa nounou, mais je t'assure que ce n'est pas le cas. »

Perplexe, cherchant autour de lui quelqu'un auprès de qui se renseigner, Maurice crut entrevoir la haute silhouette de Sadoul au milieu d'un groupe qui entrait dans la salle des Colonnes.

« Reste là », demanda-t-il à Norbert.

Il courut le retrouver. L'immense salle se dépeuplait rapidement et le seul personnage de haute taille qu'il y rencontra était l'Hindou qui s'éloignait avec sa sculpturale compagne. Sadoul avait déjà dû regagner Smolny dans l'une des limousines à fanion bichonnées par Pechkov. Il se retourna sur le parvis et regarda tout autour de lui.

« Norbert, appela-t-il. Norbert ! »

Il allait réitérer son appel lorsqu'il l'aperçut qui, un peu voûté, longeait furtivement le château d'eau. Il transportait quelque chose tout en s'efforçant de le dissimuler. Dans une première impulsion, Maurice voulut s'élancer à sa suite, mais l'étrange attitude de Stivard l'en dissuada aussitôt et il fit demi-tour. Devant la caserne des gardes, les camions démarraient les uns après les autres dans un grondement de moteurs et, à voir les délégués serrés à l'intérieur, il se rendit compte que deux trams de plus auraient en effet été nécessaires. La bonne humeur régnait cependant parmi les partants, et parmi ceux-ci plusieurs, le découvrant solitaire au pied de la colonnade, lui firent de grands gestes pour qu'il les rejoignît. Il n'eut même pas le cœur de leur répondre.

Il regagna la salle de permanence avec l'intention, s'il rencontrait Pechkov, de ne rien montrer de son irritation à son égard et de tâcher de savoir si un véhicule avait été effectivement prévu pour emmener le jour même les deux Français à la gare de Finlande. Si tel était le cas, peut-être serait-il encore possible de contacter Sadoul à Smolny pour lui demander des explications. Mais Pechkov n'avait pas reparu et seul un garde occupait la petite pièce. Maurice feuilleta de nouveau le registre qui, à la date du 19 juillet, n'apportait aucune précision sur un tel transport.

« Tu attends le camarade ? finit par demander le garde. Je crois qu'il est à la caserne des sapeurs.

– J'y vais », répondit-il.

Il sortit. Une entêtante odeur de tilleul planait

sur le parvis et tout au long du jardin des groupes continuaient à s'attarder. Ce n'était pas, observa-t-il, des participants au congrès mais des promeneurs avides de profiter du beau temps pour flâner sous les ombrages. Il suivit du regard quelques jeunes filles qui se dirigeaient vers le parc, habillées de longues robes blanches dont les étoffes encore fripées semblaient tout juste sortir des armoires où elles étaient serrées depuis des mois. Comme échappées de la chrysalide des châles gris et des lourdes capes informes de l'hiver, leurs corps juvéniles paraissaient enfin en liberté, encore languides de toutes les privations subies, mais près de reprendre grâce et vie sous la première chaleur. Les fontaines avaient retrouvé depuis quelques jours leurs jets d'eau, et c'était là aussi comme si une source de jouvence redonnait à la cité meurtrie un peu de son lustre d'antan. Le soleil dans les yeux, ressentant une légère ivresse, il gagna le bord du fleuve.

« *Svoï* », entendit-il soudain.

Il s'arrêta et regarda autour de lui. Le quai était désert et le parapet de granit semblait plonger directement dans l'eau. Il n'avait pourtant pas rêvé... *Svoï.* « Vôtre ». Le mot de reconnaissance qu'utilisaient les membres du groupe l'année précédente à Odessa, en ce mois de juin où, s'il n'était pas prononcé, il convenait de prendre ses jambes à son cou sans plus tarder.

« Qui est-là ?

– C'est moi, annonça-t-on en français d'une voix étouffée. Ne te penche pas. Reviens en arrière avec naturel. Sur le côté... Il y a des marches. »

Le son venait d'en contrebas. Il obtempéra. Un étroit passage s'ouvrait en effet dans le parapet, si discret qu'il venait de passer devant sans le remarquer. « C'est glissant », ajouta la voix. Il s'engagea avec précaution dans un escalier escarpé et parvint au ras de l'eau, sur une sorte d'appontage en retrait du quai où régnait la pénombre fraîche et glauque d'une caverne. Un clapot faisait grincer le plancher disjoint et il eut subitement l'impression de se trouver emporté sur un radeau dans le cours tumultueux d'une rivière souterraine. Une frêle silhouette vint à sa rencontre.

« Qu'est-ce que... C'est toi, Lutry ? demanda-t-il après avoir marqué une hésitation. J'ai du mal à te remettre.

– C'est pourtant moi, vieux frère. Je te file depuis la salle des séances.

– Ça m'étonnerait bien ! Je me suis retourné, et je n'ai vu personne !

– Je t'ai dit que je te filais, pas que je te talonnais.... À un moment tu t'es arrêté pour regarder les passants dans le parc, et je t'ai dépassé à ce moment-là. »

Il ne tenait pas en place et sa veste de toile maculée flottait sur son corps malingre.

« Et... " svoï "... Comment sais-tu ? Je t'avais raconté ?

– Oui. Dans le tramway. Avec pas mal d'autres choses...

– Inutile, je pense, de te dire que j'ai rencontré Norbert ! Tu imagines ma surprise, moi qui vous croyais repartis depuis plusieurs semaines... »

Lucien esquissa un geste d'impuissance.

« Rien ne s'est passé comme on l'imaginait. Enfin, comme Norbert le souhaitait. Car c'est à cause de moi qu'il est encore ici, le vieux. Je ne sais pas ce qu'il t'a raconté, mais j'en aurais gros sur la patate si j'étais à sa place !

– Il m'a fait comprendre en effet qu'il en avait plein les bottes... Du moins, qu'il n'était pas mécontent que ça se termine...

– On serait même déjà partis s'il n'avait pas tenu à assister à cette séance d'ouverture. Ils ne pouvaient tout de même pas lui en refuser l'entrée, au vieux bolcho! Après tout, ils n'ont rien à lui reprocher! s'exclama-t-il de son air gouailleur. Au contraire, il leur a permis pendant tout notre séjour de garder un œil sur moi, car ils savaient bien qu'on ne se désolidariserait jamais. Ça, quoi qu'il arrive, il faut que tu t'en souviennes! Il m'apporte même à bouffer... »

Des goélands venaient frôler à quelques mètres d'eux les petites vagues de la surface puis s'enhardirent à venir voler des miettes de gruau que Lutry laissait tomber de sa poche.

« Regarde, dit-il en montrant à Maurice une vieille plaque rouillée : " Location de patins : 20 kopecks ". Tu imagines ça, patiner ici avec l'une de ces filles qu'on pouvait croiser aujourd'hui dans la rue, enfin libérées de leurs défroques de l'hiver... »

Les traits creusés et les cheveux en désordre, Lutry avait l'air d'un lycéen un peu mûr pour son âge.

« Explique-moi ce qui se passe, plutôt que de me parler de patins, insista Maurice agacé.

– Tout est venu de ce qu'ils croyaient que j'étais rouge alors qu'en fait j'étais un noir, répliqua-t-il d'un ton sentencieux.

– Comment ça? s'inquiéta Maurice en fronçant les sourcils.

– Oui, un anarchiste, un vrai : noir comme l'enfer, mais pur comme du cristal! L'homme que je rêvais d'être, que j'admirais, ce n'était ni Lénine, ni Trotski, c'était Makhno. L'homme qui a combattu à la fois les Blancs et les Rouges, Wrangel et Boudienny, celui qui n'a cessé de répéter qu'il n'y avait pas de pire poison que le pouvoir. La tête qu'ils ont fait, Guilbeaux et consorts, quand j'ai sorti ça ! J'ai pas recommencé, je t'assure, car le vieux m'a drôlement sermonné !

– Makhno ou pas, je ne peux pas rester ici des heures, interrompit Maurice avec impatience. Je partais pour la gare lorsque tu m'as appelé. Pour être franc avec toi, j'avais idée que vous aviez des problèmes et je voulais voir Sadoul à ce sujet avant son départ.

– Que veux-tu que ça me fasse de repartir par Mourmansk plutôt que par Brest-Litovsk ?

– Il y a que ça me défrise et que j'aimerais bien comprendre pourquoi on ne vous fait pas revenir par l'Allemagne comme la plupart des délégués. Il y a maintenant des réseaux suffisamment sûrs pour ne pas aller chercher ailleurs des voies de retour compliquées et dangereuses. À ce propos, tu as des détails sur la route qu'on veut vous faire prendre ?

– Un adjoint de Grigorian, Kalitchine, nous a précisé que de Mourmansk une barque de pêcheurs nous déposerait dans l'île de Vardö, en Norvège, au-delà du cap Nord si tu connais le coin. »

Maurice eut un geste d'incompréhension.

« Jamais je n'avais entendu dire qu'on pouvait contourner le blocus par l'Arctique ! D'abord, la mer est prise par les glaces dix mois par an !

– Simplement jusqu'en juin, expliqua Lutry. Et puis cesse de te tracasser pour rien ! Que ça passe par le nord, le sud ou le milieu, de toute façon je te fiche mon billet que les camarades auront leurs renseignements à temps pour se faire leur opinion avant le congrès de la CGT. Je doute pourtant qu'après m'avoir lu ils acceptent sans réaction les vingt points de Zinoviev pour adhérer à l'Internationale », ajouta-t-il plus bas.

Maurice sembla contrarié.

« Si les camarades bolcheviks se sont donné tout ce mal pour te faire venir, c'est bien pour que tu rapportes un témoignage positif! Même si tu as connu quelques incidents de parcours, il s'agit désormais de donner aux camarades français une bonne image de ce qui se passe ici!

– Par mon témoignage oral?

– Ou par ce que tu écriras dans ton journal...

– Cela, ce me sera plus difficile! Les camarades l'ont en effet poussée si loin, la camaraderie, qu'ils m'ont volé toutes mes notes et mes manuscrits. Si c'est ça que tu appelles un incident de parcours...

– Quoi? On t'a volé le carnet dont tu m'avais parlé en sortant du tram?

– Et les six autres que j'avais remplis à la suite. Et les liasses de documents qui les accompagnaient. Je gardais tout cela dans une serviette de cuir qui m'a été subtilisée à l'hôtel Dielevoï Dvor à Moscou, peu avant notre première date de départ prévue.

– C'était quand?

– Début avril... On devait revenir à l'époque par l'Allemagne. Et c'est parce que j'ai exigé une enquête sur la disparition de ma serviette que notre retour a été retardé. Eux prétendaient que je l'avais égarée. Stivard pourra te le confirmer, j'ai été quasiment mis pendant deux mois en résidence surveillée! De ma chambre de l'hôtel Dielevoï Dvor, j'ai écrit à tout ce qui compte à Moscou. Au bout de deux mois j'étais convoqué chez Stassova où l'on m'a assuré que je n'avais de toute façon pas le droit d'emmener ce type de documents à l'étranger; mais que, comme Stivard refusait de partir sans moi et qu'ils étaient au moins sûrs de lui, ils décidaient de nous renvoyer tous les deux. Il faut dire que Stivard, lui, leur avait donné son rapport à lire, expliqua-t-il en clignant de l'œil.

– Dans ces carnets, tu n'avais pas émis d'opinion personnelle, au moins ? »

Devant le ton alarmé de Maurice, le visage de Lutry redevint juvénile et presque moqueur.

« Je ne suis pas fou à ce point ! Tout est là », dit-il en se frappant le front.

Maurice hocha pensivement la tête.

« Il faut maintenant que je te quitte, Lucien. Il était prévu que je salue les délégués à la gare.

– L'autre gare », précisa Lucien.

Il y eut un silence que troubla uniquement le clapotis de l'eau.

« Laisse-moi te donner un conseil, reprit Maurice. Pendant tout ce voyage de retour, ne lâche pas Norbert d'une semelle. Pas d'une semelle, tu m'entends ! »

Lutry eut un petit rire désenchanté.

« Tu as peur pour ma vie ?

– Ils ne s'en prendront pas à Norbert. Norbert, ils ont besoin de lui, de ce qu'il va exposer aux camarades, ou écrire sur son expérience, et même au besoin de la contradiction qu'il t'apportera.

– Pauvre Stivard, qui ne sait pas nager et qui a peur de tomber à l'eau de cette barque de pêche, tu en fais ma bouée de sauvetage... Ça va le flatter ! Retourne-toi, remonte l'escalier sans t'occuper de moi », poursuivit-il sans hausser la voix ni changer d'expression.

Ébahi, Maurice le regarda.

« Quoi, on... on nous épiait ? »

Il secoua la tête.

« Fais ce que je te dis, je t'expliquerai. À l'angle de la Volkrantskaïa, tu verras, il y a des travaux. J'y serai d'ici un quart d'heure.

– Des travaux de rues à Piter ? Tu rêves !

– Tu ne comprends donc pas que j'ai des choses à te raconter, chuchota-t-il d'une voix sourde, et que tu apprendras plus avec moi qu'avec Sadoul, Guilbeaux et consorts! »

Il paraissait soudain presque suppliant. « Ce type a un grain, pensa Maurice. Pauvre Stivard. »

« Bon, d'accord », grommela-t-il.

*

Il retrouva au niveau du quai la touffeur de l'air et le quartz du granit qui brillait sous le soleil. Personne n'apparaisait à la ronde. Désireux de quitter au plus vite les bords du fleuve, il tourna dans une rue proche de la caserne de pompiers et retrouva avec soulagement un peu d'animation dans la voie adjacente du quai. Au jardin de Tauride il s'attarda un moment. Sous les calicots suspendus entre les réverbères régnait une gaieté un peu mélancolique de fin de fête et les passants qui déambulaient sous les arbres semblaient murmurer plutôt que parler, comme s'ils ne voulaient pas réveiller les grandes voix qui venaient de s'exprimer à quelques pas d'ici.

À l'angle de la Volkrantskaïa, deux barils de goudron, un tas de pierres et quelques outils avaient été en effet rassemblés derrière une palissade. Il fit semblant de la dépasser, puis revint sur ses pas et s'arrêta comme pour rajuster sa chaussure.

« Tu es là? » souffla-t-il.

Un chiffon s'agita et un portillon s'ouvrit devant lui. Lutry le fit entrer dans une baraque en planches dans laquelle étaient entreposés quelques tonneaux de goudron. Des miettes de kacha accrochées à sa moustache, il était en train de dévorer une cuisse d'oie rôtie.

« Tu en veux? demanda-t-il la bouche pleine.

– Non, j'ai déjà mangé.

– C'est l'endroit où Norbert me laisse toujours de quoi survivre. Il subtilise tout au buffet des délégués, et discrètement me l'apporte ici. »

Maurice se mit à rire.

« Discrètement! Si tu l'avais vu s'éloigner tout à l'heure avec son butin! »

Il regarda autour de lui l'intérieur de l'appentis.

« Lui qui t'appelle Rouletabille! Moi je te surnommerais plutôt Passepartout!

– Non, il a dit ça, le vieux : Rouletabille? Mais c'est vrai que Passepartout n'est pas mal vu! Je vais, je viens, je disparais au gré de ma fantaisie... Les Russkis n'ont jamais pu s'y faire. »

Il lécha la cuisse jusqu'à l'os avec gourmandise.

– « Dis-moi, c'est parce que tu avais un petit creux que tu nous as fait lever le camp en catastrophe? s'enquit Maurice avec une ironie mêlée d'agacement.

– Tu avais tourné le dos au fleuve et tu n'as pas pu voir qu'une barque est passée dans le fil du courant avec à bord deux types qui nous ont observés; puis ils se sont dirigés vers le pont, sans doute pour descendre à quai et aller vérifier qui se tenait dans cet endroit insolite. »

Maurice regarda son visage de gosse trop tôt vieilli.

« Toi, t'as pas les yeux dans tes poches, hein!

– Je n'avais vu personne sur le fleuve en quatre jours, sauf un batelier qui ramenait du bois mort, et c'est pour cela que j'ai repéré cette barque. Bon, puisqu'il n'y a plus rien, dit-il en jetant l'os, on peut dégager de la salle à manger. »

Ils se glissèrent en dehors de l'enclos et prirent la

direction du jardin d'Été. Lutry marchait d'un bon pas et les rails du tramway luisant dans la lumière du soir paraissaient retenir le bitume crevassé dans un précieux filet d'or.

« Où habites-tu, à Piter?

– Dans sa chambre de l'hôtel Tchernichev. Si on peut appeler une chambre cette mansarde avec un châlit et un broc rouillé! Pas d'eau. Autant t'avouer qu'on ne se lave pas.

– Ça se sent! » fit Maurice avec une grimace.

Lutry haussa les épaules.

« De toute façon, c'est notre dernière nuit dans cette piaule. On doit prendre demain ce fichu convoi pour Mourmansk. »

Sous les frondaisons du parc, l'air du soir était si tiède que pour la première fois, en dépit des morsures du gel encore bien visibles, les statues du parc ne lui faisaient plus pitié avec leur nudité, comme cet hiver. Ils franchirent en silence la grille du jardin, puis s'assirent, les pieds ballants, sur une balustrade. Non loin d'eux, une famille entière s'était assise en cercle dans l'herbe, surprise et vaguement incrédule que la nature leur fût enfin bienveillante.

« Si Piter avait ressemblé à ça le jour où on s'est connus », soupira Lutry.

Maurice se tourna vers lui.

« Tu gardes vraiment un très mauvais souvenir de cette première journée?

– Heureusement que tu étais là! Mais tu te rappelles? Ce chauffeur déplaisant, ce vol dans le tram, cette rafle... Je revois encore le visage de cette femme frappée par les policiers. Et le pire était encore à venir...

– Comment cela? Je vous ai conduits jusqu'au quai, si je me souviens. »

Il eut un rire un peu grêle.

« C'est bien ce que je te reproche ! Sans toi on aurait peut-être raté ce tram, et alors je n'aurais jamais fait cette rencontre...

– Je ne comprends rien à ce que tu racontes, mais si tu m'aidais un peu, peut-être pourrais-je essayer. »

Lutry se passa nerveusement la main sur le visage, comme s'il voulait chasser de lui un souvenir douloureux.

« Le compartiment était surchargé, commença-t-il avec une sorte de réticence. On n'était pas plus tôt partis qu'un type habillé d'un long manteau de cavalerie sans insigne est venu s'installer en face de nous. Il avait la mine fermée et se bornait à répéter sans cesse : " *Menia tochnit, menia tochnit.* " Il marmonnait ça presque tout bas, " J'ai envie de vomir ", et on était les seuls à l'entendre. À Novgorod, Norbert en a eu marre et il a voulu changer de place, mais tout était comble et l'autre a continué. Norbert a fini par s'assoupir, mais moi c'était ce que j'avais mangé à l'Astoria qui finissait par ne plus passer ! Alors je lui ai dit d'arrêter, que je voulais dormir.., Il m'a répondu que lui ne pouvait pas, et qu'après ce qui s'était passé il ne dormirait sans doute jamais plus... Alors j'ai demandé : mais qu'est-ce qui s'est passé ? Il a sorti de sa poche une gourde de métal et a bu une pleine rasade au goulot, comme pour se donner de la force... Puis il s'est penché vers moi et m'a chuchoté que le matin même il était encore le *zam*, n'est-ce pas, on pourrait traduire ça par...

– Directeur adjoint.

– Eh bien, il était le directeur adjoint de la prison de la Chpalernaïa. »

Il avait parlé en baissant la voix. Puis il se tut.

« Alors ? grogna Maurice impatienté. On ne va

pas quand même pas passer la nuit à se faire des messes basses dans ce parc!

– Laisse-moi le temps..., dit-il en tapant nerveusement du talon contre la balustrade. Tu ne comprends donc pas que ça m'avait plutôt chamboulé à l'époque, cette rencontre, et que je n'ai plus jamais été le même depuis? »

Comme s'il se levait après un mauvais rêve, il fit quelques pas hésitants puis revint près de la balustrade contre laquelle il s'appuya. Le long de la grille frôlée par les papillons de nuit qui voletaient de toutes parts, la famille dormait dans l'herbe.

« Le zam se met donc à me raconter que, le soir du 17 janvier, ils avaient appris qu'un décret de grâce concernant plusieurs centaines de prisonniers condamnés à mort avait été signé par Lénine et qu'il devait être publié le lendemain dans les journaux. Cette nuit-là, la Tchéka de Petrograd a décidé de le prendre de vitesse. Les prisonniers ont été emmenés par charretées entières dans des carrières du côté de la Volkova, rassemblés en un groupe compact, et alors les policiers ont tiré dans le tas. Tu imagines? Cet inconnu qui évoquait la nuit froide, les projecteurs, les carrières, les hurlements des tchékistes, les détonations, les cris des mourants. Il ajoutait qu'on l'avait obligé à tirer lui-même, alors qu'il ne l'avait jamais fait auparavant. Il m'a avoué que le lendemain il n'était pas revenu à son bureau et qu'il s'était mis à errer dans la ville avant d'échouer à la gare, abandonnant tout derrière lui, son poste, sa famille, son logement chauffé, certain déjà qu'on allait l'attendre à l'arrivée à Moscou. " Mais je ne descendrai pas avant. J'irai jusqu'au bout, jusqu'au bout, je ne descendrai pas avant. " Il murmurait cela d'une voix pâteuse, sur le fond sonore des ronflements de Norbert, mais je peux te certifier que son voisin n'en perdait pas un mot. J'avais envie de lui crier : Attention! Au lieu de ça j'ai fait comme si je n'entendais pas le russe. Et je le reverrai toujours descendre sur le quai, sa gourde à la main, et s'éloigner de la foule avec son grand manteau...

– Tu as rapporté ça à Norbert quand il s'est réveillé?

– Il a prétendu que je n'étais qu'un naïf et que c'était certainement un provocateur envoyé pour nous jauger. Ce que je ne lui ai pas avoué, car il n'aurait pas compris, c'est que je ne m'en suis en fait jamais remis. Je prenais ça en pleine poire dès le début de notre voyage, tu vois, après cette première journée qui n'avait déjà pas été bien fameuse malgré ton aide. Ce que ce voyage aurait été sans cette rencontre, je ne peux le savoir. Mais rien n'a pu faire par la suite qu'elle n'ait pas eu lieu... Il fallait que je sache si l'homme du train avait dit vrai... Il le fallait, tu comprends, répéta-t-il en serrant nerveusement le bras de Maurice. Du coup ce n'est plus en journaliste plus ou moins complaisant que je suis arrivé à Moscou, mais en enquêteur... En fouille-merde, pour parler comme Stivard.

– Tu as été prudent, au moins? »

Il hocha la tête.

« C'était encore le temps où, si on était " chapeauté ", la direction de la statistique acceptait de vous donner certains renseignements. Il y a là quelqu'un qui m'a bien aidé, c'est Sadoul.

– Tiens, je n'aurais pas cru, s'étonna Maurice.

– À l'époque, il avait demandé à Bob Petit un radio sur la peine de mort. Tout en étant fort inquiet de savoir où je mettais les pieds, il m'a fait rencontrer le camarade Latsis, chef de la division de la statistique. J'ai donc eu en main les chiffres des exécutions politiques. Je suis même tombé sur des témoignages concernant les cas de tortures les plus révoltants, comme à Piatigorsk ou à Stavropol.

– Tu n'as tout de même pas noté ça dans tes carnets !

– Pas fou à ce point, mais je me souviens des chiffres. Tout est là, dit-il en se frappant le front et je ne suis pas près de l'oublier.

– Et les atrocités de la terreur blanche ! s'énerva soudain Maurice. Et les exactions de l'Okhrana, les pogroms de Petlioura, la folie du baron Ungern ! Je ne t'entends pas beaucoup là-dessus... »

Lucien l'interrompit.

« J'étais venu m'occuper des Rouges, pas des Blancs. Ce qui m'intéressait dans mon enquête, c'était l'émergence d'une nouvelle classe, policiers, militaires, fonctionnaires du parti et de l'État. Et, je te le confie à toi comme je ne le ferais pas à Norbert, ce qui m'alarme tant, c'est la mentalité que je vois naître sous nos yeux, en particulier chez les tchékistes que l'on forme selon de vieilles méthodes, auxquels on donne sans contrôle une autorité absolue sur les personnes arrêtées et qui sont en train de devenir de véritables inquisiteurs. Ce n'est pas en fusillant les gens par milliers que l'on instituera le socialisme dans ce pays, ajouta-t-il avec véhémence, il faudrait tout de même que tu t'en rendes compte !

– Pourquoi t'en prends-tu à moi ? demanda vivement Maurice.

– Parce que, sous prétexte de ne juger que ce qu'il y avait avant, tu es comme eux ! Tu te voiles la face, tu laisses faire ! Vous êtes tous des lâches, finalement, ou des aveugles !

– Je t'interdis de parler comme ça ! Tu mériterais que je te précipite dans la Fontanka ! »

La voix étranglée de fureur, Maurice l'agrippa. Lucien se dégagea violemment.

« Essaie un peu ! » cria-t-il.

Son ton avait monté à tel point qu'un passant se retourna sur eux, paraissant prêt à intervenir.

« Tu es complètement fou, lui dit Maurice à l'oreille. Tu veux vraiment finir à la Chpalernaïa ? J'irai pas te sortir de là, je te préviens ! Quant à Norbert, cela fera belle lurette qu'il sera reparti sans toi !

– Parlons-en, de Norbert ! Il va retrouver son petit-fils ou sa petite-fille à Nœux-les-Mines comme si de rien n'était ! Notre équipée ne lui a pas fait changer ses convictions d'un iota... Il semble même qu'elle les ait fortifiées. Quant à moi, tu peux me secouer comme un prunier ou me faire envoyer dans l'un des culs-de-basse-fosse de la Tchéka, c'est pas ça qui m'empêchera de te prévenir que les miennes ont drôlement changé et que je ne vois plus les choses comme le jour de mon arrivée.

– Belles convictions que celles d'un anarchiste !

– Parlons-en, des anarchistes ! Tout comme leurs malheureux camarades mencheviks ou sociaux-révolutionnaires, ils ont été saignés par les bolcheviks pis que si ça avait été par les Blancs ! Ça, on avait oublié de me le préciser, et d'autres choses encore !

– Va voir le Politburo pour te plaindre ! Qu'est-ce qu'on avait donc oublié d'expliquer à un personnage aussi important que toi ?

– Une broutille ! Que les bolcheviks s'étaient emparés du pouvoir sur un coup de force, alors qu'ils n'avaient pas le dixième des voix à la Douma ! Un *pronunciamiento* à la mexicaine, en plus sanglant ! Ça restera à jamais leur tare originelle, si tu veux mon avis !

– Nom de Dieu, s'écria Maurice en changeant de ton. T'as tellement gueulé que le voilà qui rapplique et il a été chercher le grand frère, en plus! »

L'homme qui les avait croisés quelques minutes plus tôt revenait en effet vers eux – il le reconnaissait à son cache-poussière –, accompagné cette fois d'un individu à l'imposante stature et à la démarche martiale.

« Encore un de ces fichus Lettons! murmura Lucien. Ceux-là, je ne les supporte pas, depuis le premier jour justement.

– Allez, on calte, et vite fait! Le gros ne va pas tenir le rythme. »

Une large allée rectiligne s'ouvrait devant eux et ils se mirent à courir. Maurice risqua un regard en arrière : les autres s'étaient lancés à leur poursuite. Parvenu au monument Krylov, il entraîna brusquement Lucien sur un chemin étroit, puis un second – et dans ce dernier tournant fit un écart en croisant un petit vendeur de kvass qui venait en sens inverse, mais ne put éviter de le heurter. L'enfant boula à ses pieds. Il avait un bidon suspendu à ses épaules par une étroite courroie, et le liquide qu'il contenait se déversa sur le sol.

« T'as pas mal? » interrogea Maurice en se penchant vers lui.

L'enfant pleurnichait doucement.

« Je vais me faire taper... je vais me faire taper..., gémissait-il.

– Magnons-nous le train, lança Lucien tout essoufflé. J'aime pas avoir ces clients-là à mes trousses.

– Ils ont continué tout droit! »

Le regard éperdu, le petit ramassa la tasse de fer dans laquelle il versait la boisson pour la clientèle. Elle était pleine de poussière.

« C'était du kvass? demanda Lucien. Il a fait chaud, t'as dû bien vendre... »

Maurice lui tendit une piécette de cinq roubles.

« Tiens. Pour ce qui a coulé par terre. »

Presque craintivement, l'enfant accepta la pièce. Avec son visage chiffonné et son corps maigre il lui rappelait, en plus jeune, les *bezprizornye* qui avaient attaqué Elena. Elle. Encore elle.

« Va, maintenant », lui dit-il.

Courbé sous le poids de son attirail, l'enfant disparu au croisement de l'allée et les deux hommes ne perçurent plus que le tintement de la tasse contre le bidon comme la sonnaille d'une chèvre dans la montagne. Maurice eut l'impression d'être tout à coup dessoûlé.

« C'est absurde de se disputer comme ça, s'écria-t-il un peu honteux. Merde, on est quand même compatriotes!

– Tu devras de toute façon trouver quelqu'un d'autre avec qui te disputer, fit remarquer Lutry d'un air dégagé. Moi, demain, j'aurai levé le camp.

– J'avais oublié », dit Maurice en s'adoucissant.

Il l'entraîna vers l'étroite allée.

« Puisque tu es si fort dans tes recherches, reprit-il soudain... à ton avis, peut-on avoir les noms de ceux qui... d'après ce tu sembles croire... auraient été tués cette nuit-là? »

Lutry parut surpris.

« Là, tu m'en demandes trop! C'est vrai que beaucoup de documents me sont passés entre les mains à la commission de la Statistique, mais tu penses bien que ce ne sont pas ceux de la Tchéka de Petrograd... Pourquoi, ça t'intéresse vraiment?

– Ça intéresserait en tout cas quelqu'un que j'ai

rencontré à ce moment-là, répondit Maurice évasivement.

– Ce que je peux te dire, c'est que cette personne aurait appris le sort de son parent ou de son proche en recevant un avis le prévenant de venir chercher ses effets.

– C'est comme cela que ça se passe ? »

Il resta songeur. Elle avait l'air si tourmentée ce jour-là. Peut-être venait-elle de recevoir...

« Ça s'est passé comme cela devant moi un jour où je me trouvais chez le camarade Latsis. Arrive une citoyenne qui l'avait connu autrefois et qui venait de recevoir le fameux avis concernant son mari, dont le seul tort avait été d'être un riche marchand de drap dans l'ancien Pétersbourg. Tu sais ce que lui a conseillé Latsis : " Mettez-vous tout de suite en rapport avec le chef de la Tchéka de Petrograd. – Bakaïev ? a-t-elle demandé. – Mais non, celui qui commande à Bakaïev, mais ne lui dites pas que vous venez de ma part ! " La citoyenne ne savait pas qui c'était. Latsis a hésité puis m'a fait signe de sortir. Quand je suis revenu, j'ai croisé la femme; elle murmurait pour elle le nom de ce personnage, sans doute pour ne pas l'oublier, mais je l'ai retenu : Nikandre Nikolaïevitch Kirilenko. Peut-être ton amie peut-elle aller le voir aussi ? »

Maurice réprima un sursaut.

« Celui que cherchait Sadoul, murmura-t-il.

– Et toi, tu avais entendu parler de lui ? »

Il hésita.

« Oui. Chaliapine a prononcé une fois devant moi ce nom, avec réprobation et même... répulsion.

– Il a raison, car sa réputation est effroyable. Pire encore que celle de Zinoviev. Et quand je pense que Zinoviev a pratiquement le droit de vie ou de mort sur la population de toute la région de Petrograd à la mer Blanche, tu vois le tableau. »

Maurice regarda autour de lui.

« Et sur... l'autre, tu sais des choses ? »

Lutry fit la moue.

« On prétend qu'il sait tout sur chacun car il aurait repris à son compte le système de fiches de la police secrète du tsar, cette Okhrana que tu me jetais tout à l'heure à la figure !

– Ah ! tu ne vas pas recommencer !

– Au sujet de l'Okhrana, le camarade Guilbeaux m'a d'ailleurs raconté que les bolcheviks avaient gardé tout ce qui avait été rassemblé à leur sujet et qu'ils l'entreposaient dans l'ancien bâtiment du Sénat. J'imagine qu'ils doivent se lire ça entre eux avec de grands éclats de rire !

– Ou de frissons rétrospectifs, dit Maurice.

– Si j'avais eu un peu de... liberté d'action à la fin de mon voyage, tu sais ce que j'aurais fait ? De ma cachette de la Voskressenskaïa, j'avais écouté ce que racontaient des délégués étrangers. Ils avaient été y éplucher leurs propres fiches ! J'avais alors envisagé d'aller subtiliser celle du vieux Norbert et de la lui apporter. Tu imagines sa fierté !

– Mais pourquoi veux-tu que Stivard ait eu droit à une fiche ?

– Ce n'était pas uniquement des bolcheviks que s'occupait l'Okhrana. Mais aussi des mencheviks, des sociaux-révolutionnaires, des opposants au tsar de tout poil et de tous pays... Alors tu penses, Norbert, militant socialiste depuis 1880, journaliste à *L'Humanité*, ami de Guesde, il ne pouvait tout de même pas leur échapper ! À propos, on prend par le Champ de Mars ou par le quai ? »

Ils venaient de dépasser l'embarcadère de la Gagarinskaïa. Depuis des lustres, aucune embarcation n'en partait plus pour la place Petrovski sur l'autre rive, et la balustrade à demi écroulée ne servait que de perchoir aux oiseaux du fleuve. Ils remontèrent la berge rectiligne du canal. Devant eux, sous une lumière devenue livide, s'étendait l'immense esplanade déserte. Sans même se concerter, ils pensèrent qu'elle serait plus longue et pénible à traverser que la steppe la plus inhospitalière, et rebroussèrent chemin.

« Norbert va encore se demander ce que tu fabriques ! s'inquiéta Maurice lorsqu'ils commencèrent à longer la ligne des palais.

– Ça, il est habitué..., admit Lutry avec désinvolture.

– Oui, mais aujourd'hui c'est ton dernier jour, et il va peut-être craindre que tu oublies le départ...

– Risque pas », grogna-t-il.

Ils marchèrent encore en silence quelques instants.

« Quand je pense que tu es à Paname dans huit jours... Tu pourrais presque aller voir mes vieux...

– Si tu veux, je le fais, d'autant que c'est pas ma propre famille qui m'étouffe. Ils habitent où ?

– 20, rue Pelleport.

– Et je leur raconte quoi ? »

Maurice ne répondit pas.

« Écris-leur cette nuit une lettre..., proposa Lutry. Je la leur remettrai en mains propres.

– Non, ce n'est pas la peine, dit Maurice brusquement. Mais parlons de toi. Que vas-tu faire si tu n'écris pas sur ton voyage... Car tu n'écriras pas, n'est-ce pas ? »

Lutry soupira.

« Que veux-tu que je raconte aux camarades, désormais ?... Je ne veux pas encourager la réaction, tu comprends ; et en même temps je ne sais pas mentir. Comment me sortir de là...

– Voilà ce que c'est que de vouloir vérifier chaque fait et d'enquêter sur tout, Rouletabille ! Ça va te coller à la peau, désormais. Tu n'as plus qu'à te reconvertir en détective privé ! Je te vois déjà filant la femme adultère et le caissier véreux !

– Te moque pas ! C'est vrai que cette manière d'observer est une calamité... C'est comme si la réalité prouvait toujours le contraire de ce qu'on t'avait raconté. À chaque moment de mon voyage je suis tombé sur des documents, des indices, des faits que j'aurais été à cent lieues d'imaginer, mais qui étaient bien *là*... Veux-tu que je te donne un exemple ? Ton cher Tchitcherine dont tu me rebats les oreilles... Il n'est pas marié, n'est-ce pas ?

– Quel intérêt ?

– Figure-toi qu'en travaillant chez Grigorian, j'ai trouvé des lettres qu'il a écrites à un jeune poète. Tout un paquet. »

Maurice s'arrêta net.

« Où veux-tu en venir ? souffla-t-il. Tu t'occupes de la vie privée des gens, maintenant ?

– Justement pas. Mais j'ai constaté que *quelqu'un* s'en occupait à ma place et avait pris les doubles de ces lettres, car il y avait des traces de carbone. Tu me diras, ce n'est pas normal de trouver les lettres privées d'un commissaire du peuple dans un dossier marqué “ Relations sur l'Estonie ”. Le type était estonien, je veux bien... mais imagine que ce... Kirilenko y mette le nez... »

Maurice eut un vif geste de mécontentement.

« Écoute, Lucien. Jusqu'à maintenant, crois-le si tu le veux, bien qu'on se soit un peu colletés tout à l'heure, je t'avais plutôt à la bonne. Mais maintenant je m'aperçois que tu me dégoûtes et que Stivard a été bigrement patient avec toi. Car tu es un vrai traître à la cause ! Sur la foi de tes écrits, les camarades t'ont fait venir de confiance, au prix de mille difficultés, pour que tu informes les syndicalistes français sur la réalité de la Russie socialiste et de l'espoir qu'elle suscite. Au lieu de cela, tu te conduis comme le pire des réactionnaires de la presse bourgeoise. Norbert avait raison quand il te traitait de fouille-merde...

– Traître, comme tu y vas! Je ne vois pas en quoi je suis traître à la cause du prolétariat puisque je t'ai assuré que je m'abstiendrai à mon retour de tout témoignage et de toute critique concernant mon séjour ici. Il aura disparu, le camarade Lutry. Envolé! Quant aux gracieusetés de Norbert, c'est sans doute sa façon à lui de reconnaître que j'ai un peu plus de curiosité et de lucidité que certains... Me voler ma sacoche, c'est presque un aveu, non?

– Parlons-en, de cette sacoche! Pourquoi n'auraient-ils pas attendu la fin de ton séjour pour te la voler? Ils auraient pu mettre la main sur tout ce que tu voulais ramener!

– Mais *c'était* la fin de notre voyage, Maurice. Cette visite des usines de matériel de guerre en Oural au début d'avril était notre dernière étape. Nous devions revenir à Moscou et, de là, repartir pour Berlin par les voies que tu connais. C'est uniquement parce que j'ai exigé d'Hélène Stassova une enquête sérieuse sur ce vol que nous avons été retenus tout ce temps.

– Norbert ne t'en a pas voulu?

– Oh! si... »

Il resta silencieux et Maurice sentit qu'il ne fallait pas insister.

« Vous reveniez donc de l'Oural?

– Oui. Là-bas Stivard avait toute la journée les mains dans la graisse et le cambouis pour palper des affûts et des chenillettes. Moi, comme tu devines mon intérêt pour l'armurerie et la mécanique, cela me donnait du temps libre! J'ai pu ainsi aller flairer une ou deux pistes qui n'étaient pas du tout celles des chars d'assauts, je t'assure. Des pistes... bien étranges, murmura-t-il comme si cela lui échappait.

– Où as-tu encore été traîner? » s'inquiéta Maurice.

Lucien haussa les épaules.

« Si je te le raconte, tu vas de nouveau me lancer à la figure ma mauvaise foi, ma trahison, je ne sais quoi de plus déplaisant...

– Ne confonds pas, assura Maurice pour tenter de le calmer : ce que je trouve déplaisant, c'est le vol de la sacoche à ton retour.

– J'aurais été à leur place, j'aurais fait la même chose..., murmura Lutry. J'ai eu le tort de ramener une pièce à conviction. Le genre d'objet que l'on se fait subtiliser avant même d'être revenu dans sa chambre.

– Un objet, mais quel objet, Lulu? »

Lutry hésita.

« Figure-toi qu'on disait là-bas que les filles du tsar étaient toujours en vie. »

De stupeur, Maurice s'arrêta.

« Mais, Lucien, j'ai lu de mes yeux ce canard dans la presse française!

– Écoute-moi, répliqua-t-il d'une voix entêtée. On prétendait qu'elles vivaient dans cette ville même où nous nous trouvions.

– Quelle ville?

– Perm. On ajoutait même... » Il parut hésiter « que d'être encore en vie, ce n'était pas ce qui leur arrivait de mieux, si tu vois ce que je veux dire. »

Maurice s'était figé. Subitement lui revenait en mémoire l'hésitation de Victor Serge lorsqu'il l'avait questionné sur le sort des prisonnières après qu'il lui avait lu l'article de *L'Écho de Paris.*

« Mais tu es complètement, fou, bredouilla-t-il. De quoi as-tu été encore te mêler, je te le demande un peu? C'était vraiment le boulot d'un militant que de s'occuper de choses comme ça? »

Lutry contemplait en silence la perspective rectiligne du canal d'Hiver qui s'ouvrait, au-delà des arches, sur les îles embrumées qui semblaient dans la tremblante clarté de la nuit s'éloigner comme des vaisseaux de haut bord.

« Ce n'est pas le pont que franchit Lise, abandonnée par Hermann, avant de se jeter dans l'eau? demanda-t-il tout à coup.

– Je ne te voyais pas lire *La Dame de pique,* répondit Maurice surpris.

– Tu me voyais comment? rétorqua Lutry. Balayeur de ring pour Stivard et son club de minables? Mais non, mon petit vieux, on n'est pas de bois, et si tu savais combien les héroïnes des grandes œuvres russes ont compté pour moi! »

Il inspira lentement. Maurice vit qu'il fermait les yeux.

« Ce qu'il faut que tu saches, reprit-il avec gravité, c'est que j'adorais la Russie, avant même de la connaître. Si j'avais appris la langue, si j'avais lu ses grandes œuvres dans le texte, Gogol, Pouchkine, Tolstoï, c'était parce que je l'aimais et qu'elle m'apparaissait, vue de chez nous, comme le pays de tous les rêves, même les plus utopiques. Surtout les plus utopiques! C'est peut-être pour cela que j'ai cru les bolcheviks lorsqu'il ont clamé partout qu'ils travaillaient pour le bonheur du peuple! Moi qui avais pourtant la sainte horreur des vérités officielles, j'aurais dû me méfier! Car tu l'as vu, le peuple dans la rue, toi, aujourd'hui? Les gens sentaient bien que ça ne les concernait pas... Je m'en veux de m'être trompé à ce point, et pourtant je ne le regrette pas. Curieux comme je suis, avec cet intérêt passionné pour la vie réelle que j'éprouve, je ne pouvais pas ne pas aller voir ce qui se passait vraiment ici, mais j'aurais peut-être dû... »

Venant de la Millinaïa, un grondement retentit brusquement dans le silence et la clarté pâle de ce crépuscule sans fin, et ce fut comme un cristal qui se fracasse. Précédé par l'un des camions de Pechkov rempli de gardes, un convoi de quatre longues automobiles passa, phares allumés, à quelques mètres de lui, Comme elles s'éclairaient les unes les autres, il put entrevoir des hommes et des femmes étroitement enlacés. De l'une des voitures s'échappaient même des chants. À distance une automitrailleuse fermait la marche. Se rappelant ce que révélait Sadoul quelques heures plus tôt, Maurice resta longtemps à écouter décroître le grondement vers la place du Palais. Le silence fut long à revenir.

« Dis-moi, Lucien, c'était pas la Delaunay-Belleville, avec les petites femmes dedans? »

Il n'y eut pas de réponse. Maurice regarda autour de lui.

« Lucien », appela-t-il à nouveau à mi-voix.

Soudain oppressé, il fit demi-tour puis, pensant à sa réflexion sur la mort de Lise, se dirigea vers la Moïka. Le canal reflétait sans une ride la lumière blême du ciel.

« Lulu, me fais pas ce coup-là, implora-t-il avec une brusque appréhension. Où es-tu encore? Ne me joue pas les filles de l'air! Lucien! C'était quoi, ce que tu avais ramené? »

Le silence lui répondit. C'était encore à croire qu'il avait sauté sur l'un des marchepieds.

« Hé! Lulu! Svoï! » lança-t-il encore à la ronde.

Attentif au moindre bruit, il demeura ensuite de longues minutes immobile.

« Bon, je rentre à l'Astoria, au cas où tu changes d'avis, finit-il par lancer tout haut sans trop savoir vers où orienter sa voix. Tu peux même coucher dans ma chambre, si tu veux. »

Il prit la direction de l'hôtel Tchernichev, mais rien ne laissait supposer qu'il l'y retrouverait, et il n'avait pas envie d'inquiéter le gros Stivard. Derrière la colonne d'Alexandre fortement ancrée au sol dans la nuit blanche, les dômes de Saint-Isaac semblaient prêts à s'élever dans le bleu indécis du ciel. Un instant, il crut qu'il était suivi ou que l'on marchait à ses côtés. Il se retourna de nouveau, mais c'était le son de ses propres pas qui résonnait au pied des hautes façades muettes.

6

L'ENVELOPPE était d'un beau papier épais qui provenait certainement d'un stock d'avant-guerre, et sa teinte ivoire semblait un reflet du fragment de ciel qu'encadrait la fenêtre devant lui. Il en examina de près l'écriture impérieuse aux grands jambages inclinés. Monsieur Pennetier. Il ne se souvenait plus de lui avoir donné son nom, et pourtant elle l'avait écrit sans faute, et sans même l'application que l'on met à transcrire un patronyme auquel on n'est pas accoutumé. La lettre elle-même n'était pas sur le beau vélin ivoire, mais sur le papier grisâtre que l'on avait déjà tant de mal à trouver en ville. Bien qu'il en connût déjà le texte par cœur, il le lut à nouveau en pesant chaque mot.

« Pétersbourg, le 21 juillet 1920.

« *Cher Monsieur,*

« Je reprends ce jeudi au côté de Fédor Ivanovitch le rôle d'Olga dans *La Jeune Fille de Pskov*, que j'avais dû laisser au mois d'avril à Irina Aparkinova avant une longue absence. Me souvenant de la façon dont nous nous étions rencontrés cet hiver et du goût pour l'opéra que vous aviez alors paru manifester, je suis heureuse de vous adresser ci-joint deux places à l'intention de votre épouse et de vous-même pour la soirée du 26 juillet au Théâtre académique.

« Pensant que vous pourrez ainsi compléter la vision partielle que vous avez dû garder de cet ouvrage et espérant que vous passerez à cette occasion un bon moment (en dépit du tragique destin que me réserve ce personnage!), je vous demande de me croire

« Votre bien dévouée,

« Elena Gheranova ».

La lettre était écrite en russe – ce qui le surprit car ils n'avaient presque jamais parlé cette langue ensemble. Seul « Cher Monsieur » était écrit en français. Deux places d'orchestre y étaient jointes.

Chaque lecture accroissait son impression que cette missive avait décidément un sens qui lui échappait. Tout y sonnait faux et semblait incomplet. Il y relevait certes des éléments d'information – sa longue absence (qui expliquait que son nom ait disparu des panneaux du théâtre), suivie de son retour en scène – mais aussi un sentiment de menace diffuse : elle avait dû rendre son rôle, sans doute à contrecœur; et en évoquant son « tragique destin », ne voulait-elle pas qu'il puisse lire entre les lignes? Il décelait même dans la lettre un peu d'ironie quand elle parlait de son goût pour l'opéra ou qu'elle utilisait le nom de Théâtre académique qu'elle lui avait avoué détester! Heureusement, Chaliapine était toujours fidèle au poste : Maurice eut le sentiment qu'il avait dû continuer à veiller sur elle pendant son éloignement... Décidément, ce n'était pas une mauvaise idée que de le rechercher l'autre jour pour avoir de ses nouvelles.

Elle ne faisait en tout cas nulle allusion à la façon dont ils s'étaient quittés ni à cet accès de colère qu'il s'était tant reproché. Et puis, ces deux places... Comment interpréter cela? Il n'avait jamais parlé – et pour cause – d'une quelconque épouse. Sans doute ne voulait-elle pas donner l'impression à quelque zélé censeur qu'elle s'adressait à un homme seul – ou peut-être voulait-elle s'assurer ainsi de sa position de famille. Il examina les numéros des billets : C26 et C27. Ce devait être dans les premiers rangs, et en dépit de la pénombre, la place vide qu'il ne manquerait pas d'avoir à son côté signalerait facilement, de la scène, l'endroit où il se trouverait.

Il replia la lettre et la glissa dans son enveloppe. Il ne se souvenait pas d'avoir jamais étudié un document avec tant d'attention, même son engagement chez Tchitcherine ou son ordre de mission pour le collège étranger d'Odessa – même les lettres de Nadedja lues là-bas dans un café du bord de la mer, qui suppliaient de revenir à Moscou. Il lui en vint une légère migraine et aussi une bouffée d'exaltation à l'idée de ce qui l'attendait, comme si la ville devenait enfin fidèle à sa légende... Lui aussi allait avoir une Lise à poursuivre sur le pont du canal d'Hiver, et ce serait pour l'empêcher de se jeter à l'eau. Lucien avait raison, on n'était pas de bois, et tous les limiers de la Tchéka n'y changeraient rien : il irait occuper cette place C26, au côté de son fantôme d'épouse. C'était comme si l'esprit de Lucien avait rejailli sur lui – le droit auquel il aspirait désormais de ne plus craindre à tout instant des témoins malveillants ou délateurs, de respirer l'air tiède et les effluves du jardin d'Été, de baguenauder après le bureau sans penser à rien d'hostile ou de douloureux... Il se sentit soudain aussi calme et serein que l'atmosphère qui régnait alors dans sa moitié de chambre. Rappelé à Smolny au printemps (avec quelle satisfaction mêlée de vanité lui avait-il dit qu'il aurait là-bas une vraie pièce pour lui !), l'homme à la machine ne sévissait en effet plus derrière la cloison. Il avait été remplacé par un nommé Paganeev, fonctionnaire au Petrokommun – un brave bougre non seulement silencieux, mais également obligeant, voire généreux, qui avait tenté d'aider Maurice pour le ravitaillement de l'Asile. Quant à la pulpeuse dejournaïa, elle avait sans doute été détournée par l'un de ces amateurs de communications officielles qui montaient téléphoner au cinquième de préférence aux autres étages, et que l'on découvrait parfois dans l'ombre du palier, le dos de la fille penché sur eux – et l'on pouvait toujours attendre sa clé pendant ce temps-là. Un beau matin elle n'était en effet plus revenue sur la chaise de l'amiral-directeur d'étage; certains prétendaient qu'on l'avait vue à l'entrée du comité technique de la Kazanskaïa où d'aucuns, semblait-il, lui voulaient du bien. Une dame à bandeaux d'aspect fort revêche lui avait succédé et les demandes pour téléphoner du cinquième avaient subi une baisse vertigineuse. Il se mit à rire intérieurement – ça ne lui était pas arrivé depuis... il ne chercha même pas à se souvenir. Ce qu'il savait, en revanche, c'est que le ciel au-dessus du dôme verdi de Saint-Isaac lui renvoyait l'image d'un moment de paix et de bonheur comme il ne pensait jamais en connaître un à Petrograd. Et qui me le donne, qui ? se dit-il.

La salle était déjà pleine lorsque Maurice gagna sa place au troisième rang derrière la fosse d'orchestre. Il faisait si chaud qu'il songea un instant avec incrédulité à la première fois qu'il était venu et au froid glacial qui régnait alors, puis se félicita d'être séparé d'une matrone qui transpirait beaucoup grâce à la place de son épouse si judicieusement attribuée par Elena. C'était d'ailleurs la seule de tout l'orchestre à ne pas être occupée et il se demanda ce qu'il ferait pour la sauvegarder si quelqu'un voulait la prendre. Il ne s'inquiéta pas outre mesure car le public était si réservé qu'il ne donnait guère l'impression d'être au divertissement, et cette place vide n'était apparemment l'objet d'aucune convoitise. Entendant du bruit au-dessus de lui, il se retourna. Seuls menaient grand tapage au premier rang du balcon deux groupes de soldats et de komsomols qui s'échangeaient des plaisanteries qu'il ne comprenait pas. Non loin des militaires, l'ancienne loge impériale était au contraire occupée par un groupe de femmes silencieuses et placides, qui ne semblaient guère sensibles au fait que tant de têtes couronnées s'étaient succédé sur ces mêmes sièges, sous ces stucs et ces dorures. L'une des spectatrices tenait un papier qu'il prit pour un programme et il crut qu'en en achetant un lui-même il pourrait en apprendre davantage sur la vie et la carrière de la cantatrice – et, qui sait, peut-être y trouver une photographie ! Mais il chercha vainement dans l'allée un vendeur de programmes. Il questionna son voisin de gauche qui ne parut pas comprendre l'objet de sa demande.

Salué par quelques maigres applaudissements, le chef fit son entrée. Maurice reconnut son profil chenu et anguleux qui émergeait d'une queue-de-pie si chiffonnée et lustrée qu'elle aurait pu sortir à l'instant même de l'une des malles de l'Asile de France. Il étendit les bras et, sans le moindre prélude orchestral, le rideau se leva sur un décor de jardin entouré d'une balustrade, semblable à celle à laquelle s'était appuyée Elena le premier jour près des griffons du pont de la Banque. Déjà il pressentait que tout le début de la représentation ne serait pour lui que l'attente de son arrivée sur scène ; en janvier, il n'avait assisté qu'à la répétition des derniers actes et il ignorait à quel moment elle apparaissait. Pour l'heure, bouffies et figées devant la rampe à gaz, deux nourrices se racontaient avec des trémolos criards une histoire compliquée de fille de boyard à la naissance mystérieuse. Le son que produisait l'orchestre lui parut si grêle qu'il imagina qu'une partie de ses membres avait sans doute été réquisitionnée pour une autre activité que celle de jouer de la musique. Il se tortilla sur son siège. Bon sang, cela allait durer combien de temps ? À côté de lui son voisin dormait déjà et de l'autre côté de la place vacante la matrone en sueur s'éventait, dégageant une telle odeur qu'il en était incommodé.

Puis les nourrices se replièrent en coulisses et survint le petit ténor qu'il jugea plus malingre et plus défait encore qu'en janvier. « *Compte les années sans joie qu'il reste à vivre au brave garçon* », chanta-t-il d'une voix mélancolique. Puis, alors qu'il tentait de franchir la barrière du jardin, il s'empêtra dans une cape trop grande pour lui et faillit trébucher. Le public sortit alors quelque peu de sa léthargie, et au balcon les militaires ricanèrent bruyamment. Le ténor leur tourna ostensiblement le dos, mais peut-être était-ce un effet de mise en scène car, les yeux rivés sur le fond de la scène, il attendait manifestement sa bien-aimée. À ce moment précis le cœur de Maurice se mit à battre si vite qu'il en oublia le chant et la musique – c'était comme s'il se trouvait soudain lui-même sur les planches et que ce fût lui qui attendait Elena. Il retint son souffle en se demandant quelle impression elle lui ferait lors de son entrée. Allait-il la reconnaître sous la perruque empruntée au décrochez-moi-ça de Lebovski ? Y aurait-il un indice dans son comportement qui lui montrerait qu'elle cherchait à vérifier s'il était présent (mais sans doute y avait-il assez d'ouvertures discrètes dans la salle pour qu'elle fût déjà au courant). Parviendrait-il seulement à capter son regard ? Ce dernier point lui semblait bien improbable, car le jardin du boyard prenait sous les éclats fuligineux de la rampe à gaz l'aspect d'un coin de square à la tombée de la nuit, et l'on ne voyait goutte. Pendant quelques instants l'attente et le désir de la revoir se mêlèrent en lui de façon presque douloureuse.

Il ne l'aperçut que lorsqu'elle était déjà sur scène. Elle était arrivée par une ouverture qui de sa place lui était masquée – peut-être l'avait-elle fait exprès, après tout. Pendant qu'elle aidait son amoureux à remettre sa cape, celui-ci lui expliquait qu'il devait partir à l'étranger pour faire fortune avant de prétendre demander sa main. Elle le regarda en silence, puis s'écria : « *Mon bien-aimé, que de chagrin tu me causes* », avec dans sa voix le même accent de désespoir et sur le visage la même expression grave et digne qu'elle avait dans sa chambre lorsqu'elle lui parlait de ses privations. Qui sait si au-delà de son fade prétendant elle ne s'adressait pas à lui... Mais non, la situation était suffisamment dramatique pour justifier ses craintes : en son absence, lui expliquerait-elle, son père ne manquerait pas de la fiancer de force avec un barbon de ses amis. « *Oh! reste, mon bien-aimé, ne pars pas dans ce pays lointain, ne me laisse pas seule avec ma tristesse...* »

Au lieu de répondre sur-le-champ à une requête si touchante, le petit ténor fila brusquement en coulisses et Olga à son tour n'eut que le temps de se dissimuler derrière un bosquet étique alors que s'élevait venant du fond de la scène une voix profonde et émouvante. Drapée dans une vaste houppelande, une silhouette de haute taille s'approchait en effet, suivie de son confident, avec une majesté de patriarche. Maurice fronça les sourcils. Cette voix, cette stature... Quoi, il avait changé de rôle? En ce soir de reprise, il ne chantait donc pas celui d'Ivan le Terrible? Tout passif qu'il était, le public parut néanmoins déconcerté et il y eut une sorte de flottement avant que des applaudissements hésitants ne viennent saluer l'entrée du chanteur. Celui-ci n'en eut d'ailleurs cure et regarda la salle avec une sorte de détachement pendant les maigres clameurs avant de reprendre son récit. Qu'avait-il à faire, semblait-il indiquer par son attitude, de ce public formé de militaires ignares, de komsomols gouailleurs et de matrones endormies?... Il était donc ce soir, comprit Maurice, le boyard Tokmakov qui accordait à son vieux compagnon la main de sa fille, puis lui expliquait qu'il devait auparavant lui révéler le secret de sa naissance : Olga n'était pas sa fille mais sa nièce, et son père était inconnu. Il avait chanté ce monologue avec une inflexion si crépusculaire que sa voix en paraissait sombre comme la terre d'Ukraine, sombre comme l'atmosphère sur scène où sonnait maintenant le glas alors que se balançaient des lanternes et que des silhouettes indécises couraient en tous sens. Au milieu de cette agitation nocturne, la voix du grand chanteur s'était éteinte. Les bras levés comme ceux d'un imprécateur, le vieux chef tirait maintenant de l'orchestre des accents anxieux et désolés annonciateurs d'événements funestes : de mauvaises nouvelles étaient en effet apportées par un messager de Novgorod. Le messager était si podagre que Maurice se demanda si ce n'était pas, sous un déguisement, l'huissier du hall d'entrée. Il ne restait que ruines de la malheureuse cité, clamait-il d'une voix non moins ruinée; le mauvais sort attendait Pskov : Ivan le Terrible arrivait en effet à marches forcées. Alors que la population décidait de se rebeller et de se défendre par les armes, la voix grave de Chaliapine retentit à nouveau, et les habitants de la ville firent cercle autour de la haute stature du boyard. « *Peuple de Pskov!* harangua-t-il. *De qui avons-nous peur? Vous n'avez rien fait de mal, et donc rien à craindre. Il serait donc plus sage que vous accueilliez le tsar avec courtoisie et humilité.* »

« Comme tu l'as fait, toi! » cria soudain une voix au balcon.

Le chanteur parut se raidir et demeura un instant muet, bouche ouverte, et son silence glaça la foule qui l'entourait sur scène. Puis il reprit là où il avait été interrompu.

« *Faites cuire les pains, préparez la bière et l'hydromel, dressez les tables avec le pain et le sel! Plutôt que de chercher à l'affronter et à le combattre, accueillez-le et incitez-le à l'indulgence,* chanta-t-il.

– Comme toi quand tu t'étais agenouillé devant le Romanov! » hurla à nouveau la voix.

Cette fois Chaliapine s'arrêta net. Rejetant d'un geste bravache son chapeau en arrière, il s'avança sans hésiter vers le devant de la scène et chercha des yeux le perturbateur.

Au premier rang du balcon régnait une effervescence confuse mais, pour autant qu'il pût le discerner dans la pénombre, cela ne semblait pas venir des militaires.

« Que me reprochez-vous? demanda le chanteur d'une voix forte mais sans animosité, comme s'il cherchait à se contenir. Suis-je ici pour chanter? Ou pour m'expliquer? Choisissez. »

Dans la pénombre une silhouette s'était dressée.

« Tu appelles la population à s'agenouiller devant le tsar!

– C'est le rôle, répliqua Chaliapine. Écrit, mis en musique par Rimski-Korsakov alors que je n'étais pas né!

– Ne nous raconte pas d'histoires, toi aussi tu t'es vautré devant Nicky-le-Sanglant! C'est pas étonnant que tu aies choisi ce rôle ce soir! »

À quelques mètres de Maurice, la silhouette un peu affaissée, le vieux chef demeurait les bras ballants. Chaliapine se dirigea vers les coulisses.

« Allumez les lumières dans la salle, ordonna-t-il d'un ton bref. J'aime savoir à qui j'ai affaire. »

La lumière revint et chacun se regarda, les yeux écarquillés, ne sachant quelle contenance adopter. Le voisin de Maurice s'était redressé sur son siège, effaré.

« *Che succede?* Que se passe-t-il? » s'écria-t-il comme s'il se réveillait en sursaut.

Ce devait être un délégué italien du Komintern plus amateur de *Rigoletto* que d'opéra russe.

« *Niente,* lui répondit Maurice. *E un intermezzo. Non musicale.* »

Il regarda de nouveau vers la scène. Les choristes grimés en villageois s'étaient figés, paraissant soudain perdus, plus effarouchés encore que si le tsar cruel avait fait irruption sur la place du marché à la tête de ses terribles *oprichniki.* Il allait regretter qu'Elena ne fût pas sur le plateau à ce moment pour pouvoir l'observer à la dérobée lorsqu'il l'aperçut. Immobile et hiératique, elle était à demi dissimulée derrière un élément de décor, apparemment indifférente à ce qui se passait. Chaliapine s'était maintenant avancé jusqu'à la rampe de gaz, ce qui donnait à sa haute stature ainsi éclairée par en bas un aspect vaguement fabuleux.

« Alors, montre-toi, camarade provocateur, insista-t-il d'une voix de stentor. J'apprécie de combattre à visage découvert. »

Quittant un instant Elena des yeux, Maurice se retourna. Deux silhouettes de dos gagnaient la porte de sortie du balcon; l'instant d'après elles réapparurent à l'orchestre, descendirent à grands pas l'allée centrale et se plantèrent en face du chanteur.

« Tu sais de quoi nous parlons, lança celui qui semblait le plus jeune et le plus agité. Tu n'es pas digne de diriger ce théâtre. Il faut que le peuple le sache. »

Du haut de la scène, Chaliapine le toisa.

« Ce que le peuple doit d'abord savoir, c'est pourquoi j'ai agi ainsi. C'est donc au public que je m'adresse, jeune sot, et non pas à toi. »

Les mains derrière le dos, il fit quelques pas comme s'il voulait se calmer, puis revint devant l'orchestre.

« Cela se passait donc il y a quelques années lors d'une visite que le tsar...

– Le citoyen Romanov ! cria l'homme.

– ... Que le tsar, disais-je, devait faire dans cette salle dont il était le protecteur. Mes camarades m'avaient prié d'intercéder pour eux en vue d'obtenir je ne sais plus quelle faveur. À peine avais-je terminé ma supplique que retentit l'hymne national et qu'il se leva. Sous le coup de l'émotion, nous sommes alors tombés à genoux face à la loge impériale, moi-même au premier rang de mes camarades et du reste de la troupe... Je me demande d'ailleurs si ces deux-là qui m'apostrophent n'en faisaient pas partie.

– Assez, nous t'interdisons...

– Silence ! Je suis chez moi, ici, jusqu'à preuve du contraire !

– Pas pour longtemps ! »

Chaliapine marchait de long en large comme un fauve en cage entre deux foules pétrifiées.

« Laisse-le, c'est l'artiste du peuple ! » crièrent pourtant quelques voix dans la salle.

Encouragé par ce soutien inopiné, le chanteur pointa un doigt vengeur vers les perturbateurs.

« Oui, il me semble d'ailleurs vous reconnaître ! Sans doute vous êtes-vous agenouillés aussi, vous deux qui paraissez si bien renseignés sur les événements de ce soir-là.

– C'est de la provocation ! » hurla l'un d'eux.

Il y eut de nouveaux remous dans la salle. Maurice vit la tête hirsute du vieux chef qui émergeait de l'orchestre.

« Fedor Ivanovitch ! s'exclama-t-il. Ils enjambent la fosse !

– Laisse venir Ivan et ses terribles oprichniki », répliqua Chaliapine d'un ton ironique.

Trois ou quatre agitateurs firent irruption sur la scène et entourèrent le chanteur qui fut aussitôt protégé par ses partenaires. Dans la cohue, un élément de décor vacilla, puis au milieu des cris s'effondra à grand bruit, dans un épais nuage de poussière. « *Non si preoccupi, compagno* », dit Maurice à son voisin. Empêché par un praticable de voir ce qui se passait, et soudain inquiet qu'Elena puisse recevoir dans cette bousculade un mauvais coup, il se dressa à demi.

« Peuple de Petrograd qui me fais l'honneur de nous écouter, mes camarades et moi, continuait le chanteur, sache tout de même que mon ami Maxime Gorki, auprès de qui j'évoquais l'incident, a compris mon attitude! Mais il faut salir, n'est-ce pas! Salir ceux qui sont au-dessus de vous! Écrêter ceux qui dépassent!

– Ceux qui étaient payés vingt mille roubles d'or par saison! lança quelqu'un.

– Pourquoi pas deux cent mille? rétorqua Chaliapine. Sachez, camarades, que je n'ai jamais été payé ce prix! »

Le petit ténor s'avança à son côté.

« Et tu n'étais pas payé du tout, que je sache, Fédor Ivanovitch, le jour du concert gratuit de Kiev quand tu avais failli être submergé par la foule et que la troupe était apparue sur le Krechtchalik!

– Oui, je me souviens, Ivan Serguéiévitch, j'avais chanté *Doubinouchka* et j'avais même reçu pour cela une réprimande du chef de la police, le général Trepov. Tenez, camarades, proposa-t-il comme s'il était sous le coup d'une inspiration, voulez-vous que nous chantions ensemble cette *Doubinouchka* si chère à nos cœurs? »

Les militaires l'entonnaient déjà et Maurice admirait la maîtrise avec laquelle il retournait la situation à son profit lorsqu'un homme, en longue blouse de toile et pantalon bouffant sur les bottes, déboula à son tour sur scène. Paraissant fort agité, il franchit les rangs des manifestants et agrippa brutalement le chanteur.

« Socialiste, toi ? C'est un monde ! protesta-t-il. Tu n'as aucun droit de chanter une chanson ouvrière ! »

Chaliapine perdit brusquement le flegme qu'il était parvenu à garder jusqu'alors. Il saisit l'homme par le col.

« Tu ne sais peut-être pas que les ouvriers de scène m'ont offert l'année dernière un morceau du plancher sur lequel je m'élève du fond des Enfers, dans *Faust* !

– Restes-y donc, aux Enfers, rétorqua l'autre en s'étranglant de fureur. Ou bien il t'arrivera malheur, j'en fais le serment devant le peuple, ou bien...

– Lâche-moi ! s'écria Chaliapine.

– Tu n'as rien à faire dans cette ville, toi et tes congénères ! Je vais te dire ce que j'en pense, moi, des acteurs ! C'est simple, on devrait les supprimer, et toi comme les autres ! Le talent détruit l'autorité, il faut donc l'éliminer !

– Ça, par exemple, je n'ai jamais entendu quelque chose de plus grotesque ! Allez, dégage-moi ces planches sacrées qu'ont foulées tant de tes compatriotes qui possédaient ce talent... ce talent, dont le seul tort à tes yeux est justement de vouloir réchauffer le cœur des hommes ! Allez, file, ou bien je te balaie moi-même avec les éléments de décor que tu as brisés ! Boris Maximovitch, reprenons avec mon discours aux habitants de Pskov, veux-tu bien ? »

Un homme se leva alors au premier rang.

« C'est impossible, Fédor Ivanovitch. L'ordre public a été troublé, et comment veux-tu qu'après tout cela on s'amuse et que l'on s'intéresse à cette histoire? Le camarade a raison, après tout. Il va peut-être falloir que tu vives comme nous tous. »

L'homme parlait d'une voix forte, mais sans acrimonie. Il semblait jouir d'une autorité naturelle sur les trublions qui quittèrent aussitôt la scène. C'était sans doute un officier en civil, pensa Maurice. Chaliapine dut le ressentir ainsi car il eut une expression désabusée que Maurice ne lui connaissait pas encore.

« Eh bien, soit, dit-il d'une voix soudain lasse. Peuple de Piter, cher public de Piter qui m'as toujours soutenu, je ne serai donc pas à notre dernier rendez-vous. Nous allons baisser le rideau. Et qui sait quand nous le relèverons... »

Il n'y eut pas un murmure dans la salle stupéfiée. Le chanteur resta immobile, le regard perdu dans ses pensées alors que le rideau tombait lentement. Maurice essaya de distinguer Elena au milieu de la troupe figée, mais elle devait déjà avoir regagné les coulisses. Dans la fosse d'orchestre abandonnée par le chef, on entendit les musiciens claquer les étuis de leurs instruments. Le public se leva sans bruit, comme accablé.

« C'est ce soir la vraie fin du Marienski, murmura une vieille dame derrière lui.

– Oui, renchérit son voisin, et ce n'est pas trop tôt, on ne comprenait plus rien à ces histoires de princesses. »

Il prit à témoin Maurice qui secoua la tête d'un air évasif. Son interlocuteur toisait de façon hostile la vieille dame qui remontait déjà l'allée. La salle se vidait dans le calme; au balcon les militaires sortaient en bon ordre, comme à la parade.

« *A Napoli anche e montano in scena*, grommela l'Italien à son côté. Je pensais pourtant qu'ici... »

L'air bougon, il s'éloigna sans même le saluer.

*

Revenu dans le hall, Maurice ne sut trop que faire. À y réfléchir il se demandait si tout l'incident n'avait pas été prémédité et si, en changeant à dessein de rôle, Chaliapine n'avait pas joué lui aussi une partition préparée à l'avance. Il craignit aussi qu'Elena apeurée ne quittât le théâtre sans plus attendre, et qu'il ne lui soit dès lors plus possible de la retrouver : il savait qu'il ne retournerait pas dans l'Offitsierskaïa. Autour de lui les gens qui sortaient étaient si déçus de l'interruption de la représentation qu'ils s'attardaient pour converser.

« C'est tellement émouvant quand on la ramène morte, lui est si triste, et tu ne verras pas ça... », se lamentait une jeune fille devant lui.

Un bouquet à la main, elle parlait à sa voisine. Avec ses tresses blondes et ses fossettes, elle semblait si candide qu'il l'imagina aussitôt cueillant ses fleurs le long du chemin en pensant à son idole.

« Vous vouliez le lui donner ? » demanda-t-il en s'enhardissant.

Elle rougit de ce qu'un inconnu lui adressât la parole.

« Le lancer, simplement, dit-elle. Ma mère l'avait déjà fait il y a vingt ans. À l'époque, il avait ramassé son bouquet et l'avait serré sur son cœur ! Et aujourd'hui voilà ce qui arrive. »

Elle eut un geste de dépit.

« Écoutez... C'est bête que vous le rameniez chez vous... Moi je vous l'achète », proposa-t-il.

Elle le regarda sans comprendre. Il avait failli

ajouter « pour le lui apporter », mais il craignit qu'elle ne voulût le suivre, ce qui n'était peut-être pas le plus opportun pour tenter d'apprivoiser Elena.

« Cent roubles, insista-t-il en baissant la voix. C'est tout ce que j'ai. »

Elle le regarda, paraissant sur la défensive, comme s'il avait prononcé une incongruité.

« Mais je ne l'ai pas acheté, balbutia la jeune fille. Je... Je l'ai fait moi-même...

– Je me doute bien! C'est pour cela que je trouverais dommage qu'il se perde... Moi je sais à qui le donner », ajouta-t-il plus bas.

Elle ouvrit des yeux ronds.

« À lui? Vous n'allez pas le voir, quand même?

– Peut-être pas lui, mais... »

Elle se tourna vers sa camarade et, ensemble, elles pouffèrent.

« Et nous, on pourrait pas venir?

– J'aimerais bien, mais... après ce qui s'est passé... j'ai peur que... qu'on ne soit pas très libres de nos mouvements ».

La jeune fille sembla de nouveau effarouchée.

« Je comprends, souffla-t-elle très vite. Oh! Et puis... »

Elle consulta du regard son amie qui, la mine craintive, ne disait mot, puis d'un geste malhabile lui tendit le bouquet.

« Essayez de lui donner... de la part de Stefanida...

– C'est votre mère?

– Non, c'est moi. Ça l'amusera. L'une des deux nourrices porte d'ailleurs mon nom. »

Il fit semblant de chercher son billet. Mais déjà elles avaient disparu dans la foule.

Il toqua à la porte vitrée de la cabine et vit avec soulagement que le huissier ne le reconnaissait pas.

« Je voudrais savoir où se trouve l'entrée des artistes, demanda-t-il en mettant le bouquet en évidence.

– Des artistes, vous avez vu ce soir ce qu'on en faisait ! grogna le vieil homme. Des artistes, monsieur, nous n'en entendrons plus beaucoup si Fédor Ivanovitch s'en va. C'est pour lui ? »

Il examinait les fleurs avec surprise.

« Pour... pour la chanteuse », répondit Maurice.

L'huissier parut attendri.

« Oh ! Il y avait longtemps, murmura-t-il. Madame Gheranova sera contente. Vous venez de la salle ? Bien, prenez donc ce couloir. Deuxième à droite, et tout droit après l'escalier. Attention, s'il y a là-dedans un... message personnel, prévint-il en désignant du menton un coin du hall où quelques personnages conversaient avec animation, l'un de ces messieurs peut très bien vouloir le lire. »

Maurice secoua la tête.

« Il n'y a pas de message.

– Mettez donc vos fleurs avec cela », recommanda l'huissier en lui tendant un numéro des *Izvestia de Petrograd*, sans que Maurice comprît s'il considérait le journal comme un sauf-conduit ou s'il voulait lui voir empaqueter le bouquet de façon plus raffinée.

S'efforçant au naturel, il gagna rapidement le couloir et suivit les directives de l'huissier. Après l'escalier, ce lui fut facile : par un battant entrouvert il entendait non le thème du piano allègre et mélancolique qui lui revenait souvent en mémoire, mais la voix courroucée de Chaliapine à laquelle personne ne semblait donner la réplique. Il passa son chemin et frappa discrètement. Personne ne lui répondit. La voix du chanteur lui parvenait toujours et l'auditoire persistait dans son silence. « Il ne parle tout de même pas tout seul! » se dit Maurice. Il restait là, indécis, ses fleurs à la main, lorsqu'il vit une porte s'ouvrir à l'autre bout du corridor. Il eut un moment d'inquiétude. Si c'était l'un de ces messieurs, comme les appelait l'huissier? Hâtivement cette fois, il frappa et, n'obtenant aucune réponse, il entra doucement.

Habillé d'une somptueuse robe de chambre, Chaliapine marchait de long en large dans la pièce comme il arpentait tout à l'heure la scène. Déjà démaquillée, Elena partageait un canapé avec le petit ténor cependant qu'un autre chanteur plus âgé retirait sa perruque devant une glace. À l'écart, une femme aux cheveux tirés en chignon reprisait une cape de velours. Dès que Maurice apparut, tous les regards convergèrent vers lui. Il remarqua que le visage d'Elena s'était figé et qu'elle considérait les fleurs avec stupeur. Peut-être ne le reconnaissait-elle pas... Après tout, les cuisines de l'Astoria lui avaient permis de reprendre les kilos perdus pendant sa convalescence et le costume de toile claire de chez Sandouchi était certes plus seyant que la choube d'alors.

« En voilà des fastes d'ancien régime! » s'écria emphatiquement Chaliapine en désignant le bouquet.

À l'expression d'Elena, Maurice devina qu'elle aurait préféré des retrouvailles moins publiques. « Agenouillez-vous à mes pieds pendant que vous y êtes! » semblait-elle dire. Ne sachant que faire, il déposa maladroitement les fleurs au côté de la femme qui cousait; celle-ci lui adressa un regard ébahi.

« Vous voulez sans doute le donner à Madame ?

– Non... enfin oui..., bredouilla-t-il. C'est pour dire... le plaisir que j'ai pris... dans la salle beaucoup regrettaient... »

Dès son premier mot Chaliapine se tourna vers Elena.

« Mais... C'est notre jeune Français, *ma chérrie* ! Je ne savais pas que vous le voyiez encore...

– Je ne l'ai pas vu depuis six mois, protesta vivement Elena. Il a dû apprendre mon retour... Non ? »

Elle évitait son regard.

« C'est vrai, je n'avais pas rencontré Mme Gheranova depuis cette mémorable répétition de janvier, et j'attendais en effet impatiemment qu'elle revienne sur scène, reconnut-il.

– Eh bien, mon pauvre ami, vous avez choisi votre jour ! s'exclama le chanteur.

– J'ai rencontré une spectatrice particulièrement déçue... Elle se promettait de vous lancer ce bouquet à la fin et... n'osant pas venir, elle me l'a transmis à votre intention. »

Chaliapine se mit à rire.

« Voilà qui me rajeunit, n'est-ce pas, mais je ne crois pas un mot de votre histoire, *mon cherr*. Vous n'avez pas à vous justifier pour offrir des fleurs à une dame ! D'autant que vous êtes plus présentable que l'autre fois ! Élégant comme un soupirant de Tchekhov, confia-t-il à Elena.

– Écoute, Fédia. Il t'a expliqué lui-même...

– Oh ! Ne t'énerve pas... Quant à vous, jeune homme, je peux vous affirmer que je serais le plus heureux des hommes si elle pouvait être un peu protégée par vos amis, dit-il plus bas d'un ton appuyé. C'est qu'elle en a enduré depuis quelques mois, vous savez... Et maintenant, que vas-tu devenir, ma petite biche, s'ils me poussent dehors...? »

Elle eut un frémissement.

« Tu n'es pas encore parti », murmura-t-elle.

Les mains derrière le dos comme tout à l'heure sur scène, un peu voûté, il avait repris ses allées et venues de fauve en cage.

« Je suis décidé à marquer le coup. Je vais faire annuler la représentation de *La Khovantchina* après-demain. À cette heure-là, si j'ai trouvé une place dans le train, je serai chez Lounartcharski pour lui remettre ma démission.

– Oh mon Dieu.

– Ne t'inquiète pas, ils ne l'accepteront pas.

– Tu joues avec le feu...

– Tu ferais tout de même mieux d'aller raconter dès ce soir aux Gorki ce qui s'est passé avant qu'on ne le fasse pour toi, suggéra le petit ténor. N'oublie pas que Mara Budberg t'a tout le temps admiré et soutenu.

– Moi aussi, je l'apprécie, ne serait-ce que parce que Zinoviev la hait, mais pourquoi irais-je avaler la vodka du camp d'en face après un tel affront? Tu penses bien que les perturbateurs avaient prémédité leur affaire. D'ailleurs, je le sentais venir, je le sentais venir... »

Le chanteur qui se démaquillait se retourna. Maurice reconnut celui qui chantait l'ami du boyard Matouta – à qui était destinée la petite Olga qu'interprétait Elena.

« Tes adversaires assureront que tu as échangé à dessein ton rôle avec le mien afin de créer l'incident.

– Je te promets que j'avais eu vent de quelque chose! Depuis quelques semaines les salles étaient truffées de tchékistes. Il me fallait un jour ou l'autre les provoquer, c'est dans ma nature!

– Attention à ce que tu racontes, Fédor Ivanovitch ! le coupa le petit ténor en coulant un regard suspicieux vers Maurice.

– J'espère que vous ne comptez pas trop faire carrière dans l'entourage de Zinoviev, jeune homme, continua Chaliapine en se tournant vers lui. Que vous le vouliez ou non, *certains* savent désormais que vous êtes ici. »

Maurice regarda Elena à la dérobée. Elle paraissait aussi absente que sur scène. « Aurait-elle en effet essayé de me compromettre ? » se demanda-t-il avant de chasser aussitôt cette pensée de son esprit.

« À ce que j'ai pu juger à mon modeste niveau, l'opéra a toujours été prisé par le nouveau régime, assura-t-il. La semaine dernière encore, le bureau des Éditions de l'Internationale s'est rassemblé autour de la TSF pour vous écouter dans un acte de *Boris Godounov*.

– À propos de *Boris*, tu te souviens, Ivan Serguéiévitch, interrompit Chaliapine en regardant le petit ténor, quand tu chantais le rôle du prince Chouïski et que je t'avais presque étranglé !

– Si je me souviens... J'en avais eu la gorge bleue pendant une semaine !

– Comme le grand-duc Vladimir s'étonnait de ma violence, je lui avais lancé : c'est pour vous montrer, Altesse, comme il faudrait traiter les boyards !

– Tu aurais dû leur raconter ça à ces agités de tout à l'heure ! » lança l'autre chanteur.

Chaliapine hocha la tête sans répondre.

« Enfin, si le bureau des Éditions de l'Internationale m'apprécie, tout n'est peut-être pas perdu, dit-il avec ironie. Et puis, *Boris*... Voilà qui aurait fait plaisir à Moussorgski... » Il eut un fugitif sourire. « Ce cher vieux pochard de Modest Petrovitch... C'est l'un des regrets de ma vie de ne l'avoir jamais rencontré... D'autant que j'aurais pu le faire comme je le voulais dans sa petite taverne de Maly Yaroslavets, sur la Morschaïa! Il paraît qu'il y était toujours seul à écrire de la musique sur n'importe quoi, des serviettes, des menus. Rimski-Korsakov, en revanche, je l'ai bien connu. Sa tante Varvara Dmitrievna avait été la plus belle femme de l'empire. Lui aurait certes mieux fait de ne pas retoucher la musique de Modest Petrovitch, mais allez demander à un Moscovite de comprendre un Pétersbourgeois! »

Ils l'écoutaient en silence.

« Bien, soupira-t-il. Ce n'est pas le moment, je pense, de refaire l'histoire de la musique, mais celui d'opérer une retraite en bon ordre. Ce serait dommage de faire veiller nos anges gardiens. »

D'un geste un peu théâtral, il se drapa dans une cape d'étoffe légère.

« La meilleure tactique à adopter me semble de sortir en groupe et de nous disperser sur la place.

– Qui veux-tu donc disperser? s'exclama le petit ténor. Il y a belle lurette que les chœurs et l'orchestre, Boris Maximovitch en tête, sont partis!

– C'est vrai que nous n'avons que trop tardé. Eh bien, Pélagie? Dépêchons, malheureuse bonne de bourjouï... Et toi, Elena Alexandrovna, n'oublie pas les fleurs de mon admiratrice! Elles égayeront ta chambrette...

– Reverrons-nous jamais cette loge?... murmura-t-elle en franchissant le seuil.

– Mais oui, *soudarinia,* affirma Chaliapine en la prenant affectueusement par les épaules. J'aime cette vieille maison et, bien que je sois à peu près certain que, ici comme ailleurs, on me crachera dessus dès que j'aurai le dos tourné, je ne l'ai pas encore quittée, crois-moi. »

Dans le couloir, deux hommes sur leur passage firent semblant de s'offrir des cigarettes.

« Vous désirez peut-être du feu, camarades ? » s'enquit le chanteur d'un ton badin.

Peu désireux de se faire remarquer, Maurice détourna la tête comme s'il conversait avec le petit ténor qui fermait la marche. Un instant, d'ailleurs, il s'inquiéta de ce qu'il pourrait faire si, après le passage de Chaliapine, les deux hommes s'en prenaient à son partenaire moins protégé par la notoriété. Gardant la main crispée dans sa poche sur sa carte du parti, il ne se détendit que lorsqu'il se retrouva au-dehors. En dépit de l'heure tardive, le ciel était translucide et lumineux comme de l'albâtre.

« C'est la lumière du début de *La Dame de pique*, murmura Chaliapine.

– Pour rester dans ce climat, qu'en est-il de ta petite calèche ? demanda Elena.

– Figure-toi qu'elle a été réquisitionnée lundi pour conduire l'un de ces messieurs à Petrovorets. Tu sais ce que ce personnage a déclaré à Pélagie pour justifier son emprunt ? " On a des nostalgies de grelots. " Je n'invente rien ! Eh bien, nous qui n'avons pas de grelots ce soir, nous allons regagner notre île, Pélagie et moi. Au revoir, Elena Alexandrovna, lui dit-il en lui baisant la main. Et ne t'en fais pas, ajouta-t-il plus bas. Encore une fois, cette maison est ma raison de vivre et jusqu'à preuve du contraire je reste à la barre.

– Tiens-moi au courant dès ton retour de Moscou, demanda-t-elle d'une voix qui s'étrangla brusquement.

– Si quelque chose n'allait pas, tu peux toujours

venir chez moi, n'est-ce pas, Pélagie ? Adieu, *mon cherr* », lança-t-il cérémonieusement à Maurice.

D'un geste large, il recoiffa son panama. Ses deux compagnons le saluèrent avec plus de réserve – une simple inclinaison de tête à laquelle il répondit de même –, puis rejoignirent le chanteur. Elena suivit des yeux le petit groupe qui s'éloignait à grands pas vers la perspective Ismaïlovski. Boudinée dans sa robe noire, Pélagie trottinait déjà derrière les trois hommes en costume clair.

« Personne n'a l'air de les suivre, constata-t-elle.

– Je vois que vous avez toujours cette manie de la filature...

– Vous verrez », soupira-t-elle en l'entraînant.

Sans doute pour qu'il n'y ait pas d'équivoque elle n'avait pas pris cette fois la direction de l'Offitsierskaïa et il se sentit soulagé. Le visage fermé, serrant gauchement le bouquet contre son long manteau d'été comme si c'était la première fois qu'elle recevait des fleurs en hommage, elle se dirigea en silence vers le canal Catherine. Bientôt le pont de la Banque leur apparut. Tavelés de taches claires dues au contact prolongé avec la neige, les griffons de bronze semblaient sur le point de s'effondrer dans l'eau verte tant leurs assises paraissaient attaquées par la rouille Elle se mit à jouer pensivement avec les anneaux des chaînes.

« Comme il faisait froid alors, murmura-t-elle. Et maintenant ça sent le sureau. »

Elle s'était exprimée cette fois en français, comme si elle tenait à reprendre une conversation interrompue quelques mois plus tôt; il sentit qu'elle l'observait.

« Et c'est vrai que vous vous êtes remplumé dans l'intervalle, ajouta-t-elle d'un air malicieux. On dirait même que vous avez grandi! Vous étiez plus petit que moi à l'époque, ou est-ce que je rêve?

– Vous aviez vos bottes », fit-il remarquer avec un peu d'impatience.

Le méplat de ses pommettes était plus saillant que dans son souvenir, et sa peau plus diaphane encore. Il eut envie d'effacer d'un geste léger du doigt les traces de fond de teint qui demeuraient sur ses joues.

« Expliquez-moi », demanda-t-il comme le silence se prolongeait.

Elle le regarda comme s'il s'agissait d'une question incongrue. Ses yeux étaient si cernés que leur gris en devenait plus pâle encore.

« Vous expliquer... quoi ?

– Pourquoi vous avez cherché à me revoir ! Vous m'en voulez sans doute d'avoir ainsi fait irruption dans la loge... Mais comment faire autrement ? Ce qui est arrivé pendant la représentation a brouillé tous mes plans, et je ne savais plus comment vous retrouver ! Vous noterez que je n'en ai pas parlé.

– De quoi ? demanda-t-elle d'un air absent.

– Mais... de votre lettre ! Au risque de passer vis-à-vis de vos camarades pour un ami... régulier, ce qui ne pouvait que nous mettre l'un et l'autre dans l'embarras. Ils n'ont pas cru un mot de nos dénégations. »

Elle haussa les épaules.

« Mes camarades sont bien placés pour savoir que je n'étais pas à Pétersbourg depuis plusieurs mois. Et ils savent plus encore que je ne me suis jamais compromise avec les Rouges : on me le fait payer assez cher. »

Il eut un geste d'agacement.

« Écoutez, si c'est pour recommencer notre dispute de cet hiver, ce n'était vraiment pas la peine de renouer le contact !

– C'est vrai que nous nous étions si mal quittés, admit-elle d'une petite voix.

– Assez mal en tout cas pour que je puisse aujourd'hui mettre les choses au point : rouge j'étais, rouge je demeure; mais vous m'avez considéré à l'époque comme si j'étais un vil assassin! Je vous en ai voulu pendant des semaines, et pourtant quel remords j'ai aussi éprouvé de m'être mis ainsi en colère! Mais je vous répète que je n'ai pas de sang sur les mains!

– Je sais, dit-elle d'un air narquois : vous vous êtes borné à faire sauter quelques ponts. Mais vos amis! J'en ai suffisamment appris depuis six mois, vous savez. »

Elle reprit sa marche le long de la rive, les bras croisés sur la poitrine comme si elle cachait quelque indicible secret. Il fut un instant tenté de la planter là lorsque brusquement il songea à ce que Lucien lui avait raconté. En quelques enjambées il la rejoignit.

« Écoutez, je travaille au bureau d'éditions de Smolny! Pas à la Tchéka! Elena! Mais enfin, vous renversez les rôles! Ce n'est pas moi qui ai cherché à vous retrouver, mais vous! Alors que vous savez parfaitement de quel bord je suis! Je n'ai tout de même pas rêvé cette lettre... Je l'ai même relue dix fois sans comprendre où vous vouliez en venir! »

Dans la lumière du soir, le profil pur d'Elena paraissait si maussade qu'il lui sembla utile d'insister.

« Sans cette lettre, vous vous doutez bien que je ne vous aurais jamais revue! Si vous voulez tout savoir, j'en étais même venu à éviter le quartier du théâtre Marienski pour ne pas risquer de vous rencontrer. »

Elle s'arrêta net.

« Sauf une fois. »

Il demeura un instant interloqué.

« Vous voulez dire... L'autre jour? »

Elle acquiesça.

« Il fallait que je retravaille mon rôle et j'étais devant ma fenêtre à vocaliser. Je me suis vite cachée derrière le rideau.

– Vous auriez plutôt dû me faire signe ! lui reprocha-t-il.

– J'étais si... surprise... Réellement, je n'en revenais pas, surtout le jour de votre ouverture de congrès, où je croyais que vous aviez à faire au palais de Tauride. Mais comment pouvez-vous prétendre que je ne vous ai pas fait signe ? »

Il la regarda sans comprendre.

« Et cette lettre ! s'exclama-t-elle. Ce n'est pas un signe ? Si je ne vous avais pas vu ce jour-là, ajouta-t-elle après un silence, si je n'avais pas découvert votre silhouette solitaire dans la rue ensoleillée, vous imaginez bien que je ne vous aurais jamais écrit !

– Et moi, je ne me serais jamais rendu à l'Offitsierskaïa si je n'avais pas remarqué en venant par hasard au théâtre que votre nom ne figurait plus sur les programmes... Je me suis alarmé tout à coup pour votre sort. Et figurez-vous que lorsque ce même après-midi je suis en effet revenu à la séance du congrès au palais de Tauride, j'ai espéré y rencontrer Chaliapine ! »

Elle prit une mine indignée.

« Fédia ! Au congrès du Komintern !

– Son grand ami Gorki dont il nous parlait encore tout à l'heure était à la tribune et j'avais envisagé qu'après tout il pourrait venir l'écouter... C'était assurément absurde, admit-il, mais j'étais tellement inquiet et je désirais tant avoir de vos nouvelles. »

Elle lui jeta un regard vif, puis se détourna.

« Moi aussi je pensais parfois à cette lointaine

journée de janvier, reconnut-elle. Mais il s'est passé tant de choses depuis...

– C'est ce que j'avais cru comprendre... Oui, c'est cela : reprenant votre lettre après quelque temps, j'ai compris qu'il fallait la lire entre les lignes.

– Comme c'est intéressant ! Et qu'avez-vous donc lu, à l'encre sympathique ?

– Eh bien... j'ai appris que j'étais marié, d'abord. Merci de l'information. »

Pour la première fois il vit un sourire éclairer son visage.

« Cela vous laissait le loisir de venir avec quelqu'un de votre choix.

– Oui ! la petite au bouquet, par exemple, mais je l'ai rencontrée trop tard...

– Ou votre directeur d'éditions puisqu'il apprécie Fédor Ivanovitch ! Non, sérieusement, cela me permettait plus facilement de vous repérer dans la rangée.

– C'était donc bien cela ! Et m'avez-vous remarqué ?

– Je n'ai pas eu le temps, à vrai dire ! J'entre très vite en scène, puis après tout s'est précipité... Je n'ai plus eu le temps de songer à vous jusqu'à ce que je voie pointer ce bouquet dans l'entrebâillement de la porte. À l'intention de Pélagie !

– Elle m'a autorisé à vous en faire respirer une », murmura-t-il en détachant une fleur et en l'approchant de ses narines.

Elle eut un mouvement de recul.

« Attention !

– Qu'est-ce qu'il y a ? J'ai bien le droit de vous faire respirer une rose !

– Derrière vous », murmura-t-elle.

Il se retourna avec autant de naturel qu'il put.

De l'autre côté du canal les murs du gymnase se découpaient en contre-jour sur le ciel lumineux.

« Je ne vois rien.

– Mais vous êtes aveugle ! Au débouché de la rue... Deux hommes. »

Son ton était devenu subitement saccadé et anxieux.

« C'est à plus de trois cents mètres, dit-il pour tenter de la calmer. Comment voulez-vous que l'on observe quelque chose !

– L'air de Piter est si pur qu'à une verste on voit une verrue sur la joue du gars qui vous file. Je suis habituée, vous savez. »

Il regarda de nouveau. Devant un mur en crépi rougeâtre, il y avait un bosquet de forme indécise d'où rien ne semblait bouger.

« Je ne vois qu'un arbuste qui s'incline sur l'eau mais, si cela vous préoccupe, je vais sur place. Il ne faut tout de même pas un propousk pour vous accompagner faire une promenade !

– Vous ne savez pas *qui* vous accompagnez, répliqua-t-elle d'une voix altérée. Vous aviez raison quand vous parliez tout à l'heure de lecture entre les lignes... Ils me suivent partout. Je viens de faire cette tournée dans l'Est : ils étaient là. Ils ne me lâchaient pas d'une semelle...

– Comment savez-vous que c'était vous qu'ils suivaient et pas la troupe ?

– À plusieurs occasions j'ai fait exprès de me séparer de mes camarades ! Là, j'ai pu me rendre compte que c'était moi qu'ils suivaient, hélas, et pas les autres ! »

Il scruta en direction du gymnase. Cette fois le doute n'était plus permis : deux silhouettes s'étaient avancées sur le pont et se tenaient maintenant immobiles, se découpant sur le ciel.

« Mais que vous reprochent-ils donc ? »

Elle eut un geste d'ignorance.

« Ça, j'aimerais bien le savoir, j'aimerais bien le savoir, répéta-t-elle d'un ton las.

– C'est pour cela que Chaliapine vous disait : " Ne t'inquiète pas " ?

– Peut-être », soupira-t-elle.

Il avait donc bien compris : sa missive était un appel à l'aide, plus pressant encore qu'il ne l'avait cru.

« J'ai cherché toutes les raisons possibles qu'ils avaient de me garder ainsi sous surveillance, reprit-elle. Mon amitié pour Fédia, qui m'a fait obtenir de nombreux rôles et qui est allé jusqu'à évoquer mon cas auprès de Lounartcharski pour me faire réintégrer ici ? Ou pour Mara Budberg, la compagne de Gorki, que Zinoviev déteste et qui a appuyé Fédia dans sa démarche pour me faire revenir ? La position de mon ex-mari, Oleg Massinine, qui avait été l'avocat de mencheviks et de sociaux-révolutionnaires qu'ils abhorrent plus encore que les anciens bourgeois ? Oui, j'ai retourné tout cela dans ma tête, mais rien ne m'a semblé mériter ce traitement de faveur...

– Vous n'avez jamais su pourquoi on vous avait retiré votre rôle cet hiver ?

– C'est arrivé quelques jours après un déjeuner chez Mara Budberg. J'avais chanté à la fin une cavatine de Mozart. Gorki était présent et l'un des invités avait pris une photographie de moi et d'Alexis Maximovitch en train de m'applaudir. Or Zinoviev hait le ménage Gorki. Peut-être a-t-il voulu les atteindre à travers moi. Il a choisi en tout cas un moment où les Gorki étaient à Novgorod et Chaliapine à Moscou. Dans ce cas-là il faut réagir très vite, tout est en fonction du rapport de forces, donc de la présence de vos protecteurs... Quand Fédia est revenu et qu'il a appris cela, il est entré dans une grande colère, m'a raconté Boris Maximovitch, mais c'était trop tard. Moi j'étais déjà dans l'Oural, à chanter sous des préaux d'école. »

Elle ferma les yeux comme si cela lui était par trop pénible d'évoquer ces récents souvenirs.

« Et c'est d'ailleurs là-bas que les choses se sont aggravées, reprit-elle.

– Que s'est-il passé ? s'entendit-il demander.

– Eh bien, j'ai commencé à être l'objet de cette surveillance dont je vous ai fait part. Cette filature de tous les instants. Jusqu'à créer un véritable malaise dans la troupe.

– Tout cela sans raison ? Je n'arrive décidément pas à le croire.

– Vous réagissez comme eux..., dit-elle dans un soupir douloureux. J'étais devenue une sorte de pestiférée... À mon retour, j'ai repris tout mon emploi du temps avec Chaliapine, je lui ai énuméré les rôles que j'avais chantés... " Y a-t-il un incident auquel tu as été mêlée ? " voulait-il savoir. Mais non, pas le moindre... La routine d'une troupe en tournée... Il faut reconnaître, reprit-elle d'un ton presque dégagé, que Fédia n'en revient pas de l'importance qu'on m'accorde. Il prétend qu'on ne le suit pas, lui. Qu'on me file, moi, et pas lui : au fond il en est un peu vexé.

– Ça finit par m'intriguer aussi ! Et personne à qui demander des explications ? »

Elle haussa les épaules et se pencha au-dessus de l'eau. De la passerelle de la Banque, la surface en était tout envahie d'algues noirâtres.

« Ce petit canal nous aura été bien amical, murmura-t-elle rêveusement. Après tout, une partie de notre courte histoire se sera déroulée sur ses berges...

– Pas si amical que ça : nous sommes arrivés à l'endroit où les gosses vous ont attaquée ! »

Ils s'arrêtèrent. Le carrefour, si lugubre alors, était devenu presque riant avec son bosquet de trembles dont les feuilles argentées se détachaient sur le rouge assourdi de la façade.

« Vous veniez de la Kazanskaïa, n'est-ce pas ? demanda-t-elle.

– Je venais de découvrir un chien fossilisé par le gel derrière une vitrine. Il me fixait.

– Oh, taisez-vous !

– Je me demande ce qu'il a pu devenir avec la chaleur et les rats. Il paraît que les rats ne mangent pas les yeux de leurs victimes.

– Vous mériteriez que je vous pousse dans l'eau ! s'écria-t-elle avec une soudaine gaieté qui démentait la vivacité de son propos. Ce serait tout de même dommage, à l'endroit même où vous m'avez appelée " grajdanka " ! »

La balustrade contre laquelle elle s'appuyait lui donnait la gracieuse cambrure d'une danseuse au repos. Au fond c'était la première fois qu'il devinait sous son vêtement les contours de son corps que sa pelisse, cet hiver, et tout à l'heure sa robe de scène masquaient sous d'amples pans et de lourds tissus. Il lui prit soudain le bras.

« Que je vous attire en dehors du champ de vision de vos anges gardiens », dit-il.

Après une brève hésitation elle se laissa entraîner vers la Kazanskaïa.

« J'étais à cette hauteur-là lorsque j'ai entendu les cris des gosses. C'est de ce renfoncement que je vous ai aperçue la première fois. »

Les taches de moisissure sur le mur semblaient une étoffe précieuse autour de son visage plein et pâle. Sans qu'elle cherchât à l'en dissuader, il dégrafa son manteau et la senteur d'apprêt qui s'exhalait de son corsage lui parut rassurante comme une odeur d'autrefois. Alors qu'il s'inclinait pour l'embrasser à la naissance du cou la dentelle de sa collerette lui chatouilla la joue. Sous le fugace baiser elle frémit et prit tout à coup une expression si avide – et la lumière du ciel se refléta dans ses yeux entrouverts en un éclat si aigu – qu'il ne put s'empêcher de penser à tous les hommes qui avaient dû désirer cette femme dans la langueur de la nuit d'été. Au moment où il allait prendre ses lèvres, elle s'écarta doucement de lui. Réprimant un soupir de déception il s'éloigna de quelques pas. Elle reboutonna son manteau, un vague sourire à fleur de lèvres, paraissant néanmoins sur ses gardes, comme devant la porte de l'Offitsierskaïa six mois plus tôt. À sa surprise, il observa pourtant que du soulagement se mêlait à sa déconvenue.

« Vous les avez lassés en vous cachant, reprit-il pour rompre le silence. Je ne les vois plus.

– C'est leur méthode de traque. Ils apparaissent, disparaissent, reviennent encore. Mais je sens de toutes mes fibres qu'ils sont là à nous épier !

– Et... cette traque... ce ne serait pas... » Il hésita. « Ne m'en veuillez pas, mais il faut tout considérer. Tout bêtement une ancienne liaison que vous auriez abandonnée et qui voudrait ainsi se venger... »

Elle secoua la tête.

« Je vous ai suffisamment dit qu'il était hors de question qu'il m'arrive quoi que ce soit avec un dirigeant bolchevik, et je ne vois pas qui d'autre pourrait m'offrir une telle escorte !

– Et quelqu'un... de l'actuelle équipe qui aurait des vues sur vous sans que vous le sachiez ?

– Auquel cas votre carrière serait plus compromise encore que ne le disait Fédia ! rétorqua-t-elle en riant. Non, je connais leurs méthodes, elles sont plus directes... J'ai vu de mes yeux des invitations à Smolny à l'intention des danseuses du corps de ballet, assorties de boîtes de caviar. J'ai vu...

– Mais alors je comprends de moins en moins, interrompit-il.

– Quoi ?

– Ce que je viens faire, moi, là-dedans. Je suis dans ce camp que vous détestez, et pourtant je ne peux même pas vous aider, tant mon influence est limitée. »

Elle sembla à son tour désappointée, puis eut un geste fataliste.

« Qu'importe tout cela, puisque pendant quelques instants, j'ai retrouvé... »

Elle parut chercher le terme exact.

« ... mon cœur en fête d'avant.

– Du temps de votre mari ? »

Elle esquissa une petite moue.

« Entre autres...

– Peut-être est-ce en effet du côté de votre mari, quand j'y repense, qu'il faut voir la raison de ce harcèlement... »

Elle secoua la tête.

« Je suis certaine maintenant qu'il a été tué par les bolcheviks. Cela s'est passé pendant cette horrible nuit de janvier, alors que Lénine avait déjà fait grâce aux prisonniers et que l'on attendait le décret... Vous êtes au courant ? » demanda-t-elle brusquement.

Il soupira.

« Depuis peu », murmura-t-il.

Elle l'entraînait maintenant vers le pont de Kazan d'un pas rapide, le visage de nouveau fermé comme si elle s'en voulait tout à coup de l'avoir laissé s'approcher ainsi d'elle.

« Sans doute étais-je trop idéaliste, marmotta-t-il pour tenter de dissiper le malaise.

– Les idées! Vous ne savez donc pas qu'elles naissent douces et vieillissent féroces! Regardez ce que sont devenus tous ces idéalistes exilés à Berlin, Zurich ou Paris, dès qu'on leur a donné une once d'autorité! Des canailles ou des bourreaux. Fédia m'a raconté qu'un homme comme Kirilenko avait pratiquement droit de vie ou de mort sur la population de toute la région s'étendant de Petrograd à la mer Blanche, et qu'il s'en sert à outrance.

– Ce n'est pas lui qui vous en veut, au moins? » demanda-t-il vivement.

Elle ferma les yeux.

« J'espère pour moi que non », répondit-elle d'une voix sourde.

Il tapa nerveusement du pied dans un caillou.

« Moins on le voit, celui-là, et plus on lui prête! À ce propos... »

Il hésita.

« Oui? interrogea-t-elle.

– Votre mari... On vous a demandé de venir chercher ses effets?

– Pas à moi, répliqua-t-elle froidement. À la femme avec laquelle il vivait. Moi, on s'est contenté après ma tournée de m'exclure de la distribution de *La Roussalka* que je chantais l'année dernière.

– Et ce n'est pas... pardonnez-moi... parce que vous auriez perdu un peu de votre voix en ne vous alimentant pas suffisamment... Et je ne sais pas, moi, d'autres chanteuses en auraient profité pour... »

Elle secoua la tête.

« Le plus grand chanteur de ce temps pense que je suis sa meilleure partenaire! Il m'a montré la lettre qu'il a écrite à Lounartcharski. Quand je songe que l'année dernière j'avais chanté, et uniquement au Marienski, *La Khovantchina, Eugène Onéguine, Mignon* et *La Roussalka,* et que cette année j'ai été distribuée uniquement dans *La Jeune Fille de Pskov* et qu'ensuite le rôle m'a été retiré sans que Chaliapine, qui est pourtant le directeur, en ait été informé! Quant à cette tournée dans l'Oural, il n'y a pas beaucoup de chanteuses qui auraient accepté ces conditions. Viatka, Sarapoul, Perm, Serebriansk étaient des villes blanches il y a peu, et chanter sous des préaux et dans des théâtres à demi ruinés par la guerre civile n'est pas l'itinéraire rêvé pour une cantatrice de mon niveau, vous en conviendrez. Eh bien, pourtant, ce n'était que le début de ce qui m'attendait.

– Mais on vous a redonné votre rôle à votre retour!

– Il a fallu qu'Aparkinova qui m'avait remplacée attende un bébé et que Chaliapine tape du poing sur la table pour qu'on me le rende! Et je n'ai rien d'autre en vue.

– Écoutez, l'important c'est que vous l'ayez retrouvé, dit-il d'un ton apaisant. Je suis sûr que tout va s'arranger. Peut-être êtes-vous un peu trop imaginative... comme toute bonne artiste, ajouta-t-il hâtivement.

– Et ça, c'est peut-être le fruit de mon imagination? »

Sa voix était montée d'un ton. Elle fouilla nerveusement dans la poche de son manteau et finit par en extraire un document si froissé qu'elle semblait l'avoir fréquemment lu et relu. Elle le lui tendit.

SDO du quartier de Kazanskaïa
(Petrograd)
Le Comité exécutif
Section du Logement (Inspection)

À l'intention du
comité de l'immeuble
sis n° 26, ex-Offitsierskaïa

N° 9234 24 juillet 1920

AUTORISATION

L'inspection du logement auprès du soviet des Députés ouvriers du quartier de Kazanskaïa met à la disposition des citoyennes

STEVAIA Irina — Secrétaire au Petrokommun
PLATONOVA Angelica — Ouvrière

la pièce n° 6 de l'appartement communautaire sis au 1er étage.

La citoyenne
GHERANOVA Elena — Cantatrice au TANOD
devra y accueillir les susnommées à dater du 1er août.

Le chef de la section : O. Pitanova,
Le secrétaire : I. Chtoumine.

Il le lui rendit sans savoir quoi dire.

« Vous comprendrez que c'est la fin de mon métier, dit-elle. Vous m'imaginez faisant des vocalises avant la représentation, entre deux filles désireuses de se reposer après leur travail? Et la promiscuité... Je tiens tant à vivre seule... Je pourrais peut-être en effet aller chez Chaliapine le temps de mes représentations, mais après? Il me restera l'Asile de France, peut-être...

– Vous y allez quelquefois, m'avez-vous dit?

– Oui... Alice Morel m'accueille toujours très aimablement. J'ai même redonné à mon retour de tournée un récital en français pour les pensionnaires, comme ceux dont je vous avais parlé. Une fois de plus, ils étaient si contents...

– Je vous ai dit que je vais régulièrement à l'Asile de France et que j'ai beaucoup d'estime pour Mlle Morel. Je dois d'ailleurs la voir demain pour prévoir l'approvisionnement des prochains mois. C'est curieux qu'elle n'ait pas fait allusion devant moi à cette petite fête...

– Elle devait penser que nous ne pourrions en aucun cas nous entendre... Elle doit se méfier de vous, ce qui est normal. Il ne faut pas oublier qu'elle avait été préceptrice de français auprès de la famille impériale. »

Il s'arrêta.

« Ah bon ! fit-il, stupéfait. Elle ne m'avait jamais dit auprès de qui !

– Elle apprenait le français à la troisième des grandes-duchesses, je crois, qui le parlait moins bien que ses sœurs.

– Combien étaient-elles, déjà ?

– Quatre, et le petit tsarévitch. Si le petit n'avait pas été malade, rien ne serait arrivé. Cela les a isolés. Cela les a...

– La troisième, murmura-t-il. Comment s'appelait-elle donc ?

– Maria.

– Elle est morte avec les autres, j'imagine... »

Elena ne répondit pas.

« Vous en êtes certaine ? » insista-t-il.

Elle fronça les sourcils.

« Certaine qu'elles sont mortes ? Je sais ce que tout le monde sait, ni plus ni moins... Plutôt moins que plus, d'ailleurs. Vous remarquerez que les bolcheviks ne se sont jamais glorifiés de ce haut fait.

– Pourtant, selon certains bruits qui courent, elles auraient survécu.

– Je n'ai rien entendu de tel, hélas. »

Ils traversèrent en silence la Nevski déserte.

« Vous disiez que vous aviez chanté à Perm..., reprit-il.

– Oui, à l'opéra de la ville. Une belle salle... La plus belle de la tournée.

– Et là-bas... on ne vous a rien raconté ? Vous n'avez rien entendu à ce sujet ? »

Elle le regarda avec surprise.

« Non. Vous n'en voudrez pas à Mlle Morel de ce que je vous ai révélé ? »

Il haussa les épaules.

« Pourquoi voulez-vous ? Elle est énergique et je sais que je peux compter sur elle. Je crois que j'avais d'ailleurs vu dans son bureau la photo de cette petite, ajouta-t-il.

– Qui donc ? fit Elena sans comprendre.

– Mais... de sa petite élève. »

Songeur, il s'assit sur une pierre en face d'elle.

« Du sel sur la queue des oiseaux, murmura-t-il.

– Pardon ? »

Il secoua la tête.

« Rien. Je trouve simplement que ce n'est pas une solution pour vous d'habiter l'Asile de France. De toute façon, quoi qu'en dise Mlle Morel, les statuts de l'établissement vous l'interdisent...

– Vous savez, les statuts, quand vous sentez que l'étau se resserre... Tenez, vérifiez donc s'ils suivent ? demanda-t-elle brusquement. Je n'ai pas envie de paraître m'en préoccuper, mais je sais qu'ils sont là. »

Il leva la tête.

« En effet, ils sont près du monument Koutouzov. Ils ne regardent même pas dans notre direction. »

Un petit rire triste lui échappa.

« Vous avez vite appris la technique...

– Je remarque qu'ils ne cherchent même plus à

se cacher. Quelqu'un vous en veut, c'est évident ! L'ennui, c'est que si votre... admirateur envoie ses limiers en pleine lumière, lui se garde bien d'abandonner la pénombre. »

La main d'Elena se crispa sur la rambarde.

« Il aura suffi d'une dénonciation. Un calomniateur quelconque a pu inventer quelque chose à seule fin de me nuire. C'est facile, surtout pour une cantatrice. Nous sommes toujours l'objet de tous les racontars... »

Elle eut un geste d'accablement.

« Mais pourquoi moi... pourquoi moi... Cela me mine d'y penser... »

Il regardait sans la voir la perspective rectiligne des rives.

« Je vais rencontrer ce Chtoumine. Je n'ai peut-être pas beaucoup d'influence, mais je vous promets que vous n'aurez pas ces filles chez vous. Au moins, que vous puissiez exercer votre métier ! »

Il tapota du pied un anneau qui avait dû servir autrefois à l'amarrage d'une embarcation.

« Merci, merci tellement, dit-elle avec élan.

– Ça ne résout pas le problème. Ils trouveront autre chose pour vous persécuter. Et ça m'est difficile d'évoquer cela en haut lieu sans risquer d'aggraver votre cas. »

Elle hocha la tête sans répondre. Ses yeux semblaient plus cernés encore qu'au début de la promenade.

« Fatiguée ?

– J'aurais bien aimé que la calèche de Fédia revienne maintenant de Petrovorets !

– Et on irait où, dans cet équipage ? »

Elle esquissa un mince sourire.

« Vous voulez dire... si nous nous accordions un peu de... »

Elle s'interrompit.

« On peut rêver, chuchota Maurice à son oreille.

– Eh bien, je ne sais pas... Dans le pavillon empire du jardin des Ingénieurs? J'ai vu l'autre jour la porte qui battait... Ou mieux : dans ma maison des bords de la Néva.

– Merci! Vous m'avez raconté qu'elle était en ruine!

– Justement... La clarté de la nuit doit pénétrer par les fenêtres éventées et jouer sur les décombres comme de la mousse sous la pleine lune. On aurait l'impression d'être dans du duvet... Il y aurait juste quelques chauves-souris pour animer le décor.

– Ça me va parfaitement. Levons le camp!

– Malheureusement c'est un peu loin. La calèche n'existe que dans notre tête et le dernier bateau part à 6 heures du soir. »

Il se redressa.

« En ce cas j'ai une autre adresse.

– Dites toujours.

– 26, Offitsierskaïa. Il faut en profiter pendant que la locataire peut recevoir. »

Elle le regarda pensivement comme le premier jour, lorsqu'elle s'était encadrée dans l'embrasure de la porte de son domicile.

« Vous êtes un petit Français trop ardent et trop pressé, murmura-t-elle avec douceur. Laissez-moi m'accoutumer à ce que vous êtes. Me convaincre plusieurs fois par jour que vous êtes différent d'*eux*, et que je ne trahis pas en vous voyant mes amis persécutés. »

Il s'assit à côté d'elle, lui prit la main et eut envie de la porter à ses lèvres comme l'avait fait Chaliapine.

« Pour cette histoire de billet de logement, à y réfléchir je vais en parler à Victor Serge, le directeur des Éditions, plutôt qu'à l'obscur Chtoumine.

Victor Serge est si influent qu'il peut intervenir à n'importe quel niveau. Nous entretenons d'excellents rapports.

– Je vous suis reconnaissante, s'exclama-t-elle avec une soudaine gravité. Car vous aussi vous prenez un risque. On ne sait jamais sous ce régime où l'on met les pieds, et à la suite de quel malentendu les choses tournent parfois au tragique, comme c'est le cas pour vos malheureux compatriotes.

– Que voulez-vous, fit-il avec détachement. Bien sûr, leur condition est triste, mais enfin leur vie est derrière eux.

– Derrière eux ? Je croyais que l'un d'eux avait vingt-trois ans ! »

Il pâlit.

« Mais... de qui voulez-vous parler ?

– Mais... de ces deux journalistes français, ou syndicalistes, je ne sais pas... enfin, des gens de votre bord... qui ont fait naufrage dans la mer de Barents... »

Il se leva mais dut s'appuyer contre le fût d'un réverbère. Lucien.

– Quand l'avez-vous appris ? souffla-t-il.

– Hier, à une réunion chez les Gorki. Maxime l'avait su par Lounartcharski. Plusieurs soutenaient que c'était un meurtre déguisé. Vous les connaissiez ? »

Il se sentit chanceler.

« Il faut que... que j'aille téléphoner à l'Astoria. Que j'en sache davantage. »

Elle posa sa main sur la sienne.

« Je n'aurais peut-être pas dû vous avertir... Je regrette que la nouvelle soit venue de moi. Vos camarades ont dû trop parler... faire des confidences... Il n'en faut souvent pas plus. »

Elle était presque compatissante.

« Pour moi il y a ceux qui sont menacés et ceux qui ne le sont pas, murmura-t-elle comme pour se justifier de l'intérêt porté à leur sort.

– J'avais traversé l'autre nuit la ville avec le plus jeune des deux, dit-il d'une voix éteinte.

– Écoutez-moi. Laissez-moi ici avec mes anges gardiens et, vous, rentrez. Ce ne sera d'ailleurs pas plus mal qu'ils ne vous suivent pas.

– Quelle importance, désormais, marmotta-t-il.

– Si, justement, c'est important. »

Elle lui tendit la main.

« Si vous avez jamais besoin de me revoir, j'ai un homme de confiance : l'huissier du théâtre. Pas le barbier, hein : lui fait partie du soviet. »

Il s'éloignait déjà à grandes enjambées et elle se demanda s'il l'avait entendue.

7

Victor Serge était penché sur une carte qu'il avait étalée sur son lit défait. Il leva la tête sans le saluer lorsque Maurice fit irruption dans la pièce.

« Je vais te dire ce que je viens d'apprendre », commença-t-il d'une voix sourde.

Son doigt suivait le tracé sinueux de la côte rocheuse.

« Je tiens cela du chef du soviet de Mourmansk qui a remis hier son rapport à Zinoviev.

– Mais il est actuellement dans le Sud, Zinoviev !

– J'ai reçu un câble m'autorisant à prendre connaissance du rapport », expliqua Victor.

Ses traits étaient fatigués et il tirait sur sa barbe avec nervosité.

« Écoute-moi. Ils sont arrivés à Mourmansk le 21 juillet en fin de matinée. Le même jour, une barque de pêche, les a fait descendre l'estuaire de la Kola jusqu'à la baie de Motovkii où il y a, sur le 31e méridien, un ancien appontement de baleiniers. Un chalutier norvégien devait les embarquer jusqu'à l'île de Vardö, d'où des camarades leur auraient fait traverser le Finmark jusqu'à Talvik. C'est là où tout a commencé à foirer. »

Il fit quelques pas à travers la chambre. N'ayant

pas de cloison comme au cinquième pour limiter sa superficie, elle avait gardé ses dimensions spacieuses, et les petits meubles qu'il était obligé à son étage d'aligner le long du mur retrouvaient ici leur place naturelle.

« Le temps est devenu très mauvais sur la côte mourmane et le bateau norvégien n'était pas au rendez-vous. Après quatre jours à camper dans leur cantonnement de trappeur, ils se sont paraît-il mis en colère, en prétendant que personne ne viendrait jamais les chercher dans ce *tara kangn*, pour reprendre l'expression de Lutry scrupuleusement rapportée par leur accompagnateur le camarade Daranatzev, et que l'on peut traduire par " trou de merde ".

– Tu sais, je parle au moins aussi bien russe que Lutry ! » répliqua Maurice vexé.

Il se rendit compte qu'il évoquait encore Lutry au présent. Non, ce n'était pas possible. Il réprima une sorte de sanglot que Victor ne remarqua pas.

« Ils ont donc exigé d'être ramenés à Mourmansk où ils sont revenus le 26 juillet sur un garde-côte qui s'est dérouté. Là, ils sont allés voir le président du soviet, le camarade ingénieur Braïlowski, à qui ils ont soutenu que l'on faisait exprès de les garder dans l'extrême Nord pour qu'ils n'arrivent pas à temps en France pour le congrès de la CGT. Bizarrement c'était Stivard qui semblait le plus énervé. Du coup, comme le temps s'était remis au beau, Braïlowski a décidé de les faire convoyer par un autre chalutier, russe cette fois, directement de Mourmansk à Vardö en doublant la presqu'île des Pêcheurs. Stivard, Lutry et les trois marins sont donc partis avec la marée le 28 à l'aube sur l'*Ivan Niourine*. La nuit du 28 au 29, il y a eu une nouvelle tempête sur l'Arctique – rappelle-toi, c'était jeudi dernier quand nous avons dû ressortir nos capotes. Quoi qu'il en soit, l'*Ivan Niourine* n'a plus donné signe de vie et ils ne sont jamais arrivés à Vardö. »

Maurice consulta la carte.

« Il aurait donc fait naufrage cette nuit-là dans la baie de Motovkii ?

– Ou le 29 en doublant la presqu'île. »

Maurice les imagina tous deux au moment du désastre. Norbert ployant sous son sac et tentant de son allure de pachyderme de gagner le canot de sauvetage qui tapait contre la coque et dansait sur la mer en furie. Quelle énergie il avait dû montrer pour essayer de se sauver ! C'est qu'il avait encore tant de choses en tête, Norbert... Non seulement témoigner sur son voyage, mais découvrir son petit-fils ou sa petite-fille, retrouver sa femme, reprendre en main ses boxeurs... En revanche, Lutry n'avait pas dû consentir à beaucoup d'efforts, en dépit de sa légèreté de funambule, pour gagner l'embarcation pendant qu'il était encore temps. Lucien n'avait plus de serviette à transporter, lui, et plus guère de famille. Il en avait tant vu, et puis il était devenu si insouciant...

« Zinoviev demande aussi dans son câble si nous pouvons utiliser des extraits de lettres reçues par leurs camarades pour composer un hommage, poursuivit Victor.

– Moi, je n'en ai pas reçu, en tout cas. Tu sais, je ne les ai rencontrés que le jour de leur arrivée, qui n'a sans doute pas été le plus beau de leur voyage, et le jour de leur... de leur départ. »

La voix lui manqua de nouveau. « Ce n'est pas possible... Pas possible..., murmura-t-il.

– Que dis-tu ?

– Toi... tu les avais rencontrés ?

– Non. Mais j'y songe... Ils étaient chez Bob Petit pendant leurs séjours à Moscou. Lui a sûrement des lettres. Le plus jeune était du genre à noter ses impressions, non?

– Lutry? Je n'en sais rien. De toute façon je ne suis pas certain que Zinoviev trouverait dans ces lettres, si elles existent, de quoi le satisfaire. Il m'a semblé... Comment t'expliquer cela sans que tu te fasses de fausses idées... être un esprit indépendant. Il avait même accompli un bout de chemin avec les anarchistes : ça ne t'aurait pas déplu!

– À ton avis, on ne trouvera donc pas, dans sa correspondance des passages à la gloire de la révolution, que l'on pourrait publier?

– J'ai tendance à penser que, si tel avait été le cas, ses carnets n'auraient pas été volés. Quoi, tu ne le savais pas? s'étonna-t-il en découvrant l'air surpris de Victor.

– Mais non!

– Moi-même je ne l'ai appris que lorsque j'ai revu Lutry le soir de l'ouverture du congrès; il se cachait comme un conspirateur... C'est ce soir-là que j'ai su que Stivard et lui contourneraient le blocus à leur retour par cet itinéraire excentrique; et cela m'a paru si étrange que j'ai voulu aussitôt t'en parler, mais tu étais déjà parti pour la gare. Oh! Ils n'auraient tout de même pas fait ça », ajouta-t-il comme pour lui-même.

Victor leva vivement la tête.

« Mais... à quoi penses-tu? s'écria-t-il. Tu ne vas tout de même pas mettre en doute la vérité officielle!

– Bien sûr que non! Tu la tiens toi-même pour parole d'Évangile, n'est-ce pas! »

Victor resta d'abord sans réponse, puis soupira.

« Ne jouons pas au plus fin, veux-tu. Il y a quelque chose qui te chiffonne dans cette affaire.

– Quelque chose! Mais *tout* pue le mensonge

dans cette histoire ! Ces allées et venues, ces changements de bateau, de nationalités, ces tempêtes qu'on ne voit pas venir... Regarde toi-même..., dit-il en montrant la carte. Rappelle-moi donc ce que c'est que cette ligne rouge le long de la Kola et de la côte ?

– Tu le sais bien... La zone frontière interdite dans laquelle on ne peut pénétrer sans autorisation spéciale.

– Surveillée par des garde-côtes, n'est-ce pas ? Pas étonnant dans ces conditions que le chalutier norvégien soit demeuré un bateau fantôme ! D'autre part, d'après ton rapport, ils ont emprunté par trois fois des barques de pêche russes. Or je croyais qu'il n'y avait plus de pêche privée dans la République des soviets, donc plus de pêcheurs... On nous l'a assez répété à Piter lorsqu'on mendiait un peu de poisson !

– J'ai posé la question à Braïlowski par téléphone : il y a encore un certain nombre de bateaux à quai à Mourmansk, régulièrement calfatés.

– Et il en manque un ?

– Il paraît... Comment veux-tu que j'aille vérifier ? La seule chose que j'ai pu constater ici même, c'est qu'il y a bien eu des orages pendant cette nuit du 28 au 29 juillet.

– Ce qui donne en effet toute vraisemblance à la tempête et donc au naufrage ! Et... on a les identités des marins portés disparus ? »

Victor haussa les épaules.

« Oui, mais alors là, qu'est-ce que ça prouve ? Et puis, tu ne comprends donc pas que nous ne pouvons pas donner l'impression de suspecter leur version...

– Cela me surprendrait cependant beaucoup qu'au groupe français, à Moscou, ils l'acceptent sans rechigner.

– À Smolny comme au Métropole, je peux te certifier qu'ils s'en battent l'œil, des émois du groupe français !

– Ça risque pourtant de créer un gros incident chez Stassova. Non ?

– Un de plus ! Tu sais ce qu'elle pense de vous tous depuis les rivalités de cet hiver...

– Il n'empêche. Je ne te cache pas que je suis révolté. J'appréciais le gros Stivard avec sa mine bourrue, et surtout je m'étais pris d'amitié pour ce gosse, bien que je me sois un peu colleté avec lui la seule fois où l'on a discuté. Il avait peut-être son franc-parler, mais de là à lui faire payer ce... ce prix ! »

Victor demeura silencieux. Maurice alla pensivement regarder par la fenêtre. À cet étage, si l'on avait plus d'espace, on ne bénéficiait pas de la belle vue d'en haut et le dôme vous écrasait de sa masse. Il se retourna.

« Il y a six mois, j'avais encore confiance en leur façon de présenter les choses. Mais ce n'est plus mon état d'esprit désormais de tout gober sans aller au moins contrôler ce qu'on nous raconte. »

Victor parut interloqué.

« Ce qui signifie...

– Que je voudrais me rendre à Mourmansk. Après tout je suis consul de France *in partibus*, comme disait Alice Morel. J'ai un droit naturel à m'informer sur place de ce qui s'est passé. »

Victor réfléchit.

« Je pourrai peut-être t'arranger dès ton retour une entrevue avec Zinoviev... Il doit rentrer la semaine prochaine... Et puis non, fit-il brusquement. Ce n'est même pas la peine d'essayer. Non seulement il te refusera l'autorisation mais il prendra ta démarche pour une marque de défiance, voire pour un désaveu, et dans ce cas ta sécurité ne serait plus assurée. figure-toi que je tiens à toi, mon petit vieux, reprit-il d'une voix changée.

– Arrête, tu veux? lança Maurice.

– Je ne veux pas qu'un matin ce téléphone m'apprenne... Oh! cet appareil! Je l'ai pris en horreur. J'y ai trop écouté de sanglots et de supplications. Que de femmes éplorées, désemparées... Tout cela parce que j'ai accès au bureau de Zinoviev. Crois-tu que je ne me rende pas compte des dérapages – au moins autant que Gorki? Que je ne cherche pas parfois, moi aussi, à savoir ce qui se passe? Mais cela te servirait à quoi de te jeter dans la gueule du loup? Ça changerait quoi au destin de Stivard et de Lutry?

– Il y a que je les revois encore en bas tituber dans la neige, juste au-dessous de cette fenêtre! J'entends leurs voix. Il y a des gens que tu croises deux fois dans ta vie et cela te marque pour toujours... C'est le cas, et j'estime au fond normal, puisque je me suis trouvé sur leur passage dès le début de leur voyage, de me renseigner pour savoir comment celui-ci est... comment dire... parvenu à son terme. »

Un peu voûté, Victor gardait les mains derrière le dos, avec cette attitude familière que Maurice lui connaissait depuis la première fois où il l'avait vu dans le salon du palais Oborojankine.

« Le mieux serait sans doute que tu rencontres après le déjeuner le chef de la commission extraordinaire, Bakaïev.

– Tu veux dire, à la Tchéka?

– Mais non! Ici même, à l'Astoria, de façon un peu informelle.

– Je le vois tous les jours à la cantine, cet homme!

– Justement. Tu irais le saluer, ton assiette de kacha à la main, tu le prendrais à l'écart et tu lui ferais part de ton émotion en tant que compatriote des disparus... Sans oublier de t'incliner aussi devant les victimes russes... Après tout c'est pour les sauver que ces marins, pêcheurs ou pas, se sont noyés. Ensuite, et ensuite seulement, tu lui demanderais de t'expliquer ce qui est arrivé.

– Bien poliment, fit-il d'un ton goguenard.

– Enfin, tu sais mener une conversation avec ce genre de personnage !

– Lui aussi me débitera des mensonges et des fadaises. Ne crois-tu pas que le mieux serait d'aller le voir à son bureau de la Gorokhovaïa ? proposa-t-il après un moment de réflexion. Là il sentira que c'est sérieux.

– Bakaïev ne va presque plus à la Gorokhovaïa depuis que Kirilenko a décidé de s'y retirer, et je comprends que ce soit un voisinage qu'on n'accepte pas de gaieté de cœur ! Il s'est installé pour l'instant dans l'ancienne caserne des sapeurs de la perspective Voskressenski. Et puis, j'y pense... Il accompagne en ce moment Zinoviev dans le Sud. »

Maurice le regarda.

« Mais alors, profitant de leur absence, est-ce que ce ne serait pas le moment de lui demander un entretien, à ce Kirilenko ? »

Effleurant pensivement sa barbe, Victor ne répondit pas.

« Tout le monde parle de lui sans jamais l'avoir vu, reprit Maurice, tout le monde souligne à l'envi son pouvoir, sans savoir d'ailleurs le mesurer, et, comme les absents ont toujours tort, il n'y a pas un forfait entre la Néva et la mer Blanche qu'on ne lui mette sur le dos ! En attendant, si quelqu'un peut me dire ce qui est arrivé à Stivard et Lutry, c'est bien lui ! »

Victor se pinça le nez avec embarras.

« Il ne te recevra pas. Il ne reçoit personne. De toute façon, si tu avais l'idée saugrenue de désirer contacter Kirilenko, je préférerais encore que tu partes tout de suite pour Mourmansk! Non, sans rire, jure-moi de ne pas faire ça.

– Tu l'as déjà vu?

– Jamais. Seul Zinoviev le rencontre. Il paraît que c'est un ancien professeur de droit. Je le sais parce qu'il avait cité à Zinoviev un aphorisme de Kant : " Le droit ne vient pas à l'existence par les moyens du droit ", ou quelque chose de ce genre dont ni Zinoviev ni moi ne parvenions à saisir le sens exact.

– De toute façon cela n'augure rien de bon! » commenta Maurice.

Ils eurent tous deux un rire silencieux qui les lia par une sorte de connivence.

« Oui, jure-moi de ne pas commettre de bêtise ou d'imprudence, insista Victor. Cet homme est connu pour être l'âme damnée de Zinoviev. Au courant de tout, il cherche à trouver en chacun la fissure ou la zonc d'ombre susceptible de le transformer en ennemi de la révolution, et donc en cible pour lui et ses sbires. Te voilà fiché contre-révolutionnaire et c'est l'arrêt de mort – de façon aussi certaine que si tu descendais dans une fosse d'ours affamés. L'effroyable réputation de Zinoviev est pour beaucoup son œuvre : il l'a incité à tuer, à tuer encore. À ce que je sens, Zinoviev éprouverait parfois ce dégoût de la violence, cette propension à la mansuétude qui fut le talon d'Achille de Danton – mais chaque fois l'autre s'interpose et lui rétorque : " Tu n'y penses pas! Balaie-moi tout ça! " Je suis sûr qu'il est aussi responsable du carnage de janvier dernier, alors que le décret de grâce avait pourtant déjà été signé par Ilitch. »

Soudain las, il revint s'asseoir sur son lit.

« Tu sais, reprit-il, quand je me demande de temps à autre ce que moi, ancien anarchiste qui ne suis toujours pas affilié au parti, je fais à Smolny, le courage de me regarder dans la glace me revient lorsque je réalise que j'ai peut-être contribué à équilibrer l'ascendant de Kirilenko sur Zinoviev, allant même jusqu'à sauver des vies, va savoir ! Mais comme je doute parfois de cette influence, je te prie instamment de ne pas y aller regarder de trop près.

– Il risquerait de m'emmener en bateau, c'est ça que tu crains ? » demanda Maurice d'un ton narquois.

Victor le regarda.

« Très drôle, vraiment », dit-il avec sa docte expression de professeur.

AU moment de bifurquer dans la Potchtamtskaïa, alors que la conversation que Maurice venait d'avoir avec Victor se mêlait dans sa tête avec les sujets dont il voulait s'entretenir avec Alice Morel, il lui sembla que quelque chose bougeait sous l'arche de la Galernaïa qui reliait le bâtiment de l'ancien Sénat à celui du Synode. Il revit tout à coup la mendiante et ses bras squelettiques qui fouaillaient l'air de leurs badines impérieuses et il eut l'impression de réentendre les imprécations dont elle le poursuivait lors de sa première visite. Quoi, elle était encore là, cette sorcière? Quelque peu sur ses gardes, prêt à s'enfuir à grandes enjambées si de nouvelles injures étaient proférées à son encontre, il s'approcha avec circonspection.

Une odeur pénétrante de moisi et de salpêtre régnait sous la voûte et il mit quelques instants après la vive lumière de l'esplanade à s'accoutumer à la pénombre. Pris dans la grille d'un soupirail, un chiffon flottait dans une bouffée de vent : c'était donc cela... Il avança de quelques pas pour retrouver l'emplacement où six mois plus tôt était accroupie la femme. Une trace confuse et noirâtre subsistait sur le sol comme si on y avait jadis fait du feu, et quelques mètres plus loin en revanche la chaussée paraissait avoir été fraîchement balayée. À cet endroit, peu avant que l'on ne retrouve la clarté de la rue, s'ouvrait une petite porte basse sur laquelle figurait une inscription. « Service des dépôts de pièces, titres, documents et dossiers », lut-il. Était-ce la peinture écaillée de la pancarte ou ses caractères qui étaient semblables ? Elle lui rappela celle qui signalait l'aire de patinage en contrebas du quai. L'atmosphère de cave y était la même, et ce fut soudain comme si la voix de Lucien résonnait à ses côtés. « Si on allait voir de plus près ? » suggérait-elle. Maurice se souvint alors que c'était ici même que, tapi au milieu de ses tonneaux de goudron, Lutry avait entendu dire qu'étaient déposées les archives de l'Okhrana. Il hésita, puis poussa la porte.

Un soldat était assis derrière une table sur laquelle trônait un téléphone. Immobile sentinelle d'un seuil ignoré, il semblait avec ses cheveux gris plus âgé que ceux qui tenaient habituellement le rôle de plantons.

« Salut, camarade.

– Salut.

– C'est ici que sont entreposées les archives de police de l'ancien régime ?

– Oui, camarade.

– J'ai besoin de consulter le fichier », dit-il avec assurance en tendant sa carte du parti.

Le soldat enregistra son nom, puis secoua la tête.

« La carte ne suffit pas, camarade. Il faut un propousk, avec une raison notifiée par écrit. »

Maurice sortit alors son mandat de formateur du groupe communiste français de Petrograd.

« J'ai besoin de connaître les antécédents de

certains des membres de mon groupe, expliqua-t-il. Ça ne peut pas s'effectuer au grand jour...

– Peut-être, mais tu n'as pas le propousk, camarade.

– Je sais que tu as laissé entrer sans laissez-passer beaucoup de délégués du congrès! »

Le visage du soldat se renfrogna.

« Justement, beaucoup ont emporté leur fiche avec eux, ils s'en sont vantés, et moi j'ai été mis aux arrêts!

– Faut comprendre! Avoir été poursuivi par la police du tsar, pour eux c'est mieux qu'une décoration...

– Peut-être, mais maintenant les fiches manquent! En plus je dois désormais fouiller ceux qui sortent et ils sont mécontents.

– Tu pourras le faire sur moi autant que tu le veux, camarade. Je n'ai besoin que de quelques renseignements confidentiels...

– Bien, monte, mais alors je viens avec toi. Ce sont les ordres. »

Il ferma la porte à clé puis gravit devant Maurice des marches obscures qui devaient doubler le grand escalier car les deux hommes débouchèrent sur un large palier lumineux. Une porte à deux battants s'ouvrait devant eux, au-dessus de laquelle était inscrit BIBLIOTHÈQUE DU SÉNAT.

La vaste pièce était éclairée d'une volée de hautes fenêtres donnant sur l'ample façade de l'Amirauté. Des inscriptions à caractères romains surmontaient les imposants panneaux d'ouvrages anciens qui en faisaient le tour. *Jurisconsulti,* put-il lire en lettres d'or. *Medici. Historici. Literatores. Philosophi. Theologi.* Cependant aucun des livres qu'ils contenaient ne pouvait être consulté, car de massifs fichiers en bois verni avaient été placés devant les rayons dont ils interdisaient l'accès.

« C'est rangé par ordre alphabétique », annonça le soldat.

Maurice s'arrêta, saisi. Tout le courant de pensée dans lequel il avait baigné depuis l'enfance, ceux qui l'avaient formé, influencé, aidé, ceux dont il avait lu les œuvres et suivi les luttes avec ardeur – socialistes, marxistes, hébertistes, communistes, socialistes-révolutionnaires, mencheviks, bolcheviks, anarchistes, syndicalistes, libéraux de toutes tendances dont le seul point commun était d'être répertoriés par les policiers tsaristes comme ennemis du régime – ils étaient donc tous là, classés comme ils ne l'avaient jamais été de leur vie, catalogués, calibrés... Il pensa un instant à la somme de souffrances, d'épreuves, d'années de prison, de bagne ou de forteresse réunie dans l'odeur entêtante de cire chauffée au soleil. Toutes ces grèves, ces émeutes, ces meetings, ces distributions de journaux clandestins...

« Quand Yudenitch a fait sa percée, expliqua le soldat comme s'il comprenait ce qu'il ressentait, on a failli les brûler, ces fiches. J'en ai pas dormi pendant deux nuits ! Et puis, heureusement, on a fini par les planquer à l'autre extrémité de la ville. Ces policiers de l'Okhrana connaissaient leur métier, je peux te l'assurer. Il paraît qu'il y a trente mille noms ! Et tout le Politburo a défilé ici pour étudier comment ils travaillaient ; à se demander pourquoi les nôtres en ont besoin maintenant qu'ils sont du bon côté !

– Allez savoir », grommela Maurice impatienté.

Le soldat se tenait immobile le dos contre la porte.

« Camarade, ça va être un peu long. Tu ne

risques rien à abandonner si longtemps ton entrée ?

– Depuis le congrès, personne ne passe plus par cette porte.

– Et si on téléphone ? »

Le soldat parut hésiter.

« Je te fouillerai à ton départ, hein ? le prévint-il.

– Ne t'inquiète pas, je n'ai pas l'intention de déménager la boutique.

– Les autres disaient ça », marmonna le soldat.

Comme à regret, il quitta la pièce. Maurice attendit que ses pas se fussent éloignés vers le petit escalier pour commencer à consulter les casiers. Le S se trouvait sous le panneau *Theologi.* Starimentov, Squarcione, Staline, Starowski, Stivard. Il sortit la fiche. Elle était dactylographiée.

« STIVARD (Norbert). Né le 14 août 1859 à Nœux-les-Mines, France. »

Sa vision se brouilla. Sous les caractères cyrilliques Nœux-les-Mines prenait des airs de bourgade du Donetz. Il allait donc avoir soixante ans, le père Norbert. « J'irai un jour rendre visite à ton petit-fils ou ta petite-fille et je leur dirai quel homme tu étais », pensa Maurice. Il s'essuya les yeux et reprit sa lecture Stivard avait droit à une assez longue biographie. « 1882 : Entre à la rédaction de *L'Egalité,* premier journal marxiste français. 1883 : S'inscrit au Parti ouvrier français où il devient l'homme de confiance de P. Lafargue. 1895 : Délégué à la CGT. Appartient jusqu'à la guerre à la tendance révolutionnaire du syndicat. *Langues étrangères parlées* : Néant. *Points particuliers* : Champion régional de boxe. Fondateur d'un club de boxe dans sa ville natale (corresp. Cisowski). »

De stupeur il reposa la fiche. Norbert ! Ils savaient ça aussi ! Quand tu apprenais aux Chtimis à placer leurs uppercuts, il y avait un agent de l'Okhrana au bas du ring! Quelle densité de correspondants cela impliquait! Et comme ils auraient sans doute ajouté avec satisfaction à ta belle vie de militant la mention *disparu en mer.* Mais non : il fallait que ce soient les autres – je veux dire les nôtres, Norbert – qui accomplissent ce forfait. Si je parviens à le prouver, ils nous le paieront, camarade.

Il repoussa lentement le tiroir et sans trop réfléchir passa à la lettre L, puis haussa les épaules. C'était absurde! En 1916 Lutry avait vingt ans. Ils n'avaient tout de même pas été jusqu'à recenser les crieurs de journaux socialistes! Par acquit de conscience il vérifia : Lucien n'avait en effet pas droit à une mention. Un peu déçu toutefois de ne pas avoir découvert dans la biographie exemplaire de Stivard l'indice de quelque événement hors normes qui aurait pu attirer sur lui l'attention sourcilleuse de la Tchéka, il s'apprêta à redescendre.

Une souris glissa furtivement sur le plancher à son approche et il la suivit du regard. Combien de fiches de camarades devait-elle avoir grignotées pour être aussi agile et dodue. « Et même plus de chats pour l'embêter », murmura-t-il. Elle avait disparu sous la mention *Jurisconsulti* entre les lettres G et H. La main déjà sur la poignée de la porte, il s'arrêta subitement. Et si... si *elle* aussi avait été insérée dans le fichier? Et s'il y avait là, contrairement à ce qui avait été le cas pour Norbert, l'explication des tracasseries dont elle était la victime? Il crut entendre un bruit en bas des marches et sortit silencieusement sur le palier pour écouter. Le soldat parlait avec un collègue et sa voix ne semblait pas manifester d'impatience. Comme un voleur, il réintégra la bibliothèque.

G. Ghennessiev. Ghennikov. Goimard. Gorki... Non. Dans sa fébrilité il était allé trop vite. Il revint en arrière.

« GHERANOVA (Elena Alexandrovna). Née le 9 septembre 1880 à Saint-Pétersbourg. Mariée le 10 février 1904 à Oleg Igorovitch Massinine, avocat. Cantatrice au Théâtre Marienski.

« *Notes :*

« 20 octobre 1906. Alors qu'elle chante au théâtre San Carlo de Naples, rend visite à Maxime Gorki à Capri (corresp. Capelli).

« 14 juin 1913. Chante à Tsarskoïé-Selo devant Leurs Majestés impériales *(Gazette de la Cour).* »

C'était tout. Il n'y avait rien là qui pût le surprendre, et ce n'était certainement pas pour ces deux rencontres (celle avec le tsar avait dû être notée par les agents de l'Okhrana simplement pour montrer qu'en dépit de sa visite à Gorki elle n'était pas une opposante) qu'elle pouvait être harcelée comme elle l'était. Il allait chercher du côté de l'ex-mari, l'avocat Massinine, lorsqu'il s'aperçut qu'au verso de la fiche d'Elena avait été rajoutée une mention écrite au crayon – si discrètement qu'il ne l'avait pas remarquée à sa première lecture.

« Concernant la susnommée, consulter lettre de G. Zinoviev à N.N. Kirilenko, réf. VT 370. »

Il pâlit. Sur la propre fiche d'Elena, menaçant comme un fauve à l'affût dans l'ombre, obsédant comme une empreinte maléfique, le nom de celui qu'il redoutait le plus. Kirilenko. Quand lui avait-on parlé de lui pour la première fois? se demanda-t-il. Il se souvenait que Chaliapine l'avait cité lors de leur première rencontre, puis Sadoul qui ignorait son identité mais non sa réputation, Lucien, Elena, Victor enfin tout à l'heure, et en quels termes!

Il se tourna vers la lettre K, particulièrement fournie. Kalinine, Kamenev, Kerenski, Kiazarov, Kibaltchiche – Victor, je regarderai une autre fois – Kirov, Kiruni. Ça, c'était fort! *Lui* n'avait pas droit à une fiche, ou plutôt la fiche à laquelle il avait certainement eu droit s'était bel et bien envolée.

« Camarade! » entendit-il crier.

Il repoussa hâtivement le tiroir à glissière et se précipita sur le palier.

« Oui?

– Tu es là depuis longtemps. Je vais être obligé de monter te fouiller. »

Il se pencha au-dessus de la cage d'escalier.

« C'est inutile, mais si tes chefs t'ont ordonné de me faire les poches, viens me les faire, répliqua Maurice avec agacement. À condition de me laisser travailler. » Il regagna la bibliothèque, puis écouta le soldat monter. Ce dernier apparut, regarda autour de lui, l'œil méfiant, puis redescendit.

« Voyons. MASSININE Oleg Igorovitch. Né à Saint-Pétersbourg le 9 juin 1868. Avocat proche des cercles mencheviks. 1902 : Défend le socialiste-révolutionnaire Tchernov. 1906 : Soutient Stolypine qui lui propose un poste de magistrat dans la ville de Kiev. Refuse cette fonction. Professeur de droit à l'université de Saint-Pétersbourg.

« Épouse en 1904 Elena Alexandrovna Gheranova, cantatrice au théâtre Marienski, dont il divorce en 1916. »

Désappointé, il rangea la fiche à sa place. C'était tout? Pour le coup, il en attendait plus! Apparemment Massinine n'avait pas fait parler de lui depuis fort longtemps. Sans doute était-il demeuré dans l'opposition libérale pour que l'Okhrana s'intéressât à lui, et son appartenance au mouvement menchevik avait-elle suffi à le faire condamner en janvier dernier par les bolcheviks qui le détestaient.

Mais là encore, rien n'expliquait pourquoi Elena, séparée de lui depuis plusieurs années (bien que divorcée depuis peu) et qui avait gardé pour la scène son nom de jeune fille – ce qui prouvait qu'elle était connue avant son mariage – pouvait ainsi en payer les conséquences. Il fallait sans doute quelque chose d'autrement plus grave et de plus marquant pour que Zinoviev et Kirilenko s'écrivissent à son sujet – et sans qu'elle le sût! Maurice réalisa que son inquiétude s'accroissait avec sa perplexité. Songeur, il allait ressortir quand une réaction de curiosité le retint soudain.

« Et moi? pensa-t-il. Ces messieurs m'ont-ils à l'époque jugé digne de leur attention? »

Vaguement inquiet d'avoir été écarté de la précieuse cohorte qui l'entourait, il s'approcha. P. Pennanikov... Pennetier. Pour la première fois de sa vie peut-être, il se sentit soulevé par une bouffée d'orgueil.

« PENNETIER (Maurice). Né le 19 décembre 1892 à Limoges, France.

« 1910 : Étudiant en lettres au lycée Lakanal, Sceaux près Paris. Préparation de l'École normale supérieure. 1911 : Membre de la SFIO (section du XIVe arrondissement de Paris. 1913 : Voisin de Georguei Tchitcherine dans le XIVe arr^{t}, se lie d'amitié avec ce dernier (corresp. Belanov).

« *Points particuliers* : Parle russe, allemand, italien (corresp. Belanov). »

Il pinça les lèvres. Belanov. Son vieux professeur de Lakanal. Il revoyait sa lavallière et sa redingote d'un autre âge au col recouvert de pellicules. En dépit de son allure de vieil anar émigré, il rencardait donc l'Okhrana, le misérable! Maurice referma le tiroir, quitta la pièce et rejoignit l'escalier de service.

« Tu peux me fouiller, dit-il en ressortant. Il faut

que tu aies confiance en moi, camarade. Il se peut que j'aie à revenir.

– Ça va », maugréa l'autre presque distraitement.

Maurice repassa sous l'arche du Synode et se retrouva un peu étourdi sur l'esplanade, aveuglé par la lumière crue du matin. La statue qui s'était fracassée sur le trottoir en tombant du fronton du manège, et qu'il avait vue pour la première fois emprisonnée dans sa gangue de glace, gisait maintenant devant lui avec de l'herbe haute entre ses membres brisés, comme si elle reposait là depuis le commencement des siècles. Il s'assit un instant sur une pierre qui s'en était détachée et s'efforça de réfléchir. Sa découverte lui donnait plus que jamais l'impression qu'un vautour surveillait, d'un pic inaccessible, le corps sans défense d'Elena, vulnérable et désarmé comme une blanche et douce victime qui sentait obscurément le danger rôder autour d'elle. Fallait-il tenter de la mettre en garde, au risque de l'angoisser d'avantage? Il pesa le pour et le contre et décida dans un premier temps de ne rien lui dire avant d'avoir circonscrit le danger de façon plus précise.

En tout cas Alice Morel attendait. Il n'avait pas la tête aujourd'hui à traiter de prévision de stocks de bois. Il se dirigea machinalement vers le fleuve. Derrière le cavalier de bronze tavelé de vert-de-gris, de rares silhouettes longeaient les bâtiments du Petrokommun qui venaient d'être édifiés et défiguraient la belle ordonnance des quais. Il n'était même plus possible de voir sur l'autre rive les sphinx de l'Académie et de leur réclamer par-delà les remous du fleuve les mots des énigmes qui lui brûlaient les lèvres; dans ces conditions mieux valait rebrousser chemin et rentrer à l'hôtel.

Avec l'été les vendeurs de tournesol étaient revenus. La présence proche des plantons de l'Astoria les rendait inoffensifs et, alors qu'ils lui proposaient timidement leur marchandise, Maurice se demanda si l'un d'eux se trouvait parmi les agresseurs d'Elena. La première fois qu'il avait vu une de ces bandes de gosses, à quelques pas d'ici, Stivard et Lutry l'accompagnaient. Comme tout se mêlait... La douleur de leur disparition se fit à nouveau sentir, liée cette fois plus fortement encore que le matin à un sentiment de colère et d'impuissance.

« Il y a un câble pour toi », lui annonça l'un des soldats du piquet de garde.

Au bureau on lui tendit une enveloppe ouverte. Maurice l'empocha et s'obligea à n'en pas lire le contenu avant d'être dans sa chambre.

« MOSCOU, 2.8.20, 9 H 30, lut-il. VIVE ÉMOTION GROUPE FRANÇAIS À LA SUITE DISPARITION DE NOS CAMARADES EN MER DE BARENTS. TE MANDATE POUR OBTENIR PRÉCISIONS SUR NAUFRAGE AUPRÈS AUTORITÉS COMPÉTENTES. SADOUL. »

Le fait que le message fût en clair montrait en effet qu'il était autant destiné aux autorités qu'à lui-même. « Il ne croit pas plus que moi à cette affaire, et comme toujours il ne veut pas s'engager; mais au moins il me couvre », pensa-t-il. C'était assez adroit. Encore fallait-il prévenir les deux parties qu'il allait utiliser cette latitude qui lui était donnée. Il décrocha le combiné.

« Ici le 518 A. Je voudrais une communication avec Moscou. Le camarade Sadoul, chef du groupe communiste français, au 376-4.

– Bien, camarade. »

Dix minutes n'étaient pas écoulées qu'on le rappelait.

« C'est toi? demanda Maurice.

– Oui... »

Son interlocuteur paraissait surpris.

« Je t'accuse réception du message, poursuivit Maurice. J'agis en ce sens.

– Ce n'était pas nécessaire d'appeler...

– Au contraire. Je tiens à ce que cela se sache.

– Je ne... », commença Sadoul.

Presque aussitôt sa voix s'étrangla en grésillements indistincts et il entendit un dialogue lointain se superposer à la sienne.

« Je ne t'entends plus! » cria Maurice.

Avant que Sadoul ait répondu, on coupa. Il raccrocha puis rappela la telephonistka.

« Ma communication a été interrompue, protesta-t-il.

– Pas de ligne », lui rétorqua-t-on sans explication.

Il sortit de la chambre, descendit au second et frappa sans succès chez Victor Serge. Il en fut secrètement satisfait. À cette heure-ci Victor Serge devait être à Smolny, et c'était bien le dernier endroit où il souhaitait l'appeler.

UNE sobre inscription surmontait la porte donnant sur la Gorokhovaïa, et il fut agacé de ne pouvoir la lire sans frissonner. TCHERZYTCHAÏKA. Il regarda le soleil clair qui illuminait la longue et triste rue jusqu'à la rendre presque aimable et, avant de passer de la lumière à l'ombre, eut envie de faire un signe – d'adieu? d'exorcisme? – à quelque passant dans la rue. Mais personne ne longeait les hauts murs à ce moment-là, aussi entra-t-il sous la voûte sans se retourner.

Derrière la table qui faisait face à l'entrée avait pris place le groupe habituel de plantons dépoitraillés fumant des papyros. Au-dessus d'eux était épinglée une large affiche recommandant la vaccination contre la variole, et Maurice crut un instant que la grande femme maigre qui se tenait devant lui, portant dans ses bras un bébé emmailloté dans une sorte de harde, venait en effet chercher un certificat de vaccination.

« Mets-toi là », lui intima un sergent suant et ventripotent en désignant un banc de bois contre le mur.

La femme obéit comme à regret. Elle paraissait si anxieuse qu'il ne put s'empêcher de la regarder à la dérobée. Elle posa le bébé à côté d'elle sur le banc et croisa les mains sur son châle. Derrière elle un mur vitré permettait à Maurice de voir la pièce d'à côté.

« Et toi, camarade? s'enquit le sergent.

– Je suis le chef du groupe communiste français de cette ville », dit-il en lui présentant son mandat.

Le sous-officier examina le document.

« Tu veux faire vacciner les camarades français contre la variole? » demanda-t-il aimablement.

Maurice s'éclaircit la gorge.

« Non, dit-il d'un ton paisible. Je voudrais rencontrer le camarade Kirilenko. »

L'autre le fixa comme s'il ne le comprenait pas.

« Mais... le camarade ne reçoit pas, répondit-il d'un ton surpris.

– C'est pourtant nécessaire, répliqua Maurice avec assurance. L'affaire est importante et il est de mon devoir d'utiliser la voie hiérarchique. Le camarade Bakaïev n'étant pas là...

– Va peut-être à Smolny dans les services du camarade Zinoviev, le conseilla-t-il.

– Je *travaille* à Smolny, camarade. Mais le président du Komintern est actuellement en voyage dans le Sud avec les délégués du congrès, et le camarade Bakaïev l'accompagne. Je dois donc venir ici. »

Le sergent opina du chef d'un air indécis, puis se détourna et appela quelqu'un derrière lui. Un marin fit irruption, auquel le béret blanc à rubans donnait une allure plus martiale que celle du sous-officier.

« Téléphone donc en haut, ordonna Maurice en s'adressant à ce dernier. Tu expliques que le camarade Pennetier, chef du groupe communiste français, tient à s'entretenir d'une affaire importante avec le camarade Kirilenko commandant la Tcherzytchaïka. »

Son ton comminatoire impressionna manifestement son interlocuteur. Effleurant les rubans de son béret, il esquissa même un salut.

« Bien, nous allons transmettre ta requête, dit-il. Veux-tu attendre à côté, camarade. »

Il le fit entrer dans la pièce que l'on découvrait par la cloison vitrée, puis referma la porte. Vraisemblablement on ne tenait pas à ce que le camarade français écoute la conversation. Maurice s'assit sur un banc en face d'un comptoir de bois rudimentaire formé de planches et de tréteaux. De là où il était il voyait de dos la femme assise et plus loin le marin qui téléphonait. Il s'attendait à être refoulé avec les égards dus à son rang lorsqu'un soldat fit irruption derrière le comptoir et ouvrit la porte.

« Galina Rogachova », appela-t-il.

Dans l'autre pièce la femme se dressa, empoigna le bébé et, le tenant serré contre elle, franchit le seuil et s'approcha.

« C'est pour toi », dit le soldat en jetant sur la planche ce qui sembla être à Maurice un paquet d'habits grossièrement ficelé.

Il pâlit. De sa main libre, la jeune femme palpa timidement les étoffes. Son visage exprimait l'incrédulité.

« Qu'est-ce que ça veut dire? murmura-t-elle.

– Ça veut dire ce que ça veut dire », répondit le soldat d'une voix indifférente.

Surprise peut-être par cette placidité, elle parut réfléchir un instant. Le soldat évitait pourtant de la regarder. Puis elle poussa un cri perçant – si rauque, si inhumain que Maurice sentit son sang refluer vers son visage –, plaça le bébé au milieu des hardes et, sans que rien n'ait laissé prévoir son geste, lança brusquement le ballot au soldat. Elle passa alors devant Maurice et, bousculant le sergent qui voulait lui interdire de sortir, traversa comme une flèche la pièce d'arrivée avant de se ruer dehors. Derrière la table, les soldats demeurèrent pétrifiés. Le marin, quant à lui, avait disparu.

« Vous avez de la glu sous les fesses ou quoi? hurla Maurice. Poursuivez-la!

– Que voulez-vous qu'on y fasse si elle n'en veut pas, des frusques de son homme! s'écria le sergent. Ça fera toujours des heureux!

– Et le bébé, espèce d'emplâtre, il fera des heureux?

– Comment ça, le bébé? »

Ils se précipitèrent vers le comptoir dans la pièce adjacente. Penché à terre, le soldat ramassait le paquet qui lui avait glissé des doigts. Étendu sur le sol, l'enfant geignait convulsivement et des bulles lui sortaient de la bouche.

« Nom de Dieu! » fit le sergent.

Entraînant l'un de ses hommes, il sortit à son tour en courant. Cela faisait près d'une minute que la femme avait franchi le seuil de la porte. Peu après, tous deux revenaient, à la fois haletants et bredouilles.

« Tu ne l'as pas retrouvée? interrogea le soldat qui tenait maladroitement le nourrisson.

– Avec le remords qui doit la travailler, si ça se trouve elle a déjà plongé dans le fleuve! répondit son camarade avec désinvolture.

– C'est malin d'avoir accepté qu'elle te refile le ballot que tu venais de lui donner! renchérit le sergent.

– Comment cela, accepté? T'as vu comme elle me l'a jeté à la figure! Je ne me suis rendu compte qu'il y avait un mouflet au milieu que quand il est tombé par terre ! Forcément, je me suis baissé pour le ramasser ! Qu'est-ce que t'aurais fait, toi, hein, t'aurais marché dessus ?

– Moi ? j'aurais cavalé après la fille, et je t'assure que je la rattrapais !

– Toujours donneurs de leçons, les gens de Piter ! D'ailleurs, c'est toi qui aurais dû empêcher qu'elle vienne jusqu'ici avec le gosse ! »

Maurice vit le moment où ils allaient en venir aux mains. Énervé par l'agitation qu'il sentait autour de lui, le bébé commençait à hoqueter et à crier.

« Le camarade chef de groupe Pennetier ! appela soudain le marin.

– Je suis là, répondit Maurice. Un instant. » Il fixa le sergent.

« Tu as peut-être une chance de la retrouver. Envoie des hommes sur la place Razvodnii et deux autres le long de l'Amirauté. Qu'ils se rejoignent ensuite tous les quatre sur le quai et fouillent les embarcadères en contrebas, au ras de l'eau ! Si par miracle tu tombes sur la fille, tu la ramènes ici et tu lui rends son gosse ! Et pas de brutalité, hein ! »

Subjugué, le sous-officier opina du chef. Maurice s'adressa alors au soldat derrière le tréteau.

« Pendant ce temps-là, toi, tu t'occupes du môme. Tu n'as pas pu éviter qu'elle te le refile, eh bien, tu te le gardes ! Si vous ne retrouvez personne, confiez-le à la fondation pour les enfants abandonnés dans les locaux de l'ancien hôtel de l'Europe, sur la Nevski. Exécution.

– Le camarade chef de groupe Pennetier ! » rappela le marin.

Plus raide et massif qu'un officier prussien, il se désintéressait de l'effervescence qui régnait autour de lui.

« Le camarade me reçoit? »

Maurice s'aperçut qu'il n'avait même pas osé prononcer son nom.

« Suivez-moi », dit le marin.

Encore troublé par la scène à laquelle il venait d'assister, il lui emboîta le pas. De hautes piles de dossiers encombraient tout l'espace des pièces qu'il traversait, et ces murailles de papier lui donnaient le sentiment, loin de l'ordre scientifique qui semblait procéder au classement à l'Okhrana, d'une sorte de prolifération obsédante et arbitraire qui paraissait plus accablante encore d'être aussi désordonnée. Partout erraient des soldats à la mise négligée, dont certains faisaient cuire sur des réchauds des gamelles de semoule que le marin considérait au passage avec une muette réprobation. « Sûrement un Letton, pour avoir cette morgue », pensa Maurice. Ils s'engagèrent l'un derrière l'autre dans un escalier faiblement éclairé par des lumignons et montèrent ainsi deux étages, puis accédèrent à une antichambre exiguë qui lui rappela la salle d'attente du dentiste de la Mission française à Moscou. Sans même frapper, le marin ouvrit la porte et, s'effaçant pour le laisser passer, lui fit signe d'entrer.

La pièce dans laquelle il fut ainsi introduit était inoccupée et il fut étonné par son caractère petit-bourgeois. Il resta d'abord debout, mal à l'aise face à un vaste bureau en acajou comportant de nombreux tiroirs, sur lequel il n'y avait ni papiers, ni téléphone; puis il finit par s'asseoir sur un fauteuil recouvert d'étoffe brodée, au côté d'un poêle de faïence aussi décoré qu'une soupière – il se souvenait d'en avoir vu un semblable dans le palais de l'Ataman Sebriakov à Odessa où s'était un moment installé le Collège étranger. Les murs étaient tapissés d'un tissu à petits motifs de couleur aubergine sur lesquels étaient suspendues des gravures traditionnelles illustrant des danses villageoises et des types pittoresques de la Volga. Il y avait aussi un lac de montagne surmonté par le mont Elbrouz. Le poêle – et l'idée de quiétude qui l'entourait – ajoutaient à l'impression d'irréalité que Maurice ressentait, et pourtant il était plus stupéfait encore qu'anxieux de se trouver là, à attendre dans la tanière même du fauve, surtout lorsqu'il songeait à la relative facilité avec laquelle il y avait accédé. Pour conjurer sa nervosité qui augmentait avec les minutes (sans doute le faisait-on attendre à dessein), il se releva et s'approcha de la fenêtre. Au fond d'une cour étroite et sombre des civils vêtus de guenilles traînaient de lourds tuyaux, sans qu'il entendît de bruit de voix ou de heurt de métal; il s'aperçut alors qu'une double fenêtre isolait complètement la pièce. Cela lui rappela une illustration de son livre d'histoire lorsqu'il était au cours moyen : elle représentait le commandant d'une galère qui, de sa cabine richement ornée, se penchait pour observer la chiourme. Le visage de la femme affolée lui revint et il se demanda s'il devait évoquer la scène qui venait de se passer en bas. Certes non, pensa-t-il aussitôt : il parlerait uniquement de ce pour quoi il était venu, c'est-à-dire de la disparition de ses camarades. Il imagina la réaction qu'aurait eue Lucien s'il avait rencontré Kirilenko après avoir assisté à cette scène – il suffisait de se remémorer sa stupeur indignée lorsque le premier jour les policiers à cheval avaient chargé sous ses yeux la malheureuse paysanne. Son regard s'égara sur un autre cadre reproduisant une place de village qui lui rappela le décor de *La Jeune Fille de Pskov*. Elena. Parlerait-il d'elle? Bien sûr que non, sauf si par miracle les circonstances devaient s'y prêter. Mais y aurait-il seulement dialogue ? Trop d'éléments lui manquaient pour savoir s'il risquait de se retrouver dès l'abord en posture d'accusé. Avaient-ils été suivis, Lucien et lui, lors de leur vagabondage en ville du dernier soir ? Sans doute pas, car Lutry n'aurait pas manqué de le lui signaler. Kirilenko savait-il d'autre part déjà qu'il avait été consulter les fiches de l'Okhrana ? Là aussi c'était peu vraisemblable, mais le document concernant Elena, dont il avait découvert l'existence, était une raison supplémentaire pour ne pas évoquer son cas.

Il se décida à s'asseoir et trouva devant lui sur un guéridon recouvert d'un napperon l'opuscule *Adresses inaugurales de la séance d'ouverture du IIe Congrès de la IIIe Internationale,* par K.G. Zinoviev et V.I. Lénine, et le feuilleta machinalement. Lui-même en avait revu les versions allemande et française et avait organisé leur envoi à l'étranger par les filières habituelles. Stivard et Lutry en auraient-ils bénéficié qu'ils seraient en ce moment même rentrés chez eux. Il soupira, puis inspira à fond pour tenter d'empêcher son cœur de battre la chamade. Mais que faisait-il donc ? Quelque part une pendule sonna onze coups grêles. Où serai-je quand sonneront les douze coups de midi ? s'interrogea-t-il. Même sous Jitomir, il n'avait jamais envisagé que son destin pouvait ainsi changer dans les minutes qui suivaient.

Comme pour lui répondre, la porte s'ouvrit sans bruit et presque en catimini un homme fit son entrée. Rien dans son apparence ne ressemblait à ce qu'il avait imaginé – peut-être Maurice pensait-il inconsciemment qu'il lui rappellerait à la fois le massif et bourru Bakaïev et le sanguin et léonin Zinoviev. Il en paraissait au contraire l'exacte antithèse. Sous ses cheveux blonds peignés avec soin, des yeux gris et pâles très enfoncés donnaient à son visage un aspect à la fois fiévreux et souffreteux que venait souligner une silhouette chétive et voûtée. Saisi, Maurice se leva. Sans dire un mot, sans même le regarder, l'homme passa devant lui, puis s'assit derrière le bureau, l'incitant avec une sorte de nonchalance à prendre place devant lui. Il semblait fixer quelqu'un derrière lui, au point que Maurice s'assura qu'il n'y avait pas d'autre présence dans la pièce ; mais il n'y avait qu'une porte fermée.

« Alors », dit-il sans mettre de nuance interrogative dans son ton.

Maurice s'éclaircit la voix.

« Je suis bien devant le camarade Kirilenko ? » demanda-t-il.

L'autre inclina la tête de façon imperceptible. Maurice estima qu'il devait être à peine plus âgé que lui. Sa blouse noire serrée à la taille et montant jusqu'au cou soulignait encore son teint blafard.

« Le camarade Bakaïev étant absent et l'affaire me paraissant urgente, je... je me suis permis... enfin voici le câble que je viens de recevoir de Moscou. »

Il sortit de sa poche le télégramme de Sadoul et le lui tendit, mais son vis-à-vis ne fit rien pour s'en saisir.

« Il est en français, camarade, je vais le traduire, proposa Maurice pour se donner une contenance.

– Inutile. Dépliez-le et déposez-le devant moi. »

Redoutant de voir disparaître le document qui était sa sauvegarde, Maurice hésita, puis s'exécuta. Sans qu'une ligne de son visage émacié bougeât, Kirilenko se pencha pour le lire.

« La commission extraordinaire n'est pour rien

dans cette regrettable affaire », assura-t-il avec froideur.

Maurice reprit le télégramme avec tout le naturel dont il se sentit capable.

« Je vous crois, camarade, mais connaissant Sadoul comme je le connais, s'il m'envoie ce télégramme en clair, c'est qu'il a l'autorisation de Dzerjinski de me mandater officiellement pour mener cette enquête. »

La mention de son collègue moscovite à la tête de la Tchéka parut avoir porté.

« Remontrez-moi donc ce câble », demanda-t-il.

Il le reprit, le rapprochant même de ses yeux pour examiner le bureau de provenance, sembla-t-il à Maurice. Tverskaïa, l'entendit-il murmurer.

« Pourquoi ne pas voir directement cela avec Zinoviev? finit-il par dire en le repliant. Vous le côtoyez chaque jour à Smolny, non?

– Je n'ai de relation de travail à Smolny qu'avec Victor Serge, précisa Maurice. Quant au camarade président, comme vous ne l'ignorez pas, il voyage en ce moment dans le Sud avec les délégués du Komintern.

– Justement, attendez donc son retour pour lui parler de cette affaire. Vous ne devez d'ailleurs qu'à la méprise d'un planton de vous retrouver en face de moi! Je ne reçois d'ordinaire personne.

– Mais c'est moi qui ai insisté pour vous rencontrer! s'exclama Maurice. Je ne tenais pas à discuter de tout cela avec le camarade Zinoviev. Mon groupe n'a jamais reçu de marque de bienveillance particulière de sa part. Je suis convaincu que, s'il était là, il ne partagerait ni ne comprendrait notre émotion devant la disparition de nos camarades.

– Allons au fait, coupa-t-il sèchement. Qu'attendez-vous de moi?

– Que vous me donniez l'autorisation de me rendre à Mourmansk », répondit Maurice avec détermination.

Il y eut un bref silence.

« Vous savez bien que c'est une zone interdite !

– Je le sais, Nikandre Nikolaiévitch. Mais je tiens à savoir ce qui s'est passé, et les précisions qu'attendent de moi les camarades français, je ne pourrai les obtenir que sur place.

– C'est inutile, car je peux, moi, vous les fournir ! s'exclama-t-il en ouvrant un tiroir. J'ai là un dossier...

– Victor Serge me l'a déjà communiqué, l'interrompit Maurice. Pour ne rien vous cacher, il y a là plusieurs points qui me surprennent. »

La façon dont Kirilenko le scruta de son œil cave donna l'impression à Maurice de jouer un jeu plus dangereux encore qu'il n'était nécessaire.

« Il faut que vous sachiez que Stivard et Lutry étaient des personnalités attachantes, reprit-il, et que ce naufrage représente une lourde perte pour les camarades français qui espéraient leur témoignage.

– Vous les connaissiez ? s'enquit abruptement son vis-à-vis.

– Je les avais rencontrés le jour de leur arrivée, en janvier, et une autre fois lors de l'ouverture du congrès. »

Un bref cillement lui prouva qu'il était parfaitement au courant.

« Je n'ai pas les mêmes raisons que vous de regretter leur disparition, reconnut-il sans ambages. D'après nos renseignements, ils se montraient hostiles à l'idée révolutionnaire, et j'estime que nous avons eu tort de les inviter.

– Je ne peux pas laisser passer cela, camarade ! s'indigna Maurice. D'autant qu'ils ne sont plus là pour se défendre! Stivard était un militant irréprochable, quant au jeune Lutry...

– Ne finassons pas! Une troïka ne vaut que ce que vaut le cheval le plus faible, et j'imagine que pour un attelage à deux c'est pareil.

– D'après ce que j'ai pu constater, Lutry avait en effet une certaine indépendance d'esprit, admit Maurice, mais c'était une âme ardente et incorruptible, que la Russie des soviets avait envoûtée.

– Peut-être, mais *canard égaré brouille la mare*, comme nous disons, et je vous renvoie dans ce cas à votre compatriote, le conventionnel Couthon : " Toute mesure d'indulgence est un danger public. " »

« Bon Dieu, mais c'est un aveu », pensa Maurice.

Une violente quinte de toux vint secouer son interlocuteur qui sortir un mouchoir et se tamponna longuement les lèvres.

« Le camarade Lutry n'était aucunement un canard égaré, camarade, contesta Maurice. Son tort est peut-être d'avoir protesté de façon un peu trop véhémente contre... l'appropriation de ses documents dans un hôtel de Moscou. Mais je peux témoigner que son intérêt passionné pour l'expérience bolchevik était intact jusqu'au dernier jour. Je m'en suis assuré au cours d'une longue promenade avec lui dans Petrograd, ajouta-t-il prudemment.

– Vous aimez décidément les longues promenades en ville », dit Kirilenko.

Au fond satisfait qu'il se fût démasqué le premier, Maurice ne put néanmoins s'empêcher de lever les yeux vers lui. Une fois encore, il ne croisa qu'un regard atone dans un visage impassible.

« Je pense être moi aussi un militant inattaquable, reprit-il en détachant ses mots. Si vous êtes si bien informé sur ma vie privée, vous savez que je n'ai vu cette personne que deux fois et que je pense ne rien avoir à cacher. Je crois avoir assez donné à la cause pour ne pas être suspecté !

– Ne prenez pas la mouche, camarade. La citoyenne à laquelle je pense est sans doute quelqu'un de plaisante compagnie, mais deux fois, permettez-moi de vous le dire sans détour, c'est deux de trop. Oui, entre, *moïa douchka.* »

La porte s'ouvrit lentement dans le dos de Maurice et une petite fille se glissa dans la pièce. Elle pouvait avoir trois ou quatre ans et devant l'étranger resta bouche bée, les yeux écarquillés, à se dandiner.

« *Moïa douchka*, ton *papouchka* a bien entendu que tu étais derrière la porte, dit-il d'un ton attendri.

– Papouchka, murmura la petite en coulant vers Maurice un regard apeuré. J'm'embête, où elle est, mama ?

– Ma poulette, on ira à la campagne, un de ces jours, dans la talège. Hein, tu veux bien ? Je t'emmènerai à Lakhta. Et même ce soir, si tu es sage, on ira au bord de l'eau. »

La petite eut une moue d'incrédulité, comme s'il lui avait déjà souvent fait le coup. Elle était habillée avec un raffinement digne des enfants des beaux hôtels particuliers de l'Arbat d'un corsage brodé et d'une jupe plissée blanche qui descendait sur des souliers à boucle. Ses cheveux blonds étaient attachés par un ruban bleu pâle qu'elle tortillait nerveusement.

« C'est votre fille, camarade ? » demanda-t-il en réprimant sa surprise.

L'expression de Kirilenko s'était transformée en quelques instants ; son regard n'était plus que bienveillance et tendresse.

« La reine de mes journées, répondit-il. N'est-ce pas, *moïa douchka*? »

Elle se tenait sagement sur le rebord de l'un des fauteuils, les yeux fixés sur la fenêtre. Soulagé de la diversion qu'elle apportait, Maurice pensa qu'il y avait peut-être là un moyen de se ménager les bonnes grâces du père au moment où le duel s'engageait.

« Si j'avais su... j'aurais apporté un jouet », murmura-t-il d'un ton mal assuré.

Kirilenko leva vivement les yeux.

« Un jouet? Et où trouveriez-vous un jouet à Petrograd par les temps qui courent, pouvez-vous me le dire?

– Je ne sais pas, répondit Maurice pris de court. Il doit bien y en avoir dans le grenier de l'Asile de France comme dans tous les greniers... Attendez que je me souvienne. Il me semble que j'avais remarqué un cuirassé en fer comme l'*Aurora*... Un bilboquet... Un canon à amorce... »

Kirilenko fit la grimace.

« Ce sont des jouets de garçon. Il n'y a pas de poupée?

– Je n'en ai pas vu », réfléchit Maurice, avant d'ajouter aussitôt devant son air contrarié : « Je crois qu'il y a un ours en peluche. »

Le visage de Kirilenko s'éclaira.

« Un ours! s'exclama-t-il. *Moïa douchka*, un petit ours en peluche, en vraie peluche... »

Il se tourna vers Maurice et ses traits se figèrent de nouveau.

« Eh bien, faites-le-moi donc porter. Tu es contente? demanda-t-il en s'adressant à l'enfant.

– J'en ai déjà eu, des ours, fit la petite d'un ton boudeur.

– Je crois me rappeler qu'il avait perdu son

rembourrage, mais je demanderai à Alice Morel de le refaire.

– Oh! cette directrice? » grommela Kirilenko.

Il avait parlé d'une voix si acerbe que Maurice demeura interdit.

« La grajdanka Morel est très capable, camarade, rétorqua-t-il. Si l'établissement a pu survivre, c'est bien grâce à elle!

– Papouchka, qu'est-ce qu'ils font avec les tuyaux? interrompit la petite en regardant par la fenêtre.

– Tu vois bien, ils emportent les poêles qui chauffaient cet hiver.

– Parce qu'il fera plus froid, maintenant? Plus jamais froid?

– Toi, tu n'as jamais eu froid, murmura-t-il doucement. Tu sais bien que ton papouchka ne doit jamais avoir froid. »

Elle s'était assise en tailleur, la tête en arrière pour contempler le plafond, remuant les lèvres comme si elle se parlait à elle-même. Maurice observa subitement d'un autre œil le teint blême de son vis-à-vis. C'était comme si ce dernier avait laissé échapper quelque chose qu'il n'aurait pas dû entendre. Mais bien sûr... Cette maigreur, cette toux caverneuse, cette sueur aux tempes, ces yeux cernés... « Il est tuberculeux », se dit-il et à peine se fut-il prononcé le mot que cela lui parut une évidence. Kirilenko le dévisageait tout à coup fixement, comme s'il cherchait à deviner ses pensées.

« En fait, nous la suivions depuis quelque temps, précisa-t-il. Elle serait sortie depuis cinq minutes avec le machiniste du théâtre ou le deuxième violon de l'orchestre que nous l'aurions su aussitôt. »

Il reparlait d'Elena comme il le faisait au

moment de l'arrivée de l'enfant – avec une sorte d'animosité. Peut-être était-ce d'ailleurs pour que Maurice ne puisse ignorer ce sentiment à l'égard d'Elena qu'il l'avait laissé franchir le barrage des plantons et monter jusqu'à lui. Pas de doute : il fallait maintenant aller au feu.

« Puisque vous me reparlez de la grajdanka Gheranova, je peux vous dire qu'elle s'est en effet plainte auprès de moi d'être constamment suivie, et cela sans qu'elle en comprenne le moins du monde la raison.

– Et pourquoi vous a-t-elle choisi pour se confier ainsi ? »

Maurice affecta l'ironie.

« J'imagine qu'elle me prend pour son sauveteur depuis que cet hiver je l'ai tirée des griffes des *bezprizornye*. Je ne l'avais du reste pas revue depuis, et sans doute a-t-elle pensé que mon influence était plus importante qu'elle ne l'est réellement ! Mais, vous-même, pouvez-vous m'expliquer pourquoi elle est la victime de toutes ces... tracasseries ?

– Ce sont des questions que ne devrait pas poser un militant bolchevik, camarade, rétorqua-t-il d'un ton réprobateur.

– Je ne comprends pas, insista Maurice. C'est une artiste d'État, admirée et réclamée par les plus grands ! Elle ne s'est pas enfuie à Riga pendant la guerre civile, que je sache ! Elle n'a pas spéculé, ni tenu de tripot clandestin, ni été la maîtresse d'un général blanc...

– Attention à ce que vous racontez devant l'enfant », coupa-t-il sèchement.

Comprenant que l'on parlait d'elle, la petite fille exhala un murmure indistinct.

« Écoutez, sans doute suis-je naïf au dernier degré. Ne fallait-il pas être en effet naïf et inconscient pour sacrifier sa vie à notre cause – ce que j'ai fait à double titre puisque je suis condamné à mort par contumace dans mon propre pays et que j'ai été grièvement blessé dans le vôtre! J'ai fait cela, et Stivard et Lutry le faisaient aussi, par haine du pouvoir des exploiteurs et pour lutter contre l'obscurantisme et l'injustice. Eh bien, je considère que cette femme est victime d'une injustice ou bien d'un malentendu, ce qui revient au même.

– *Papouchka...*, interrompit la petite fille comme s'il y avait une soudaine urgence.

– *Douchka,* qu'est-ce qu'il y a, *moïa douchka*? » demanda-t-il d'une voix alarmée.

Elle glissa vers l'étranger un regard intimidé. Il se pencha.

« Tu as envie de faire un petit besoin?

– Plus, murmura-t-elle. Je sais pas défaire ma culotte...

– Bon, eh bien, on va y aller », dit-il avec douceur.

Comme chaque fois qu'il s'adressait à l'enfant, son visage se détendait. Il se leva avec difficulté, et l'effort le fit à nouveau tousser. Sentant que le temps de l'entretien lui était désormais compté, Maurice l'imita.

« M'autoriseriez-vous à me rendre à Mourmansk? » demanda-t-il à nouveau.

Kirilenko releva la tête. Il avait retrouvé son visage inexpressif et froid.

« Si je vous refuse l'entrée de la zone, certains bons esprits dans vos groupes prétendront que je veux maquiller un double meurtre, n'est-ce pas?

– Jamais les camarades n'imagineront une chose pareille! » s'exclama Maurice avec un accent de sincérité qu'il se félicita d'avoir su imiter de façon si vraisemblable.

Son interlocuteur le scruta de nouveau, paraissant brusquement perplexe. Puis, de sa démarche chancelante, il revint vers le bureau et ouvrit un tiroir dans lequel Maurice aperçut des dossiers empilés. Avec de petits gestes contraints, il sortit une enveloppe contenant un portefeuille usagé.

« Voici un premier élément pour votre enquête, dit-il de façon sarcastique. Votre camarade Stivard l'avait oublié à Mourmansk chez le camarade Braïlowski.

– Papouchka, supplia l'enfant.

– Un moment, ma petite fille. Tenez, prenez donc connaissance des papiers qu'il contenait. »

Maurice hésita, effleura pensivement le cuir racorni du portefeuille, puis en retira une carte recouverte de tampons de cotisations dont certains remontaient jusqu'à 1900. « *Harmonie nouvelle de Nœux-les-Mines*, lut-il. Membre bienfaiteur : STIVARD NORBERT, 206, route Nationale. » Il y avait aussi une lettre à peine commencée, d'une longue écriture fine qui s'accordait mal à ce qu'il connaissait de lui. « *Ma grande Manou, je pense que tout s'arrange désormais. Le temps s'est remis au beau. Le petit et moi...* »

Maurice pinça les lèvres.

« Elle était sans doute destinée à sa femme. Peut-être voulait-il la poster en Norvège...

– Braïlowski a trouvé ça aussi, enchaîna Kirilenko en lui remettant un insigne triangulaire. Ils ont dû embarquer dans la plus grande précipitation. »

Maurice le reconnut aussitôt.

« C'est l'insigne du club de boxe qu'il avait fondé, dit-il la gorge serrée.

– J'envoie tout cela chez Tchitcherine, ajouta Kirilenko avec indifférence. C'est à lui de s'en occuper. Encore une fois, la Tchéka n'a rien à voir avec la disparition de vos camarades, et vous en conviendrez vous-même après vous être rendu sur place. Quant à cette dame..., poursuivit-il en clignant de l'œil comme un oiseau de nuit, je vous aurai mis en garde. Croyez-moi, oubliez-la. »

À sa façon d'associer les deux affaires presque dans la même phrase, Maurice eut pour la première fois le sentiment qu'elles pouvaient être liées. « Après tout, ils ont été ensemble dans l'Oural », se rappela-t-il. Cela lui ouvrit une perspective vertigineuse qui le fit vaciller. Il sentit que l'autre continuait subrepticement à l'observer. Il lui fallait rompre le silence à tout prix, quitte à paraître plus naïf qu'il n'était.

« Dois-je... dois-je établir un rapport à mon retour ? » s'enquit-il.

Kirilenko le considéra avec la tête de quelqu'un qui trouve qu'il s'est donné beaucoup de mal pour un bien piètre adversaire.

« À votre retour, voyez donc Bakaïev, grogna-t-il.

– Papouchka, je sens que ça vient, dit l'enfant d'une voix étranglée tout en le tirant par la manche.

– On y va, on y va. »

Il poussa la porte par laquelle la petite était entrée, la prit par le bras et l'entraîna au-dehors. Maurice entrevit le début d'un couloir. Comme elle allait quitter la pièce elle se retourna vers lui.

« Hein, tu n'oublies pas mon jouet, lança-t-elle.

– Bien sûr que non, je n'oublie pas. »

Il se rendit compte qu'il s'était adressé au père et non à l'enfant, mais Kirilenko ne le remarqua pas. Sans même refermer la porte il s'éloignait déjà, sa main dans celle de sa fille. Surpris qu'il ne songeât pas à le saluer, Maurice se demanda si cela signifiait qu'il allait revenir sous peu – ne serait-ce que pour signer son autorisation de partir vers le Nord

– ou bien que son départ était définitif, et qu'il voulait par son attitude désinvolte lui montrer en quelle médiocre estime il le tenait. Il resta quelques instants immobile. Il se sentait déconcerté et, surtout, anxieux de la façon dont tout l'entretien s'était déroulé, tant il lui semblait désormais évident qu'il y avait un rapport entre les mises en garde réitérées de Kirilenko concernant Elena et la mention apposée sur la fiche de cette dernière dans les archives de l'Okhrana. Il pensa qu'Elena se trouvait à son insu au cœur de quelque étrange affaire – dont Lucien, avec son art de mettre le nez là où il ne fallait pas, avait peut-être eu vent. Cette supposition lui fut si intolérable qu'il préféra la chasser de son esprit.

Un grand calme régnait tout autour de lui. Sans doute les gardes d'en bas avaient-ils l'ordre de ne plus laisser entrer personne et Kirilenko, sachant que cet isolement contribuait pour beaucoup au mystère qui l'entourait et à la crainte qu'il inspirait, veillait-il à ce qu'il ne fût pas une nouvelle fois transgressé. Seule la petite fille devait au long des journées mettre un peu d'animation dans le vide qui isolait l'invisible Grand Maître de la Tchéka rongé par la maladie; mais de quel prix d'ennui et de réclusion allait-elle le payer...

Maurice s'approcha de la porte et risqua un coup d'œil dans le couloir, cherchant à déceler au loin un bruit de robinet ou de chasse d'eau. Tout était désert et aucun des deux n'avait l'air de revenir. Il se leva et alla silencieusement inspecter l'antichambre par laquelle il était entré, puis revint dans le bureau.

Décidé à attendre, il se rassit sur sa chaise. Devant lui le tiroir d'où Kirilenko avait sorti sans émotion les pauvres souvenirs de Norbert était resté entrouvert. À elle seule leur « découverte » infirmait la thèse du naufrage : il ne parvenait pas à concevoir que Stivard qu'il avait connu si pointilleux dès qu'il s'agissait de son bagage ait pu ainsi égarer ses papiers juste avant d'embarquer. Mais, alors, pourquoi avoir fait resurgir le portefeuille ? Une dérisoire tentative d'effacer le vol de la serviette de Lutry ? En un geste d'exorcisme il eut envie d'en effleurer une dernière fois le cuir fatigué. Prêtant l'oreille, il contourna le bureau et commença à fouiller dans le tiroir avec précaution. À côté de l'enveloppe contenant le portefeuille se trouvait un épais dossier. *Posta*, lut-il. Correspondance.

Pouvant surveiller le couloir de là où il se trouvait, Maurice se décida brusquement à sortir le dossier : il était formé de soufflets pliées en accordéon selon un ordre alphabétique. Z : au moins cette initiale lui facilitait-elle les choses. Il n'y avait d'ailleurs pas d'autres lettres dans le soufflet que celles qu'il cherchait : une dizaine, venant toutes de Zinoviev et classées chronologiquement.

Inconscient du danger, lucide pourtant et tous ses sens aux aguets, sentant que la pièce qui se dérobait jusque-là était maintenant à portée de main, il commença à feuilleter la liasse. 30 mars 1918. 16 mai. 4 juillet. 9 août. Smolny, 16 septembre 1918. Les caractères papillotaient devant son regard et il dut fermer un instant les yeux pour tenter de se calmer.

« Estimé Nikandre Nikolaiévitch,

« De retour à Perm où je l'avais envoyée sur la demande du soviet de l'Oural pour cette mission dont nous avions parlé, ma secrétaire Anna Kostina me rapporte ce jour les faits suivants.

« Alors qu'elle se rendait avant-hier 14 septembre à la maison Berzine, rue Obvinskaïa à Perm, pour voir son fiancé Vladimir Moutnykh qui est, je vous le rappelle, secrétaire du soviet local et gardien de cette maison Berzine, celui-ci apprit que l'une des pensionnaires avait été vue la veille de façon fortuite par une passante qui s'était trompée d'adresse, et que cette dernière lui avait même adressé quelques mots. Une rapide enquête a permis de retrouver l'identité de cette femme : il s'agit de la citoyenne Elena Gheranova, cantatrice à l'opéra de Petrograd qui devait chanter au théâtre de la ville le même soir, et qui cherchait le domicile de Larissa Valinskaïa, pianiste au théâtre de Perm. Valinskaïa a confirmé qu'elle avait en effet rendez-vous à la même heure avec Gheranova pour la répétition d'un air de *La Khovantchina*. Elle a justifié la méprise de la chanteuse par la proximité de la maison Berzine et de son propre domicile dans la même rue Obvinskaïa, ce qui est exact. Toujours d'après son témoignage, Gheranova ne lui a pas semblé exprimer d'émotion au cours de cette répétition.

« Il n'en demeure pas moins que la rencontre a eu lieu et qu'en dépit de la pénombre qui, au dire de Kostina, régnait dans le vestibule de la maison Berzine, Gheranova a pu identifier l'une des pensionnaires. Cela expliquerait qu'elle se soit adressée à cette dernière alors que, entrée par erreur, elle aurait dû ne connaître personne dans ce lieu. Cette reconnaissance est d'autant plus plausible que, selon la fiche de l'Okhrana établie après sa visite à Gorki en Italie, Gheranova avait chanté à Tsarskoïé-Selo en 1913.

« Vous n'ignorez pas que la version des faits diffusée par le soviet de l'Oural concernant les événements du 17 juillet 1918 à Ekaterinbourg ne peut souffrir de variante. Nous ne pouvons donc que regretter l'irruption soudaine d'un témoin dont le récit risquerait de provoquer ultérieurement une fâcheuse controverse.

« À vous,

« Z. »

Agrafée à la lettre, était jointe la photographie d'un télégramme dont la date révélait qu'il était antérieur de près de deux mois.

« TÉLÉGRAMME N° 4852 18.7.18 EKATERINBOURG.

« PETROGRAD SMOLNY POUR ZINOVIEV.

« SOVIET RÉGIONAL OURAL ET COMITÉ DISTRICT DU PARTI ESTIMENT INDISPENSABLE COLLABORATION CAMARADE KOSTINA À TRAVAIL SPÉCIALEMENT RESPONSABLE STOP LA RETENONS DONC DANS L'OURAL STOP POUR CONSEIL RÉGIONAL LE PRÉSIDENT : BIÉLOBORODOV. »

Maurice songea un instant à dérober les deux documents mais en abandonna aussitôt l'idée et s'efforça de les relire calmement afin de les graver dans sa mémoire. À première vue, il en tirait deux conclusions : d'abord la secrétaire de Zinoviev, Anna Kostina (qu'il connaissait de vue), se trouvait à Ekaterinbourg le lendemain de l'assassinat du tsar et de sa famille. Ensuite, moins de deux mois après le massacre, la même Kostina rejoignait dare-dare son patron à Smolny pour le mettre au courant d'une rencontre qu'elle estimait plus que regrettable et dont la principale intéressée, Elena (à moins qu'elle ne lui ait dissimulé un point capital), ne gardait pas trace dans son souvenir. Or elle payait depuis deux ans cette rencontre inopinée. Qu'avait-elle rencontré dans la pénombre du vestibule de cette maison? Qui étaient ces pensionnaires? Les filles du tsar, comme semblait l'indiquer la réunion des deux documents? Peut-être même la tsarine? Il se souvint de l'article de *L'Echo de Paris* lu chez Victor Serge en janvier, et devant lequel ce dernier avait un moment semblé désorienté. Mais rien n'était venu confirmer depuis l'hypothèse que les femmes de la famille impériale avaient pu survivre, et ce n'était pas Anna Kostina, présente en ville lors du massacre, qui pouvait prétendre le contraire... Alors? Comme il glissait de nouveau la lettre et le télégramme dans le dossier, il eut la sensation d'une présence et leva vivement les yeux. Immobile et diaphane comme une apparition, la silhouette de l'enfant se reflétait devant lui dans le verre du cadre représentant le lac – on aurait dit qu'elle marchait sur les eaux. Il blêmit, repoussa lentement le tiroir et se retourna. Elle s'était introduite furtivement dans la pièce et le regardait, les yeux écarquillés.

« Mais... c'est la place de papouchka », s'étonna-t-elle.

Avec naturel il se releva et passa de l'autre côté du bureau.

« Eh bien... il est où, papouchka? »

Elle restait la bouche ouverte sans répondre, tortillant son ruban. Il jeta un coup d'œil dans le couloir. Il n'y avait personne.

« Hein, il revient? »

Elle semblait pétrifiée et ne répondait pas.

« Écoute-moi, je cherche la petite fée qui... Tu connais les petites fées qui dorment dans les tiroirs?

– Non, fit-elle faiblement.

– Ça ne m'étonne pas, il ne faut pas les déranger, car si elles se réveillent elles se mettent dans de grandes colères...

– Comme papouchka, dit l'enfant.

– Et quand elles sont en colère, elles ne font jamais ce qu'on veut. Il faut leur parler pendant qu'elles dorment. Et moi, comme je leur demandais...

– Elles sont grandes comment? » interrogea-t-elle.

Maurice écarta le pouce et l'index.

« Comme des petites souris. Mais il ne faut *jamais* que tu dises que je les ai cherchées, n'est-ce pas? À personne. Sans cela je ne pourrai pas avoir ce que je veux?

– Qu'est-ce que t'as demandé?

– Une poupée en porcelaine pour toi, avec de vrais cheveux et de vrais sourcils.

– Oh... », fit-elle en rougissant de plaisir.

Il y eut un sourire triste sur ses dents ébréchées.

« Mama m'en avait promis une... Mais mama est partie, soupira-t-elle.

– La fée m'en donnera une, je te l'apporterai. Mais tu ne racontes pas que tu m'as revu... Tu ne dis pas que je cherchais la fée. C'est un secret. Il ne faut pas que la fée se fâche. Si elle se fâche, elle ne t'apportera pas de poupée. »

Quelque chose paraissait la tracasser.

« Comment elle l'apportera, si elle est grande comme une souris?

– Quand elle l'apportera, la poupée sera aussi petite qu'elle, puis elle grandira dès que tu l'auras dans les bras.

– Ça c'est bien, dit la petite fille. Parce que j'm'embête.

– N'essaie pas de chercher la fée, en attendant! Quand on a réveillé une fois la fée, on ne peut pas le faire deux fois.

– Je reste pas. Je vais voir papouchka.

– Tu n'oublies pas notre secret! »

Elle disparut. Lui-même veilla à ce que tout fût remis en place, traversa l'antichambre, puis reprit le même chemin qu'à son arrivée, se retrouvant plus facilement qu'il ne l'avait craint dans le dédale des pièces encombrées. À l'entrée les plantons n'avaient pas bougé.

« Il n'y a pas de propousk pour le camarade chef de groupe Pennetier ? demanda-t-il au sergent.

– Venu de là-haut ? interrogea-t-il de son ton bourru. Non.

– La fille a été retrouvée ?

– Non plus.

– Et le gosse ?

– À la fondation que t'avais dit, camarade.

– Alors c'est bien », grommela Maurice.

8

« J'CROIS pas qu'ça va continuer longtemps comme ça, ma p'tite arpète, murmura Émile. T'sais, j'ai toujours senti les choses avant les autres.

– Mais qu'est-ce que tu racontes ? » dit Édith.

Elle lui prit la main, et parut la soupeser avant de la reposer doucement sur le drap.

« Regarde ça, chuchota-t-elle à l'intention d'Alice. Un oisillon tombé du nid.

– Tu es bien ? » s'inquiéta Alice en se penchant sur lui.

Il esquissa un vague sourire.

« Dire qu'on a eu si froid tout c't'hiver et qu'maintenant c'est comme Cayenne », souffla-t-il.

Alice et Maurice avaient sorti son grabat dans la cour pour qu'il ait un peu d'air.

« Oh ! Mais si l'chef est là, c'est qu'c'est grave », blagua Émile de sa voix traînante.

Il lui fit signe de se rapprocher.

« T'sais qu't'enterres un sacré vieux militant, camarade. L'plus vieux qu't'enterr'ras jamais.

– C'est pas fait, hein ! dit Maurice. Si je t'ai emmené voir Lénine, c'est bien pour que tu dures un peu après !

– Durer, j'ai fait qu'ça. T'sais, j'viens du 61e bataillon, celui de Montmartre. J'ai eu le bol de ne pas avoir de poudre aux mains quand les Versaillais m'ont coxé. Comme ça, j'ai écopé perpète. Les fédérés qu'avaient de la poudre sur les doigts, c'était vite expédié ! Moi, j'en avais, tu penses, avec c'qu'on avait canardé dans la journée... »

Maurice avait entendu suffisamment de fois l'anecdote pour connaître la question qu'il se devait de poser.

« Comment t'es-tu débrouillé pour la faire disparaître à temps ?

– C'est la Louise qui m'a montré la fontaine. J'm'en souviens, c'était rue Lamarck. J'ai pu m'laver... Comme ça j'en ai r'pris pour cinquante ans... Hein, à quoi ça tient... Sais pas si ça valait l'coup...

– Tu es bavard comme une pie, ce matin », s'écria Édith d'un ton grondeur.

Il lui adressa un regard de connivence, une sorte de clin d'œil à la fois canaille et amical, chercha à se redresser un peu, puis retomba.

« Tu t'rappelles, ma poule... T'avais mis c'jour-là une robe si élégante que j'te reconnaissais plus... Tu voulais montrer aux camarades que tu pouvais franchir les lignes pour aller à Versailles assassiner c'vil argousin... Comment qu'y s'app'lait déjà... Galliffet...

– Qu'est-ce que tu racontes ? demanda Édith.

– T'étais si belle ce jour-là... Mais toi t'en avais qu'pour le Ferré, hein... Ferré au 61e c'était ton dieu... Mais l'grand il te montrait pas ses bijoux d'famille... T'aurais bien voulu, seul'ment y t'aimait pas, Louise... Y t'aimait pas et toi tu r'gardais même pas à ton côté ceux qui s'mouraient d'amour pour toi... »

Édith réprima un mouvement de recul devant son expression extasiée.

« Il doit te prendre pour Louise Michel, supposa Maurice.

– Qui c'est, celle-là ? s'enquit Édith en se retournant. Une de ces pétroleuses, hein ? Oh ! C'est trop fort. Émile... »

Elle se pencha sur lui.

« Émile, c'est moi Édith, la modiste... Je n'ai jamais mis le feu nulle part... »

Elle lui secoua la main.

« Émile », répéta-t-elle.

Elle replaça lentement le bras le long de son corps.

« Je crois que... », commença-t-elle d'une voix incrédule, avant de s'interrompre.

Maurice s'approcha, puis revint vers la porte.

« Alice ! » appela-t-il en entrouvrant.

Celle-ci accourut. Édith restait prostrée sur sa chaise.

« Je ne saurai jamais si c'était ma main qu'il serrait, ou celle de... », bredouilla-t-elle.

Alice s'occupa d'abord de la vieille dame soulevée de sanglots silencieux.

« Voyons, tu sais bien que depuis quelque temps il mélangeait tout », lui murmura-t-elle à l'oreille.

Elle appela à son tour dans le couloir.

« Désiré ! Louis ! Emmenez donc Édith se reposer. »

Le Hocq s'avança. Émile était étendu sur le côté, les yeux grands ouverts.

« Et l'écuyer qui aura plus personne à charrier, dit Désiré.

– Laissez-moi maintenant, que je l'habille, ordonna Alice impatientée.

– Ça, elle nous rend tous si beaux ce jour-là que c'est dommage qu'on puisse plus se voir », expliqua Louis à Maurice.

Soutenant la vieille dame, ils quittèrent la salle commune alors qu'Alice s'affairait déjà autour du corps, prête à renouveler les gestes qu'elle avait accomplis si souvent. Maurice préféra l'attendre dans le corridor, et il vit qu'elle traçait furtivement une croix sur le front d'Émile. Bientôt elle ressortit, toujours aussi austère, gardant quelque chose d'altier et d'énergique dans sa silhouette qui – longtemps il s'en était défendu, maintenant il se sentait presque heureux de l'admettre – une fois de plus lui en imposa. « C'est elle qui me rappellerait Louise Michel », se dit-il. Ses lèvres minces n'avaient jamais dû être embrassées, mais elles ne s'ouvraient que pour des paroles de détermination et d'espoir. Elle parut surprise de le voir là.

« Aidez-moi plutôt à le ramener », demanda-t-elle.

Elle l'avait remis sur le dos et soigneusement coiffé; du coup ses oreilles en chou-fleur paraissaient immenses, comme étalées chacune séparément sur l'oreiller. Elle avait aussi retiré l'informe chiffon qu'il portait toujours sous son col de chemise, et pour masquer son cou décharné avait noué à la place une lavallière qui le faisait ressembler à un vieux poète famélique. À deux ils déplacèrent le lit jusqu'à la petite chambre qui servait d'infirmerie. Le lancinant grincement des roulettes était depuis quelques années pour l'ensemble de l'hospice ce qu'était le glas dans les villages – l'occasion d'être tous prévenus et de se rassembler; et Émile suivit le long couloir en compagnie des pensionnaires descendus des étages, en procession lente et recueillie.

« On avait pressenti que cela allait se passer ce matin, remarqua Louis à voix basse lorsqu'ils furent arrivés dans la petite pièce.

– Est-ce qu'on fait une veillée funèbre comme pour Raymond Richard ? interrogea Alice.

– Tu sais, c'était un vieil anar, répondit Désiré. Les prières, les cierges, c'était pas son genre...

– Tu ne te rappelles pas quand il avait été à pied avec Édith à Notre-Dame-de-Lourdes ?

– C'était pour Édith, répliqua Désiré. Où est-elle à propos, sa petite arpète ?

– Ici, près de lui, chuchota une voix tout enrouée de chagrin.

– Le camarade chef de groupe n'a qu'à prononcer quelques mots au sujet des fédérés, dit l'écuyer d'un ton nasillard. Il en parlerait comme je parle, moi, de ma charge à Reichshoffen où il n'y avait pas que des cuirassiers, quoi qu'on en pense ! Après, il sera toujours temps de lui glisser le grains d'un chapelet entre les doigts.

– Un chapelet ! s'indigna Maurice. Ça, il n'aurait pas admis. Peut-être une photo de Lénine. Je crois que la plus grande joie de sa vie, il l'a eue avec lui il n'y a pas longtemps...

– L'ennui, c'est qu'il n'y a guère de photo de Lénine ici, releva Alice sans sourire.

– On ne va pas se disputer autour d'Émile ! s'exclama Louis. On lui joint les mains sans rien, voilà. De toute façon, il n'a jamais rien eu de sa vie dans ses fouilles, comme il aurait dit, ni dans ses mains, notre vieil escargot de barrière !

– De rempart, rectifia Mauricc.

– Bon, eh bien, faites-nous un petit discours..., suggéra Alice en s'adressant à Maurice. Les autres ont eu droit à une veillée funèbre, les cierges de Notre-Dame-de-Lourdes et un éloge funèbre de l'écuyer, alors pourquoi est-ce qu'Émile n'aurait rien ? »

Quelque peu embarrassé, Maurice croisa les

bras, les décroisa, et se dandina quelques instants d'un pied sur l'autre.

« Chers camarades, commença-t-il, je voudrais devant sa dépouille... » Puis il s'arrêta net.

Hormis les grabataires restés au premier, ils étaient une vingtaine à se presser autour de lui, certes mieux habillés que le jour de son arrivée depuis que le contenu des malles leur avait permis de se trouver chacun un vêtement de rechange – et quelle journée d'excitation joyeuse cela avait été, digne d'un bal costumé, sous les yeux devenus peu à peu indulgents d'Alice Morel (« Toujours ça que les bolcheviks n'auront pas », marmottait-elle à chaque trouvaille) – mais aussi pâles, aussi décharnés, aussi soucieux que cette première fois. « Non, se dit-il. Pas comme ça. »

« Chers camarades, reprit-il après un silence. Vous avez perdu votre canard boiteux. Je peux vous l'avouer maintenant, c'est la tolérance et l'affection avec lesquelles vous l'avez accueilli qui m'ont permis de m'intéresser, puis de m'attacher à votre groupe précaire et abandonné de tous. Si je vous ai donné sur le papier, pour vous éviter de trop souffrir du froid et de la faim, le statut envié, bien qu'un peu tiré par les cheveux je vous l'accorde, de militants bolcheviks, c'est parce qu'Émile était notre caution et notre emblème. En cela, il a bien servi votre groupe en lui permettant de survivre. Nous l'avons perdu, mais que la belle figure de Louise Michel qu'il évoquait peu avant sa mort, cette Vierge rouge qu'ils étaient des milliers à vénérer...

– Ne l'évoquez tout de même pas comme la Vierge tout court », coupa Alice.

Il s'interrompit derechef, voulut reprendre, mais il avait perdu le fil.

« Voilà pour notre ami, conclut-il un peu

penaud. Je ne suis pas très habitué aux oraisons funèbres.

– C'était très bien, le félicita Alice.

– Vous! Vous n'en manquez pas une... » répliqua-t-il entre ses dents.

En d'autres temps il aurait eu une réaction plus emportée, mais ce n'était pas le moment de se mettre Alice à dos.

« C'est vrai qu'on n'était pas du même bord, admit Mme Lepage, mais il me parlait toujours d'un façon si gentille. »

Elle frôla les mains d'Émile, puis les retira bien vite.

« C'est dommage qu'il n'y ait pas un cantique comme pour Raymond Richard, ajouta-t-elle. C'est vrai que Mme Gheranova était là.

– Mais je suis là », dit une voix qui s'éleva au fond de la salle.

Maurice se retourna vivement. Elena arrivait dans le long corridor. Alors qu'Alice semblait tout étonnée de la voir, elle demeura interdite devant ces regards convergeant vers elle.

« Je ne savais pas, murmura-t-elle.

– Vous ne pouviez pas savoir. Ça vient de se passer. C'est ce pauvre Émile. »

Elena fit un signe de croix, puis vint se placer si loin de Maurice qu'il crut qu'elle ne l'avait pas remarqué.

« Qu'aviez-vous chanté déjà pour M. Richard? interrogea Alice.

– Les *Litanies de supplication*, de Grechkanikov...

– Pour Émile, c'est trop triste, trop solennel. Il n'aurait pas aimé...

– Peut-être *Doubinouchka*, alors, la chanson ouvrière que citait l'autre jour Chaliapine », suggéra Maurice pour manifester sa présence.

Elena le regarda sans que rien transparût de ce qu'elle pensait.

« D'abord, je ne connais pas cette chanson, et puis aujourd'hui je n'ai pas le cœur à chanter, même pour un adieu... surtout pour un adieu... Simplement, je vous ai tous entendus descendre de l'étage comme j'arrivais, j'ai pressenti votre peine et je me suis dit que... ma place était avec vous. »

Elle donnait l'impression d'être si sincèrement touchée qu'Édith se mit à sangloter dans son mouchoir. Profitant de l'émotion générale, Maurice s'approcha d'Alice.

« C'est moi qui lui ai demandé de venir, lui glissa-t-il à l'oreille. Je vous expliquerai. »

Elle fit comme si elle n'avait pas entendu.

« Eh bien, nous le porterons tout à l'heure en terre au petit cimetière de Notre-Dame. Louis, tu organiseras la veillée autour de lui. Nous partirons vers 2 heures de l'après-midi. Le Hocq, ça te donne le temps de t'occuper de la menuiserie », ajouta-t-elle plus bas.

Désiré hocha la tête.

« Il y en a d'avance », soupira-t-il.

C'ÉTAIT la première fois que Maurice les voyait ensemble. Assise près de la fenêtre, le visage ciselé par la froide lumière matinale venant de la cour, les yeux cernés de quelqu'un qui a peu dormi, Elena paraissait plus lasse encore que l'avant-veille. Alice l'observait à la dérobée avec, lui sembla-t-il, un certain ressentiment, comme si elle était contrariée de la voir là. Il pensa qu'il lui fallait au plus vite clarifier les choses.

« Comme je vous le disais, c'est moi qui ai demandé à Elena... » reprit-il en s'adressant à Alice.

Elena écarquilla les yeux.

« C'est en effet ce que vient de me confier Alice... Mais vous rêvez! Vous ne m'avez rien demandé du tout!

– Comment ça! s'exclama-t-il. L'huissier du théâtre ne vous a pas mise au courant?

– Quoi, vous lui avez donné un message pour moi? »

Devant sa surprise, Maurice demeura un instant perplexe.

« Mais... vous m'aviez assuré qu'il était de toute confiance!

– Ce n'est pas cela... Je ne suis pas retournée au théâtre depuis que nous nous sommes vus. »

Il la dévisagea sans comprendre.

« Mais alors, pourquoi est-ce que je vous retrouve ici ? »

Elena jeta à Alice un regard éploré.

« Mais parce que... Mlle Morel... toujours généreuse... m'avait promis que si un jour les choses tournaient mal, elle pourrait me... m'héberger quelques jours. Oh ! Alice, ajouta-t-elle comme si elle se rendait soudain compte de son attitude réservée. Croyez bien que je n'avais pas le choix. »

Alice se détendit un peu.

« J'imagine que vous n'êtes pas venue ici de gaieté de cœur, ma petite fille, dit-elle avec une intonation un peu distante. Que s'est-il donc passé ? »

Elena ferma les yeux.

« Ils ont fait ça pendant que Chaliapine était à Moscou pour remettre sa démission. Oh ! je n'aurai pas eu à patienter longtemps pour savoir quel sera mon sort quand il ne sera plus là... »

Sa voix s'était étranglée et Maurice lui lança un coup d'œil à la fois anxieux et interrogateur.

« J'ai trouvé des scellés sur ma porte », finit-elle par avouer.

Un silence consterné accueillit sa révélation.

« Fédor rentre en principe lundi, poursuivit-elle. D'ici là je n'ai plus d'abri. Et allez savoir s'il sera toujours le directeur du théâtre...

– Qu'ils aient attendu son départ pour vous attaquer prouve au contraire qu'il a gardé toute son influence ! assura Maurice d'un ton encourageant. Vous l'avez prévenu ?

– Je ne sais pas où il habite pendant son voyage. Et je n'ai pas osé déranger Mme Chaliapine. »

Maurice s'efforçait de réfléchir.

« Les scellés étaient placés sur la porte de l'appartement ou sur celle de votre chambre ?

– De ma chambre... J'ai toutes mes affaires à l'intérieur, et je ne peux même plus entrer. Sur ma porte il y avait aussi une convocation à me rendre au 6e quartier afin d'y rencontrer un certain camarade Pannitsev... Je n'ai rien touché.

– N'y allez pas, surtout ! » s'écria Maurice.

Elle eut un sourire triste.

« Non, puisque je suis ici.

– Quand je pense que je m'étais inquiété auprès de Victor des futures occupantes de votre chambre et qu'il m'avait promis d'intervenir...

– On vous a vue entrer ici ? » demanda Alice d'un ton soucieux.

Elena adressa un regard complice à Maurice.

« Je crois que cette fois je suis parvenue à les semer ! J'ai fait comme si je me rendais chez Fédia dans Kamenny Ostrov. Car j'étais suivie, bien sûr. Peu avant le pont j'ai brusquement pris le passage couvert sur la gauche, j'ai couru comme une folle et, arrivée dans la rue parallèle, j'ai fait demi-tour. En ce moment ils doivent assiéger Pélagie !

– En tout cas les pensionnaires, eux, vous ont vue...

– Pour le coup, ça n'est pas grave, répondit Alice. Elena avait chanté pour la mort de M. Richard qui l'avait beaucoup admirée naguère au Marienski, et ils ont pu penser que c'était la même chose pour Émile.

– Oui, sauf qu'Émile n'a pas dû aller très souvent au Marienski !

– Écoute, proposa Alice après un instant de réflexion, je vais te cacher derrière la buanderie, mais c'est vrai que je n'aime pas trop cela en ce moment... Je ne sais pas, je connais ma vieille maison et ses abords, j'ai mes antennes, eh bien... depuis que votre compatriote est venu ici, monsieur Pennetier, j'ai moi aussi l'impression indéfinissable qu'on rôde autour de nous et que nous sommes sous surveillance. »

Maurice la regarda sans comprendre.

« Comment ça, mon compatriote ?

– Oui, un petit jeune homme un peu agité, qui s'est recommandé de vous. Et que voulez-vous que je fasse, moi, quand quelqu'un se réclame de vous, sinon lui ouvrir ma porte ! »

Il n'y avait nulle trace d'ironie dans sa phrase.

« Lutry ? interrogea-t-il.

– Oui, c'est ça, Lutry. Il est arrivé ici en disant qu'il voulait me remettre un paquet en dépôt ; il m'a expliqué qu'il repartait vers la France par des voies détournées et qu'il ne pouvait prendre le risque de l'emporter. Il a ajouté qu'il viendrait sûrement un jour le rechercher. »

Maurice fronça les sourcils.

« Quand était-ce ?

– C'est facile, c'était le matin de la séance d'inauguration du congrès. En effet, Édith et moi on était en train de laver Émile quasiment de force afin qu'il soit présentable au palais de Tauride. Le Hocq est alors monté me prévenir que quelqu'un m'attendait. »

« Tout de même, quel cachottier », pensa Maurice avec une sourde irritation.

« Vous lui aviez donc parlé de notre vieille maison ? insista Alice.

– Je me souviens que je l'avais en quelque sorte accueilli à son arrivée et il m'avait semblé normal que je lui fasse part de mes tâches et en particulier de mes inquiétudes et de mes intentions touchant l'Asile de France. J'avais aussi souligné que l'établissement avait bien de la chance d'avoir une directrice telle que vous. »

Alice Morel avait repris sa mine sévère et ne releva pas le compliment.

« Vous avez ce paquet ici? demanda-t-il subitement.

– Mais... je vous répète ce que vous disais pour les malles du grenier... C'est un dépôt qu'il veut revenir chercher.

– Il ne reviendra pas, madame Morel. »

Il avait parlé d'une voix égale. Elle blêmit.

« Quoi, il... »

Il opina de la tête.

« Je jurerais qu'il en avait conscience... Elle parut réfléchir et son front se plissa d'anxiété. Oh! Mais cela ne me plaît pas, cela ne me plaît pas du tout...

– Pourquoi cela? s'alarma-t-il à son tour.

– Sa mort a peut-être quelque chose à voir avec ce dépôt... Sans doute y attachent-ils de l'importance et veulent-ils le retrouver par tous les moyens! Alors, si en plus Elena est cachée ici! J'ai trente vieillards à ma charge, vous comprenez. Je ne veux pas qu'ils les prennent en otages... »

C'était la première fois qu'il la voyait perdre son calme.

« Alice, je vous en prie, ne vous tourmentez pas à ce point... Montrez-nous plutôt de quoi il retourne. »

Elle s'agenouilla pour atteindre le rayon le plus bas de l'armoire qu'elle souleva, dévoilant un espace dissimulé dont elle retira une sorte de pochette qu'elle tendit à Maurice. Il en palpa le papier grossier et la ficelle rugueuse, puis l'ouvrit et en sortit un linge blanc soigneusement lavé et plié. Penchés tous les trois en avant, ils demeurèrent un instant interdits.

« C'est une serviette de table, s'étonna-t-il.

– En lin damassé, souligna Alice tout en la dépliant. Oh! Regardez la broderie. Le Saint-Georges et l'Aigle. »

Elle passa lentement son doigt sur les armoiries, puis replia le linge avec une sorte de piété.

« Cela provient du service de table de Leurs Majestés, dit-elle d'une voix sourde.

– Attendez, il y a aussi un feuillet manuscrit! » s'exclama Maurice.

La gorge serrée, il déplia le papier. L'écriture de Lutry, quelques heures après celle de Stivard... Il avait l'impression qu'ils veillaient tous deux sur lui, laissant derrière eux des documents pour l'orienter, comme des cailloux dans un sous-bois touffu...

« Je lis tout haut, commença-t-il. " Serviette de table achetée à Perm le 20 mars 1920 pour la somme de six cents roubles à la citoyenne Malicheva Glativa qui souhaitait manifestement s'en débarrasser et qui est venue me la proposer à l'hôtel sous couvert de travaux de couture. Elle avait ramassé ce linge par terre en septembre 1918 alors que son mari Raphaël Malichev, communiste de Perm, était de garde à la Perception. (Elle me précise même : le bâtiment rouge au coin des rues Prokovskaïa et Obvinskaïa, en face du prêteur sur gages, mais je me garde bien d'aller vérifier!) " »

Maurice resta songeur, puis reglissa le feuillet dans l'étoffe.

« Il ne vous a donc pas dévoilé ce que c'était lorsqu'il est venu?

– Non, mais il me semblait y attacher une grande importance. Je pense qu'il n'aurait sans cela pas pris le risque de me l'apporter... »

Maurice hocha la tête.

« À moi, il avait simplement évoqué l'existence

d'une pièce à conviction... Ce qui me surprend davantage, c'est qu'apparemment eux aussi y attachaient de l'intérêt. Je suis même certain qu'ils savaient que Lucien l'avait achetée et c'est peut-être à cause de cela qu'ils lui ont volé ses documents...

– Comment auraient-ils su qu'il avait cette serviette de table ? demanda Alice.

– La petite Malicheva a dû parler, ou son mari. Six cents roubles, même maintenant, c'est une somme, et je me demande d'ailleurs où il a bien pu la trouver. »

Il regarda Elena du coin de l'œil.

« Tout cela s'est passé à Perm, Elena. Vous auriez pu le croiser...

– J'ai certes chanté *La Khovantchina* à Perm le 10 mars, mais si je l'avais rencontré je vous aurais tout de même informé !

– Vous ne l'avez donc pas vu ? insista-t-il.

– Quelqu'un s'exprimant en français à Perm, je vous assure que cela m'aurait frappé !

– Et cette maison rouge de la Perception n'éveille en vous aucun souvenir ?

– Aucun.

– Et pas davantage sa rue ? Obvinskaïa... »

Elle parut déconcertée.

« Dix-huit mois auparavant, vous vous étiez pourtant trompée de porte alors que vous cherchiez le domicile d'une pianiste qui devait vous faire répéter. Elle habitait cette rue. »

Elle sembla médusée.

« Mais... qui vous a donc rapporté ça... Lutry ? »

Il se pencha vers elle.

« Écoutez-moi. Peu importe qui. J'ai besoin que vous tentiez de revivre ce moment avec précision et que vous me le racontiez à votre tour, Elena. Après tout, ce n'est pas si loin... »

Elle resta songeuse.

« C'est si important ? Pour moi ce fut un instant tellement... fugitif...

– Je le sais. Mais c'est là où votre vie a... oui, basculé en quelques secondes et, ce qui est pire, à votre insu. J'ai donc besoin que vous vous remémoriez chaque détail, chaque sensation, je dirais presque chaque ombre aperçue, chaque reflet entrevu... puisque c'est en fait de cela qu'il s'agit. »

Elle secoua la tête d'un air égaré.

« Je ne..., commença-t-elle.

– Oui, vous ne comprenez pas, c'est normal, dit-il avec impatience. Comprenez seulement que, moi, je vous veux du bien, et que j'attache en effet de l'importance à ce souvenir-*là.* »

Elle soupira.

« C'était ma première tournée en Oural. J'avais trouvé que Perm était une belle ville, avec théâtre bien entretenu, ce qui me changeait des lieux où l'on nous avait emmenés auparavant ! J'avais rendez-vous avec une pianiste dont j'ai oublié le nom, afin de me chauffer la voix avant la représentation du soir. Elle habitait en effet dans l'Obvinskaïa – une maison à étage, m'avait-on précisé au théâtre, et j'ai cru reconnaître soudain dans la rue la description qu'on m'en avait faite. J'ai sonné, et une jeune femme – je me souviens qu'elle était rondelette, plutôt avenante – est venue m'ouvrir et m'a introduite dans le vestibule.

– Cette jeune femme, vous l'avez rencontrée par la suite à Petrograd ? interrompit Maurice.

– Jamais, répondit-elle avec assurance.

– Pour être plus précis : à Smolny ou aux alentours ?

– Ce n'est pas un endroit que je fréquente, vous le savez bien. Mais pourquoi me parlez-vous de Smolny ?

– Elle y travaille. D'après le signalement que vous m'en avez donné, il s'agit d'Anna Kostina, la propre secrétaire de Zinoviev, dont il faudra d'ailleurs que j'établisse quel rôle exact elle jouait à l'époque dans cette maison. Mais continuez...

– Eh bien, c'est simple, j'ai demandé à parler à cette pianiste...

– Si je vous répète son nom, il vous rappellera quelque chose ?

– Je n'en suis même pas sûre.

– Larissa Valinskaïa. »

Elle prononça son nom à mi-voix.

« Oui, cela me revient... Toujours est-il que la dame qui m'avait accueillie m'a répondu d'un ton un peu fébrile : “ Ce n'est pas ici, citoyenne, ce n'est pas ici ! ” Et puis un homme surgi de la pénombre m'a reconduite à la porte.

– C'est tout ce qui s'est passé ! s'exclama Maurice d'un ton de regret. Je vous en supplie, essayez, encore une fois, de ne rien oublier...

– À ce moment-là, j'ai vu une jeune fille descendre l'escalier, si ça vous intéresse.

– Si ça m'intéresse ! Vous pouvez me la décrire ? On y voyait suffisamment pour que vous puissiez la voir ?

– C'était un jour gris, venteux, et la cage d'escalier était mal éclairée. Je me souviens d'une silhouette menue avec des cheveux coupés court et des lunettes à monture dorée.

– Quelle couleur, ses cheveux ?

– Plutôt blonds... Je revois surtout ses traits tirés et son air épuisé. Dans une sorte de réflexe j'ai demandé : “ Vous ne seriez pas Larissa Valinskaïa ? " Elle s'est arrêtée et m'a regardée sans comprendre.

– Elle ne vous a pas parlé ?

– Non. Celle que vous appelez Kostina et l'homme qui était apparu m'ont alors empoignée et ni plus ni moins jetée dehors. Tout cela n'a duré que quelques secondes... À l'époque, je les avais trouvés bien mal embouchés l'un et l'autre.

– Vous êtes donc certaine de ne pas l'avoir reconnue ? » questionna Alice.

Elle paraissait profondément déçue.

« Je peux vous assurer que je n'avais jamais rencontré cette femme, répéta Elena. Ce n'était pas l'une des grandes-duchesses, si c'est à elles que vous songez. »

Alice sortit d'un tiroir deux photographies – celle qu'il avait déjà remarquée la première fois, et dont le jeune visage éclaira de nouveau la petite pièce de sa présence fragile et vulnérable. Plus pâlie encore, l'autre photo représentait quatre jeunes filles le long d'une barrière, en chemisier blanc et jupe noire.

« Regardez, insista-t-elle presque suppliante. Peut-être qu'avec des cheveux courts, des lunettes... Après tout, vous ne pensiez pas vous trouver en face de l'une d'elles... »

Elena secoua la tête.

« Je suis désolée, Alice, mais je n'avais pas besoin de ces photos pour savoir que ce n'était pas votre petite élève que j'avais rencontrée... Ni aucune de ses sœurs... Je les avais souvent vues, vous savez, sur d'autres clichés. J'avais chanté en leur présence à Tsarskoïé-Selo peu avant la guerre... Je suis même sûre que je les aurais reconnues, même changées, même avec leurs cheveux coupés... »

Alice soupira.

« Je me raccroche à tout ce que je peux pour me convaincre qu'elle sont vivantes... Après tout, il n'y a pas de fumée sans feu, et cette rumeur a bien une origine...

– En tout cas, elle a bien dû embarrasser les tchékistes quand elle a commencé à se propager, dit Maurice. On en parlait même dans la presse française : Victor Serge m'avait fait lire des articles...

– Encore une fois, pourquoi utiliser ce mot de rumeur? reprit Alice de sa petite voix obstinée. Pourquoi ne serait-ce pas la vérité? Pourquoi quelqu'un comme Anna Kostina, que vous me dites proche de Zinoviev, serait-elle restée pour surveiller cette maison si celle-ci n'abritait pas les filles du tsar? Je suis certaine que les petites étaient vivantes à l'époque... »

Elle se tourna vers Maurice.

« Quand les Blancs sont-ils revenus à Perm?

– Fin novembre 1918, je crois...

– Sans doute ont-elles été emmcnées par les Rouges à ce moment-là. Et allez savoir si elles ne survivent pas quelque part... dans quel état, j'aime mieux ne pas y songer. Mais en vie... »

Elle avait regardé la porte comme si elle s'attendait à les voir apparaître toutes les quatre en se tenant par la main.

« Au risque de vous attrister encore davantage, je ne pense pas que cette éventualité puisse être sérieusement envisagée, Alice, soutint Maurice. Tchitcherine m'a un jour révélé – et avec quelle réticence, tant je sais que cette affaire l'a toujours troublé – ce qu'il *croyait* savoir des événements d'Ekaterinbourg. En comptant la famille et les domestiques, ils étaient une douzaine autour du tsar dans une pièce de cinq mètres sur six. Lorsque ceux qui étaient venus pour le tuer ont fait irruption...

– Vous pouvez dire : les assassins, fit Alice avec véhémence.

– Je le dis d'autant plus que je n'ai jamais entendu mes amis bolcheviks, que ce soit Tchitcherine, Victor Serge ou Sadoul, parler de ce qui s'est passé autrement qu'avec gêne ! Tchitcherine m'avait précisé dans la même conversation que c'était le soviet de l'Oural qui les avait mis devant le fait accompli, et il a ajouté, je me rappelle parfaitement : " Entretenir le souvenir de ce massacre ne peut que nous embarrasser. " Alors, vous imaginez leur réaction quand ils ont dû assister à la naissance et à la propagation de cette rumeur !

– Encore une fois, si ce n'était que... que la vérité...

– Mais cela ne semble pas possible, Alice ! Parce que les assassins sont entrés eux aussi à douze ! Parce qu'ils ont tiré aussitôt paraît-il, que l'on a découvert des dizaines d'impacts sur les murs, que le plancher était recouvert d'une flaque de sang si épaisse que trois mois après il s'était formé comme une croûte noirâtre...

– Taisez-vous, oh ! taisez-vous », s'écria Alice en cachant son visage dans ses mains.

Elle se leva, fit quelques pas en joignant nerveusement les doigts, puis revint s'asseoir.

« Et ce linge armorié qu'avait acheté votre ami dix-huit mois après... Ce n'est pas une preuve ?

– Lucien le croyait en tout cas. Il avait même prétendu qu'il disposait d'une pièce à conviction ! En fait, il a dû y avoir beaucoup d'autre linge volé dans la maison d'Ekaterinbourg qui n'est jamais qu'à une journée de train de Perm... Tout le monde a dû se les passer sous le manteau... Pauvre Lucien ! Arrivé à Perm dix-huit mois après les événements, il était le pigeon rêvé pour cette femme, comment l'appelait-il déjà, dans sa lettre?

– Malicheva, je crois...

– Eh bien, je crains qu'il n'ait payé très cher cet achat à cette Malicheva, et je ne parle pas des six cents roubles! Et puis il aura trop parlé! Il aura laissé entendre qu'il ébruiterait toute cette histoire à son retour en France! Plus j'y pense, et plus je me dis que le vol de son sac devait avoir un rapport avec cela. N'ayant pas trouvé l'objet, craignant l'usage qu'il en ferait en France, les tchékistes ont sans doute décidé de se l'approprier avant son départ. Sans quoi, pourquoi Lucien l'aurait-il apporté ici en grand secret?... Il ne savait pas qu'il jouait avec sa vie... »

Il réfléchissait tout haut plutôt qu'il ne discourait, et Elena parut soudain en montrer un peu d'humeur.

« Je suis désolée du sort de votre ami, interrompit-elle avec agacement, mais comme je vous le disais l'autre soir, peut-être a-t-il été en effet trop bavard! Mais moi... moi? Vous êtes les premiers à qui je raconte tout ce qui m'arrive... M'expliquerez-vous enfin pourquoi je suis mêlée à cette affaire? Pourquoi me reproche-t-on ainsi de m'être trompée de maison? Pourquoi s'acharne-t-on depuis lors sur ma pauvre existence à coups de tracasseries et de menaces?

– Pourquoi? Mais parce que, si la Tchéka ne peut déporter ou fusiller une rumeur, elle peut le faire de ceux qui la colportent! Voyez Lutry...

– Je vous répète que je n'ai parlé à personne... Tout simplement parce que je n'y avais pas attaché d'importance. Je n'ai donc rien colporté du tout...

– Vous avez dû manifester de la surprise devant cette femme qui descendait les marches...

– Pas du tout! au contraire, je suis allée à sa rencontre pour lui demander si elle n'était pas la pianiste que je cherchais!

– Toujours est-il que Kostina a cru que vous la reconnaissiez. Elle s'est imaginé, sachant que vous aviez chanté à Tsarskoïé-Selo, qu'ensuite vous alliez raconter partout *qui* vous aviez vu, et cela a suffi à l'alarmer. Elle a même dû le redouter à ce point qu'elle est revenue exprès à Petrograd pour relater à son maître Zinoviev ce qui s'était passé! C'est d'ailleurs dès ce moment que vous avez été continuellement placée sous surveillance, Elena, à la fois pour vous intimider et pour vous inciter à oublier à jamais cette maison de l'Obvinskaïa. »

Elle eut une moue boudeuse.

« Quand je pense que mon destin est bouleversé parce que je n'ai pas vu ce qu'elle croyait que j'avais vu, murmura-t-elle. Menacée, traquée pour m'être laissé prendre aux subterfuges d'un jeu de miroirs déformants! »

Elle avait les yeux pleins de larmes.

« Ma petite fille, dit Alice avec bienveillance. Tout va se dissiper comme un mauvais rêve, et je suis certaine que Maurice va s'efforcer de faire entendre raison à ses camarades. D'ici là, vous avez au moins avec cette maison un refuge, et je suis bien contente que vous ayez gardé assez de sang-froid ce matin pour vous souvenir de ma proposition. »

D'un geste furtif Elena posa sa main sur celle d'Alice, puis se tourna vers Maurice.

« Ce que vous ne me dites toujours pas, c'est comment vous avez appris que j'étais en si grand danger qu'il fallait que je vous rejoigne d'urgence ici!

– Depuis l'affaire des *bezprizornye*, j'estime avoir à la fois le droit et le devoir de vous venir en aide ! » répliqua-t-il.

Elle rougit et il devina combien la présence d'Alice l'embarrassait.

« La pose des scellés prouve en tout cas qu'il avait du nez », fit remarquer cette dernière.

Maurice hocha pensivement la tête.

« À vrai dire, j'ai eu le sentiment que vous étiez en danger dès que j'ai su que vous étiez tombée à Perm sur la camarade Kostina, répondit-il.

– Je vois bien, mais *comment* l'avez-vous appris ? »

Il eut une hésitation.

« Par... par Kirilenko. »

Elena lui lança un regard stupéfait.

« Hé oui... À la suite de la disparition de mes deux compatriotes, j'avais décidé d'affronter cet homme pour lui demander l'autorisation d'aller faire mon enquête sur place. L'entretien n'était pas commencé depuis cinq minutes qu'il me reprochait déjà notre promenade d'avant-hier au cours de laquelle vous m'aviez fait part de vos problèmes...

– Nous n'avions pas cessé d'être suivis, expliqua Elena à l'intention d'Alice.

– Comme il m'avertissait d'un ton menaçant que cette escapade devait être la dernière, j'ai compris que cela commençait à sentir le roussi... Et il est maintenant évident que cette mise en garde et ces scellés apposés à votre porte ne sont qu'une seule et même réaction à une situation particulière dont j'ignorais alors l'élément le plus révélateur – que je devais découvrir... Pour obtenir plus d'informations, il a fallu que j'adopte les méthodes de Lutry, c'est-à-dire que j'attende l'occasion de fouiller dans ses tiroirs. C'est ainsi que j'ai pu prendre connaissance du document qui me manquait : une lettre fort explicite de Zinoviev à Kirilenko racontant votre rencontre fortuite à Perm, en présence de la fâcheuse Kostina.

– Avec qui ai-je eu cette rencontre? murmura Elena. Le saurons-nous un jour? »

Maurice eut une moue sceptique.

« Je ne le pense pas.

– Laissez-moi un peu d'espoir avant d'attaquer un nouvel hiver », implora Alice d'un ton désenchanté.

Ils se turent tous trois.

« Toujours est-il qu'en opérant cette... effraction dans le bureau de Kirilenko, je crains de m'être mis dans le même pétrin que vous, ajouta-t-il en se tournant vers Elena. À moins que... »

Il eut un geste fataliste et laissa sa phrase en suspens. Les deux femmes l'interrogèrent du regard avec une intensité presque douloureuse.

« Cela dépend de la réponse à une tout autre question », marmonna-t-il.

Elles réagirent de concert.

« Laquelle?

– Combien de temps pensez-vous qu'une petite fille de quatre ans peut garder un secret? »

Il y eut des pas hâtifs dans le couloir et on cogna à la porte. Ils se regardèrent. « Déjà », murmura Maurice.

« Entrez », répondit Alice d'une voix impassible.

C'était Désiré Le Hocq, l'air préoccupé.

« Je les vois, dit-il. Ils ne se cachent même pas. Il y en a deux sur la Postamtchaïa et deux à l'angle de la place. »

Maurice eut l'impression que le vaste édifice se fissurait soudain et que le sol dallé tremblait sous ses pas.

« Je crois que le mieux serait qu'Elena quitte le bâtiment par-derrière et rejoigne tout de suite la maison de Chaliapine, proposa-t-il.

– Il n'en est pas question! s'exclama Elena. Mme Chaliapine n'est pas prévenue. Elle n'y comprendra rien!

– Fédor a affirmé devant moi à Pélagie que vous pouviez venir chez lui si quelque chose de grave se produisait. Moi, pendant ce temps-là, je vais amuser la galerie en allant observer ce qui se passe dans la rue.

– Elena a raison, s'écria Alice, ce serait de la folie! Vous voulez vraiment qu'on n'entende plus parler de vous! Vous pensez bien qu'ils surveillent l'entrée de derrière! C'est d'ailleurs là que j'ai cru apercevoir hier soir quelques ombres... »

Maurice s'efforça de réfléchir.

« Peut-être faudrait-il rejoindre les bureaux de Victor Serge à Smolny, suggéra-t-il. Personne ne songera à chercher Elena dans l'œil du cyclone, et de toute façon ils n'oseront rien faire en l'absence de Zinoviev. »

Alice le regarda avec surprise.

« Vous pensez vraiment que Smolny serait la meilleure solution?

– La Tchéka n'y a pas encore ses aises, l'immensité de la maison sera notre sauvegarde, et ce ne sont pas les chambres de permanence qui y manquent!

– Mais que va dire votre ami?...

– Victor Serge? Il comprendra la situation. Il déteste la Tchéka et il avait du reste promis de m'aider dans l'affaire des pensionnaires que l'on voulait imposer à Elena. De là-bas, je pourrai téléphoner à nos protecteurs Tchitcherine ou Chaliapine, ou bien accompagner Elena à Moscou si cela devenait nécessaire. Quand revient Fédia déjà?

– Il devait chanter lundi soir au Marienski...

– Nous sommes samedi matin. D'être là-bas nous permettrait au moins d'attendre son retour sans trop de crainte...

– Oui, mais pour l'heure comment sortir d'ici, avec nos gardes du corps à la porte? demanda Alice.

– Ils sont toujours là? » s'inquiéta Maurice.

Elle se leva, fit quelques pas dans le corridor, puis revint la mine aussi soucieuse que Désiré quelques instants plus tôt.

« Ils sont là, et bien là, soupira-t-elle. On est piégés comme des rats. »

Elle rangea soigneusement les photos, puis resta pensive.

« Tu t'es occupé d'Émile? s'enquit-elle soudain auprès de Désiré.

– Avec Louis, on vient de le mettre en bière...

– Dans ce cas, je ne vois pas trente-six solutions, et notre vieil escargot de rempart va nous aider pour la dernière fois. Je propose de sortir tous ensemble pour le conduire au cimetière. Elena sera au milieu de nous. Ils ne se douteront de rien... »

Maurice ne put retenir un sourire.

« En tout cas, c'est une idée qui l'aurait réjoui! »

Alice fixa Elena.

« Il faut que vous changiez de chapeau, ma petite fille. Édith va vous en trouver un autre, ainsi qu'une robe noire. S'ils demandent quelque chose, on répondra que vous êtes une parente du défunt. N'est-ce pas, même reconnue, vous restez une proche d'Émile et vous êtes venue ici pour l'enterrer! Quant à la présence de Maurice, elle est normale en tête du cortège : tout le monde a remarqué Émile à l'ouverture du congrès. Cela dit, il s'agit non seulement de quitter l'Asile mais d'arriver là-bas! Parvenus devant l'ancien Gouvernement général, il vous faudra profiter de la bousculade à la station pour vous glisser dans un tram pour Smolny. Nous, on continuera comme si de rien n'était. Désiré!

– Ne crie pas, Alice, je suis là.

– Il faudrait qu'on soit au moins une vingtaine en groupe compact derrière le cercueil. Je demanderai à Édith de venir; nous serons ainsi trois en voiles de deuil, ce qui permettra d'autant mieux de dissimuler la présence d'Elena.

– On pourrait aussi déposer sur la bière le drapeau du 61e bataillon de la Commune qu'il gardait toujours avec lui, ainsi que le fanion du groupe communiste français, ajouta Maurice. Ça les impressionnera. Elena, il faudrait que vous aplatissiez vos cheveux et que vous preniez l'air farouche de son héroïne Louise Michel.

– De qui ? » demanda-t-elle.

Pâle, les traits tirés, elle paraissait si éperdue et anxieuse, comme à l'éveil d'un cauchemar, qu'il l'aurait prise sans hésiter dans ses bras pour la réconforter, si Alice n'avait pas été là.

La robe qu'Édith lui procura avait dû appartenir à une femme beaucoup plus âgée qu'elle, et par contraste la rajeunissait. Elle rejoignit Alice qui préparait la sortie. Le cercueil avait été placé sur la charrette à bras qui avait déjà servi aux obsèques de Raymond Richard, mais tout avait été prévu cette fois pour que les tchékistes ne se méprennent pas sur la personnalité de celui qu'on mettait en terre. Des coquelicots avaient même été disposés de part et d'autre des fanions. « Ils sont faux, je les avais piqués non loin d'ici à l'église méthodiste américaine, souffla Désiré à l'oreille de Maurice. Quand j'ai vu que l'Émile baissait, je me suis mis à les rechercher, pensant que comme couleur ce serait bien. »

« Tout le monde est là ? questionna Alice devant le groupe rassemblé autour de la charrette.

– On est prêts, répondit Louis.

– Qui tient les brancards ?

– Dandeleau et moi, dit Maurice. Il est là, l'écuyer ?

– Je suis là, mon vieux, et que saint Georges nous protège. »

« À propos de protection », pensa soudain Maurice. « Je reviens tout de suite », lança-t-il à l'écuyer.

Il remonta l'escalier quatre à quatre. Devant la porte d'Alice, il s'assura d'un regard circulaire que personne ne se trouvait dans le couloir, puis il entra dans sa chambre, ouvrit l'armoire et, s'accroupissant, sortit le petit ours en peluche de sa cachette. Il le plaça alors dans son sac, referma silencieusement les deux portes et redescendit aussitôt. Son absence n'avait duré que quelques instants et personne n'avait bougé lorsqu'il les rejoignit. Portant des gants gris perle malgré la chaleur, Louis gardait derrière le cercueil le maintien stylé du maître d'hôtel du Cercle anglais qu'il avait été de si longues années.

« On pourrait ouvrir la grande porte, proposa-t-il à Le Hocq qui soutenait Édith toute menue à son côté. On ne va tout de même pas emmener Émile par le service!

– Les autres sont toujours au coin de la place? » demanda Alice.

Dandeleau fit une grimace éloquente.

« Pas bougé depuis tout à l'heure », grommela-t-il.

Dans un bruit de frottement de pênes rouillés, la porte fut ouverte à deux battants, laissant pénétrer dans le vestibule d'ordinaire si sombre et humide la grande lumière de midi. La charrette fit sur les dalles un tel fracas que l'on eût dit un tombereau de pierres. Puis, dès que le vantail fut refermé, un grincement plaintif provenant du moyeu de l'une des roues accompagna dans le silence de la rue la lente progression du cortège. Du coin de l'œil Maurice observa qu'à l'angle de la place deux hommes en costume et chapeau sombres s'étaient rapprochés en un rapide conciliabule, et il sentit une rigole de sueur lui couler entre les omoplates comme lorsqu'un an auparavant les obus avaient commencé à encadrer sa colonne. Ils passèrent devant les deux hommes, qui, ne s'attendant manifestement à rien de tel, suivirent des yeux sans réagir les emblèmes du groupe communiste. L'un d'eux esquissa même un bref salut – un effleurement du bord de ce ridicule feutre hors saison – qui pouvait tout aussi bien vouloir dire : va pour cette fois, mais on se retrouvera. Au coin de la cathédrale, l'une des roues de la charrette tomba alors dans un nid-de-poule et Maurice craignit qu'elle ne se détachât. Aidé par Dandeleau cramoisi, il s'arc-bouta pour la dégager.

« Il est plus lourd qu'on n'aurait cru, hein? » maugréa l'écuyer.

Désiré et Louis vinrent pousser et la charrette reprit sa laborieuse progression. Alors que la masse de la cathédrale les masquait depuis peu de la vue des deux policiers, Maurice s'entendit appeler.

« Édith n'en peut déjà plus », lui dit-elle.

Il s'arrêta, transmit le brancard à Désiré et s'avança vers la vieille dame. Elle était assise sur une borne et paraissait près de défaillir. Alice les rejoignit aussitôt et écarta son voile.

« Il faut que tu retournes, Édith. M. Jaulmes va te raccompagner. »

Mme Lepage ferma les yeux, reprit son souffle, puis murmura d'un air têtu :

« Oh non! Je tiendrai toujours jusque là-bas. J'en ai fait des trottes avec Émile, tu le sais, même par la glace et le froid. Je peux bien encore une fois...

– C'est moi qui décide, Édith, lança Alice avec

fermeté. Tu rentres. Monsieur Jaulmes, vous aussi.

– Je voudrais que ce soit Elena qui me raccompagne, répliqua Édith. C'était si bon de l'écouter, l'autre fois. M. Jaulmes, je le vois tous les jours et il ne parle pas.

– Ce n'est pas possible, Édith. Elena doit se rendre en ville...

– Je ne demande pourtant jamais rien, insista la vieille dame d'un ton obstiné. On ne peut pas me reprocher d'être capricieuse !

– Je le sais, Édith, répondit Alice d'un ton sans réplique, mais ce n'est pas possible aujourd'hui. »

Édith soupira, puis, cramponnée au bras de son compagnon, se redressa et s'approcha du cercueil immobilisé. Du bout des doigts, elle effleura les faux coquelicots, puis voûtée, minuscule sous les soubassements des murs de la cathédrale, partit sans se retourner. Maurice embrassa du regard le petit groupe qui s'apprêtait à continuer. Seule Elena, les bras croisés, le visage impénétrable, avait semblé absente de la scène, et il lui en voulut obscurément de son indifférence.

« On y va, fit-il, impatient. À ce train-là on ne sera pas au cimetière avant quatre heures. »

Deux gaillards sortirent alors du bâtiment où se trouvait jadis le ministère de la Guerre – il se souvenait d'y être passé avec Aubertin – et vinrent aux nouvelles. Ils portaient des bérets à lacet noir, et le cœur de Maurice s'arrêta en croyant reconnaître en l'un d'eux le marin de la Gorokhovaïa. Ce n'était pas lui, et ils semblaient au contraire gais et serviables.

« On peut vous venir en aide, camarades ?

– Ce n'est pas de refus, parce qu'on n'avance pas vite... répondit Alice. Mais vous n'avez peut-être pas le temps de nous aider à emmener notre vieil ami récemment honoré par Lénine.

– Ça l'a pas empêché de casser sa pipe, on dirait ! Où allez-vous ?

– Au cimetière français de Notre-Dame-de-Lourdes. »

Ils se consultèrent.

« Où c'est ?

– Par là, dit-elle prudemment.

– Il faut qu'on soit rentrés à Kronstadt avant la fin de l'après-midi...

– Alors vous n'y serez jamais !

– Une vedette vient nous chercher avec mes camarades au môle de l'Amirauté à 6 heures ce soir.

– Dans ce cas ça va... Merci, camarades, et surtout merci pour lui. »

Alice jeta à Maurice un regard inquiet.

« Écoutez, ils tombent du ciel ou plutôt nous arrivent de la mer, on ne va pas les refuser ! » lui dit-il à mi-voix.

Les deux marins empoignèrent les brancards et le cortège se remit aussitôt en route. Il traversèrent ainsi la perspective Vosnessenski. À la station située devant l'ancien Gouvernement général, il y avait beaucoup de monde. Groupée autour du poteau signalant la halte, la foule céda difficilement le passage au convoi funèbre, et plusieurs des vieillards qui tentaient de suivre la charrette emmenée désormais d'un bon pas par les deux marins furent séparés du premier groupe. « Attendez-nous », crièrent Alice, au moment où retentissait la clochette du tramway. Maurice se retourna et vit qu'Alice poussait Elena en avant.

« C'est maintenant, lui murmura-t-il à l'oreille en s'approchant d'elle. Retirez votre voile et ne levez pas les yeux. »

La rame était encerclée de toutes parts. Profitant de son expérience quotidienne de la bousculade à cet endroit, Maurice attira Elena et, au moment où la clochette de départ retentissait de nouveau, parvint à la hisser dans le tramway et à se faufiler derrière elle. De la marche d'accès il aperçut à la fois les deux marins qui étaient parvenus à dégager la charrette de la cohue, et Louis qui rameutait son monde à grands gestes impérieux sous le regard préoccupé d'Alice. Subitement, il eut envie de lui crier qu'il lui avait été nécessaire de dérober le petit ours, et que tout concourait à ce qu'il le lui rapporte rapidement. Mais qu'aurait-elle pu comprendre? Déjà le tramway redémarrait et, le cœur serré, il regarda le petit groupe s'éloigner. « Merci, vieux camarade, pensa-t-il. Ça ne pouvait pas mieux se passer. »

À la halte de la perspective Nevski le couloir se désemplit et il put entraîner Elena vers une banquette. « Gardez la tête baissée, ne me parlez pas », murmura-t-il. Plus que jamais brinquebalant, le tram repartit. C'était une ligne qu'il prenait chaque jour et il en connaissait les moindres déclivités, les moindres trépidations. Il savait que sur le pont de Kazan une profonde crevasse avait déformé la chaussée et les rails, et que le tramway roulait à cet endroit à si faible allure qu'il resta en éveil pendant tout le ralentissement. Il observa subrepticement le profil d'Elena. « Notre canal », ne put-il s'empêcher pourtant de lui chuchoter. Elle tressaillit et il s'aperçut que ses lèvres remuaient sans qu'il entendît un son sortir de sa gorge.

« Je croyais qu'il ne fallait pas se parler », finit-elle par dire à mi-voix en évitant de le regarder.

Se sentant penaud d'être ainsi pris en faute, il ne répondit pas. Déjà la gare apparaissait au bout de la perspective. Une fois de plus il revit Stivard et Lutry descendre chargés de leurs sacs sur le quai recouvert de neige, mais c'était la première fois qu'il repassait ici depuis qu'il avait appris leur disparition, et il eut du mal à dissimuler sa tristesse et sa rancœur. Oh ! il avait bien fait d'exiger une enquête, bien fait d'affronter l'ogre dans sa tanière... Après tout il lui avait soutiré l'autorisation de se rendre dans le Nord et il avait bien l'intention de l'utiliser. Dès qu'il aurait mis Elena à l'abri, il partirait et il traquerait avec la passion qu'aurait déployée Lucien cette vérité qu'on lui cachait.

Déjà le tram démarrait en direction de la place Mytny. Il y avait désormais moins de monde. À son côté Elena demeurait silencieuse et songeuse parmi les visages transpirant de chaleur, et la fine ride qu'elle avait au-dessus du nez était soulignée d'un léger trait de sueur qu'en d'autres circonstances il aurait tendrement voulu lui retirer. À mesure qu'il s'approchait de Smolny, il se demandait comment il allait opérer. Faire entrer Elena directement dans le local des Éditions de l'Internationale en la présentant comme traductrice lui parut le plus simple. De là ils se rendraient dans le bureau de Victor, d'où ils tenteraient de téléphoner à Tchitcherine ou à Lounartcharski – plutôt qu'à Chaliapine. Mais peut-être ne fallait-il pas mettre Victor devant le fait accompli, et sans doute était-il dès lors préférable de la faire attendre dans la petite salle de documentation où les auteurs venaient soumettre leurs projets. Perplexe, il jeta un coup d'œil au-dehors. Dominée par les multiples bulbes de la cathédrale, l'ample façade de l'ancien monastère surgissait derrière les arbres. Tout comme Victor Serge qui avait abandonné sans regret pour Smolny les fastes décrépits du palais Oborojankine, il en aimait l'ambiance propice au travail, l'austérité si spartiate par les matins de neige, et la gaieté des frondaisons qui venaient en égayer la façade austère.

Dès que le tramway se fut immobilisé dans un ultime soubresaut, il y eut une nouvelle bousculade. Alors que pour se lever il se cramponnait au montant, il sentit que quelqu'un le frôlait et qu'un papier plié était furtivement glissé entre sa main et le fût métallique. Il leva aussitôt les yeux mais ne vit dans le couloir qu'une foule agglutinée se pressant pour sortir et ne croisa aucun regard. Médusé devant tant d'habileté, il déplia le feuillet. Un seul mot était écrit, en majuscules et barré d'un trait énergique.

~~SMOLNY~~

Il l'examina à nouveau pour se convaincre qu'il ne rêvait pas, puis, se rendant compte que celui qui avait remis le message se tenait sans doute tout près de lui (probablement debout dans le passage) il le replia et l'empocha.

« Incroyable », marmonna-t-il.

Elle lui jeta un coup d'œil de côté.

« Retrouvons-nous dehors, il y a du nouveau », souffla-t-il.

Il s'efforça de descendre du tram sans manifester d'émotion. Bien entendu, personne parmi la foule stationnant au terminus ne semblait se préoccuper de lui. Il s'appuya contre le mur de la petite gare.

« Qu'est-ce qui se passe ? » murmura Elena sans le regarder.

Elle s'était accotée au panneau des horaires. Il

s'approcha d'elle comme s'il le consultait à son tour. Ce ne pouvait tromper quiconque qui les aurait observés, mais il tenait à jouer le jeu.

On nous dissuade d'aller à Smolny, chuchota-t-il. On m'a fait passer un billet. Impossible de savoir qui. Si vite et bien fait que ce ne peut être qu'un prestidigitateur en chômage. »

Le tramway était reparti et les voyageurs s'éloignaient peu à peu en direction de l'imposante bâtisse.

« On n'y va pas, alors?

– La question est : " *Drug ili vrag,* ami ou ennemi ". Veut-on nous empêcher de nous rendre dans les bureaux des Éditions de l'Internationale, pensant que nous y serions inexpugnables? Ou au contraire cherche-t-on à nous prévenir que cette enceinte où je travaille chaque jour et dont je m'approchais sans méfiance cache un piège? »

Le regard baissé, Elena parut réfléchir.

« Ce qu'il y a de certain, c'est qu'en dépit de toutes nos précautions nous étions suivis, remarqua-t-elle. Certes, plus discrètement qu'avant-hier soir, mais suivis tout de même! En ce moment, vous pouvez être sûr que quelqu'un nous écoute et lit sur nos lèvres.

– Oh! n'exagérez pas! » dit Maurice avec agacement.

Il fit quelques pas sur le quai. La gare était déserte. Derrière le guichet, le contrôleur leur tournait le dos, occupé à écrire sur une ardoise. Il fit signe à Elena de se rapprocher.

« Je ne sais pas quoi faire, souffla-t-il. Attendre le prochain tram pour revenir en ville? Cela me semble plus dangereux que tout car ils trouveront toujours le moyen de nous cueillir à l'une des stations. En revanche, je connais une entrée pour Smolny suffisamment éloignée de la porte principale pour qu'on puisse s'y diriger sans être vus. On passera par le parc. »

Le contrôleur poursuivait sa besogne. Recommandant d'un geste à Elena de garder le silence, Maurice l'entraîna sous les arbres, prit aussitôt une allée, puis une autre à angle droit, semblable à celle où il avait conduit Lucien dans le jardin d'Été. Lors d'un croisement, il se retourna : apparemment, personne ne les filait.

« Ils sont au courant que vous connaissez cette entrée ? demanda-t-elle soudain.

– Comment voulez-vous que je le sache !

– Vous l'avez déjà empruntée ?

– Parfois. À vrai dire, trop souvent pour que je sois tout à fait tranquille.

– Dans ces conditions, j'ai une autre idée... » Elle parut hésiter. « Vous rappelez-vous où devait nous emmener l'autre soir la talège de Chaliapine ? »

Elle avait retrouvé un instant son air mutin de l'avant-veille.

« Votre maison au bord de la Néva ? Vous m'aviez expliqué qu'elle était détruite !

– En été, ça peut aller. C'est à quinze verstes d'ici. On pourrait y camper jusqu'au retour de Fédia. »

Il fit une moue dubitative.

« Jusqu'à lundi ? Ça serait tenter le diable ! Vous pouvez être sûre qu'eux aussi savent que vous possédez cette maison. Ce que nous pouvons faire, ajouta-t-il après avoir pesé le pour et le contre, c'est une étape de quelques heures qui nous permettra de nous reposer et de voir venir. »

Elle le regarda.

« Vous ne profiterez pas de la situation, n'est-ce pas ? En ce moment je ne me sens guère d'humeur à folâtrer. »

Il soupira.

« Je m'en suis aperçu... Mais comment êtes-vous donc lorsque vous n'êtes pas tracassée ou abattue ? Il faudra tout de même que je l'apprenne un jour...

– C'est à se demander si ce jour arrivera jamais, dit-elle d'un ton si désenchanté qu'il se sentit vaguement irrité.

– Ne noircissez pas encore un tableau qui ne prête déjà pas à rire. En attendant, la calèche de Fédia ne roulant que dans notre imaginaire, nous avons un bon après-midi de marche devant nous.

– Mais non ! Il y a un coche d'eau qui part de l'embarcadère de Smolny, en bas d'ici. »

Il réfléchit. L'attitude d'Elena ne laissait guère espérer une étape agréable au milieu de ses ruines.

« Et pourquoi n'iriez-vous pas seule ? finit-il par suggérer. Pendant ce temps-là, je pourrais opérer une diversion en me rendant ostensiblement à mon bureau. Il faut que je rencontre Victor Serge ; les gardes me voient tous les jours et je passerai facilement. Précisez-moi dans quelle localité est située votre maison, et je vous rejoindrai par un autre bateau. Ou à pied. Après tout j'ai déjà marché d'Odessa à Jitomir, et une quinzaine de verstes ne me font pas peur ! »

Elle s'arrêta tout net. Elle avait repris le visage expressif de l'autre soir.

« Ecoutez-moi. L'enfant vous a *vu* lire cette lettre ? Quand je pense que ce monstre a une fille, ajouta-t-elle comme pour elle-même.

– Elle m'a surpris en pleine lecture, mais j'ai tout fait pour qu'elle ne le rapporte pas à son père.

– On voit que vous ne connaissez pas les petites filles.

– Et vous, que vous ignorez mes arguments ! »

Elle haussa les épaules avec agacement.

« Je vous le répète : vous rendre à Smolny, que ce soit par une entrée ou par une autre, c'est vous jeter dans la gueule du loup ! Avec son bon sens Alice ne vous dirait pas autre chose. »

Elle avait un accent de conviction qu'il ne lui avait pas encore entendu.

« Venez donc avec moi, insista-t-elle. Je connais ce coin depuis que je suis toute petite. »

Il se laissa guider vers un escalier qui descendait vers le fleuve. L'embarcadère était situé en contrebas et il s'aperçut avec satisfaction qu'un bateau était à quai.

« Vous êtes sûre que ce n'est pas le bac d'Okhta ?

– Non, je le reconnais, c'est le coche.

– Prenez les devants ; n'achetez qu'un seul ticket », lui recommanda-t-il.

Elena s'approcha de la guérite de planches.

« Alexandrovskaïa, demanda-t-elle.

– Deux roubles. »

Il craignit un instant qu'elle n'ait pas d'argent, mais elle sortit les pièces de sa poche.

« Oh ! Mais je te reconnais, grajdanka, dit le préposé au guichet. Tu prenais la ligne autrefois... Tu travaillais pas à la fabrique ?

– Tu dois confondre, répliqua-t-elle sans se démonter. On part quand ?

– Va pas tarder », grommela l'autre.

Maurice laissa passer devant lui une paysanne qui revenait de la ville, la mine épuisée, une besace vide pendant à son côté.

« Novo Saratovskaïa, demanda cette dernière au guichetier.

– Va pas jusque-là, répondit-il d'un ton bougon.

Le mieux pour toi, c'est de prendre le bac pour la manufacture de porcelaine.

– Et là-bas, qu'est-ce que je fais ?

– Chais pas, ma poule. Dors dans une de leurs soupières. Paraît qu'ils en font encore des grandes, à croire qu'y en a qu'ont de quoi les remplir. »

Il eut un rire gras. La femme s'acquitta en soupirant du prix du billet et emprunta la passerelle.

« Terminus de la ligne, demanda Maurice à sa suite.

– Rybatskoïé ?

– Ça me va.

– Trois roubles. »

Il sortit l'appoint de son sac. L'homme ne le regardait pas et Maurice s'en trouva soulagé. Il franchit à son tour la passerelle et remarqua qu'Elena s'était installée à l'arrière, non loin d'un groupe de femmes qui lui semblèrent plus citadines que paysannes. Il alla s'asseoir à l'avant sur un banc : de là il pouvait à la fois l'observer et surveiller le pont. Peu après le vendeur de billets quitta sa guérite et actionna une clochette.

« Correspondance pour les bacs d'Okhta et de la manufacture, Alexandrovskaïa, Rybatskoïé », cria-t-il.

Deux ou trois passagers se hâtèrent. Ils portaient des blouses avec des taches de couleur brique – probablement des ouvriers de la manufacture, pensa-t-il. Puis on retira la passerelle et le bateau déhala lentement. Le pont supérieur était maintenant fort encombré, la plupart des passagers affalés sur la banquette centrale entre leurs balluchons, sous l'abri d'un vaste auvent de toile maculée de traces d'humidité. Certains s'étaient assis à même les planches grises, le dos accoté à la rambarde. Étaient-ce les couleurs claires des vêtements des passagers, la haute cheminée grêle dominant l'auvent, le martèlement sourd de la roue à aubes ou la splendeur de la façade de Smolny qui s'effaçait peu à peu derrière les arbres, mais ce rafiot prenait soudain en dépit de sa décrépitude des allures de bateau de plaisance. À mesure qu'il s'éloignait de la berge et que de courtes vagues écumantes lui donnaient un léger roulis, la Néva paraissait s'élargir aux dimensions d'un bras de mer. De noirs cormorans criaillaient en frôlant l'eau devenue plus sombre et plus hostile. De sa cabine, le jeune pilote en blouse et casquette ne cessait de regarder de tous côtés et Maurice craignit un instant que le danger puisse venir de lui. Des hauts-fonds sur la droite étaient jalonnés de pieux, et cela justifiait sans doute cette vigilance. Lorsque les coupoles et les bulbes de la cathédrale eurent disparu, il se leva négligemment, empoigna son sac et tout en évitant de passer près du pilote rejoignit Elena.

« Tout va bien à l'arrière? demanda-t-il à voix basse.

– Celui qui vend les billets m'a reconnue.

– Mais non! J'ai entendu, il vous a prise pour une ouvrière de la manufacture!

– Justement. Je n'aime pas les malentendus. Je ne sais que trop qu'ils n'apportent rien de bon. »

Il eut envie de prendre sa main et se contraignit à n'en rien faire.

« Je vous assure que personne ne vous a remarquée sur ce bateau, Elena! Pourtant je continue à m'interroger sur qui a bien pu me transmettre ce message, et je me demande si je ne me suis pas laissé intimider un peu facilement. Après tout je n'ai jamais entendu dire que quelqu'un ait été *arrêté* à Smolny.

– Allez savoir si nous n'aurions pas été les premiers! Nous étions forcément attendus, et pour cette raison je pense que c'est un ami qui vous a prévenu. Tout vient de ce que vous avez pris trop de risques, reprit-elle après un silence.

– De vouloir venir à Smolny?

– Non, de vouloir rencontrer ce... cet homme. De rechercher cette lettre qui me concernait... et qui plus est, de la trouver! Le résultat est que je n'ai plus de logement, plus de possibilité d'exercer mon métier, et que nous sommes en fuite.

– Elena, vous me faites rire! D'abord rien n'indique qu'il y ait un rapport entre le fait que j'aie pris connaissance de cette lettre et la pose des scellés...

– Pour un bolchevik, vous êtes d'un naïf! »

Il s'efforça de garder son flegme.

« De toute façon, si je n'avais pas cherché à le savoir, nous ignorerions toujours pourquoi il vous en voulait! Moi qui croyais que vous m'aviez appelé pour tenter d'y voir clair! Nous pourrons désormais dissiper en haut lieu le malentendu beaucoup plus facilement!

– Pas trop fort », fit-elle nerveusement en désignant le pilote. Le regard de ce dernier s'était fixé à un moment donné dans leur direction mais il était passé bien au-dessus d'eux – comme lorsque Kirilenko (Maurice s'aperçut que tout à l'heure il n'avait pas osé prononcer son nom) avait surveillé derrière lui l'ouverture de la porte où devait apparaître sa fille.

« Mais calmez-vous donc, Elena, lui souffla-t-il. Avant-hier alors que vous étiez suivie, vous étiez moins tendue qu'aujourd'hui où vous ne l'êtes pas.

– Peut-être parce que justement on voyait alors où était l'ennemi... Peut-être parce que j'avais encore un chez-moi, et que...

– Essayons d'oublier cela quelques instants », dit-il en lui prenant la main.

À sa surprise elle ne chercha pas à la retirer, mais ce fut lui qui dut à son grand regret la lâcher car le pilote venait de se retourner. Le bateau manœuvrait en effet contre le courant pour éviter les hauts-fonds et de petites vagues les prenaient par le travers. De lourds nuages assombrissaient le ciel au-delà de l'étrave.

« Ça vient du Ladoga; m'étonnerait pas qu'on prenne une rincée », prédit quelqu'un derrière lui.

Comme pour lui donner raison, un court orage d'été vint cingler l'auvent et l'air s'emplit de particules étincelantes sur lesquelles se découpèrent un bref instant le profil pur et les hautes pommettes d'Elena. Le grain cessa aussi vite qu'il était venu.

« C'est pour saluer Émile, dit Maurice en s'efforçant de montrer un peu d'entrain. Il aimait la pluie, le camarade.

– Il doit être en terre à l'heure qu'il est... », murmura-t-elle.

Le bateau se rapprochait d'un môle où un groupe restreint l'attendait. Pâles et silencieux, les passagers s'embarquèrent sans hâte et pour la plupart s'accroupirent à même le pont.

« J'espère qu'il y aura aussi beaucoup de monde pour notre retour, c'est une protection comme une autre, murmura-t-il en voyant le désordre qui régnait sous l'auvent.

– Notre retour?

– Dès que Zinoviev et Chaliapine seront revenus en ville, cet horrible...

– Oh! ne prononcez pas son nom, supplia-t-elle.

– ... n'aura plus les coudées aussi franches. »

Elle eut une moue fatiguée.

« Lundi semble si loin ! Et où trouver de la nourriture ?

– Il est temps d'y penser ! fit-il en désignant son sac. Où que nous allions, je préférais ne pas avoir à en chercher »

Sourd et régulier, le martèlement de la roue à aubes avait repris, paraissant scander l'écoulement de la brève parenthèse qui leur était accordée. Les hauts-fonds franchis, le coche d'eau longeait la rive à quelques dizaines de mètres. Des bosquets de trembles et de bouleaux bordaient l'eau calme sous le ciel redevenu clair, et il discernait parfois au milieu des prairies le scintillement d'un petit étang. Elena avait fermé les yeux et, les jambes allongées contre la rambarde, semblait s'être assoupie. Elle ne les rouvrit que lorsque le bateau manœuvra de nouveau pour accoster, et elle s'excusa par un fugitif sourire.

« J'ai si mal dormi », expliqua-t-elle. Derrière le ponton attendait le groupe qui s'apprêtait à embarquer, et l'on devinait à l'arrière-plan, s'effaçant dans le feuillage, un village groupé autour du bulbe vert pâle de son église.

« C'est là », dit-elle en se redressant.

Elle sortit au milieu des derniers et Maurice vit avec satisfaction que personne parmi ceux qui allaient monter à bord ne la reconnaissait. Elle prit sans attendre un sentier qui longeait la berge. Comme il sortait à son tour, il entendit qu'on le hélait.

« Rybatskoié, c'est la prochaine, camarade. »

Maurice se retourna. C'était le pilote. Mécontent d'être remarqué, il eut un geste évasif.

« Je vais marcher un peu », expliqua-t-il.

Le temps que le bateau s'éloigne à nouveau, il fit

semblant de suivre la route du village, puis, lorsqu'il n'y eut plus personne en vue, revint en arrière et prit le sentier par lequel Elena avait disparu. Appuyée toute droite au tronc d'un bouleau, elle l'attendait à l'orée d'un bosquet.

« Le pilote m'a fait observer qu'il me restait encore une station », dit-il d'un ton contrarié.

Elle ne parut pas s'en préoccuper et lui emboîta le pas en silence. L'écorce avait laissé des traces sur le dos de sa robe et il eut envie d'ôter une feuille qui y était restée accrochée. Depuis le bref orage à bord, elle portait sa veste sur le bras et le haut de sa robe mettait en valeur sa poitrine un peu lourde qu'il découvrait pour la première fois sous la soie noire. Comme si elle avait deviné son trouble, elle se tourna vers lui.

« Ce petit chemin..., soupira-t-elle. Enfant, je l'ai suivi des centaines de fois. Alors que beaucoup de mes amies n'avaient même pas le droit de sortir de leur jardin, mon père et ma mère me donnaient la permission d'aller me promener jusqu'au village.

– Quel courage de votre part! s'exclama-t-il sans chercher à dissimuler son ironie. Et quel dangereux libéralisme de la part de vos parents! D'abord vous auriez pu attraper toutes les maladies. Ensuite, la liberté, surtout chez les jeunes filles, est une plante qui pousse dru et qui parfois se paie cher!

– Ne vous moquez pas, répliqua-t-elle vivement. À Pétersbourg, dans ce milieu, il n'y en avait pas tant que ça qui osaient critiquer ouvertement le tsar ou soutenir Stolypine, son premier ministre réformateur qui devait être assassiné par l'Okhrana. »

Il s'arrêta, la mine désolée.

« Croyez bien que je n'avais pas l'intention de vous blesser, Elena. »

Elle l'observa du coin de l'œil.

« C'est vrai que nous n'avons plus assez de temps devant nous pour nous disputer.

– Une journée et deux nuits, si nous ne changeons pas de refuge. »

Elle parut s'inquiéter de nouveau.

« Un autre refuge? Mais où pourrions-nous être mieux cachés qu'ici, mieux abrités? Vous oubliez que nous sommes à pied!

– Je l'oublie d'autant moins que, depuis que vous m'avez écrit, depuis que je vous sens menacée, je rêve de me retrouver avec vous dans une retraite isolée où je pourrais justement vous protéger tout en vous cachant. Elena, poursuivit-il en reprenant sa marche, est-ce que je peux m'adresser à vous comme si j'étais l'un de vos amoureux d'opéra roucoulant aux pieds de son " aurore radieuse "? S'il n'y avait pas ces menaces pesant sur vous, je souhaiterais qu'un tel moment dure des jours et des jours...

– Maurice, le coupa-t-elle, je n'aime pas vous entendre parler comme cela. Je vous avais prévenu, je ne suis pas en état d'écouter une déclaration. La vérité, reprit-elle, c'est que tout est de ma faute et que je n'aurais jamais dû vous écrire cette lettre. Oui, tout est parti de là, tout s'est enchaîné à partir de là, et je le regrette... Si vous saviez combien je le regrette...

– Ce n'est pas votre faute, c'est la mienne! Si vous ne m'aviez pas vu vous attendre devant votre domicile comme un amoureux transi, vous ne m'auriez pas écrit!

– Sans doute pas », admit-elle.

Il la regarda d'un air déçu.

« Et vous regrettez aussi que nous nous retrouvions seuls dans cette maison pendant quelques heures?

– Vous voulez que je vous dise la vérité : interrogea-t-elle d'une voix sourde. Plus j'en approche, et plus je crains la nuit qui vient.

– Puisque c'est comme ça, je repars », dit-il.

Brusquement, Maurice tourna les talons et reprit en sens inverse le sentier qu'ils venaient de suivre. Médusée, elle le regarda s'éloigner sans réagir.

« Revenez ! » finit-elle par crier.

Il ralentit, hésita, puis fit demi-tour, et dans le même élan la prit par la main. Elle ne se déroba pas.

« Vous voyez bien », murmura-t-il.

C'était comme si ces mots lui avaient échappé et qu'il reconnût ainsi l'empire qu'elle avait sur lui. Elle eut un sourire méditatif et triste.

« Je n'ai pas voulu vous offenser, vous pensez bien, mais vous comprendrez ce que j'éprouve quand vous verrez la maison... Elle va vous apparaître aussi irréelle qu'un décor d'opéra. Bien plus, même... De loin elle semble intacte, mais à l'intérieur elle est toute dévastée... Comme moi... Encore une fois, on ne courtise pas quelqu'un dans mon état, Maurice.... »

Sa voix tremblait et il sentit sa main se crisper dans la sienne.

« Vous n'avez pas assez souffert, peut-être, Elena ? murmura-t-il pour la calmer. Vous ne méritez peut-être pas ces quelques moments de paix et de tendresse que je voudrais vous donner ? »

Elle resta saisie. « Mériter », répéta-t-elle, les yeux mi-clos, comme pour en saisir la secrète signification. Ils se remirent en marche sans mot dire et longèrent une zone pleine de roseaux et d'arbrisseaux étiques qui masquaient la berge. À l'odeur de vase tiédie et au clapotis que l'on percevait, on savait pourtant le fleuve tout proche. Bientôt une barrière de bois surgit du chemin sableux parmi les graminées, disloquée comme un fragment d'épave. Instinctivement, comme si elle l'avait fait jadis de multiples fois, elle chercha à en actionner la serrure rouillé, puis, soudain consciente de l'inanité de son geste, franchit l'obstacle à l'endroit où il s'était écroulé.

« Vous savez ce que cela me rappelle? lança-t-il pour rompre le silence. Lorsque votre amant d'opéra, justement, était arrivé au premier acte de *La Jeune Fille de Pskov* et qu'il s'était empêtré avec sa cape dans la porte du jardin. »

Pour la première fois, le visage d'Elena s'éclaira d'un sourire et il lui en fut reconnaissant. Le chemin montait maintenant en pente douce à travers de grands arbres et l'on découvrait sous la végétation confuse l'alignement majestueux d'une ancienne allée. Presque aussitôt la maison leur apparut dans une trouée de feuillage. De loin elle semblait en effet ne pas avoir été touchée.

« Mon père aimait à dire qu'elle était de style Empire. Que n'aurait-on pas prétendu dans la famille pour montrer qu'on aimait la France! Pourtant, Napoléon, par ici... Pour faire bonne mesure dans l'amour de la langue on l'avait appelée *Sans souci!* C'est à pleurer quand on connaît la suite, non...? Et au fond, c'est vrai que le seul souci qu'eut jamais ma mère concernant cette maison fut ce massif de rhododendrons que vous apercevrez devant la façade. Elle résidait toujours à Piter pendant la floraison et se plaignait de n'en jamais voir que les feuilles qu'elle trouvait tristes avec leur vert presque noir... »

Il la regarda à la dérobée. Jamais elle ne s'était tant livrée, et il eut cependant l'impression que, s'étourdissant ainsi de souvenirs, ce n'était nullement à lui qu'elle s'adressait, mais à elle-même.

« C'était une belle prairie, continua-t-elle d'une

voix douce en montrant l'emplacement des arbrisseaux. Il y avait de petites vaches de Courlande que j'observais le matin de ma fenêtre. Une année, l'une s'est empoisonnée en mangeant des baies de sorbier, et on n'a même pas pu offrir la viande au pope. »

Dès qu'ils eurent traversé les rhododendrons, la façade réapparut et il se rendit alors compte de l'étendue du désastre. Les fenêtres étaient béantes et le toit semblait avoir été démantelé par un bombardement. Le crépi ocre était crevassé de longues lézardes et parcouru de traînées noirâtres, humides en dépit de la chaleur comme des suppurations malsaines.

« C'était à cet endroit que se tenait ma mère, dit-elle. Toute petite, j'attendais qu'elle s'endorme à l'heure de sa sieste et je filais jusqu'à l'eau. À l'époque, il y avait un petit pavillon de bois à toit pointu où l'on prenait le café en été; on avait même amarré une yole en contrebas pour canoter. »

Il fit quelques pas sur la terrasse effondrée.

« Je préfère que ce soient les Blancs qui aient fait ça plutôt que nous », grommela-t-il.

Elle soupira.

« Yudenitch était arrivé jusqu'à Poultovo. Presque sous les murs de la ville! Il avait envoyé des unités de cavalerie et d'artillerie sur son aile droite, le long de la Néva. On peut encore voir à l'œil nu la ligne que les Blancs n'ont pas pu franchir. En deçà il n'y a plus une maison intacte, et la mienne fait partie du lot. »

Elle marchait au milieu des décombres, indifférente, et remit négligemment à sa place une écaille de plâtre qui menaçait de tomber.

« C'est d'autant plus triste que ça n'a servi à rien, reprit-elle. Ils ont cru qu'il y avait des Rouges dans la maison et ils l'ont pilonnée au mortier, de la digue là-bas, à une verste du village. Or les bolcheviks ne sont jamais arrivés jusqu'ici. Ils ne sont venus qu'après, pour piller, parce qu'une maison abandonnée, vous pensez bien... Mais comment voulez-vous que j'en veuille aux Blancs! J'avais tellement espéré que...

– On ne va pas reparler de tout ça », interrompit hâtivement Maurice.

Elle eut un petit rire.

« C'est vrai... Vous vous rappelez le premier soir... ? On s'était vraiment quittés comme chien et chat...

– Si je me souviens!

– Nous aurions dû en rester là, murmura-t-elle.

– Encore!

– De toute façon, vous étiez mal parti avec moi. Taper sur ces gosses faméliques, même avec l'excuse de me délivrer, ce n'était peut-être pas un acte très révolutionnaire... »

Il la considéra avec stupeur.

« Vous, alors! Vous ne disiez pas cela, avec les poux sous le nez. »

Elle fit une grimace de dégoût presque comique.

« C'est vrai, j'oubliais ce détail. »

Elle repoussa une persienne qui s'effondra à grand bruit dans les décombres dès qu'elle la toucha. Effrayée, elle recula d'un bond, puis attendit que le silence revînt et se tint immobile contre le mur, comme si elle hésitait à entrer dans les ruines.

« Je revois à cet endroit ma mère dans son fauteuil d'osier à grand dossier incurvé qui la protégeait du vent. Elle était très russe, l'œil bleu pervenche un peu dur, la peau sans rides. Ses journées s'effilochaient comme les bancs de sable que l'on découvre d'ici... Elle avait coutume de dire : " Rien ne passe vite en été, sinon l'été. " Elle avait peur de vieillir, aussi essayait-elle toujours de faire du temps son allié. Elle usait pour cela de petites plaisanteries bien à elle, qui concernaient toujours le temps qui passe, comme si elle voulait l'apprivoiser par l'humour... La dernière fois qu'on lui a fêté son anniversaire ici, peu avant son accident, elle m'a expliqué que l'on s'apercevait que l'on devenait vieux quand les bougies coûtaient plus cher que le gâteau. »

Il lui sembla qu'Elena parlait elle aussi pour conjurer le temps, plus exactement pour oublier ce qu'il avait fait de la maison heureuse.

« Un accident? répéta-t-il d'un ton interrogatif.

– *Leur* accident. Mes parents sont morts côte à côte en 1910, dans une collision de train en Crimée. Elle avait cinquante-cinq ans, et lui soixante. J'ai reçu un tel choc que pendant près d'une année je n'ai pas pu chanter : j'avais perdu ma tierce aiguë. »

Elle réprima un petit rire nerveux.

« *Mamotchka* ne m'en aurait pas tenu rigueur, car elle m'en avait toujours voulu de ma profession. Chanter devant un public qui avait payé afin de m'écouter, pour elle c'était comme si je m'étais... disons le mot, prostituée.

– Vous aviez prétendu qu'elle était libérale!

– Politiquement, sans doute, considérant son milieu. Mais pour les mœurs, vraiment pas!

– Vous vous êtes bien rattrapée par la suite, non? »

Elle se retourna vivement.

« Pourquoi dites-vous cela? »

Il se reprocha tout aussitôt sa maladresse et prit un air embarrassé.

« Je ne sais pas... ou plutôt si. Avant-hier sur le

canal, je pensais à tous ces hommes qui avaient dû vous tourner autour...

– Je ne suis pas forcée de leur avoir succombé chaque fois! J'étais mariée, vous l'oubliez.

– C'est vrai, vous ne m'avez jamais parlé de votre divorce...

– Mon cher, vous êtes décidément très indiscret! Je vous rappelle que ce n'est jamais que la troisième fois que nous nous rencontrons et que je ne peux pas avoir évoqué avec vous toutes les péripéties de ma précieuse existence!

– La troisième fois... Je n'arrive pas à le croire, murmura-t-il.

– En fait, je ne m'entendais plus très bien avec Oleg depuis de nombreuses années. Il ne comprenait rien à mon art qu'il appelait dédaigneusement : mon métier... Et puis, c'est vrai que j'y ai mis du mien et que j'ai eu quelques aventures, ajouta-t-elle. Moins toutefois que vous ne semblez m'en prêter! Toujours est-il qu'avant les événements on divorçait déjà par carte postale...

– Attention où vous mettez les pieds », dit-il.

Recouvert de débris de bois et de verre, le plancher du vestibule était défoncé et un profond cratère bordé de lattes arrachées s'ouvrait sous leurs pas. Hésitante, elle tâta du pied une latte du parquet qui pendait au-dessus du trou.

« N'allez pas vous blesser à un éclat de verre ou à un clou arraché, recommanda-t-il.

– Ici, c'était le jardin d'hiver qui avançait sur le parc. Il y avait même un palmier et, à droite dans le salon, un vieux Bechstein sur lequel j'ai fait toutes mes études de piano. C'est là qu'un soir... je devais avoir quatorze ans, il n'y avait personne à la maison sauf ma vieille *niania*, ce qui n'arrivait pratiquement jamais...

– Votre... ?

– Ma nourrice! J'aurai été la dernière génération à connaître et à aimer ces vieilles servantes qui ne quittaient plus jamais la famille après y être entrées et qui, une fois les enfants devenus adultes, attendaient d'élever les générations nouvelles. Elles étaient les reines de la *dietskaïa*, la chambre d'enfants si chère à Moussorgski...

– Vous me montrerez la vôtre?

– Si seulement l'escalier n'était pas dans cet état, murmura-t-elle. Quand je suis revenue en octobre, je n'ai même pas eu le courage de monter à l'étage... »

Oubliant le début de son anecdote elle était repartie dehors et regardait pensivement la prairie, les haies piquetées de baies de sorbier et l'eau que l'on devinait entre les roseaux. Il sortit à son tour.

« Vous racontiez que vous étiez seule, avec la nourrice à l'étage... »

Elle hocha la tête.

« Il y avait un peu la même lumière que ce soir, pleine, dorée... Persuadée que personne ne me surveillait, je me suis accoudée au piano et j'ai fait des mines devant la glace accrochée au-dessus, tout en imaginant un accompagnateur en frac à qui j'avais prêté le visage de Paderewski, mon idole d'alors. Et tout à coup je me suis surprise à chanter l'air de concert de Mozart, *Bella mia fiamma*, que venait de nous apprendre la maîtresse de musique. À cet instant, j'ai eu l'intuition que la voix serait ma façon à moi d'être différente des autres et d'accéder à l'art et à la beauté...

– Moi, à quatorze ans je vendais à la criée *L'Humanité* dans les rues de Plaisance, l'interrompit-il. Je vous assure que la beauté, dans ce coin, il fallait bien la chercher.

– C'est pourtant un joli nom! Ça se trouve où?

– C'est un quartier au sud de Paris qui le porte justement bien mal. Des entrepôts, des petites usines, des rues sinistres sauf peut-être à la saison des glycines... Il y a des glycines à Plaisance, mais elles ne durent pas. Certains jours, je vendais trente journaux entre le carrefour Montrouge et la rue du Départ. D'autres jours, quand il pleuvait ou que la paie se faisait attendre, aucun.

– J'ai eu quatorze ans bien avant vous, dit-elle comme si elle se sentait prise en faute et cherchait une illusoire justification à tant de disparité au même âge.

– En attendant, assura-t-il, c'est sûrement ce soir-là qu'est née votre vocation.

– Et peut-être aussi la vôtre, en déambulant le long de ces rues tristes... »

Un nouveau silence s'installa.

« Dommage qu'il n'y ait plus ce piano, reprit-il. J'aurais pu vous jouer la seule mélodie que je connaisse. Arkhanadzé me l'avait apprise lorsque nous étions encore ensemble à Odessa.

– Alors, chantez-la », suggéra-t-elle.

Il égrena quelques notes, puis s'arrêta net.

« Je ne sais pas chanter juste, mais figurez-vous que je l'avais entendue dans votre théâtre, le premier jour, alors qu'une jeune danseuse ouvrait une porte sur le couloir du barbier.

– Je crois reconnaître l'une des *Saisons* de Tchaïkovski : " Sur la troïka ". Je vous l'aurais jouée volontiers s'il y avait encore eu le Bechstein... Que sera-t-il devenu, mon pauvre piano? murmura-t-elle.

– Du bois de chauffage, je le crains », soupira Maurice.

Ils s'avancèrent dans ce qui avait dû être le

salon. Au mur pendaient des pans d'étoffe plus déchirés encore qu'au palais Oborojankine.

« À cette place se trouvait un grand portrait de ma grand-mère par Laszlo, dit-elle. Pour le coup, des villageois m'ont rapporté ce que les Rouges en ont fait : des jambières... Toujours la lutte contre le froid, vous voyez. »

On ne percevait aucune amertume dans sa voix, mais au contraire une sorte de gaieté un peu sarcastique, comme si elle se sentait soulagée de ne plus rien posséder. Elle finit par s'asseoir sur un canapé éventré.

« Il n'y aurait pas une pièce un peu moins atteinte que les autres ? » demanda Maurice avec espoir.

Elle esquissa un vague geste circulaire.

« Faites vous-même la visite des lieux, dit-elle d'un air las. Après, je vous montrerai ma chambre d'enfant à l'étage. »

Elle l'entendit qui marchait dans la pièce à côté, repoussait du pied des gravats, puis tirait un meuble abandonné là...

« Par exemple ! » s'exclama-t-il tout à coup.

Elle se leva et le rejoignit. Il s'était accroupi et examinait avec attention une fissure au bas du mur qui séparait le vestibule du salon.

« Qu'est-ce qui se passe ? s'enquit-elle d'un ton alarmé.

– Il se passe que ce n'est pas seulement le mortier et le canon qui ont causé tous ces dégâts », expliqua-t-il en se redressant.

Il avait pris en main un petit bloc qui parut à Elena de la taille et de la couleur d'un savon. Du bout du doigt il en apprécia la consistance, puis l'approcha de ses narines.

« On ne s'est pas contenté de bombarder la maison à distance, mais on l'a aussi minée. Regardez : un bloc d'explosif! La capsule de cuivre du détonateur est encore fichée dedans, mais elle n'a pas fonctionné, sans quoi tout le mur aurait été soufflé.

– C'est vrai que vous vous y connaissez », dit-elle comme à regret.

Il leva les yeux vers elle.

« Vous le saviez, que c'était miné? questionna-t-il à brûle-pourpoint. Ça vient peut-être des Rouges, d'ailleurs... »

Elle hésita.

« Non, cela vient aussi des nôtres, finit-elle par reconnaître. Enfin, de mon camp. Un officier de Yudenitch m'a prévenue par l'intermédiaire d'un ami, sans autre commentaire. Ils ont fait cela quand ils se sont repliés, probablement pour que la maison ne serve pas de refuge aux autres. »

Il secoua la tête, puis ouvrit son sac et y plaça le pavé avec précaution.

« Je l'étudierai à la lumière. Fulmicoton, dynamite, je veux savoir ce que c'est. »

Elena s'accroupit à son tour et avança soudain avec curiosité sa main vers le sac béant.

« Attention! s'écria-t-il. Ce genre de matériau n'est pas prévu pour les jolies femmes!

– Les jolies femmes n'ont droit qu'à des jouets, n'est-ce pas? répondit-elle d'un ton pincé.

– Oh! C'est vrai! Je l'avais oublié avec tout ça. C'est l'ours pour Kirilenko.

– Pour qui? »

Elle avait presque crié.

« Oui, bredouilla-t-il, embarrassé. Je ne pouvais prendre le risque d'une rencontre où que ce soit avec cet homme... dans le cas où sa fille lui aurait tout raconté... sans avoir des munitions pour l'amadouer. Un tel cas était bien improbable, mais j'aurais été prêt alors à honorer la commande qu'il m'a faite hier... la concernant justement.

– Ça, c'est le bouquet, comme vous dites en France ! Vous apportez donc des jouets à la fille de ce monstre ? C'est à vous dégoûter de vous montrer la chambre d'enfant comme je voulais le faire !

– Vous ne comprenez donc pas que j'avais proposé d'apporter ce jouet pour qu'il soit le mieux disposé possible si j'en venais à parler de vous ! répliqua-t-il avec une brusque impatience. Si ma demande d'enquête sur la disparition de mes camarades Stivard et Lutry était en effet le but de ma visite d'hier à Kirilenko, je vous rappelle que je voulais aussi en profiter pour savoir ce qu'on vous reprochait, et tenter de vous venir en aide si cela se révélait possible ! Et la façon dont il m'avait interdit de vous revoir n'avait fait que renforcer mes intentions. Bien. Sous son armure hostile et glacée, cet homme n'avait qu'une faiblesse : il désirait – là, d'urgence ! – un cadeau pour sa fille. J'y ai décelé son unique faille, et ainsi ma seule occasion de lui être agréable, et donc de vous être utile. Comme j'avais remarqué cet ours en peluche chez Alice, j'ai pensé qu'il ne pouvait mieux tomber. Que voulez-vous, il y a des moments où l'on ne peut se raccrocher qu'à ce que l'on trouve !

– Vous savez ce que ce jouet représente pour Alice ? Vous savez à qui il appartenait ?

– Oui, ou plutôt je m'en doute. Mais ne craignez rien... Je n'ai pas été à Smolny, comme vous ne l'ignorez pas, et je n'ai pas rencontré notre homme. Je remettrai donc discrètement dès lundi l'objet dans l'armoire d'Alice, à l'endroit même où je l'ai pris. Peut-être même ne s'en apercevra-t-elle pas. »

Elena ne répondit pas. Enjambant la crevasse du

plancher qui partageait presque le salon en deux, elle gagna la cage d'escalier. La rampe sur laquelle étaient encore fixés des morceaux de planches arrachées pendait tristement dans le vide, et elle dut s'appuyer au mur pour monter. Sur le palier, elle vit que la porte avait été fracassé comme par un effet de souffle, et que dans la pièce les dégâts étaient plus considérables encore qu'à l'extérieur : une longue fissure dans le plafond permettait d'apercevoir le ciel à travers le toit éventré. Recouvert de fragments de tuiles et d'éclats de charpente acérés comme des échardes, un étroit sommier était le seul meuble à être demeuré sur place.

« Un obus de mortier, entendit-elle. Il a traversé de part en part. »

Elle tressauta et se retourna.

« Vous êtes monté derrière moi ! Alors ça !

– Vous m'aviez promis de me montrer votre chambre d'enfant... »

Elle eut un sourire triste.

« Eh bien, voilà ce qu'était mon royaume », dit-elle.

Elle ramassa machinalement quelques débris autour d'elle.

« Au mur il y avait un grand crucifix, expliqua-t-elle. Et là un herbier que je composais au fur et à mesure et que je plaçais moi-même sous verre. Je l'appelais " Flore du lac Ladoga ". Et ici, sous la fenêtre, dit-elle en montrant l'ouverture béante, c'était l'emplacement du coffre aux jouets : des poupées et des petites autos en tôle – j'adorais l'auto, je voulais que mes parents en achètent une, ce qu'ils n'ont jamais fait. Il a fallu attendre mon mariage pour que je puisse enfin monter dans une automobile.

– Au moins il aura servi à cela. »

Elle fit semblant de ne pas entendre.

« Tout a été pillé, ici comme en bas... Plus d'herbier, plus de jouets, rien... Vous avez bien fait d'apporter le vôtre avec vous, ajouta-t-elle.

– Je ne vois pas à quoi l'un de vos jouets aurait pu me servir. Ce n'est pas maintenant que je vais rencontrer le père de cette malheureuse enfant... »

La silhouette d'Elena se détachait avec grâce sur le lointain banc de roseaux. Elle avait ôté son chapeau (quand? il ne l'avait pas vue faire ce geste) et, entre son chignon et le col de sa robe, il découvrit sa nuque toute frêle au regard de ses robustes épaules. Se sentant observée, elle se retourna. Ses yeux si clairs d'ordinaire paraissaient à contre-jour des gouffres d'ombre et d'anxiété. Il la prit par le bras.

« Ne restez pas dans l'encadrement de la fenêtre. Je me souviens que Lutry craignait toujours que le danger n'arrive de l'eau.

– Vous voyez bien qu'il n'y a pas d'embarcation!

– Quelqu'un pourrait observer de là-bas avec des lorgnettes », dit-il en montrant l'autre rive.

Un panache de fumée couronnait là-bas la haute cheminée de la manufacture. Elle haussa les épaules.

« Et ce coin de sable plein d'herbes et ravagé par les obus? demanda-t-il en pointant le doigt sur un autre endroit du parc. De là, il n'y aurait même pas besoin de jumelles!

– C'était le tennis. Il ne reste plus que la chaise d'où l'on arbitrait les parties. Vous la remarquez, un peu surélevée? »

Encore un endroit où devaient retentir les rires clairs de longues jeunes filles en robe blanche. Comme chaque fois qu'il se sentait exclu de quelque chose qu'il aurait au fond aimé pratiquer, il se réfugia dans un silence hostile.

« Vous la voyez ? insista-t-elle.

– Mais oui...

– Figurez-vous que c'était Tolstoï, oui, le romancier, qui avait recommandé ce sport à mon père, dit-elle comme si elle devinait ses pensées. Ils s'appréciaient beaucoup et mon père avait été trois ou quatre fois faire des parties à Iasnaïa-Poliana.

– Alors..., fit-il.

– Léon Nikolaïevitch gagnait toujours.

– Ravi de l'apprendre. !

– Vous vous moquez de moi. Vous devriez être triste au contraire de savoir que mon père était toujours battu par le grand homme. »

Elle arbora tout à coup un air si mutin, qui ressembla si peu à celui qu'elle prenait jusqu'alors qu'il en fut un bref moment déconcerté. Puis il l'attira à lui hors de la fenêtre, et par jeu dénoua son chignon et fit retomber ses longs cheveux sur ses yeux, comme s'il voulait qu'elle oublie pour une fois les visions de jadis qui remontaient sans cesse dans sa mémoire depuis son retour sur ces lieux. En réponse elle secoua sa tête tout échevelée et posa sa joue contre la sienne de façon si spontanée qu'il se sentit remué au fond de lui-même. Il n'attendait qu'un signe de consentement comme celui-là et lui baisa doucement les lèvres. Mais à peine l'eut-il embrassée qu'elle se rembrunit et que la bouche qui avait émis tant de sons mélodieux se figea en une moue douloureuse, comme si elle ne pouvait oublier la situation de leur pauvre refuge ruiné. Pour tenter de la réconforter il effleura de nouveau de ses lèvres ses hautes pommettes et ses paupières closes, afin d'effacer de ses yeux cernés les traces de fatigue, de privations et d'inquiétude qui marquaient la peau si pâle de son visage.

« Ne pense qu'à la nuit qui nous attend et ne la crains pas, murmura-t-il. Demain il sera toujours temps de protéger notre bonheur.

– Qu'est-ce que tu racontes, mais qu'est-ce que tu racontes? murmura-t-elle en rouvrant les yeux.

– Ce que je raconte? Je ne sais pas, moi... que j'ai envie de me cacher dans les roseaux, de me baigner avec toi sous cette lumière blanche, de manger des baies de sorbier comme tes petites vaches, ou encore de...

– Merci bien, je t'ai dit qu'elles sont empoisonnées!

– Il faut bien faire une fin, lança-t-il d'un ton enjoué.

– Oh tais-toi », fit-elle en lui posant les doigts sur les lèvres.

Parcouru d'une onde bienheureuse, il la serra à nouveau contre lui et sans qu'elle l'en empêche frôla timidement ses seins à travers l'étoffe. Sous l'armature de la lingerie ils lui parurent plus lourds et plus doux qu'il ne l'avait cru, mais d'un mouvement sans brusquerie elle s'écarta de lui. Réajustant le haut de sa robe elle commença à déambuler dans la pièce dévastée comme si elle voulait épousseter les meubles d'une chambre trop bien rangée. Vacillant d'émotion, il la rejoignit.

« Viens donc t'étendre », proposa-t-il gauchement.

Elle haussa les épaules.

« Un lit d'enfant! Que dis-je, un lit : un sommier qui a dû prendre la neige tout l'hiver! »

Les draps et les couvertures avaient en effet disparu et, bien que la toile eût été abritée par la partie du plafond qui ne s'était pas effondrée, il en émanait une odeur d'humidité et de moisi.

« Tu seras toujours mieux que sur le canapé défoncé d'en bas », observa-t-il.

Elle le regarda.

« Et toi, tu veux rester ici?

– Tiens, tu l'as remarqué...

– Je ne vois pas où tu peux t'installer. Et puis à quoi bon? ajouta-t-elle. Tu imagines des élans de désir et de joie au milieu de ce fourbi ? Pas plus que je ne peux chanter Mozart parmi les décombres, je ne peux me donner à toi dans ce qui fut si longtemps mon refuge préféré et qui est devenu ce... »

Elle s'interrompit et eut un geste désenchanté vers le toit lézardé, les crevasses des murs, les gravats sur le plancher, tout ce qui évoquait son décor d'enfance à présent fracassé.

« Eh bien si, répliqua-t-il. Opposons pour une fois le désir à la destruction et la joie au désespoir... »

Elle retrouva son expression ironique.

« Tu parles bien, pour un bolchevik!

– J'ai failli être professeur, et je crois que j'aurais su capter l'attention de mes élèves. Cela dit, tu as tort, ils s'expriment tous avec des qualités d'orateur, sauf Zinoviev. De toute façon, il ne s'agit pas de ça. Il s'agit de... »

Il s'approcha d'elle, saisit une mèche de ses cheveux et l'embrassa.

« Elena, pour un soir, pour ce seul soir peut-être nous sont accordés ensemble l'abri et la solitude, sans parler de la douceur de l'air, rappelle-toi simplement les mois de gel... Nous sommes libres de nous aimer si nous le désirons, où nous le voulons dans cette maison qui laisse pénétrer par ses blessures cette lumière enchantée, comme un corps transfiguré... Tu t'es assez plainte cet hiver de ce que l'intimité de chacun était oppressée, broyée, que le droit à l'amour était atrophié, asphyxié... Notre intimité à nous pourrait être la première à naître des événements mêmes, de leurs contraintes et de leurs drames. En des temps plus cléments tu sais bien que nous ne nous serions jamais rencontrés, et je pense pourtant que de toutes ces convulsions notre union ne peut que sortir forte, inaltérable... Elena! Tu vas encore dire que je suis un naïf, ou un maladroit, ou un indécrottable idéaliste, et une fois de plus tu ne vas pas me comprendre, mais je suis heureux que cela se passe ici, maintenant, dans cette maison ravagée et non dans le luxe et les draps brodés d'autrefois.

– Il n'y avait que ton ami Lucien pour s'intéresser aux broderies », dit-elle.

Il parut un instant agacé du caractère narquois de la remarque, puis étouffa un soupir.

« Je m'efforcerai de savoir ce qui est arrivé à mes camarades, d'autant que je devine désormais à peu près les raison du drame. Je consignerai tout cela dans un rapport confidentiel à l'intention de Sadoul. Mais je voudrais maintenant profiter de ce que Lucien m'a apporté, de cette façon qu'il avait de concilier des conceptions opposées de la vie... passionnée et détachée tout à la fois... Malgré sa jeunesse c'était un homme affranchi, indépendant. Libre, en un mot. Moi j'ai trop cru en trop de gens, et sans doute leur ai-je trop sacrifié. Je ne le regrette pas, mais maintenant j'ai le sentiment d'avoir franchi un seuil et je voudrais prendre un peu de hauteur et de recul, Elena. Préparer l'avenir et commencer par te sauver de cette impasse dans laquelle tu as été piégée. Donne-moi cette nuit, cette seule nuit pour reprendre force en toi, et après tu verras de quoi je suis capable! Je te ferai quitter le pays, je les connais, les filières, tu penses! Je sais qui arroser! J'ai des économies pour cela, avec mon salaire que je ne dépense pas! »

Elle le fixa intensément, puis ses yeux se brouillèrent.

« Tu as changé..., bredouilla-t-elle dans un sanglot. Oh! Comme tu as changé. Tu m'as dépassée de cent coudées... Et, si tu m'as dépassée de cette façon, c'est que moi je me suis conduite de façon si... si... »

Elle cacha sa tête dans ses mains et Maurice resta un instant interloqué.

« Je te supplie de ne pas tout voir en noir! Nous serons plus malins qu'eux et nous leur échapperons... Je voudrais te voir chanter sur de grandes scènes où tu ne serais plus surveillée, où tu serais follement acclamée, où tu gagnerais de l'argent pour t'acheter de jolies robes... qui sait, peut-être même une automobile, puisque tu en as tellement envie... »

Elle ne put s'empêcher de sourire, et il sentit une bouffée de bonheur à revoir ainsi son visage s'éclairer. Combien de temps allait durer l'embellie? Pas davantage sans doute que le scintillement du soleil sur les gouttes, pendant le bref orage d'été.

« Viens, murmura-t-il avec douceur. Je t'en prie, viens. »

Elle se laissa cette fois conduire et il l'entraîna sur le lit d'enfant. Elle s'étendit et ferma les yeux.

« Ah non! Tu ne vas pas t'endormir!

– Je suis si fatiguée...

– Moi aussi, mais nous avons trop peu de temps à nous pour le gâcher! »

Elle se redressa et examina la pièce autour d'elle.

« Je me demande vraiment où tu vas pouvoir t'allonger!

– Mais... sur la descente de lit, dit-il en montrant les morceaux de plâtre et les fientes d'oiseaux qui recouvraient le plancher. C'est de là que je verrai le mieux mon *aurore radieuse* reposant sur son lit d'enfant, et je te promets que j'aurai pour te contempler les yeux mêmes de ta niania ! »

Les pans de la robe noire d'Elena dépassaient de l'étroit sommier, dissimulant sa toile maculée. Comme il se prenait à rire, elle le regarda d'un air interrogateur.

« Ça va te gratter, s'inquiéta-t-il.

– Non, ça ne me gêne pas...

– Je voulais dire : tout à l'heure. »

Elle lui jeta un coup d'œil de côté. Sans y prêter attention, il s'agenouilla à son chevet et l'embrassa de nouveau au creux de l'épaule avant de commencer à dégrafer sa robe. Les yeux mi-clos, elle le laissa d'abord faire passivement, puis l'aida en se cambrant lorsqu'il la lui retira. Il déposa soigneusement la soie noire sur le plancher à l'endroit qui lui parut le moins souillé. Plus enveloppée qu'il ne l'avait pensé, elle se tenait maintenant en corset, les bras croisés sur sa poitrine.

« En dépit des restrictions, tu es restée ce qu'on appelle une belle personne, constata-t-il.

– J'étais un peu replète, avant. Presque trop grosse, mais c'était bien vu chez les cantatrices. Aujourd'hui j'ai l'impression d'être au large dans mon ancienne peau ! »

Elle s'était assise. Penché sur son dos galbé et lisse comme de l'ivoire, le visage chatouillé par ses cheveux défaits, il s'efforça de dénouer sans les emmêler les lacets de son corset, et il eut le sentiment, lorsqu'il y réussit, qu'elle était heureuse de l'abandonner sur le plancher, comme la première de ses mues. Puis elle jeta ses dernières défenses et lui apparut nue sur son étroite couche.

Elle se laissait contempler sans gêne. Sa peau était tiède, moite, et les baleines du corset l'avaient marquée de longues traces roses sous les seins. Il se déshabilla à son tour fébrilement mais, sans même attendre ses baisers ou ses caresses – avec quelle ardeur pourtant s'y préparait-il –, elle l'attira telle une grande femelle prédatrice et, écartant largement ses cuisses, le guida en elle comme si une irrépressible envie de précipiter les choses l'avait gagnée. « Enfin », se dit-il avec une incrédulité aussitôt mêlée de déception. Elena gardait en effet, à l'image de la mine abattue qu'elle avait depuis son arrivée le matin à l'Asile, hormis les quelques éclaircies pendant lesquelles elle avait retrouvé un peu d'entrain, une expression si indifférente que les baisers dont il couvrait son visage lui semblèrent dérisoires. L'exaltation qu'il sentait sourdre entre ses cuisses qui l'entraînaient dans une houle profonde et lente démentait pourtant la fixité renfrognée de ses traits : plus s'accélérait le mouvement voluptueux de ses hanches, et plus son visage se crispait en un rictus de dégoût.

« Mais qu'est-ce que tu as? finit-il par demander. Parfois tu as l'air d'avoir envie – enfin, je ne rêve pas, je le sens! – et d'autres fois on a la sensation que cette étreinte t'est intolérable!

– Ce sont ces ressorts qui me rentrent dans le dos », répondit-elle en faisant une grimace.

Sans plus de commentaire, elle se retira d'une brusque torsion du bassin et le repoussa hors de l'étroite couche. Il glissa au bas du sommier au milieu des gravats et des vêtements épars.

« Tu as de ces façons pour vous faire descendre du septième ciel! s'exclama-t-il, indigné. Tu me violes comme si on avait un train à prendre, tu te trémousses comme une perdue, et puis, une fois satisfaite, Madame me jette comme un larbin, sans se préoccuper que je prenne moi aussi un peu de plaisir ! En ce moment ce n'est pourtant pas tous les jours la fête, sur ce plan-là ! »

Il en bafouillait de fureur. Elle secoua la tête.

« Pardonne-moi, dit-elle d'une petite voix. Mais ne crois pas que je sois satisfaite. Je ne peux pas. Ce qui est triste, c'est que je ne le serai plus jamais. »

Elle se pencha pour reprendre sa robe et s'en voila aussitôt la poitrine. Dans un accès de fureur décuplée par la déception, il eut envie de la lui arracher des mains, mais elle avait le visage si défait qu'il se contint. Paraissant presque honteuse, elle ramassa ses vêtements et les serra en tas contre elle, puis se leva.

« Tout à l'heure ça ira mieux, lui dit-elle sur un ton de remords. En attendant je vais me rhabiller en bas. »

Il ne répondit pas et s'étendit sur le sommier. La toile était encore tiède de sa présence. « Tout à l'heure », avait-elle indiqué. Cela pour le moment lui suffisait. Malgré son étrange attitude, ce qu'il avait vu, respiré, aimé de son corps si épanoui en dépit des privations annonçait certainement des moments de bonheur et de volupté plus intenses encore qui illumineraient désormais sa vie et qui la transformeraient dans ses profondeurs. « Nous sommes amants, pensa-t-il avec une subite fierté. Je suis l'amant d'une grande cantatrice. » Une sorte de bien-être l'envahissait, l'irritation et la déception qu'il venait d'éprouver se dissipaient peu à peu et un grand calme régnait maintenant autour de lui, seulement troublé par de lointains cris de goélands. Par la crevasse du plafond il pouvait apercevoir un morceau de ciel tout rose du couchant. Gagné par la fatigue, il lutta contre l'assoupissement et il allait sombrer lorsqu'une douce caresse le ramena à la conscience. Agenouillée à son côté, hiératique comme une pleureuse prosternée ou comme une lavandière au bord de l'eau, Elena laissait ses mains aller et venir sur son corps et il en sentait la tendre et agile pression comme s'il avait été lui-même le clavier du piano où elle faisait ses gammes, ou un gisant dont elle aurait lustré les surfaces de marbre avec une scrupuleuse application. Il sourit et ferma les yeux. Oh! de marbre il ne l'était pas sous de tels doigts, à tel point qu'il avait l'impression de flotter dans l'air dans un état de félicité qu'il n'avait jamais connu auparavant. Il voyait onduler dans la pénombre la ligne de ses belles épaules et le haut de ses seins, et ce qu'il discernait de son visage n'avait plus rien de commun avec l'indifférence qui le figeait tout à l'heure. Son expression sereine et un peu solennelle lui rappelait celle de l'infirmière ukrainienne qui s'était occupée de lui à Jitomir et dont il avait toujours envie de frôler l'opulente poitrine lorsqu'elle se penchait sur lui. Il sentit soudain les mains d'Elena descendre sur son sexe. Oooh! Même les Bessarabiennes ne faisaient pas aussi bien.

« Non, non, arrête! dit-il précipitamment. Pas tout de suite. Nous avons toute la nuit pour nous. »

Elle s'arrêta net et lui déposa un baiser sur le front.

« Je reviendrai », promit-elle.

La crevasse du toit juste au-dessus de lui avait l'apparence de quelque insecte muni de longues pattes et de griffes acérées qui semblait prêt à fondre sur le lit comme une araignée géante. Il se redressa brusquement et pendant quelques instants ne sut plus où il se trouvait. Elena semblait encore présente à son côté. Avait-il rêvé ces caresses qu'elle lui avait prodiguées dans cette pénombre habitée ? Il ne réalisait plus tout à coup si elle appartenait ou non à la réalité. Levant à nouveau ses yeux vers le toit il vit que c'étaient les lattes arrachées à la charpente qui en se découpant à contre-jour formaient cet étrange assemblage. Sous la lumière diffuse de la nuit claire la chambre prenait l'apparence chaotique d'une caverne ouverte sur un ciel plombé.

« Bon Dieu! s'exclama-t-il. J'ai dormi. »

Il se leva et découvrit autour de lui ses vêtements éparpillés.

« Elena, appela-t-il. Elena! »

Personne ne lui répondit. Soudain alarmé, il se leva, s'habilla le plus vite qu'il put et se pencha au-dessus de l'escalier démantelé. Tout paraissait calme.

« Elena, appela-t-il à mi-voix. Mais réponds, bon sang ! »

Il descendit et, dès qu'il eut atteint le rez-de-chaussée, s'immobilisa. Appuyée contre la porte du salon, elle l'attendait, debout, silencieuse. Elle aussi s'était rhabillée et avait même refait son chignon.

« Oh ! C'est vrai, tu étais sur le canapé... Mais pourquoi m'as-tu laissé dormir ? lui reprocha-t-il.

– Tu avais l'air si fatigué... Moi aussi, d'ailleurs, je me suis assoupie.

– Notre temps est trop précieux pour qu'on le perde ainsi ! Allez, retournons là-haut. »

Il la prit par le bras et chercha à l'entraîner, mais elle se déroba.

« Il faut que tu me comprennes, expliqua-t-il. Me sentir aussi bien que tout à l'heure, je n'imaginais plus que cela pouvait encore m'arriver. »

Elle joignit les mains convulsivement et il comprit qu'il ne la ferait pas remonter à l'étage. Il regarda autour de lui pour chercher où ils pourraient s'installer tous les deux dans la pièce dévastée. Il transporta le canapé à l'endroit où le plancher était le plus dégagé et il en approcha une chaise intacte qu'il avait remarquée dans l'ancien vestibule.

« Eh bien, on va s'asseoir en face l'un de l'autre comme mes vieux quand ils se faisaient une petite manille après le dîner, dit-il.

– Tes vieux ? répéta-t-elle sans comprendre.

– Mes parents... Et Lutry qui m'avait proposé de leur rendre visite rue Pelleport ! soupira-t-il. À propos de dîner, on pourrait peut-être manger quelque chose, non ? Comme je t'ai dit, j'ai apporté des provisions de l'Astoria pour le cas où Alice ne pourrait pas te garder à l'Asile. Une aile, une cuisse d'oie et un peu de gruau. Tu vois, j'avais tout prévu! Tu préfères le canapé crevé ou une chaise?

– Je n'ai pas faim.

– Moi, si. »

Il s'affala sur le canapé et, cherchant son sac des yeux, promena son regard de l'emplacement du piano à celui du palmier.

« C'est vrai au fond ce que racontait Alice ce matin, affirma-t-il tout à coup.

– Quoi? Que disait-elle? »

Elena avait l'air si tendue qu'il eut envie de l'apaiser. « Mais calme-toi donc!... Ce sont les dimensions de cette pièce qui m'y font songer. Elles sont à peu près semblables à celles que Tchitcherine m'avait décrites.

– Celles de...

– Oui. De la pièce où *tout cela* s'est passé.

– Je... je ne vois vraiment pas le rapport!

– Alice n'a-t-elle pas raison quand elle prétend que l'une des enfants, et même plusieurs, auraient pu s'échapper à temps? Regarde autour de toi. Suppose maintenant que je sois le tsar, assis sur ce même canapé...

– Écoute, je ne trouve pas que ce soit de très bon goût de ta part de...

– ... la tsarine à côté de moi, à ta place; et les enfants autour de nous, supposons... le long de la crevasse du plancher. Bon. Imagine désormais qu'une douzaine d'hommes armés arrivent par la brèche, poursuivit-il en se tournant vers cette direction. Bien sûr il faut compter avec l'effet de surprise devant une telle irruption, mais tu ne m'empêcheras pas de penser... »

Il s'interrompit et cligna soudain les yeux.

« Dis-moi... », commença-t-il.

Elena s'immobilisa. Elle se détachait en contre-jour sur ce qui était autrefois la terrasse, et derrière elle la Néva scintillait doucement sous la lumière blanche.

« Quand a eu lieu la dernière partie sur ce tennis ? demanda-t-il.

– Tu remarques quelque chose ? » s'inquiéta-t-elle.

Il plaça les mains en auvent pour mieux observer.

« Quelqu'un est assis sur la chaise d'arbitre, répondit-il. Il n'y a pourtant pas de partie en cours, que je sache. »

Elle sursauta.

« J'étais sûre que cela allait se passer là, l'entendit-il murmurer.

– Que dis-tu ? »

Elle resta un petit moment immobile, puis se précipita sur lui.

« File ! File par le chemin, il est encore temps ! Ne te fais pas piéger comme l'ont été ces pauvres petites..., s'écria-t-elle d'un ton haletant.

– Qu'il y reste donc, à la place du tsar, puisqu'il va partager son destin », lança une voix.

Il vit le regard d'Elena devenir fixe et au même instant eut l'impression que sa tête éclatait. Il se retrouva à terre. Tout chavirait autour de lui et l'espace se morcelait en débris plus nombreux et plus acérés que tous ceux qui l'entouraient jusqu'alors. Il reçut un violent coup de pied et une douleur aiguë le submergea. Il voulut gémir, puis vomir, mais il souffrait tant qu'il n'y parvenait pas.

« Alors c'est comme ça qu'on fouille dans le courrier des gens, prononça la voix au-dessus de lui. Ça ne t'avait donc pas suffi, tes camarades ? »

Une quinte de toux interrompit cette phrase. Elle était si caverneuse qu'elle semblait résonner sous une voûte. De nouveau on le frappa du pied et il eut une sensation gluante de sang dans sa bouche.

« *Ti ne vidich v kakom on sostoianii!* » entendit-il.

Il tressaillit. C'était Elena. Son intonation paraissait tout altérée. Ou alors c'était parce qu'elle parlait russe. Il l'avait entendue chanter en russe mais jamais parler. Ah si! Avant qu'elle n'ait appris qu'il était français. Ce qu'elle avait dit lui revenait d'ailleurs dans sa langue à lui : « Tu ne vois pas dans quel état il est. » Elena. Toi qui venais justement de me mettre dans un *tel* état.

« *Emou zdorovo dostalos* », lui répliqua-t-on dans une sorte de ricanement.

« Il a son compte. » Voilà. Il, c'est moi. *Moi* qui ai mon compte. Alors que, il n'y a pas cinq minutes, j'étais si bien sous ses caresses. À moins que je ne les aie rêvées... Et que je ne rêve aussi ce qui m'arrive là... Oh non! La douleur était trop réelle, même pour un cauchemar. Elle irradiait à la fois dans sa tête et dans sa poitrine, comme s'il était pris entre les deux mâchoires d'une tenaille géante.

« *Idite posmotrite* », appela-t-on.

On lui demandait de l'extérieur de venir. Maurice s'efforça d'ouvrir les yeux et crut discerner une paire de bottes qui s'éloignait de lui, et le poids des semelles écrasant les décombres lui martela le crâne de façon intolérable. C'était comme lorsqu'il s'était trouvé projeté à terre devant la gare, au milieu des policiers à cheval. La douleur l'envahit de nouveau et il eut l'impression que tout tournait autour de lui et que les lézardes du mur flottaient dans l'espace comme des algues dans l'eau pour l'entourer et l'étouffer. Soudain, il eut froid.

« Elena Alexandrovna », appela-t-on, et la voix était à la fois pressante et lointaine.

Elle ne répondit pas. Il devinait sa présence non loin de lui. Il essaya de se soulever, puis d'ouvrir les yeux, mais en vain.

« Pas étonnant, le message dans le tram..., balbutia-t-il. Jamais... Jamais je n'avais imaginé que tu ferais ça... M'attirer ici alors que... »

Il l'entendit s'approcher.

« Je ne savais pas qu'il tirerait, dit-elle d'un ton saccadé. C'était... t'amener ici ou être obligée de... boire de la strychnine. De la strychnine, tu entends? J'ai *vu* le flacon. Si j'avais avalé cela... crampes de larynx... Je n'aurais plus jamais pu chanter... jamais... »

Elle tremblait.

« Oh mon Dieu, oh mon Dieu! répéta-t-elle sur un ton pitoyable. Il ne s'agissait que de ma voix, et pour la garder qu'ai-je fait... qu'ai-je fait... »

Il avait presque envie d'en rire. S'il avait pu. Blousé à ce point dans les grandes largeurs! Qu'en aurait-il pensé, Lucien? Hé! Lulu! Comment aurais-tu aimé, toi? Avec quelle ombrageuse passion, sans doute... En tout cas, tu aurais mieux su choisir que moi.

« Tu l'avais donc rencontré? » demanda-t-il dans un souffle.

Le silence qui suivit lui sembla interminable.

« J'avais dormi devant les scellés... sur le tapis... et à mon réveil, ce matin... il était là.

– Ne pleure pas. C'est ma faute. Après tout – et cela lui fit presque plaisir d'y songer – cet homme valait sa réputation... Je n'avais qu'à ne pas m'y frotter.

– Elena Alexandrovna! entendit-il appeler de nouveau.

– Je ne te quitte pas », le rassura-t-elle.

« Fallait pas m'y frotter, se dit-il. C'était certain qu'il saccagerait tout. »

Pourtant ce n'était pas possible de ne pas le faire. Peut-être fallait-il même continuer à l'affronter dans un dernier round, comme aurait dit Norbert. Si au moins je n'étais pas aveuglé par tout ce sang. Oh! Quel gâchis. Elle aurait fini par m'aimer, c'était sûr. J'étais si bien quand elle me caressait.

Des éclats de voix se firent entendre dans le lointain.

« Tiens, ils parlent de tennis, s'étonna-t-il d'un ton faible. Qu'est-ce que ça a donc à voir avec... »

Il la sentit tout près.

« Maurice..., murmura-t-elle. Il y avait quelque chose que je t'avais caché... Nos vies auront tenu à... des détails si infimes... »

Elle réprima un sanglot, puis se racla la gorge comme pour prendre sur elle.

« Kirilenko était venu ici même avant la guerre, reprit-elle très vite. Oui. Comme jeune assistant de mon mari à la faculté de droit. »

Il sentait la douleur revenir et il ferma les yeux. Il ne pouvait même plus répondre.

« Oleg Igorovitch le considérait comme l'un de ses élèves les plus doués et même comme un jeune ami, et c'est à ce titre qu'il l'avait invité deux ou trois fois à Sans Souci. Nikandre Nikolaiévitch était avide d'ascension sociale et de réussite. Un jour il a voulu... »

Elle se tut.

« Dépêche-toi, il va revenir!

– Pas de danger, je le vois d'ici. Il savoure sa vengeance sur le lieu même de... Toujours est-il qu'il a voulu un jour... jouer sur le court de tennis. Il a prétendu qu'il avait déjà tenu une raquette, il est arrivé avec un pantalon blanc et il a demandé à disputer une partie avec mon mari. Moi j'y assistais de... cette chaise d'arbitre, justement. Mais il jouait très mal et Oleg l'a écrasé.

– Il faut toujours... dans ces cas-là... au tennis comme ailleurs... laisser filer quelques points, murmura Maurice.

– En plus, je ne sais pas ce qui nous a pris, mais à l'issue de la partie, Oleg s'est malencontreusement moqué de lui, en lui disant qu'un homme voulant conquérir le monde ne devait ni servir par en bas ni jouer en chaussures de ville ou avec un pantalon trop grand pour lui s'il ne voulait pas que les femmes ricanent en le regardant. Une bêtise, quoi, une plaisanterie sans conséquence, surtout de la part d'Oleg qui avait l'esprit assez caustique. Mais lui n'y était pas habitué, et il a dû en être agacé car il s'est alors tourné vers moi et m'a demandé : " Pourquoi, je vous ai fait ricaner, Elena Alexandrovna ? " Et moi, sottement, pour ne pas contredire Oleg ou pour me sentir à sa hauteur, j'ai répondu : " Si le ridicule tuait comme le prétendent les Français, je serais pour le moins à votre chevet, Nikandre Nikolaiévitch. " Le regard qu'il m'a lancé ! Je le reverrai toujours. Peu après, sous un prétexte futile, il nous a quittés. Je le vois encore repartir seul par le sentier que nous avons emprunté à l'aller... Mieux, il n'est plus retourné aux cours de mon mari à la faculté. Plus tard, Oleg l'a rencontré par hasard dans une rue de Piter, juste avant le début de la guerre. " Ses yeux étaient des mitraillettes ", m'avait-il dit. Les mêmes sans doute que ceux qui me guettaient ce matin devant les scellés. Toute la scène du tennis m'est alors revenue de façon si... »

Elle prêta l'oreille à l'extérieur, puis s'aperçut que Maurice avait le front en sueur. Elle se pencha sur lui.

« C'est absurde, je te... raconte cela comme si nous étions encore là-haut dans la chambre...

– Il fallait que je sache..., souffla-t-il. Mais ce que j'ai appris... est le pire de tout ce qui pouvait arriver. Tu ne sais donc pas de quoi est capable un homme pour se venger d'une humiliation ? »

Elle se mordit les lèvres.

« Je n'allais pas tarder à m'en rendre compte... Quand les événements ont éclaté, nous avons appris avec stupeur le camp que Kirilenko avait choisi... et aussi sa promotion. Dès ce moment, nous avons senti les menaces se rapprocher de nous, et je découvre maintenant qu'il devait être à l'origine de tout ce que nous avons subi. D'abord l'emprisonnement d'Oleg, suivi de sa disparition... Puis il a dû trouver avec la lettre de Zinoviev le prétexte rêvé pour s'attaquer à moi malgré la protection de Fédia... J'imagine sa réaction quand il l'a reçue... Ce fut donc cette traque incessante, où sa perfidie a pu se montrer à la hauteur de son acharnement. On lui a sûrement rapporté notre baiser le long du canal... À travers toi c'est encore moi qu'il a voulu atteindre, mais pour rester dans le registre qui est le sien il s'est servi de ma propre lâcheté pour te piéger... Tu comprends maintenant pourquoi j'avais à la fois envie de toi et que je me dégoûtais... »

Elle étouffa un nouveau sanglot.

« À quoi bon même te demander pardon... Je ne te survivrai pas... Lui en tout cas continue... sans doute pour boucler la boucle... à arpenter le lieu même de son humiliation... »

Des bruits de voix provenaient en effet de là-bas.

« Mon sac », murmura-t-il.

Elle chercha, puis s'affola.

« Je ne le vois pas...

– Trouve-le, bon sang, trouve-le! Je ne l'ai pas monté dans la chambre. »

Parler lui redonna la nausée. Il devina pourtant qu'Elena regardait sous le canapé.

« Je l'ai.

– Sors l'ours. Vite... vite. »

Elle parut interloquée.

« Il est tout décousu...

– Je sais. Glisse dedans le bloc que j'avais ramassé.

– Voilà...

– Il y a toujours la petite capsule? Bon. Donne. Doucement surtout. »

Il palpa la peluche toute râpée.

« Essuie-moi, que j'y voie. »

Comme elle lui épongeait le sang sur son visage, il sentit qu'elle continuait à trembler.

« Bon, maintenant appelle-le.

– Nikandre Nikolaiévitch! » cria-t-elle.

Son timbre était clair et assuré – presque joyeux, soudain.

« Écoute-moi, chuchota-t-il. Au moment où je lance, toi tu plonges dans l'autre pièce. Tu *plonges*, n'est-ce pas ? Puis tu quittes la maison en courant. Tu cours comme jamais... chez Pélagie... par les champs.

– Je ne mérite pas de m'enfuir, je ne mérite pas, murmura-t-elle d'une voix entêtée.

– Fais ça pour moi, enfin! s'écria-t-il avec exaspération. Je ne t'en veux pas. Ne raconte rien. Il ne sera plus là... désormais... pour t'embêter. »

Il ferma les yeux et un peu de sang coula de ses narines. À sa toux creuse il entendit que l'autre approchait. Sa silhouette s'encadra dans la brèche. Il paraissait plus sûr de lui au milieu des décombres que dans son cabinet si ordonné de la Gorokhovaïa, et il n'avait même plus l'air de boiter. Se redresser demanda à Maurice un effort démesuré.

« Hé! Papouchka! Tu oublies le jouet de ta fille! » s'écria-t-il.

Il le lança en direction de l'ombre qu'il entrevoyait. Ce fut comme si un flot immense le soulevait et qu'il était subitement entraîné dans le tourbillon d'un cataclysme effroyable, roulé dans les grondements d'un tonnerre dont le tintamarre semblait remonter à l'origine des temps, mais dont la force et la violence avaient, ô miracle, effacé la douleur, et il se retrouvait ainsi, aérien, tournoyant tel un flocon au cœur même du désastre. Puis le bruit s'éloigna à son tour comme le ressac se retire d'une plage désolée; il y eut alors un bref silence irréel; un chant limpide s'éleva au loin, s'enfla peu à peu et résonna comme un chœur solennel, sous une voûte si majestueuse et oppressante qu'elle aurait pu être celle de son tombeau. Alors que le chœur s'amplifiait encore en vagues harmonieuses et grandioses, apparurent dans les murailles des fissures qui s'agrandirent peu à peu jusqu'à devenir des trous béants : on aurait dit que la pureté du chant faisait tel le gel éclater la pierre. Cela lui rappela le plafond de la chambre d'enfant lorsqu'il contemplait le ciel à travers les poutres déchiquetées pendant qu'elle le caressait – oh, elle aura été le plus grand amour de ma vie, ça n'aura guère duré mais au moins je n'aurai pas connu cela que dans les livres, comme Lucien. À mesure que les voûtes s'effondraient autour de lui, étrangement le calme revenait; les chants s'étaient peu à peu évanouis dans l'air tranquille, et tous ces blocs monstrueux venaient peu à peu l'ensevelir sans qu'il éprouve de sensation d'asphyxie ou d'écrasement.

Il prit pourtant conscience qu'il se trouvait au

pied d'une vaste paroi chauffée par le soleil du matin, ou plutôt d'une montagne dont il pouvait découvrir bien au-dessus de lui l'inaccessible sommet. Il grelottait et essaya alors de se redresser, un peu comme lorsqu'il avait jeté... l'objet. Depuis que tout cela est arrivé j'ai si froid, si froid que je ne sens plus mon corps, si je pouvais au moins tourner un peu la tête...

Il s'efforça pourtant de lever les yeux vers la paroi qui l'écrasait et découvrit avec surprise que là-haut, dans ce désert minéral, quelqu'un bougeait. Son regard se fixa sur ce point minuscule et c'était comme si ses yeux avaient soudain décuplé leur acuité. Sautant avec agilité de roche en roche sans que le souffle parût jamais lui manquer, une juvénile silhouette s'élevait loin au-dessus de lui. Ne percevant de sa tête qu'une nuque gracile sous des cheveux bouclés, et de son corps qu'un dos maigre drapé dans une robe légère et des jambes bondissantes, il ne pouvait distinguer si c'était une enfant ou une jeune fille. Une enfant, sans doute, car il s'aperçut qu'elle tenait l'ours dans sa main. Elle l'avait donc retrouvé, son ours, la fillette diaphane qui mettait du sel sur la queue des oiseaux! Par quel obscur miroir était-il passé? Ou bien était-ce une autre petite fille qui gravissait la paroi sous ses yeux, celle à qui le jouet était destiné, et qui s'était bornée à l'attraper lorsqu'il l'avait lancé et que tout s'était embrasé... Si c'est toi, *moïa douchka*, alors tu es débarrassée et tu pourras la revoir, ta mama... Tout de même, j'aurais aimé qu'elle se retourne pour que je puisse le regarder, son visage, simplement pour savoir qui c'était. Tant de choses que je n'aurai pas sues... Si Elena aurait pu m'aimer, par exemple, en d'autres temps.

La petite fille atteignait maintenant le sommet.

Elle grimpa bientôt sur la dernière pierre et Maurice vit qu'elle avait accroché l'ours à sa ceinture ainsi qu'elle aurait pu le faire d'un trophée. Se hissant sur la pointe des pieds, elle fit alors en sa direction un lent geste de ses deux bras étendus, tel un sémaphore ou une mouette qui s'envole. Ce ne fut pas lui qui répondit – il n'en avait plus ni la voix ni la force – mais il entendit en écho une grande rumeur de foule acclamer l'enfant, comme lorsque dans les meetings les camarades applaudissaient les péroraisons lyriques des orateurs sur l'avenir radieux et les prodiges des temps futurs, ou quand Chaliapine chantait avec superbe *Doubinouchka* sur le Krestchalik. La petite leva de nouveau le bras; bien qu'elle se fût tournée vers lui, ce n'était cette fois pas pour le saluer, mais pour renouer ses cheveux... De toute façon elle était trop loin pour qu'il puisse désormais la reconnaître, et c'était aussi trop tard : sautant du rocher en un gracieux et ultime envol, elle avait déjà franchi la ligne d'ombre.

DU MÊME AUTEUR

Aux Éditions Stock :

LES RIVES DE L'IRRAWADDY, 1975.
L'ADIEU À LA FEMME SAUVAGE, 1979.
(Grand Prix du Roman de l'Académie française.)
À L'APPROCHE D'UN SOIR DU MONDE, 1983.
LES FRÈRES MORAVES, 1986.
(Prix des Quatre Jurys.)

IMPRIMÉ EN FRANCE PAR BRODARD ET TAUPIN
Usine de La Flèche (Sarthe).
LIBRAIRIE GÉNÉRALE FRANÇAISE - 6, rue Pierre-Sarrazin - 75006 Paris.

ISBN : 2 - 253 - 05675 - 8 30/6964/8